A história de Animal

Indra Sinha

TRADUÇÃO
Celina Portocarrero

AGIR

Título original
Animal's People

Capa
Henry Steadman

Copidesque
Nina Schipper

Revisão
Jorge Amaral

Produção editorial
Juliana Romeiro

CIP-Brasil. Catalogação-na-fonte. Sindicato Nacional dos Editores de Livros, RJ.

S624h Sinha, Indra, 1951-
A história de Animal / Indra Sinha; tradução Celina Portocarrero.
– Rio de Janeiro: Agir, 2009.

Tradução de: Animal's people
ISBN 978-85-220-0926-8

1. Romance inglês. I. Portocarrero, Celina. II. Título.

09-1269 CDD: 823
CDU: 821.111-3

Texto estabelecido segundo o Acordo Ortográfico da Língua Portuguesa de 1990, em vigor no Brasil desde 2009.

Rua Nova Jerusalém, 345 – CEP 21042-235 – Bonsucesso – Rio de Janeiro – RJ
Tel.: (21) 3882-8200 – Fax: (21) 3882-8212/8313

aqueles cujos olhos e pulmões e úteros ficaram fodidos. É claro que há hospitais do governo mas ninguém põe os pés neles a não ser que esteja desesperado.

— Você mesmo é uma vítima do veneno — diz Zafar, olhando pras minhas costas. — Você sabe como é nesses lugares. Você fica o dia todo na fila pra ser atendido, o médico não te examina porque tocar uma pessoa pobre iria poluí-lo. Mal te olha, então escreve num papel e diz a você, leve isso à loja de fulano e diz que fui eu que mandei. Os remédios deveriam ser dados de graça, é assim que eles fazem dinheiro com a miséria.

— Tudo isso é verdade, todo mundo sabe disso — digo eu, imaginando que tipo de trabalho ele pretende me oferecer.

Nisha ouvia embevecida o discurso de Zafar.

— Animal, as pessoas mal podem comprar comida, como podem gastar com remédios? É por isso que precisamos ajudar. Ontem tive um caso, uma mulher, Lilabai, precisava de sangue pra uma operação e lhe disseram que ela mesma deveria encontrar o sangue, comprá-lo e levá-lo pro hospital.

Bem, Olhos, eu sei disso. Quando eu estava morrendo de fome, vendi meu sangue pra conseguir comida.

— Oitocentas rúpias por uma garrafa teve que pagar Lilabai!

— O quê? Aquele filho da puta do Chunaram, desculpe o palavrão, só me deu oitenta!

— Quem é esse Chunaram? — perguntou Zafar gentilmente, tirando os óculos para limpá-los. Livres da prisão das lentes, seus olhos pareceram um pouco aguados, como se ele não dormisse direito.

— Tem uma loja de chai no Quebra-Nozes. O sr. Novededos.

— Ah! — disse ele, como se isso explicasse tudo.

Conto a eles como Chunaram teve uma vez a ideia de vender sangue, ele poderia estocá-lo na geladeira. Ele precisava de suprimento e eu fui o primeiro que ele sangrou.

— O que aconteceu com esse plano? — pergunta Nisha.

— Alguém espalhou que ele estava vendendo sangue animal.

— Quem terá sido? — ela me ergueu uma sobrancelha, mas eu não respondi nada.

— Parte do nosso trabalho — diz Zafar, voltando ao assunto — é conseguir dinheiro para aqueles que precisam. O dinheiro vivo precisa ser carregado, é uma coisa que você pode fazer.

— Você confia em mim?

— Você não é confiável?

— Não sei. Nunca ninguém confiou nada a mim antes.

— Então vamos descobrir. Que outro trabalho você poderia fazer?

Trabalho? Eu não fazia ideia. Já tinha tentado uns poucos empregos enquanto estava na rua, catando trapos, latas, plásticos e coisas assim, eu não era bom nisso porque se você anda de quatro você só tem uma das mãos e também a boca livres pra carregar coisas. Digo isso a Zafar, que ouve com atenção. Ele botou de volta os óculos, o queixo está apoiado nos dedos, que de algum modo ainda estão descobrindo maneiras de irritar a barba.

— E quanto aos golpes? — é Nisha, rindo com ar travesso.

— Eu já te disse, não faço essas coisas.

Diz Zafar: — Você conhece o golpe da mancha de sangue?

— Não tenho ideia do que você tá falando.

— E quanto ao golpe do channa[4] derramado? Não, nessa você não conseguiria convencer.

Bem, estou impressionado. O golpe da mancha de sangue não é muito visto, pelo menos em Khaufpur. Quanto ao do channa derramado, precisa ser feito por um garoto que se senta na rua cercado por grão-de-bico torrado. Ele tem que saber chorar direito e gemer dizendo que vai apanhar do pai. Uma bandeja virada tem que estar caída ao lado dele, pra que pareça que ele é um vendedor de rua que tropeçou. Fica óbvio que ele estava carregando a bandeja na cabeça, que é o motivo pelo qual eu não poderia ter feito.

— Como é que vocês sabem dessas coisas?

[4] channa: grão-de-bico.

— Moedas perdidas você poderia fazer, garrafa quebrada você poderia tentar mas ninguém acreditaria.

— O que você quer dizer? — digo eu, que já fiz aquele truque mais vezes do que consigo lembrar.

— Ah-ha — diz ele, sorrindo. — Então você conhece. Bem, não estou interessado no que você já fez, mas no que vai fazer.

— Eu sou um animal, não posso fazer muita coisa.

Digo isso pra acabar com aquilo dele se sentir superior e também, pra ser honesto, a fim de irritá-lo.

— Você tem o dom da palavra.

— Um animal precisa usar sua boca, nenhum outro instrumento ele tem.

— Como ele vê?

— Usa os olhos.

— Você pode fazer isso — diz ele. — Como ele encontra comida?

— Ele sente o cheiro.

— Precisamos de um bom farejador. Sua cachorra — diz ele, apontando Jara que está deitada dormindo ao sol. — Como é que ela sabe quando se fazer de morta?

— Há uma palavra.

— Ela ouve, e além do mais é esperta o bastante pra entender. Precisamos de alguém como ela. Usar olhos, nariz, ouvidos, cérebro, é uma outra história.

— Nomespond! Jamespond![5]

— Shabaash![6] — diz ele mostrando os dentes.

— Eu ia gostar mais desse emprego do que de carregar dinheiro.

— Isso veremos — diz Zafar. Ele protege os olhos pra voltá-los para o sol e diz a Nisha que precisa ir porque são quase quatro horas.

— Então? O que você acha de Zafar? — pergunta Nisha quando a motocicleta dele sai peidando pelo Pé.

— Um cara tão importante deveria pelo menos ter um relógio.

[5] Corruptela de "O nome é Bond, James Bond!", dos filmes do espião 007. (N. da T.)

[6] shabaash: bravo, muito bem.

Nisha diz: — Você vai entender quando conhecê-lo.

Dela ouvi a história de Zafar. Parece que ele foi um estudante que largou a universidade para se dedicar à causa dos pobres.

— Encontrei uma vez seu antigo professor — disse Nisha. — Ele me contou que Zafar era seu aluno mais brilhante. Ele poderia ter sido qualquer coisa, mas quando ficou sabendo daquela noite, na mesma hora deixou a faculdade e veio para Khaufpur a fim de organizar a luta contra a Kompani, o que tem feito desde então. Quem você acha que manteve vivo tanto tempo o processo contra a Kompani? Tantas vezes tentaram fazê-lo parar. Ele foi ameaçado, espancado, mas Zafar não tem medo de nada nem de ninguém. Ele fala a verdade e nunca desiste. São essas coisas que fazem com que as pessoas comuns o amem.

Você também, pensei, entendendo tudo.

Então, Olhos, esse era o meu emprego, manter meus olhos e ouvidos abertos e avisar Zafar se alguma coisa fora do comum estivesse acontecendo nas bastis. Eu devia ouvir nas ruas e casas de chai, descobrir o que pretendiam o governo, a prefeitura, etc, porque aqueles putos nunca pretendiam nada de bom. Daí, em algumas semanas descobri um plano para expropriar algumas pessoas de perto da estrada de ferro e contei a Zafar, que acabou com aquilo. As pessoas me demonstravam respeito porque eu era do time de Zafar.

O bando de Zafar, como poderíamos ser descritos? Santos, diria o povo das favelas, que nunca foi capaz de pronunciar o nome de Zafar sem adicionar um sabor de bênção. Subversivos, diria Zahreel Khan, o Ministro do Combate ao Veneno de Khaufpur. Pra mim, sendo honesto, éramos só um bando de benfeitores de bosta. Está bom, fazíamos o bem, o que mais fariam benfeitores?, mas que não viessem me encher com a merda política, eu odiava toda aquela falação de "vítimas do veneno", não quero que tenham pena de mim, me recuso a ser uma merda de vítima bhonsdi-ka.[7] Quanto a Santo Zafar, não me faça rir. Eu tinha visto o desejo nos olhos do homem quando ele olhava pra Nisha, santos e anjos não sentem desejo, que é como eu sei que eu não sou um.

[7] bhonsdi-ka: nascida de um peido.

Esses sentimentos eu guardava pra mim mesmo. Quatrocentas rúpias por mês eu ganhava pelo meu trabalho, que era fácil. Nesta vida a boa sorte poucas vezes aparece e quando aparece você não vai querer ficar chutando o saco dela. Chunaram logo ficou sabendo de minhas novas riquezas porque Zafar por alguma razão foi com a cara dele e sua loja de chai no Quebra-Nozes se tornou uma espécie de segundo quartel-general. Chunaram me disse que quatrocentas rúpias era muito dinheiro, ofereceu-se para guardá-las pra mim em lugar seguro mas eu não caí nessa. Em vez disso, dei-as a Nisha. Ela disse que eu deveria abrir uma conta no banco.

— Como posso, eu que não sei ler nem escrever?

— Então eu tenho que te ensinar.

Naquela época ela estava inscrita na Universidade Feminina Iqbal Bahadur na cidade murada, mas acho que não levava os estudos muito a sério.

— Você não deveria estar em casa no meio do dia — disse o pai dela.

— E o que você faria para almoçar? Papai, Zafar me leva de volta a tempo para minhas aulas da tarde e este menino também precisa de pelo menos uma boa refeição por dia, se ele continuar insistindo em dormir ao relento em vez de debaixo de um teto como um ser humano.

— Você poderia deixar uns chapati[8] para o almoço — digo eu, lançando um olhar para o pai dela, de quem eu tinha medo. Um desgraçado cruel e sombrio ele era, mas com razão, quando você sabia a história dele. — E outra coisa, eu não sou um ser humano.

— Você não gosta da minha comida?

— Animal tem razão — disse o pai dela.

— Eu poderia arrumar alguma coisa lá fora — digo eu, que tinha recém-descoberto o prazer de gastar um pouco das minhas economias numa samosa aqui, num pau bhaji[9] ali.

— Meu pai também deve comer comida de rua?

[8] chapati: pães achatados, assados.

[9] pau bhaji: purê de verduras, picante, servido com pão, lanche bastante popular na Índia, tanto quanto o cachorro-quente nos Estados Unidos ou a pizza na Itália.

— Posso me virar muito bem — disse o pai dela. Nós dois sabíamos que não era por nós que ela vinha em casa. Zafar também vinha, na maioria dos dias. Ele comia com o pai dela, passava algum tempo com Nisha, depois a levava de volta para a faculdade em sua motocicleta.

— Você dedica muito tempo ao trabalho de Zafar — eu disse uma vez quando estávamos a sós. — É uma boa ideia?

— Porque é importante.

— E os seus estudos?

Para mim, ser um estudante, receber instrução, não era só um sonho impossível, era um sonho impossível dentro de um sonho.

— Preocupe-se em ter um teto acima da sua cabeça — disse Nisha, mudando de assunto sem cerimônia. — Quantos lugares Zafar encontrou para você? Por que você continua recusando?

— Eu tenho um bom lugar pra dormir, totalmente particular.

— Onde?

— É segredo meu.

Ela ficaria horrorizada se soubesse.

— Onde? — perguntou ela. — Vamos, diga.

— Difícil de descrever — eu disse, o que só era a mais pura verdade.

Desde aquela noite a fábrica da Kompani está trancada e abandonada. Ninguém vai lá, as pessoas dizem que é assombrada pelos que morreram. É um lugar que todos evitam, onde melhor pra um animal ter a sua toca?

Quando os jarnaliss e os estrangeiros vêm a Khaufpur eles sempre pensam que a fábrica é um grande prédio. Não é. Seus muros parecem sem fim e por dentro é uma área igual a todo o Quebra-Nozes. Eu levo mais de uma hora pra dar a volta naquilo tudo, passos suficientes pra percorrer mais de três quilômetros. Aqui e ali há buracos no muro como se um gigante tivesse dado um soco com o punho, é de onde as pessoas arrancaram tijolos para suas casas, nosso lado do Quebra-Nozes é em grande parte feito com a fábrica da morte. Olhe lá dentro, você vê uma coisa estranha, uma floresta está crescendo, capins altos, arbustos, árvores, trepadeiras que disparam chuvas de flores como fogos de artifício.

Olhos, eu gostaria que você viesse comigo pra dentro da fábrica. Entre por um desses buracos, você está num outro mundo. Foram-se os ruídos da cidade, buzinas de caminhões e carros, vozes das mulheres do Quebra-Nozes, crianças gritando, tudo apagado pelo muro alto. Ouça, como é quieto! Nenhum canto de pássaro. Nenhum gafanhoto na grama. Nenhum zumbido de abelha. Insetos não sobrevivem. Maravilhosos venenos fez a Kompani, tão bons que é impossível se livrar deles, depois de todos esses anos eles ainda fazem seu trabalho. Uma vez lá dentro, no capim, é cuidado com as mãos, cuidado com os pés. Porra de lugar cheio de cobras. Cachorros também, é tomar cuidado. Viu um cachorro, fica longe. Se ele chega perto, afasta com pedras. Esses cachorros têm bocas que espumam. Tenho medo por Jara mas não por mim. Este é o meu reino, aqui dentro eu sou o chefe. Tenho estado dentro e fora daqui desde que era pequeno, vinha aqui me esconder onde ninguém podia me encontrar. Às vezes eu trazia outras crianças pra jogar bolas de gude e rodar pião quando não queríamos que os adultos soubessem onde estávamos. Pra ter certeza de que não voltariam sozinhas, eu contava histórias de crianças que tinham se aventurado na fábrica e nunca mais tinham sido vistas.

os fantasmas vão te pegar, você nunca vai escapar

Eu contava como tinha encontrado seus ossos na selva, roídos por animais com caninos de fogo. Então como é que você ainda está vivo?, elas perguntavam.

os fantasmas fogem da minha sombra torta

Olhos, imagine que você está na fábrica comigo. Está vendo aquela coisa mais alta do que as árvores, aqueles canos enferrujados e degraus de metal indo pra lugar nenhum? É o lugar onde faziam os venenos. Era maior, mas continua a cair aos pedaços. Cada ventania arranca mais pedaços de ferro. Ouvimos eles se baterem como fantasmas zangados. Tudo o que existe agora é o seu esqueleto. Plataformas, escadas e balaustradas estão corroídas. Suas entranhas são um emaranhado de canos como tripas podres. Tanques enormes racharam, coisas despencadas que parecem pedras marrons. Quantas vezes Zafar avisou que se o capim seco dentro da fábrica um dia se incendiasse, se o fogo chegasse naqueles montes marrons, os gases venenosos esguichariam, seria aquela noite toda outra vez.

Nesse capim seco que Zafar disse ser um perigo para a cidade eu costumava fazer meu ninho pra dormir. Em noites quentes eu podia sonhar confortável debaixo das estrelas sem insetos pra me perturbar. Durante as chuvas e no frio havia salas que a Kompani, quando fugiu de Khaufpur, deixou cheias de papéis até os joelhos. Os papéis da Kompani faziam uma colcha grossa e além disso eu tinha a cachorra pra me manter aquecido. Nos escritórios o fedor químico era menor. Dentro dos armazéns eu nunca fui, eles estavam cheios de sacos em decomposição dos quais saíam pós brancos e cor-de-rosa. Muito tempo perto deles e você logo ficava sem fôlego, com dores no peito. Às vezes, movendo-me pela selva, eu ficava tonto e sentia na língua um gosto forte de metal, eram regiões a evitar.

Olhos, você ainda está comigo? Por toda parte neste lugar uma guerra silenciosa está sendo travada. A Mãe Natureza está tentando recuperar a terra. Árvores silvestres de sândalo chegaram, quem sabe como, deve ser porque suas sementes foram cagadas por pássaros voando lá no alto. Esse cheiro de erva é ajwain,[10] você o sente pelas rajadas do vento, nesses momentos a floresta é bonita, você se esquece de que ela é envenenada e assombrada. Debaixo da casa venenosa, as árvores crescem entre os canos. Trepadeiras, marrons e finas como meu pulso, subiram alto até lá em cima, segurando firme elas se enrolaram com nós de madeira em volta de canos e escadas, como se quisessem destruir tudo o que foi feito pela Kompani.

[10] ajwain: planta aromática de sementes semelhantes ao cominho.

Aqui podemos subir, escadas acima e bem pro alto, até onde soprou o vento mortal. Em cima do degrau mais alto, um único cano preto continua céu adentro. Você pode encostar a mão nele, ele é mais largo do que os outros. Por esse cano os venenos subiram naquela noite. Ainda negro e cheio de bolhas depois de vinte anos. Sua pintura foi queimada, tão quentes eram aqueles gases, mesmo que aquela noite fosse uma noite gelada e cheia de estrelas.

— Wah! que vista!

É a primeira coisa que se diz quando se sobe aqui, daqui você pode ver claramente toda Khaufpur, cada rua, cada viela, vala, beco miserável. Aquele ajuntamento de telhados é Jyotinagar. As vielas ali são estreitas, não gosto de pensar no que aconteceu nelas. Meu amigo Faqri, ele perdeu sua mamãe e papai e cinco irmãos e irmãs nessas vielas. Está vendo os clarões por onde corre o naala?[11] É Colônia Myra, depois Khabbarkhana e Salimganj. A leste, Phuta Maqbara, a oeste o Campo Qazi, todos terrenos mortais. Aqueles minaretes mais ao longe são a grande masjid[12] na Chowk.[13] Lá, está vendo a estrada de Délhi? Naquela noite era um rio de gente, alguns em roupas de baixo, outros sem nada em cima, eles ziguezagueavam como se aquilo fosse o fim de alguma grande corrida, caindo e não se levantando, em Rani Hira Pati ka Mahal a rua estava coberta de cadáveres.

Olhos, existe mesmo a tal de bhayaanak rasa,[14] o tipo de terror que faz seus pelinhos se levantarem e tremerem, que é chamada de romanchik.[15] Sinto isso quando volto a este lugar alto, vejo a mãe Kali[16] caçando na floresta lá embaixo, sua pele negra como um cadáver torrado. Ela tem aqueles caninos enormes e uma língua vermelha pendurada até a cintura e um cinto de cabeças degoladas, cada uma delas com uma expressão de agonia que é igual à que tinham quando

[11] naala: vala de esgoto a céu aberto.

[12] masjid: mesquita.

[13] Chowk: palavra francesa usada para indicar a praça do mercado. (N. da T.)

[14] bhayaanak rasa: a emoção do pavor, terror.

[15] romanchik: de arrepiar os cabelos.

[16] Kali: deusa-mãe hindu, deusa negra da morte e da destruição.

morreram. Olhos, você vê um cano preto subindo até o céu, eu vejo Shiva[17] escuro e nu, manchado com as cinzas das piras funerárias. Seus olhos são vermelhos da fumaça e dos pedaços de carne queimada. Ele está dançando. De todos os lados posso ouvir os berros e gritos dos moribundos, porque quando Shiva dança o mundo chega ao fim. Você acha que alguém pode explicar por que foi que a Kompani escolheu esta cidade pra fazer sua fábrica? Por que esta terra? Será que por acaso foi porque o antigo nome deste lugar era chão de Kali? Será que por acaso foi porque Shiva seu marido tem cobras em volta do pescoço?

Aqui em cima só o vento, como é silencioso. Não é sempre. Você precisava ouvir os fantasmas, a fábrica está cheia deles, quando sopra um vento forte, suas almas voam dando guinchos pra cima e pra baixo pelos canos vazios. Algumas noites não havia nada aqui, só os fantasmas e eu, uma criatura quadrúpede escalando árvores e canos. Empoleirado que nem um macaco no alto desse monte de khana[18] venenosa, eu observava a lua fazendo sombras e as estrelas descrevendo seus círculos e olhava para as luzes da cidade e imaginava, se esse cano tivesse sido emendado, aquela roda ajustada, eu poderia ter tido uma mãe e um pai, eu poderia ser ainda um ser humano.

Todas as manhãs eu saía escondido da fábrica para fazer meu trabalho nas bastis. Ao meio-dia, me dirigia para a casa de Nisha. Sua comida era boa, sua companhia divertida. Eu comia meu almoço e fazia o possível para evitar seu pai assustador.

Somraj é o nome do pai de Nisha, pandit Somraj Tryambak Punekar. Ao contrário da filha ele é alto, torce o meu pescoço para olhar pra ele lá em cima, ele tem o mesmo nariz zapaat[19] que ela, comprido e pontudo, seus dedos também são compridos, mas a coisa mais importante nele é que ele já foi um cantor, e não só um cantor mas um cantor famoso. Seu nome era conhecido em toda a Índia, de tantos prêmios e honras que recebeu, eles o chamavam de *Aawaaz-*

[17] Shiva: deus hindu da dança e da música, é também o grande destruidor.

[18] khana: comida.

[19] zapaat: comprido e fino, como o nariz de Zafar, um narigão.

-e-Khaufpur, a Voz de Khaufpur. Nisha me disse que em sua mocidade seu pai estava sempre cantando no rádio e dava concertos e todo o resto, até que aquela noite levou embora sua mulher e bebê e fodeu com seus pulmões. Nisha nunca conheceu sua mãe nem irmão, ela diz que quando a Kompani roubou o fôlego de seu pai roubou também sua vida, porque o fôlego é a vida de um cantor. Daquela noite em diante ele ouviria os discos dos outros, mas nunca os seus. Tornou-se um homem reservado e solene. Mais tarde, começou a ensinar música, seus alunos ganharam prêmios, e o tinham como um deus, mas parecia que ele não tinha prazer com aquilo já que muito poucas vezes você o veria sorrir.

Como todo khaufpuri, Somraj odiava a Kompani, ele dirigia um comitê de combate ao veneno que fazia o que podia pelos nativos que ainda botavam os pulmões pra fora de tanto tossir, tantos anos depois daquela noite. As pessoas que ele ajudava estavam entre as mais pobres na cidade, que é a razão pela qual nenhum político dava a mínima pra elas e dificilmente um advogado apresentaria seus pedidos de indenização. Em seu trabalho ele conheceu Zafar, através dele Zafar conheceu Nisha. Eu costumava imaginar como Somraj se sentia a respeito do relacionamento dos dois. Sua filha, uma garota hindu com menos de 20 anos, e um homem muçulmano com o dobro da sua idade. Mas fossem quais fossem seus pensamentos, Somraj os guardava pra si mesmo. Ele aprovava o trabalho dela com Zafar, onde ele e ela discordavam era na questão de como a luta deveria ser travada. O processo contra a Kompani se arrastava por anos sem fim. A empresa continuava acusada de causar a morte de centenas naquela noite e de fugir de Khaufpur sem limpar a fábrica. Ao longo dos anos os venenos deixados pra trás foram entrando pelos poços, todo mundo que você encontrava parecia estar doente. Os khaufpuris reivindicavam que a Kompani pagasse a devida indenização àqueles cujos entes queridos foram mortos, cuja saúde ficou arruinada, e também limpasse a fábrica e compensasse o povo que andou bebendo seus venenos. O problema era que os patrões da Kompani estavam lá longe na Amrika,[20] eles se recusavam a comparecer ao tribunal de Khaufpur e

[20] Amrika: América.

ninguém podia obrigá-los. O processo durava tanto tempo que tinha se tornado parte da nossa linguagem khaufpuri. Por exemplo, se eu pedisse seis rúpias emprestadas a Faqri ele diria: "Vê se me paga antes que o processo termine." Ou se alguém disser alguma coisa inacreditável como Chunaram está dando kebabs de graça, os outros vão gozar: "Ah, com certeza, e a Kompani foi ao tribunal."

Um dia cheguei como sempre para almoçar e encontrei Nisha e seu pai tendo uma discussão. — Todo acusado deve ter a oportunidade de se defender — dizia Somraj. — Até a Kompani. No final, a lei vai nos recompensar.

Nisha estava de pé, parecendo zangada com as mãos cobertas de tinta branca e o cabelo despenteado: — Papai, a Kompani nunca apareceu no tribunal, então como é que a lei pode nos recompensar?

— Pode levar anos, mas as tentativas de escapar não terão sucesso.

— Que tentativas? Eles não precisam escapar, eles já fugiram impunes.

— A justiça está do nosso lado.

— Meu querido papai — disse Nisha com um leve suspiro —, você é um amor e um homem justo, todo mundo sabe disso e o respeita por isso, mas ou você está sendo ingênuo ou não percebeu que o mundo mudou. Talvez você se lembre de coisas como justiça, mas desde que nasci não tem havido sinal dela. Se quisermos justiça, temos que lutar por ela nas ruas.

— A violência não é o caminho.

— Quem falou em violência? É só uma passeata.

— Atirando pedras? Como da última vez?

— Zafar fez o que pôde para impedir, mas por quanto tempo o povo tem que sofrer em silêncio?

— Para isso, infelizmente, não tenho resposta — disse o pai dela, e saiu da sala.

— O que você está fazendo? — perguntei a Nisha. Ela me mostrou essa grande faixa que tinha feito para o juloos,[21] a passeata, pintadas no pano preto estão grandes letras brancas.

[21] juloos: passeata de protesto.

— O que você acha? Está bom? Tem força?

— Como vou saber? Eu não sei ler.

Ela dá um grande suspiro e diz: — Hoje mesmo vamos começar suas aulas.

Foi difícil no começo, ler. Pegue duas letras como क e ल, elas parecem quase iguais, mas os sons que elas fazem, *ka* e *la*, são diferentes. Devagar as letras começaram a fazer sentido. ज, a forma de uma mão pedindo esmolas, era *ja*. ह, uma forma que me lembrava a cabeça de um elefante com tromba e dentes, como Ganesha num pacote de beedis[22] esse era *ha*, para haathi, elefante. Cartazes na rua aos poucos ganharam vida. कोका कोला, eu já sabia que queria dizer Coca-Cola, que eu nunca tinha provado. Aprendi a soletrar meu próprio nome, जानवर, Jaanvar, que significa Animal. Nisha disse que esse era meu nome e que eu deveria me orgulhar dele. Jaan quer dizer "vida". Jaanvar quer dizer "aquele que vive".

— Vida? Você está cheio dela — disse ela, lançando os olhos sobre uma página de rabiscos de jaanvars. — Nunca conheci ninguém com tanta jaan como você.

Aí ela estragou tudo acrescentando: — Exceto Zafar.

Quando aprendi a ler e escrever em híndi, Nisha me deu uma nova tarefa. Havia um grupo de garotos aos quais ela estava ensinando inglis. Eu deveria me juntar a eles. Eu não tinha ido à escola desde o orfanato, onde todas as crianças se sentavam juntas numa sala e recitavam suas lições. As freiras eram severas, uma coisa errada e era um tapa com a régua, quina pra baixo, na palma da mão. Ma Franci era boazinha mas ela não tinha que ensinar porque ninguém nem mesmo eu conseguia entender uma palavra do que ela dizia, e ela não conseguia nos entender.

— Você vai me bater? — perguntei a Nisha. Ela riu. Que professora paciente ela era, difícil é lembrar que naquela época ela nem tinha 19 anos.

[22] beedi: cigarro de fumo de rolo.

Nunca ela reclamou enquanto nós lutávamos para enrolar a língua nas estranhas palavras em inglis, *mayngo*, *pawmgront*, *cushdhappel*, *gwaav*, *bunaan*, que eram os nomes das árvores frutíferas de seu jardim. Na verdade eu não achava inglis muito difícil. Como eu já te disse, Olhos, eu sempre peguei o significado das frases mesmo quando não entendia uma palavra. Eu não tinha só ouvido mas também olho pros significados. Eu era capaz de ler expressões e gestos, o jeito como alguém se sentava ou ficava de pé, mas ter aulas com Nisha realmente fez surgir meu dom pras línguas. Como água jorrando num campo, a nova linguagem simplesmente apareceu. Gato sentado no mato casa queima gente se junta na pátria, assim meu inglis progrediu. Zafar também se sentava e me ouvia, os dois me elogiavam e se maravilhavam com minha rapidez em aprender.

Um dia chega Zafar com um livrinho que tinha mandado imprimir: — É sobre aquela noite — diz ele todo orgulhoso —, mostra o que estava errado na fábrica e que provocou o vazamento do veneno. Há figuras para que as crianças possam ler e entender.

Nisha me estende o livro e me pede pra ler. Dei uma folheada, dentro estão desenhos dos diversos prédios dentro da fábrica, conheço cada um deles, mas no livro eles são mostrados como devem ter sido antes daquela noite, não apodrecendo como agora. Setas mostram onde as coisas estavam erradas, aqui, ali, ali, ali, em toda parte.

— Não vou ler isso — eu digo.

— Por que não? — ela pergunta.

— Não sou uma criança.

— Então, grande homem — pergunta Zafar, — o que você prefere ler em vez desse?

Ele está rindo, mas secretamente acho que ele está magoado porque eu não quero ler o seu livro.

— Eu não sou um homem. Me dá aquele outro que você está carregando.

Zafar lia muito, nunca estava sem um livro.

— Este? Acho que você pode achar difícil demais.

Abri o livro na primeira página e tomando muito cuidado li devagar em voz alta: "É uma verdade virtualmente reconhecida que um homem solteiro em posição de boa fortuna deva sentir necessidade de uma esposa."

Nisha começa a bater palmas. Ela diz que sou seu melhor aluno. Então ela se abaixa e me dá um abraço. Nenhuma garota tinha encostado em mim antes, muito menos abraçado. Aquilo me mandou um arrepio pelo corpo direto pro meu pau. Foi a primeira vez que eu me peguei pensando, se pelo menos as coisas fossem diferentes pra mim, se eu pudesse andar ereto, ela exaltaria minhas qualidades em vez das de Zafar.

Foi minha língua esperta, capaz de se torcer em qualquer idioma, que deu fim aos meus dias de vida dura. Nisha adorava bater papo e, quando eu estava em sua casa comendo meu almoço, ela falava de todo tipo de coisas. Um dia eu digo: — Nisha, depois de inglis, vou aprender français, então vou saber afinal o que Ma Franci dizia quando gritava conosco, as crianças do orfanato.

— Quem é Ma Franci?

— É uma freira, veio da França há mais de quarenta anos pra transmitir a mensagem de Isa miyañ e fazer caridade.

— E français?

— A língua da França, é tudo o que ela sabe.

— Depois de quarenta anos aqui ela não sabe falar híndi?

Daí então começo a contar a Nisha sobre Ma Franci. É um tipo triste de história, a de Ma, embora de um outro jeito fosse engraçada.

Naquela noite todo tipo de gente perdeu toda espécie de coisas, vidas com certeza, famílias, amigos, saúde, emprego, em alguns casos suas habilidades. Essa pobre mulher, Ma Franci, perdeu todo o seu conhecimento de híndi. Ela tinha ido dormir sabendo tanto quanto qualquer khaufpuri, mas foi acordada no meio da noite por um vento cheio de veneno e anjos profetizadores. Naquela grande mela[23] da morte, naquelas festividades arruaceiras e inesquecíveis, sua mente foi

[23] mela: feira, quermesse.

lavada do híndi, e ainda do inglis, que ela também tinha sabido falar à sa manière, ela esqueceu todas as línguas com exceção do seu jeito infantil de falar na França. Bem, se fosse só isso não era problema, tantos estrangeiros vêm a Khaufpur, quantos sabem falar híndi? Mas houve mais uma coisa na loucura de Ma Franci, quando ela ouvia gente falando em híndi ou inglis, ou chegava perto dos que falavam em urdu, tâmil, oriya ou qualquer outra língua usada em Khaufpur, ela não conseguia mais reconhecer que o que eles falavam era um idioma, ela pensava que eles estavam só fazendo grunhidos e sons estúpidos.

O orfanato era dirigido pelas religieuses françaises, ficava em Jyotinagar, perto da fábrica, e naquela noite foi terrivelmente atingido. Muitas crianças morreram, freiras também. As que sobreviveram ficaram doentes. Depois, freiras indianas chegaram e as freiras francesas uma a uma foram levadas de volta pra casa. Ma recusou-se a partir. Ela disse que Khaufpur tinha sentido o punho de deus, o Apokalis[24] tinha começado, seu lugar era com seu povo sofredor. Assim ela ficou e em voz alta rezava dia e noite.

Nenhuma das freiras que ficaram fala français, não ficou nenhuma cujas palavras Ma Franci pudesse entender, ou que fizesse alguma ideia do que ela estava dizendo. As irmãs indianas fizeram realmente um esforço pra aprender algumas coisas como *ô*, água, *dejonê*, almoço, *twalet*, banheiro, *komansavá*, como vai, etc, mas isso só deixou a velhinha mais enlouquecida. Se elas sabiam como era falar direito, por que continuavam a tagarelar como animais?

Tudo isso ainda estava acontecendo quando eu era bem pequeno. Na época em que eu já tinha idade suficiente pra saber quem ela era, meus próprios problemas começaram e Ma Franci já tinha passado anos com uma cabeça cheia de anjos e uma língua mais amarga do que uma lambida de tamarindo.

Quando terminei a história de Ma, Nisha pergunta com os olhos úmidos:
— Essa pobre mulher, ela ainda está aqui em Khaufpur?

— Está. Ela vive no convento.

— Você tem que voltar.

[24] Apokalis: corruptela de apocalipse. (N. da T.)

— Voltar pra onde?

— Convento — diz ela, assoando o nariz num lenço. — Como você diz, você vai aprender francês sem problemas, você pode cuidar daquela pobre senhora.

— Não!

— Não? Seu ingratozinho miserável, o que é esse não?

— É o meu não, e ele quer dizer não.

— Mude-o para um sim.

Olhos, não sei quantas vezes eu disse a Nisha que não voltaria lá. Ma era velha. Muito velha. Oitenta anos, talvez. Quem sabe 100. Eu gostava dela mas ela precisava de um monte de cuidados e eu gostava da liberdade da minha vida, vagabundeando com Jara, e dos golpes pra enganar o público e a polícia. Eu acabava de fazer 17, tinha passado anos nas ruas e era um merdinha tão insensível quanto qualquer um que você encontra por aí.

— Não quer dizer não.

Mas Nisha também podia ser teimosa. Ela disse que eu tinha que aprender responsabilidade.

— O quê? Eu sou um animal quadrúpede.

— Você é mimado. É hora de crescer.

Ela me deu as costas: — De agora em diante tomar conta de Ma Franci é parte do seu trabalho. Zafar vai confirmar isso.

Dois dias depois eu chego pra trabalhar, Zafar enfia um embrulho gordo na minha mão, me diz pra entregar a uma família na Colônia Lua Azul.

— Cuidado com isso. É para uma família que precisa de um telhado novo na casa.

Eu nunca tinha visto tanto dinheiro.

— Quanto tem aqui?

— Onze mil e quinhentas rúpias.

Eu estava perplexo vendo Zafar, que sabia que eu tinha sido um trapaceador, colocar tanto dinheiro na minha mão.

— Você confia em mim? Eu podia fugir.

— É você quem precisa aprender a confiar — disse ele.

Não respondi, só peguei o dinheiro e entreguei. Eu desprezava Zafar por confiar em mim e mais ainda porque Nisha o idolatrava, ele que tinha o dobro da idade dela. Está bem, isso não era da minha conta mas me irritava. Eu negava pra mim mesmo que estava começando a gostar de Nisha. Como seria estúpido! Olhos, veja só, se uma pessoa tem um rival no amor, vai querer que esse rival seja um covarde feio e de pernas tortas, com pelos espetados saindo das orelhas e narinas, uma boca que fede como esgoto e uma pele que se levanta rebelando-se contra si mesma. Acredite em mim, essa pessoa não vai querer Zafar, que é alto, bonito, cuja barba se enrola como a de um rajá e que é envolto pelo doce perfume da santidade.

Não é fácil aprender uma língua quando a pessoa que deveria ensinar não consegue entender porra nenhuma do que você diz. — Animal, por que eles fazem esses barulhos? — perguntava Ma Franci em sua voz monótona. Ela perguntava em français, mas de algum jeito o sentido penetrava em meu cérebro. Quando Ma gritava "*Sallô, purqwatu na parlpa lalang yumain?*"[25] eu não tinha ideia do que os sons queriam dizer, mas eu sabia o que *ela* queria dizer. Levou um tempo, talvez duas ou três semanas, pra pegar o jeito do français. Ajudou que, embora Ma não percebesse, ainda havia um bocado de híndi no que ela dizia.

— Ça va [Tudo bem], Ma?

— Achchha[26] Jaanvar. Et toi [E você]?

— 'Zirê quelq'chose ['Zeja gumacoisa]?

— Animal, se você consegue aprender a falar direito, por que esses idiotas falam besteira o tempo todo?

— Não é besteira, Ma Franci, é outra língua.

— Pare com isso — diz ela. — Eu sei muitas línguas. Essa gente só está dizendo asneira. Por que elas fazem isso? Por que não me tratam como um ser humano.

[25] Transcrição fonética do francês "Salaud, pour quoi tu ne parles pas la langue humaine?", cuja tradução é "Seu sem-vergonha, por que você não fala língua humana?" (N. da T.)

[26] achchha: tudo bem, ok.

Je ne sais pas, Ma, je suis un animal [Eu não sei, Ma, eu sou um animal].

Ma estava muito velha e mais rabugenta do que nunca. Quando dominei o francês, as outras freiras souberam pela primeira vez que Ma achava que elas tagarelavam bobagens. Aquilo caiu mal. Doida de pedra, disseram elas, ela vai ficar melhor na França, numa casa para freiras velhas onde todos falam français.

Como um estúpido, falei com Ma sobre a ideia dela voltar pra França. Ela ficou furiosa: — Non, Animal, mon travail c'est dans le royaume des pauvres [Meu trabalho é no reino dos pobres], era como ela chamava as favelas de Khaufpur.

Na manhã seguinte, Ma saiu para o trabalho, que é ir de casa em casa cuidando de pequenas doenças e machucados. Como ela consegue sem o idioma ninguém sabe a não ser eu que compartilho desse dom, há muito mais dito num sorriso. À tardinha, quando apareci no convento, Ma não tinha voltado. Isso é raro e as freiras estão preocupadas então eu saí pra procurar. Muitas bidonvilles tem Khaufpur, por onde começar? No Campo Qazi Ma tinha muito que fazer, mas ninguém de lá a viu. Só naquele lugar passei uma hora.

Depois fui para Phuta Maqbara. Atrás do túmulo em ruínas que fica entre os barracos dos pobres, a lua está nascendo e com ela nasce o meu medo. Medo mais culpa, fui eu quem provocou esse problema. No luar ansioso procuro beco após beco, só encontro sombras. Está seriamente tarde. Uma freira velha maluca e sozinha, com quem poderia ter se encontrado? Onde poderia ter caído?

Volto para o convento, esperando que ela tenha voltado. Todas as luzes estão acesas, estão fazendo orações pela sua segurança. Saio de novo na mesma hora. Por volta da meia-noite chego ao Quebra-Nozes. De todas as favelas de Khaufpur esta é a maior e a mais desesperada, mas por essa razão também a mais interessante. Eu poderia passar todo o dia lá jogando conversa fora. Agora estou perguntando a todos os que encontro se viram Ma. Ninguém viu. Bem no coração do Quebra-Nozes, no cruzamento do Beco Paraíso com a Vala dos Sete Alfaiates, fica a loja de chai de Chunaram, onde é meu hábito passar toda tarde para insultar o dono e descolar xícaras de chá. Quando chego lá, o lugar está fechando para a noite, um lampião de querosene está lá com o pavio virado ao contrário, dois camaradas jogando cartas no escuro, mas aqui finalmente descubro alguma coisa. Alguém viu uma velha com a descrição de Ma saindo da casa de Huriya Bi. Olhos, você se lembra que eu falei de ouvir a voz de Aliya me chamando pra brincar? A vovó dela disse que eu me comportava feito criança? Bem, a vovó de Aliya é Huriya Bi. A lua está perdida atrás das nuvens, na escuridão total fui tateando pela Sete Alfaiates na direção ao limite norte do Quebra-Nozes. Nessa hora a maioria das pessoas está dormindo, aqui e ali há umas poucas luzes tremulando atrás das portas de pano das casas e de dentro vêm vozes fracas e tosses. Nenhuma luz na minúscula casa de Huriya Bi. É um barraco sem porta, só uma abertura escura. Entrei e sacudi os vultos que dormiam. Huriya acordando num pulo diz: — Ai meu deus, é sexta-feira?

— Vovó, sou eu, Animal — sussurrei, pra não acordar Aliya e Hanif, seu vovô. — Estou procurando Ma. Ela não voltou pro convento. Estão todos com medo de que alguma coisa ruim tenha acontecido.

— O que aconteceu? — pergunta ela, não me ouvindo direito. — É a fábrica?

Como todo o povo que vive por ali, ela tem pavor de que uma noite a fábrica se erga dos mortos e venha a passos largos como um demônio gotejando sangue pra acabar com todos eles.

— Ma desapareceu. Estou procurando há horas.

— A sua Ma? Ma Franci?

— É, é.

Eu mal podia distinguir seu vulto, erguendo-se num cotovelo.

— Você está com fome, filho? Você arranjou alguma coisa pra comer hoje?

— Não se preocupe com isso — eu digo, amaldiçoando a frágil percepção dos velhos. — Você viu Ma Franci?

Há silêncio enquanto a velha senhora limpa os sonhos de sua cabeça. Então ela diz: — Ma Franci esteve aqui mais cedo, como sempre falando sabe-se lá o quê. Ela estava rindo muito. Não sei pra onde ela foi.

— Eu sei — diz uma vozinha na escuridão. É minha amiga levada Aliya. — Quer que eu te mostre?

Juro que ela teria dado um pulo e vindo, mas naquela hora seu avô Hanif Ali também acordou, até os periquitos começaram a gritar. Dois velhos a mantiveram bem embrulhada em seu lençol com a conversa de escola de manhã e tapas se ela não obedecesse.

— Mas eu sei onde ela está. Imaginem se o Animal não conseguir encontrá-la.

— Cuidarei de Aliya — eu digo, mas eles se recusam terminantemente a deixá-la ir. Ela é sua única neta, eles dizem, tudo o que eles têm no mundo desde que sua filha, mãe dela, morreu depois de não sei quantos anos de doença de pulmão podre, ela é a alegria deles, seu orgulho que vai à escola, o ar da noite está cheio de febre, eles não vão arriscar a saúde da criança, tudo isso a criança ouve com profundos suspiros.

— Onde acaba o Quebra-Nozes — ela me diz. — Atravesse os trilhos.

Bem, pelo menos a lua está de fora outra vez. Em menos de duzentos passos cheguei aos trilhos brilhantes depois dos quais fica o muro da fábrica encerrando sua floresta encantada. A meio caminho tive que parar para que um trem passasse, ele passa perto, grandes rodas bombeando bem ao lado da minha cabeça, faíscas voando, pedaço de carvão cai, rola até meus pés, fica ali como fogo no olho de um cão até que o luar o apaga. Quando os últimos ecos se vão ouço o som do trinado da velha

Quand j'étais chez mon père,
Petite à la ti ti, la ri ti, tonton lariton.
[Quando eu vivia com meu pai,
Pequena na la ti ti, la ri ti, tonton lariton.]

Um pouco adiante, passando os trilhos e perto do muro da fábrica, há uma torre de pedra caindo aos pedaços, com mato crescendo em suas paredes. Algum bambambã construiu aquilo centenas de anos atrás, naquela época as terras da fábrica eram pomares. Talvez fosse um túmulo, ninguém sabe pra que servia, quando a fábrica de veneno chegou e levantou seus muros ao redor dos pomares, essa ruína foi deixada de fora. Daquele lugar está vindo o canto, uma luz fraca treme lá dentro.

É lá que eu a encontro, sentada no chão, com uma simples trouxa de suas coisas aberta e seu conteúdo espalhado ao seu redor.

— Ah!, aí está você, em casa afinal — diz ela. — Seja bonzinho e ponha a chaleira no fogo.

Fita quatro

Por muito tempo me recusei a admitir que sentia alguma coisa por Nisha. Cara, como eu discutia comigo mesmo. Ela nem bonita é. Não é o meu tipo. As vozes na minha cabeça se animavam todas. *Ah, é?!*, rosna uma voz filha da puta, parece que vem de uma boca cheia de sangue com dentes de porco saindo curvos pelos cantos.

Tem como você ser amado?, pergunta outra.

Ouça, eu gosto dessas garotas do cinema que pintam o rosto, elas fazem um esforço pra ficarem bonitas.

Todos sabem o que ele quer!, sibila uma fêmea gozadora flutuando perto do meu ouvido esquerdo.

Respondo que é claro que eu quero, porra. Quem não quer? Mas o mais perto que já cheguei foi olhar figuras que Farouq me mostrou, arrancadas de uma revista. Farouq vai ver filmes indecentes na espelunca do subsolo do Laxmi Talkies, filmes made-in-USA exibidos pela Associação Felicidade. Ele tentou me levar uma vez, mas não me deixaram entrar porque eu não era sócio.

Boceta boceta boceta, diz uma voz cheia de risadas sombrias e apavorantes.

Vai se foder, eu digo, me recusando a ter medo. Nem todas as vozes são zombeteiras ou hostis. Algumas são amáveis, me dizem pra não me preocupar, eu deveria ouvi-las, elas vão me dizer a melhor maneira de agir. Vocês também vão se foder, digo a elas. Vocês são todas patéticas. Vozes sem corpos, pra que porra vocês servem? Sem mim vocês não são nada.

Temos recordações, cintilações, cascas de limões

Mas não têm corpos. É por isso que ficam tão excitadas, não tendo seus próprios corpos vocês só podem se sentir sexies quando eu me sinto. É por isso que estão sempre pondo esses pensamentos na minha cabeça.

altas e claras somos mais de uma voz
no mundo inteiro não há como nós
quanto a você uma coisa é certeira
és um babaquinha sem eira nem beira

Não sei aí onde você vive, Olhos, mas aqui em Khaufpur pode-se ver de tudo na internest.[1] Caras com dinheiro podem ir nessa loja, eles têm cabines com computadores que mostram sexo. Os caras podem ver tanto quanto quiserem, os donos até deixam uns panos nas cabines. Farouq, braço direito de Zafar, me contou, ele afirma que você pode até conhecer garotas, como em *Dil Hi Dil Mein*, a Sonali Bendre não encontrou Kunal desse jeito? Filme idiota, com uma musiquinha de merda, *dub you dub you dub you love dot com*? Farouq está sempre cantando isso.

Da Sonali você gosta, né?, escarnecem os dentes sangrentos.

Tem como você ser amado?

Definitivamente, gosto de garotas do cinema como Sonali que se dão ao trabalho de ficarem bonitas.

Qual é a da Sonali? Narigão ela tem.
Grandão que nem teu pauzão.
Grossão que nem teu pintão.
Biroca que nem tua piroca.

Nem mesmo faz sentido. Caladas, por favor.

Pro que você quer os dois têm que querer.
Qual é a garota que com você vai fazer?

[1] internest: corruptela de internet. (N. da T.)

Vão se foder, vão se foder, vão se foder!

Eu queria tanto, todas as noites a vontade deixava meu monstro duro. Nos meus dias de vida difícil passei muitas vezes pela rua dos bordéis de Khaufpur, ficava perto dos cafés onde eu gostava de esmolar, às vezes as madamas levavam garotas pra comer porque nunca tinham tempo pra cozinhar. Uma ou duas garotas cheguei a conhecer, elas me acenavam e sorriam. Eu pensava que se eu pudesse juntar algum dinheiro e também tomar um bom banho, ter alguma coisa limpa pra vestir, eu poderia talvez visitar um daqueles lugares. De uma garota em especial eu gostava, jovem ela era, seu nome era Anjali, ela contrabandeava pedaços de paratha[2] do restaurante pra mim e brincava sobre como eu era um camarada bonito e durão. Eu dizia a ela: — Não me goze, isso não é gentil. — Quem tá te gozando? — ela respondia. Ela dava uma risada, saía balançando o traseiro, por cima do ombro me atirando um beijo.

Talvez ela não estivesse me gozando. Quatro partes de mim são fortes e boas, meu rosto é bonito, tenho braços poderosos, peito sólido e musculoso. Quanto ao resto... "Meu deus que cacete! O filho da mãe parece um jumento." Essa foi a gracinha de Farouq e seus amigos quando me pegaram uma vez brincando no lago da fábrica.

— Jaanvar você é dotado como... um jaanvar.

É, e que alegria descobri naquela torre forte e amável que jorra leite como um frangipani.[3]

Amor é diferente e mais difícil. Não tem nada a ver com sexo. Isso foi o que tentei fazer minhas vozes entenderem. Em silêncio o amor acontece. Você não está nem mesmo pensando em romance, então ela sorri e você percebe pela primeira vez que ela não é assim tão sem graça, seu rosto é na verdade bem doce. Você espera pelo sorriso dela e percebe que ele repuxa suas bochechas criando dois desenhos de manga, por que esse desenho é tão agradável eu não sei. Então uma tarde ela passa kajal em volta dos olhos e escova o cabelo, parece

[2] paratha: massa folhada amanteigada recheada com legumes ou queijo.

[3] frangipani: *Plumeria rubra* (*indica*), jasmim-manga, árvore de flores perfumadas, brancas ou cor-de-rosa.

muito diferente e de repente Sonali Bendre não é tão desejável quanto essa que esteve debaixo do seu nariz por tanto tempo, que está toda embonecada pra ir a algum lugar aonde você não vai, nunca pode ir.

Eu gostava quando ela me sorria, foi assim que começou. Então eu fazia coisas para fazê-la sorrir. Depois comecei a perceber todas as vezes que ela sorria pra Zafar. É assim que o veneno do amor entra no sangue. Se por acaso as mãos dos dois se tocavam eu sentia uma punhalada. Comecei a fazer observações imbecis e não gostava quando às vezes iam os dois para o quarto dela e eu não era convidado.

— Então qual é o grande segredo? — perguntei na segunda ou terceira vez que isso aconteceu. Eu estava tentando fazer piada. Zafar ergueu as sobrancelhas num estilo bem-que-você-ia-querer-saber, mas Nisha me disse pra não ser idiota, eles simplesmente queriam deixar o pai dela ouvir sua música em paz. Na verdade quem sabia que porra eles estavam fazendo?

É claro que eu não tinha chance com Nisha. Ela estava caída por Zafar e as minhas costas eram tortas como a cauda de um escorpião. Muitas e muitas vezes eu disse a mim mesmo, se eu ao menos pudesse ficar de pé ereto, seria outra coisa, aquele cara velho não teria chance. Isso me fazia sentir melhor, mas não mudava nada. Que esperança havia de que minhas costas desentortassem um dia? Queixei-me com Nisha de que todo mundo ia se casar um dia mas nenhuma garota algum dia ia olhar pra mim. Ela disse: — Não é o exterior que importa, dentro de você há um belo homem.

— Não sou um homem, eu disse.

Mesmo ideias como essas ela aprendia com Zafar. Quando falei da minha situação ela mordeu a bochecha e caiu num longo silêncio pensativo. Seu cabelo escorregava pra cima dos olhos, ela o afastava como se fosse algum inseto chato. Eu teria gostado de acariciar seu cabelo, mas não ousava. Uma vez, tentei de um jeito sutil mostrar-lhe meus sentimentos; eu disse: — Nish, se alguma vez você estiver infeliz, só se lembre de que por você eu farei qualquer coisa.

Ela riu e me disse que eu era um amor e que ela não estava infeliz. Isso não me satisfez, não tive certeza de que ela tivesse entendido. Em Khaufpur temos uma expressão, *kya main Híndi mein samjhaun?* Preciso falar em híndi? Em outras palavras, será que eu tenho que dizer essa porra com todas as letras?

— Desculpe, eu disse. — Eu não tinha que ficar achando nada.

Ela colocou um dedo em meus lábios: — Shhh, o silêncio também fala.

"O silêncio é o que transforma o som em canção." Isso é o que o pai de Nisha, pandit Somraj, me disse uma vez, perplexo eu fiquei de que ele falasse comigo. Não foi muito antes da chegada de Elli, de quem vou falar daqui a pouco. Era a estação das chuvas e eu estava na varanda descascando batatas, admirando a grande árvore de frangipani que crescia no seu jardim. Durante a monção ela daria flores, brancas com corações dourados, e que perfume, lembra o jasmim. Nesse dia a árvore estava cheia de flores, chuva pingava entre suas folhas. Pandit Somraj veio para fora e ficou um pouco de pé ao meu lado.

— Você também está ouvindo? — perguntou ele, solene como sempre.

— Ouvindo o quê, senhor?

Como você sabe, eu tinha medo de Somraj e tem outra coisa, ele é o tipo de homem de quem você não pode dizer nada de mal, nada dá mais medo do que isso.

— Em inglis — diz ele — há uma palavra SILENT, que significa khaamush, ela tem as mesmas letras que a palavra LISTEN, que é escutar. Então abra os ouvidos e me diga, o que consegue ouvir?

Eu não conseguia ouvir nada além de uma rã chamando, crikkk-crikkk, crikkk-crikkk, procurando feliz uma outra rã pra foder.

— Só uma rã.

— *Só* uma rã? Deixe-me dizer a você, essa rã tem mais música do que a maioria dos pandits. Dizem que essa canção da rã inspira a nota *dha*, que é a sexta nota da nossa escala.

— Senhor — eu disse —, acho que o senhor está me fazendo de cha-hussain.[4]

[4] cha-hussain: tolo ingênuo, vítima de zombarias.

— Nem um pouco, estou citando a opinião de um sábio chamado Kohala, ele foi o filho de Bharata, que escreveu *Natyashastram*, é o nosso mais antigo livro de música.

Ele parece tão solene, de pé com a cabeça inclinada para um lado ouvindo a rã excitada, que não consigo disfarçar e começo a rir e ele me diz pra eu ficar quieto e ouvir, a música nem sempre tem que ser feita com cordas e arcos e sopros, também pode ser feita por pingos de chuva ou pelo vento cortado por uma folha.

— Senhor, eu não entendo.

— Você gosta de música?

— Gosto muito, senhor — digo eu, cuja voz profunda consegue cantar uma música de filme, é claro, é *chai chappa chai*[5] com um grande balanço do traseiro erguido, wah wah, minha nossa, onde vocês vão achar diversão melhor? É claro que eu não poderia nunca falar dessas coisas com o grande *Aawaaz-e-Khaufpur*, essas exibições vulgares são reservadas pra loja de chai de Chunaram.

— Você gostaria de aprender a cantar?

— Eu não seria nada bom, senhor.

— Cante uma nota para mim, por favor.

— Por favor não, senhor. — Quem era eu pra cantar pra ele?

— Vá em frente, sem medo — diz ele gentilmente, e daí eu não ousei recusar então abri minha boca e cantei. Aaaaa!

— Bem, você produz um som agradável. Então vejamos, se a rã é *dha* você acabou de cantar *ga*, a terceira nota. Então cante de novo, *ga*. Agora, se eu cantar *pa*, a quinta nota, então você, eu e a rã, os três juntos, temos uma melodia, podemos até dizer que é como a raga[6] Deshkar.[7] Assim, ouça, *ga pa dha ga dha, dha pa ga, ga pa dha pa ga, ga dha, ga pa dha, pa dha ga pa.*[8]

[5] *chai chappa chai*: música do filme *HuTu Tu*, 1998.

[6] raga: o conjunto de normas de como construir uma melodia na música clássica hindu; escala.

[7] deshkar: raga da escala C D G->E G G->A C, C Bb->A Bb->A G->E C A (série de notas musicais ascendentes).

[8] dha pa ga: notas do sistema hindu, sa re ga ma pa dha ni sa.

Mas essas notas ele não canta, ele as fala: — Animal, se você souber ouvir, você pode ouvir música em tudo.

Daí ele diz que de acordo com os antigos escritores, pavões, bodes e até as garças cinzentas que às vezes encontramos mortas junto aos lagos da Kompani, essas criaturas também cantam notas da escala e, se você ouvir com atenção, você pode escutar as mesmas notas em muitas outras coisas que você não esperaria, como o rangido das rodas da bicicleta e porcos-bhutt-bhutt,[9] porque todas as coisas fazem seu próprio tipo de música: — Ouça como a chuva está pingpang pingando na poça, *plink PLONK plank*, é a raga bilaval.[10]

Nunca eu o tinha ouvido falar tanto, nem nunca ele me tinha dirigido tantas palavras, fiquei sentado maravilhado enquanto ele falava, até que por fim ele terminou, me deu um olhar amigável e disse, ainda sem sorrir: — Por favor, não mencione esta conversa a ninguém mais, especialmente a Nisha. Sei que você é chegado a ela, se eu falar com ela a respeito dessas coisas ela fica com medo de que eu esteja perdendo a razão. Mas percebo que você também tem um dom para ouvir, então você vai entender.

Na verdade o que entendi foi que, bicicletas à parte, se o pobre infeliz ouve música em coisas como porcos-bhutt-bhutt, ele deve estar completamente biruta. Se ele não fosse um homem tão assustador com bons motivos para ter perdido a razão, eu poderia ter feito uma brincadeira com aquilo, mas em qualquer outro assunto que não fosse música ele era completamente são, e o fato de que ele era o pai de Nisha e também de que eu almoçava todo dia na cozinha dele eram bons motivos pra eu ser educado.

Numa manhã de chuva, nuvens de cavalos mijando no olho do mundo, Nisha me diz: — Animal, vamos ao tribunal?

[9] porco-bhutt-bhutt: grande veículo de três rodas com capacidade para trinta pessoas, cujo nome se deve ao barulho que faz e à lataria frontal em feitio de focinho virado para cima sobre as rodas dianteiras.

[10] bilaval: raga cuja escala é quase idêntica à escala ocidental em Dó maior.

Parece que vai haver mais uma audiência no processo contra a Kompani. Não sinto nenhum amor especial pelo tribunal, estive lá mais do que o suficiente nos meus dias de trapaças, mas: — Por que não? — me ouço dizer. — Não tenho nada melhor pra fazer. Bem, é Nisha.

Normalmente, Nisha teria ido na moto de Zafar, mas hoje, como somos três, pegamos o auto de Bhoora. Olhos, você quer saber o que é um auto, é uma motoneta-riquixá com três rodas, só que do jeito que os khaufpuris dirigem, ele passa mais tempo em cima de duas. Bhoora fica lá no Pé de Galinha, se você vir um cara enrolado dormindo no banco do seu auto, espirais de casca de laranja no chão ali perto, pode ter certeza de que é Bhoora. Acorde-o e seus olhos fundos vão se abrir e olhar pra você como se você fosse parte do seu sonho, então devagar ele vai começar a sorrir: — Kyon Khã, aaj kahaañ chalogé? E aí, irmão, pra onde hoje?

Nós três estamos na parte de trás do auto, Zafar examina papéis, Nisha só olha a cidade que passa e eu estou bem apertado entre os dois sentindo o calor de sua coxa contra meu quadril. Coisas começam a acontecer na minha bermuda kakadu, alívio é quando Bhoora do banco do motorista se vira pra puxar assunto com Zafar.

— E aí, Zafar irmão, vai haver algum progresso no caso?

— Quem sabe? — diz Zafar, folheando papéis. — Um dia alguma coisa com certeza vai acontecer, por que não hoje?

— É uma boa filosofia — diz Bhoora. — Eu, eu já teria desistido há muito tempo.

— Desistir não é o estilo de Zafar — diz Nisha do lado perigoso.

— Dezoito anos, é a idade do meu mais velho — diz Bhoora. — O garoto acaba de casar, a mulher dele tem mania de galinha, todo dia é "Selim, me arruma uma galinha, e veja lá que não tenha penas cor-de-rosa".

Bhoora dá uma guinada para desviar de um porco-bhutt-bhutt que passa correndo.

— Como é que o garoto pode pagar por qualquer galinha, ainda mais por uma não rosa.

Olhos, eu deveria explicar que nos mercados de galinha em Khaufpur eles botam uma marca cor-de-rosa nas aves da véspera, que são mais baratas porque ficaram nas gaiolas um dia a mais, isso faz com que seu gosto não seja tão bom.

— Bhooré miyañ — diz Nisha —, você não pode censurar a moça por estar acostumada a coisas boas. Isso é culpa sua, por arrumar para ele uma mulher com gostos caros.

Ela se inclina sobre mim e dá a Zafar um sorriso que revira meu estômago.

— Então o que é que ele está fazendo agora, o seu filho? — pergunta Zafar com um risinho.

— Zafar bhai, ele quer ser engenheiro, mas eu disse a ele, todas essas ideias fantásticas esquece, aprende a dirigir auto, não é uma vida tão ruim.

— Dirigir auto é trabalho honesto — diz Zafar —, mas a mulher de um engenheiro poderia comer galinha duas vezes por dia.

Posso ouvir a cabeça do puto girando, ele está pensando em como pode ajudar o filho de Bhoora a conseguir dinheiro pra estudar. Não admira que as pessoas o adorem.

— Pelo menos agora eu sei que conselho dar — diz Bhoora. — Zafar bhai falou: diz pra sua mulher que um dia ela vai com certeza ter galinha, só que ela pode ter que esperar dezoito anos.

A audiência deveria começar no tribunal dois, Naya Adalat,[11] às dez horas. Quinze para as dez estamos do lado de fora, dez e meia ainda estamos esperando. Só há Nisha, Zafar e eu. Nem sinal de juiz, advogados. Réus então são toda uma outra história, dezoito anos de atraso, o que são alguns minutos a mais?

— Tanta fé na lei tem meu pai — diz Nisha. — Ele deveria ver isto.

Ela joga o cabelo pra trás, que é uma coisa que as garotas aprendem a fazer com os filmes para mostrar que estão aborrecidas, depois dá uma rápida olhadela pra Zafar. Eu realmente odeio vê-la olhar pra ele em busca de aprovação, mas Zafar só concorda com a cabeça, checa outra vez o relógio da parede.

[11] Naya Adalat: a sede nova do tribunal, construída há duzentos anos.

Puxei a calça dele pra conseguir atenção. — Por que você não usa relógio de pulso?

— Qual é? E me algemar ao tempo?

Ele me dá um sorriso. Ele está pensando, eu acho, que vou pedir a ele pra explicar, daí não peço.

Nisha se encosta em Zafar e fecha os olhos, o putain lhe acaricia o cabelo.

— Neste mesmo tribunal — digo pra quebrar a porra do feitiço — eu já fui um réu misterioso.

Daí eles querem saber como, quando, por que, etcetera, e eu reproduzi o diálogo:

— *Processo contra o garoto conhecido como Animal, seção chaar sau bees.*[12]

— *Onde está o acusado?*

— *Está aqui, Excelência.*

— *Onde? Não o estou vendo.*

— *Bem aqui, Excelência, no banco dos réus.*

— *Não seja idiota, estou olhando para o banco, não há ninguém lá.*

— *Excelência, o acusado tem uma estatura incomum.*

Zafar ri pra dentro. Nisha me bate no ombro: — Que idiota!

— Nem tão idiota — diz Zafar. Banco vazio também é o nosso problema.

Dez para as onze o juiz finalmente apareceu, chegaram também alguns advogados locais em ternos pretos. — Juiz novo — murmura Nisha. — Eu tinha 4 anos quando esse processo começou, até agora foram treze juízes.

— Sorte de alguns.

Trepei nas costas dos assentos públicos, que é o único jeito de poder dar uma olhada no novo excelência, e também isso leva a minha cabeça pra perto da de Nisha. Ela se vira e me sorri. Todos os maus pensamentos a respeito dela e Zafar são no mesmo instante esquecidos.

[12] chaar sau bees: 420, refere-se ao item 420 do Código Penal Hindu, que trata de golpes.

O juiz está sentado embrulhado numa roupa preta parecendo sério, os fulanos da lei estão juntos na frente dele, falando alto.

— Eu só queria... — diz Nisha, virando outra vez a cabeça para mim, posso sentir a doçura do seu hálito.

— Sim?

Mas ela se interrompeu de repente porque uma voz conhecida está falando. É Zafar. Ele se apresenta, parece que ele é um interventor no processo. Os óculos de Zafar estão cintilando, a barba se projeta, ele diz que tem uma petição a apresentar, o que faz dois dos advogados locais começarem a dar risinhos.

— Excelência — diz Zafar —, há dois grupos de réus neste processo, primeiro há os acusados locais, funcionários da Kompani, seus advogados de defesa estão aqui perante Vossa Excelência. E há os acusados amrikans, a saber, a própria Kompani e também os chefões que tomavam as decisões cruciais. Nos últimos dezoito anos, esses réus amrikans não compareceram a este tribunal. Nem mesmo se deram ao trabalho de enviar advogados. Eles ficam na Amrika afirmando que esta corte não tem jurisdição sobre eles, e mesmo assim nada pode ser concluído sem que eles estejam aqui, portanto esses procedimentos se arrastam mais e mais, para o povo desta cidade a justiça continua a ser adiada e negada.

— Eu fiz o meu dever de casa, sr. Zafar — diz o juiz, lacônico. — Aonde o senhor quer chegar?

— Quero chegar, senhor, a que milhares morreram nesta cidade desde aquela noite, para eles não houve justiça. A fábrica está abandonada, cheia de produtos químicos que, enquanto falamos, estão envenenando a água de outros milhares. Devem morrer todos antes que apareçam esses réus amrikans? Falando claramente, sem desrespeito a Vossa Excelência, acho que em nenhum outro país do mundo teria sido permitido que a lei se tornasse essa farsa. Se houvesse vontade para resolver esta questão, isso poderia ter sido feito há muito tempo.

Risadas desrespeitosas saem dos advogados locais, o juiz está batendo com um lápis em sua mesa, parecendo irritado: — Então o senhor veio para nos passar um sermão? — diz ele. — Ou tem algo de útil a dizer?

— Senhor — diz Zafar —, a Kompani prefere ignorar o seu tribunal, mas essa mesma Kompani tem muitas sucursais e subsidiárias operando na Índia. Rogamos à Vossa Excelência que convoque a Kompani e seus citados chefes na Amrika, requerendo que se submetam a julgamento perante esta corte. Se ainda assim eles não comparecerem, então, de acordo com o devidamente estipulado por lei, que sejam apreendidos todos os bens da Kompani na Índia.

Bem, diante disso, dois dos advogados locais começaram a rir: — Excelência — diz um —, perdemos a conta de quantas vezes ao longo dos anos esta petição foi colocada pelo sr. Zafar ao douto antecessor de Vossa Excelência neste processo, antes disso ao douto antecessor do mesmo e, ainda mais para trás, ao antecessor do antecessor e assim por diante, mais além do que a memória alcança. Todas as vezes ela foi considerada não pertinente.

Puta que pariu, que anão torto rabougri [encarquilhado] é esse da nossa própria cidade pra ficar do lado da Kompani? Olho pra esse puto com tanto ódio que ele com certeza pode me sentir raal tapko'ando[13] na sua nuca.

Daí então o juiz parece ainda mais implacável, o lápis bate com tanta força que fico achando que vai fazer um buraco na mesa. O advogado que falou está parecendo todo prosa, agora Zafar vai ver qual é, lá vem uma porra de un coup de bec [uma resposta atravessada].

Diz Sua Excelência: — Está representando a Kompani, sr. Babulal?

— Não, excelência.

— Sr. Babulal, o senhor está familiarizado com os ensaios de Francis Bacon?

— Não, excelência.

— "A opinião privada é mais livre, mas a opinião perante outros é mais reverente." Tente se lembrar disso, sr. Babulal.

O juiz limpa a garganta: — Sr. Zafar, faça com que uma lista dos bens da Kompani na Índia seja redigida e entregue à corte. Esta sessão está suspensa, minha sentença fica adiada.

[13] raal tapkana: literalmente, babar, mas aqui, em dialeto khaufpuri, amaldiçoar.

Bem, ninguém consegue acreditar no que acabou de ouvir. O juiz se inclina pra trás em sua cadeira, como se apreciasse a sensação que criou, depois se vira para Babulal e diz com ar malicioso: — Será um prazer emprestar-lhe meu Bacon.

Depois disso, grande regozijo há do nosso lado. Nos degraus do tribunal, Zafar faz um discurso. Ele diz: — Amigos, a Kompani sediada na Amrika tem tudo do seu lado, dinheiro, amigos poderosos no governo e nas forças armadas, advogados caros, porta-vozes, homens de relações públicas. Nós, povo, não temos nada, muitos de nós não temos uma camisa que não esteja rasgada, muitos de nós passamos fome, não temos dinheiro para advogado e relações públicas, não temos amigos influentes.

— O que a gente tem mesmo é porra nenhuma — grita alguém.

— Obrigado — diz Zafar, todo sorridente, e por uma vez não censura quem diz o palavrão. — É, não temos nada e isso nos torna fortes. Não apenas fortes, mas invencíveis. Não tendo nada, nunca podemos ser vencidos.

Alguma perplexidade há, mas Zafar segue adiante: — A Kompani e seus amigos tentam nos vencer pelo cansaço com uma longa batalha, mas eles não nos compreendem, nunca lutaram antes contra um povo como nós. Leve o tempo que levar, nós nunca desistiremos. Tudo o que tínhamos eles já nos tomaram, agora fomos deixados sem nada. Não termos nada significa que nada temos a perder. Então, vocês estão vendo, armados com o poder do nada somos invencíveis, estamos destinados a vencer.

Eu não tinha ouvido isso antes, acho que é uma nova teoria de Zafar, mas dê dez dias e estará na boca de todos. Como está feliz o puto! Ele limpa os óculos. Coloca-os de volta. Declara: — Amigos, hoje algo novo aconteceu, pode ser muito pouco mas vamos celebrar. Vamos fazer um piquenique. Vamos levar toda a nossa gente para algum lugar fora da cidade, algum lugar onde haja árvores e água, vamos levar conosco pão e galinha e doces, vamos fazer chá numa fogueira de gravetos.

No caminho para casa, ele mandou Bhoora parar num mercado de galinhas e comprou duas das maiores e mais suculentas aves, nem um pingo de cor-de-rosa em suas asas.

— Bhooré miyañ, aqui está uma para a sua nora, uma para a sua mulher.

As aves são amarradas e atiradas, asas batendo, no auto, atrás de nós.

— Pense só — maravilha-se Bhoora quando acabou de agradecer a Zafar. — Depois de dezoito longos anos, afinal hoje foi o dia.

— Ainda não vencemos — diz Zafar. — Mas tínhamos que começar a vencer um dia. Por que não hoje?

— Por que não hoje? Por que não hoje? — Nisha e eu começamos a cantar. Logo Bhoora e Zafar se juntaram a nós. — Por que não hoje? Por que não hoje?

Às pessoas na rua, aos turbantes e dhotis,[14] aos shalwars e sáris, a todos os cidadãos de Khaufpur, gritávamos: — Ei, ei, por que não hoje?

Logo depois disso entro num carrossel de loucura. Acontece quando enlouqueço, as vozes na minha cabeça começam a gritar, novas vozes chegam falando todo tipo de coisas estranhas e fantásticas, palavras que não fazem sentido, como "dá um garooli"[15] querendo dizer um cigarro, que eu nem mesmo fumo, ou "arelok pesalok brilha no seu rabo querido", que pode ser alguma língua diferente que não conheço. De algumas dessas vozes já falei. Começaram quando eu era pequeno, depois que tive a febre que dobrou minhas costas, naquela época a maioria delas era amável, me contava histórias, me dava conselhos que me livravam de discussões, etc, mas elas também podem ser detestáveis. Vão me dizer pra fazer coisas más, ou então vão dizer que alguma coisa ruim está pra acontecer, e muitas vezes acontece, nesses períodos vou estar animado, cheio de alegria, posso fazer coisas loucas, vou repetir em voz alta tudo o que as vozes disserem.

Nesta loucura específica, as vozes estão gritando e discutindo, fazem tanto barulho que não consigo ouvir o que acontece ao meu redor. Fica tão ruim que

[14] dhoti: roupa masculina tradicional do sul da Índia, semelhante ao sarongue, tecido largo enrolado em torno dos quadris e pernas e amarrado na cintura.

[15] garooli: palavra sem sentido criada por Animal para dizer cigarro.

conto à Ma. Ela me leva para o grande hospital onde eles dizem, sem brincadeira, que você entra com uma doença e sai com três. Pra lá ela anda, eu de quatro patas a seu lado como um cachorro, e pede para ver o médico chefe.

— Mon fils est malade, il entend des voix dans sa tête [Meu filho está doente, ele ouve vozes dentro da cabeça].

Ninguém entende uma palavra, exceto eu, que penso é gentil ela me chamar de seu filho. Porque Ma é estrangeira e está fazendo um enorme estardalhaço incompreensível, eles não nos chutam pra fora, mas nos levam até o médico chefe, grande professor ele é, o maior especialista em Khaufpur em crianças nascidas lesadas pelo veneno.

Esse saala,[16] velho e gordo ele é, um grande-escrevinhador, uma fileira inteira de canetas no bolso da camisa, sua cabeça está cheia de conhecimento a respeito das crianças loucas e dementes de Khaufpur, mas nunca antes ele conheceu ninguém como Ma, tagarelando em sua própria língua, apontando pra mim. O médico me lança um rápido olhar e então se vira para Ma e de um jeito áspero pergunta: — Então, qual é o problema dele?

— Que niaiserie [idiotice] é esta? — retruca Ma, que está sem dúvida pensando que um fulano doutor tão importante deveria pelo menos fazer algum esforço pra falar como um ser humano.

— Quer saber o que há de errado comigo.

— J'ai déjà dit! — queixa-se Ma. — Il entend des voix, il parle avec des gens qui n'existent pas.

Olhos, se você não sabe français, isso quer dizer "Eu já disse! Ele ouve vozes. Ele fala com pessoas que não existem".

— O que ela está dizendo? — pergunta o médico. — Diga a ela que sou o diretor deste hospital e que ela não pode simplesmente entrar assim neste gabinete.

— Ela diz que veio porque as pessoas dizem que o senhor é um grande médico, o melhor em Khaufpur.

[16] saala, saalé: termo empregado com a acepção de "tipo" ou "fulano"; literalmente, cunhado; quando usado de modo pejorativo significa maldito.

Na mesma hora o desgraçado é todo sorrisos: — Madame, eu faço o que posso.

Ele dá um sorriso convencido pro lado dela, ignorando-me por completo: — Normalmente a senhora precisaria de hora marcada, mas não somos inflexíveis. Então, minha cara, o que posso fazer pela senhora?

— Toda essa baliverne [imbecilidade] gutural, você consegue entender? — pergunta Ma, ela acabou se acostumando à ideia de que de algum modo eu consigo interpretar as bêtises [besteiras] dos khaufpuris.

— Ele está se colocando ao seu serviço, Ma, veja como ele revira os olhos, acho que talvez ele tenha se apaixonado por você.

— Garoto sem vergonha, tu t'en moques, soit sérieux [você está zombando, fale sério]. O povo da cidade precisa de cuidados e o que recebe? Essa baragouin [algaravia].

— O que está dizendo a boa senhora? — pergunta ele.

Eu estava na minha loucura, Olhos, lembre-se, me vem a ideia de que posso perguntar a ele qualquer coisa e há uma coisa que quero mais do que qualquer coisa no mundo, entretanto tenho medo de perguntar. Coisa desesperada é a esperança, não é pra ser encorajada se você pode se contentar com pequenas felicidades, mas a maldição dos seres humanos e deste animal também é que seja o que for que você tiver, você sempre quer mais. Desde que compreendi meus sentimentos por Nisha, o desejo por uma coisa tem crescido dentro de mim, dia a dia, quando me sento ao lado dela, sinto o perfume do seu cabelo e da sua pele, isso tem ficado mais forte, acho que se não fizer alguma coisa eu vou morrer, esse desejo vai me devorar e agora chegou a hora em que pelo menos posso pedir o que quero, não posso deixar passar. *Você vai se desapontar*, sussurra uma voz. *Pergunte!*, grita outra. Agora ou nunca. Tomo coragem e digo o que está no meu coração: — Senhor, ela quer que o senhor faça uma operação para me fazer ficar reto e andar nas duas pernas.

Agora estou aqui embaixo, de quatro, olhando pra esse médico importante, tão impaciente estou pelo que ele vai dizer que meus olhos saem dos dele, pelo seu nariz escorregam e se fixam em seus lábios, pronto estou pra sua resposta.

Os lábios se franzem e se apertam, ele está pensando. Um médico tão importante, fiz bem em perguntar, um grande professor.

Virando-se para Ma ele diz: — Madame, preciso ser direto com a senhora, o que quer que pudesse ter sido feito por este rapaz, teria sido há muito tempo. Ele terá que se conformar com seu estado. Não há qualquer esperança, este rapaz nunca mais andará ereto ou ficará em pé.

Ma está perguntando alguma coisa mas não sou capaz de ouvir ou responder. Na minha cabeça uma coisa foge pra longe guinchando como um pássaro, iiii-chip-chip-chip, o som do mundo encolhe até virar um zumbido sinistro. Estou olhando para uma prateleira na sala do professor. Nela há um pote, um grande pote redondo de vidro cheio de líquido, que brilha como se estivesse cheio da luz do sol.

— O que você achou, que era assim tão fácil? — diz uma voz áspera em meu ouvido. — Aliás, pare de me olhar desse jeito, que me dá arrepios.

Me encarando de dentro do pote está um homenzinho deformado. Um monstrinho feio, suas mãos estão esticadas, ele tem uma expressão perversa no rosto, como se acabasse de roubar seu bolso e planejasse mijar no seu sapato. Que expressão! Esqueço meus próprios problemas e começo a rir. Há algo estranho nele. Parece que há alguém espiando atrás do seu ombro, uma segunda cabeça cresce ao lado do seu pescoço.

O médico segue meu olhar e se vira pra Ma ainda como se eu não existisse, seus lábios se movem, vejo mais do que ouço as palavras: — Agradeça o fato de que esse rapaz não esteja pior, madame, poderia ser ele no pote. Metade das que estavam grávidas naquela noite abortaram, e as outras, bem, vamos apenas dizer que algumas coisas foram vistas nesta cidade que nunca haviam sido vistas antes.

O pote começa a borbulhar e brilhar. A resposta de Ma, quando vem, soa como se ela estivesse perto de uma cachoeira numa enorme caverna, dessa vez nem mesmo pego as palavras.

— Ei, você, parado aí como uma bosta dum Sadda miyañ ki tond,[17] que merda você está olhando? — a criatura fecha a cara dentro do vidro do seu pote.

— Você, camarada — eu disse ainda rindo. — Você está numa merda danada.

— Vá se foder — diz ele — se não consegue parar de me encarar. Sabia que você parece comigo? Vem encostar no vidro o seu nariz que nem o pé de um caracol, os enormes olhos redondos estão tremendo, nem o catarro que sai do focinho você limpa, filhos da puta como você não têm consideração.

— Ei, ei, pra mim também ficam olhando.

— Então você sabe como é — diz ele. — De qualquer jeito, cala a boca e ouve. Por muito tempo esperei por um como você. Preciso da sua ajuda. Você tem que me tirar daqui.

— Aqui é onde? — pergunto. — Este consultório, este hospital?

— Este pote, estúpido. Você não ia querer estar aqui, acredite, é como estar preso num ovo.

— No cu da galinha?

Aquilo me soa tão engraçado, sufocando de tanto rir eu estou.

— Suas costas são tortas — diz ele com grande amargura —, mas pelo menos você está vivo. Eu, eu ainda estou nesta merda de esperar nascer.

— Desculpe, perdão — eu digo. — Sua situação é pior do que a minha.

— Eu me sinto naufragando — diz a criaturinha. — Sou puxado para o fundo, para um lugar onde tudo é escuro, você abre a boca mas não há ar, só o fedor preto daquilo enchendo a sua boca e olhos e nariz, queima também, esta porra onde eles me puseram. Os filhos da mãe querem me estudar, mas eles procuram as coisas erradas. Está vendo esta segunda cabeça, Animal miyañ? É a cabeça esperta, com as ideias. Cada coisa que ela pensa, pensamentos sobre os quais você poderia girar um mundo. A da frente é idiota, fica aí engolindo líquido como um peixe ouvindo toda a merda que esses doutores falam. A número

[17] Sadda miyañ ki tond: barriga de Sadda miyañ, uma pessoa muito vaidosa, expressão equivalente a "alguém que tem o rei na barriga".

dois sabe o que é o quê. Ela está cheia de segredos nos quais eles adorariam botar as mãos, segredos de plantas, minerais, chumbo em ouro, sereias, sol, lua, riso, vida imortal, todo esse tipo de coisa está lá, trancado na outra cabeça, essa informação nunca pode cair nas mãos deles. Você precisa me libertar.

Estou a ponto de perguntar como posso fazer isso quando os rugidos recuam, a voz de Ma está buzinando nos meus ouvidos, sou jogado de volta nesta vida onde a vejo olhando interrogativamente para mim, então eu disse a ela que não consigo entender coisa nenhuma do que o grande médico está dizendo, mas com certeza ele está dizendo merda como gente igual a ele sempre faz.

— Il raconte des conneries, comme toujours [Ele tá dizendo besteiras, como sempre].

Ela dá uma risadinha. — Como sempre. Bem, estou todo de volta.

— O que ela está dizendo? — pergunta o médico.

— Está elogiando sua sabedoria, doutor sahib,[18] e perguntando o que pode ser aquela criatura no pote.

— Um filho do veneno — diz o mulá da medicina. — Nós o chamamos de *parapagus*.

— Agora qual é a dele? — pergunta Ma.

— Ele está dizendo que sua voz é como a de um rouxinol.

Ela dá um risinho amarelo: — Ah, pare com isso!

Não consigo arrancar meus olhos do putinho no pote, seria capaz de jurar que ele está piscando pra mim.

— Ela acha que eu ouço vozes — digo a ele.

— Deve-se esperar que sim — ele diz —, pra que merda você tem ouvidos?

Foi assim que conheci meu colega o Khã-no-pote, chamo-o desse jeito porque em Khaufpur você chama um amigo de Khã, como em outros lugares se diz amigo ou colega, e porque ele está num pote.

[18] sahib: título respeitoso, significando chefe ou patrão.

Fita cinco

A coisa grande que aconteceu na Amrika, quando eu vi na tevê sabe o que eu fiz? Bati palmas! Pensei: fantástico! Esse avião vem de lugar nenhum, voa baduum! pra dentro desse prédio. Pou! Blam! Flores de fogo!

É noite, lá fora a chuva pinga dourada do telhado da casa de chai de Chunaram, transformando em cola o Beco Paraíso. Estamos do lado de dentro, tomando chá, estou me empolgando: — P*uuu*ta, é brilh*aaa*nte! Que efeitos especiais de Bollywallah, que n*aaa*da!

Zafar me olha e diz: — Seu idiota de merda, Animal, isto não é um filme. Isso aconteceu de verdade. É um acidente terrível que acabou de acontecer.

Perturbado de verdade ele deve estar, ele que quase nunca xinga.

— Não foi um acidente — acrescenta alguém. — O avião nem tentou desviar.

A tevê tá ficando doida, passando o desastre de novo e de novo outra vez. Os comentaristas gritam. Ninguém sabe o que está acontecendo. O Novededos Chunaram, nosso anfitrião na loja de chai, ex-leproso de fala mansa, gênio do kebab, não se importa com o motivo da zona, tá no céu o filho da puta. De toda parte o povo do Quebra-Nozes, arrastado pela comoção, chega correndo pela lama. O barracão de lata de Chunaram está atulhado de paspalhos, alguns pelo menos vão comprar seu chá e comidinhas. Maravilhado ele está de ver o aparelho de tevê valendo a pena. Subornos tiveram que ser pagos pra puxar o fio que rouba energia elétrica do município. Vale a pena investir.

— Meu deus, que horror! Que tragédia! — dizem vozes por toda a sala enquanto a imagem azul e trêmula no canto mais uma vez se incendeia. Essas duas mulheres, Ashraaf e Bano, estão chorando, posso perceber o brilho das lágrimas. Eu. Eu não acredito que seja real. É uma farsa, um clipe, trailer de algum filme cheio de astros. Tem que ser.

— Na Amrika, bombas, explosões, prédios caindo, essas coisas são normais. Estou dizendo, yaar,[1] veja o *Clube da luta.* — É Farouq, o especialista em filmes.

— Daí você tá dizendo o quê? — pergunto. — Normal que seja um filme, ou normal que não seja um filme?

— Ô bundão, quem te mandou falar? — responde Farouq. É assim entre nós. Bundão? Olhei para Zafar, mas ele está vidrado na tela.

Mesmo depois que o segundo, terceiro, quarto, quinto e sexto aviões batem e todos aqueles prédios caem, Zafar continua a afirmar que não é um filme. Zafar tem que estar enganado. Um troço desses não acontece na vida real. Pelo menos não na Amrika. Aqui em Khaufpur é diferente. Aqui em Khaufpur tivemos aquela noite. Nunca nada como aquilo aconteceu em nenhum outro lugar.

— Como pode estar acontecendo agora mesmo? — pergunto. — Olha pra fora, está escuro, mas os prédios estão com sol.

— Ai, seu idiota! — grita Farouq. — Sabia que há uma diferença de tempo entre Khaufpur e Amrika? Quando é noite aqui, é dia lá.

— Eu te digo que é um filme. Já vai acabar. Vai aparecer a palavra FIM.

Mas agora estou me sentindo idiota, o que odeio.

— Me conta o que acontecer — peço. — Tenho que levar o jantar de Ma.

Desci da minha cadeira para o chão: — Vamos — digo a Jara. Ela se levanta e me segue.

— C'était un film [Era um filme] — conto pra Ma Franci quando chegamos em casa. — C'est normal.

Diz Ma: — Pauvre Jaanvar à quatre pattes, pour toi c'est quoi le normal?

Pobre Animal quadrúpede, o que é normal para você?

[1] yaar: amigo, camarada, colega.

— Vejo uma estrela cair do céu, o abismo se abre, de dentro brota fumaça como de uma grande fornalha, o sol e o dia se foram. — Assim fala Ma. C'est quoi le normal [É o que o normal]? Uma boa filha da mãe é o que ela é de querer saber essas coisas de mim, desde que contei a ela o que tínhamos assistido ela tem delirado como se estivesse totalmente biruta. Estou tentando descrever as chamas, a fumaça, as torres caindo, ela é interrompida por étoiles e abîmes, estrelas e abismos.

— Era um filme.

— Não, Animal, é *ele* — grita Ma em excitação ou pânico, não sei dizer. — Esse é o trabalho *dele*, ele está aí outra vez, desta vez ninguém irá impedi-lo.

— Por que você tem tenha tanta certeza de que é real?

— Ele começou o trabalho bem aqui em Khaufpur, agora outros estão tendo uma amostra.

Ma se põe a tagarelar cada vez mais sobre *ele*, o que *ele* fez e o que *ele* vai fazer depois. Ela diz que ele está cheio de ira e que vai descarregar toda a sua fúria no mundo, todos nós vamos sentir seus efeitos.

— Hora de jantar — eu digo, enfiando a mão no buraco da parede onde está a grande cebola roxa que separei para a refeição desta noite.

— Tome cuidado! — grita Ma. E acrescenta com ar matreiro: — Animal, dis à nos amis, soyez prêt, il vous appellera à tout moment — isso quer dizer diga a nossos amigos, estejam prontos, *ele* vai querer vocês a qualquer momento.

Por nossos amigos ela quer dizer os escorpiões que vivem em nossa parede, encoste o ouvido nas pedras e você ouvirá seus arranhões, zumbidos, os estalos de suas minúsculas garras.

— O que os escorpiões têm a ver com isso? — perguntei, removendo um deles da cebola antes de tirá-la da parede.

Parece que Ma tem grandes esperanças para os escorpiões: — Animal, quando chegar a hora, essas pequenas bestas que vivem nas paredes da nossa casa rastejarão para fora delas e ficarão enormes. Chegarão ao tamanho de cavalos. Neles crescerão asas vermelhas e duras como as dos gafanhotos, que zumbirão quando eles se moverem. Eles terão rostos como as pessoas e cabelos compridos como as mulheres, mas seus dentes serão como dentes de leão, que eles rangerão do modo mais pavoroso possível.

— E daí o que eles farão, Ma?

Dei um jeito de esmagar a cebola com uma pedra, depois a enterrei nas cinzas quentes da lareira.

— Eles usarão coroas douradas, quando baterem as asas o som será como o de um exército de carruagens correndo pra guerra.

— E aí?

— Bem, meu Animalzinho, eles ainda terão suas caudas, só que muito muito mais compridas, pelo menos três metros, com um ferrão do tamanho do chifre de um touro, o que eles vão fazer é andar por aí ferroando as pessoas, aquelas que fizeram mal às outras.

— Pessoas como o inspetor Latrinão e o primeiro-ministro? Sobrou um pouco de farinha, vou fazer um chapati.

— Eles vão ferroá-los com suas caudas e essas pessoas vão querer morrer, mas não conseguirão, porque o veneno não vai matá-las, vai deixá-las em agonia por cinco meses.

— Por que cinco meses? Cinco meses não é o bastante para o Latrinão inspetor. — Por que não seis meses? Por que não dezoito anos?

— Foi o que Sanjo[2] viu — diz ela do poço de sua loucura.

Houve tempo em que os olhos de Ma eram de um azul brilhante, agora eles são leitosos por causa da catarata, mas quando ela fala de Sanjo alguma coisa acontece dentro deles, a gente poderia até acreditar que suas nuvens leitosas se dissipam e a luz brilha através delas. Ma aparece com um livrinho preto, é o escrito por Sanjo, que fala do fim do mundo, ela o segura perto do nariz. — Jusques à quand, Maître saint et vrai, tarderas-tu à faire justice? à tirer vengeance de notre sang?

Olhos, caso você não entenda a linguagem de Ma, esse aí foi Sanjo falando com *ele*, ele está dizendo puta que pariu quanto tempo mais você vai nos fazer

[2] Sanjo: referência a São João Evangelista, a quem é atribuído o texto do Apocalipse no Novo Testamento. (N. da T.)

esperar por justiça? E se você ainda não sabe quem *ele* é, bem, é deus. Sanjo conclui que o mundo está cheio de crueldade e será limpo, isso acontecerá de diversas maneiras espantosas e o nome disso é Apokalis.

O sonho de Sanjo tem um estranho efeito sobre Ma, ele a deixa com medo e alegre ao mesmo tempo. Ela diz: — Você não está vendo, meu pobre Animalzinho, que o Apokalis já começou? Ele teve início naquela noite em Khaufpur.

A cebola sai do borralho parecendo uma bola de cinzas, quebre a casca e por dentro ela está suculenta e doce, o cheiro é bom. Ma não presta atenção na comida, tão concentrada está: — Ouça, a injustiça vai triunfar, milhares vão morrer de maneiras horríveis. Bem, e o que foi que aconteceu naquela noite? Nous sommes le peuple de l'Apokalis. Nós somos o povo do Apokalis.

— Velha — eu digo entregando-lhe sua parte do roti[3] —, ouve o que está dizendo. Você pergunta o que é normal pra mim, eu sou louco só de vez em quando, você está biruta o tempo todo.

Ma resmunga algo sobre a insolência dos jovens: — Escreva o que eu digo — diz ela. — Isso começou de novo e não vai parar. Vai dar a volta ao mundo. Agora mesmo está na Amrika, mas vai voltar para Khaufpur. O terror vai voltar a esta cidade. Aqui ele começou, aqui ele vai acabar.

Mas Sanjo está errado. A porra do mundo não acabou. Ainda está sofrendo.

Na chama fraca do nosso lampião a óleo, o rosto de Ma parece o de uma bruxa, o óleo da cebola pinga do seu queixo. Sem dentes, com um pedaço do roti ela escava o miolo macio pra dentro da boca. Não é muito, uma pitada de sal e um pouquinho de pimenta fariam com que pelo menos o estômago se aquecesse, mas não temos nenhum dos dois.

Mais tarde, quando já apagamos a luz, ela me diz na escuridão: — Animal, ouça, você está ouvindo?

— Ouvindo o quê?

— As asas da besta, elas fazem o mesmo barulho das persianas de metal se fechando na loja de Ram Nekchalan.

[3] roti: pão achatado, chapati.

Logo seu ronco me diz que ela está dormindo.

Deito-me e penso sobre a coisa que aconteceu na Amrika. O sono está muito longe, a chuva parou, pelos buracos do telhado as estrelas brilham. Na estação das chuvas eu fecho esses furos com plástico, folhas de sapê, qualquer coisa, mas o vento deve ter arrancado tudo. Por algum abismo profundo cai uma estrela, de dentro de mim brota um profundo pavor, uma coisa tão terrível, quem poderia pensar que aquilo aconteceria com outros, morrer aterrorizado, que eu nunca conheça esse tipo de morte. Então é como se alguém estivesse cantando baixinho no meu ouvido:

Oh meu filho querido me deixa te cobrir e aquecer
teu narizinho, tua boca em botão, do mal vou te esconder
e mesmo com o coração partido preciso te sacrificar
e nunca mais nos veremos até este mundo acabar.

Depois de algum tempo a noite é preenchida pelo silêncio e as estrelas não caem mais.

Da escuridão vem um grito que faz meu cabelo ficar em pé. No mesmo instante estou desperto. Ainda não amanhece. Outro uivo, é o chamado de um trem chegando de Délhi. Nas sombras ouço Ma Franci choramingando. Para Ma, aquele grasnado não é o Expresso 2616 GT passando com estrondo pelo Quebra-Nozes, é um anjo numa roupa cheia de fuligem tocando a última trombeta. Os olhos de Ma estão abertos, mas ela está completamente adormecida, quantas vezes eu a ouvi guinchar na cama, é com aquela noite que ela sonha, deitada em seu colchão, há tantos anos ela se deita ali que a terra macia se moldou às suas formas, os afundados e as saliências perto do fogo foram feitos por uma velhota ossuda que vê em sonhos a lua se transformando em sangue, o mundo se enroscando como uma folha na palma de sua mão.

Fita seis

Elli surgiu como uma aranha, do nada. A gente percebe um movimento com o canto do olho, lá está ela. Estávamos todos na casa de Nisha, que é a casa de seu pai Somraj no Pé de Galinha. Nós quem? Nisha, é claro. Zafar, ele praticamente vivia lá. Farouq já mencionei, era o homem braço direito de Zafar. Junto com esses havia alguns outros camaradas, mais eu e Jara. Estávamos na varanda, falando sobre a coisa que tinha acontecido na Amrika, e Farouq me perturbando porque eu tinha pensado que era um filme.

— Foi você quem falou em filmes. Você adora me fazer parecer estúpido, eu odeio você em segundo lugar no mundo — eu não podia dizer quem detestava em primeiro lugar.

— Animal, tira a cabeça do rabo, falei em filmes porque os filmes mostram como eles vivem por lá.

Está tudo pronto pra uma de nossas brigas, mas Zafar intervém: — Não sabemos bulhufas das vidas deles, eles não sabem nada da nossa, esse é o problema.

Como é que alguém fica tão fodidamente sábio eu não sei. Estou tentando pensar em alguma coisa que me faça ficar bem aos olhos de Nisha ao mesmo tempo fazendo Farouq ficar mal aos olhos de Zafar, quando de repente explode essa algazarra na rua, crianças gritando "Aiwa! Aiwa!". Parado lá fora na lama do Pé há um carro, não é um auto nem mesmo um táxi veja só, um carro inteiro de quatro rodas é o que é, motorista de uniforme, tudo. Essa mulher estrangeira saltou, ela está de pé com os quadris inclinados, olhando para o prédio em frente. Algum homem está com ela, ele está apontando para o prédio e falando, ela está ouvindo e concordando. Mal chegaram, mas ela já juntou uma pequena multidão. Além de "Aiwa! Aiwa!", as crianças estão berrando as outras coisas que gritam sempre que veem um estrangeiro.

"Olá", "Qual é o seu nome?", "Baksheesh",[1] etc.

Essa estrangeira é alta, mais alta do que Nisha, e também, pra minha cabeça, très baisable [muito comível], wah, que sexy! Barriga de fora, ela anda como alguém que sabe o quanto vale. Como na canção, zulfein hain jaise kandhon pe baadal jhuke hue, seus cabelos negros pousam como uma nuvem em seu ombro, ao sol eles emitem raios brilhantes, como ouro. A coisa mais importante que percebo nela é que seu jeans é tão apertado que a gente pode ver tudo. Aperto os olhos e é como se ela tivesse pernas azuis nuas. Ela me vê olhando pra ela com os olhos franzidos e me dá um sorriso. Estou a ponto de piscar pra ela quando Farouq me cutuca com o pé e diz: — Vejam quem está com as expectativas pra cima.

— Só as expectativas? — pergunta outro engraçadinho.

E daí estão todos rindo de mim e Farouq diz em voz alta: — Ai, baba,[2] deve doer ter a calça enfiada na racha desse jeito.

Zafar ficou lívido. — Calem essas bocas imundas!

Nenhum deles enfrenta Zafar, todos têm por ele algum tipo de reverência porque ele desistiu de tudo na vida pra cuidar de nós, os khaufpuris. Farouq começa a resmungar que sendo firangi[3] a mulher não vai entender e Zafar diz: — Eu estava pensando em Nisha.

A mulher começa a tagarelar com as crianças, no instante em que abre a boca fica óbvio que ela sabe falar híndi. Farouq começa a ficar vermelho, mas se ela ouviu o que ele disse não deu qualquer sinal. Assim que ela e o homem vão pro prédio, caímos todos em cima do motorista, quem é ela, o que está acontecendo, mas ele não sabe porra nenhuma a não ser que ela é amrikana. Quando ela sai, ainda estamos perambulando pela rua. Ela me olha fixo por

[1] baksheesh: gorjeta.

[2] baba: termo hindu indicando afeto e respeito; pode ser usado para se referir a pai ou avô.

[3] firangi: estrangeira.

muito tempo, fico desejando que ela não pense que fui eu quem disse aquela coisa sobre a racha, embora eu não possa negar que meus pensamentos seguissem mais ou menos a mesma linha.

Mais tarde o pai de Nisha chega em casa de uma de suas reuniões e nos diz que ela comprou o lugar.

Por todas as nossas vidas conhecemos o prédio do outro lado da rua. Era sujo, precisava de obras, nenhum de nós era capaz de pensar por que uma mulher amrikana iria querer aquilo. Uma vez tinha sido uma loja de consertos de bicicletas, o dono era um filho da mãe mal-humorado chamado Ganesh. Depois virou uma loja de doces. Rasgullas[4] e gulab jamuns[5] eram fritos ali em grandes frigideiras e nós crianças nos pendurávamos em volta querendo ganhar alguma coisa. Depois foi uma carpintaria, fabricando cadeiras e objetos como rolos de massagem. Então foi uma alfaiataria, onde mulheres das bastis arruinavam os olhos bordando com fios de ouro e prata. Acho que um carretel de fio de ouro valia mais do que aquelas mulheres ganhavam num mês. Os alfaiates se mudaram para uma zona melhor da cidade, uma arcada mais moderna onde seus sáris podiam ficar pendurados do lado de fora se enchendo de vento como velas coloridas e os rabos que passavam rebolando precisavam de duas vezes mais tecido para cobrir. Depois disso o lugar ficou vazio, até chegar a amrikana de pernas azuis.

O que traria uma mulher amrikana a Khaufpur, entre todos os lugares?

Nenhum dos contatos de Zafar soube nos dizer alguma coisa a respeito dela. Os trabalhadores chegaram, estriparam o prédio, jogaram fora suas estruturas de madeira podre, queimaram todas ali na rua mesmo. Depois, chegaram os carpinteiros e Somraj saiu de sua casa para ouvir a música de suas serras e

[4] rasgulla: sobremesa feita com bolas de queijo cru mergulhadas em calda de açúcar.

[5] gulab jamun: doce preparado com bolinhos de pão feitos com leite condensado e muito pouca farinha, mergulhados em calda de açúcar aromatizada com sementes de cardamomo e água de rosas ou açafrão.

furadeiras, o tamborilar de seus martelos. Eles eram chefiados por um velho puto vestido num lungi[6] que fumegava dois maços de beedis por dia.

— Laboratório médico — nos disse ele numa voz rouca.

Na mesma hora Zafar desconfiou: — Por que uma amrikana vem fazer experiências médicas nesta cidade?

— Filho, por que tirar conclusões apressadas? — diz Somraj. Como odeio ouvir o pai de Nisha chamar Zafar de filho. — Que lugar melhor para um laboratório médico do que uma cidade cheia de doenças?

Zafar sacode a cabeça. — O momento que é estranho.

Suas sobrancelhas se franzem mais quando alguns dias depois chega uma caminhonete trazendo trecos variados e repetidos, como os que se veem em hospitais.

— Sinto cheiro de Kompani — diz Zafar.

— Narinas afiadas as suas — digo eu, porque ele me irrita.

— Tudo bem, então imagine você uma coisa. Desde o dia da galinha de Bhoora quase seis semanas se passaram, estamos esperando a decisão do juiz. Vamos dizer que ele está a nosso favor. Então, se os patrões da Kompani continuam a não comparecer ao tribunal, seus outros negócios podem ser arrestados. Risco que eles não podem correr, então eles estão neste mesmo instante planejando como vão lutar se forem forçados a comparecer ao tribunal.

— Desculpe, chefe, ainda não entendi.

— Pense como a Kompani. Milhares de pessoas dizem que por vinte anos suas saúdes foram arruinadas pelos seus venenos. Como se contesta isso? Dizemos que a situação não é tão ruim quanto se alega, que nem tantas pessoas assim estão doentes, que as que estão doentes não estão tão seriamente doentes, e também, que sejam quais forem as doenças que tenham, a maioria é causada pela fome e por falta de higiene, nenhuma pode ser rastreada até aquela noite ou até nossa fábrica.

[6] lungi: espécie de camisão que chega à altura dos joelhos, usado em geral pelos homens muçulmanos.

— Zafar irmão — diz Farouq —, esses "vocês" e "seus" me dão nó nas tripas. Deixem a Kompani dizer o que quiser, quem vai acreditar? As pessoas aqui sabem da verdade.

— Você é a Kompani — diz Zafar sem qualquer simpatia pelas tripas de Farouq. — Milhares mais afirmam que a sua fábrica envenenou a água deles e os deixou doentes. Para contestá-los, você vai dizer que, haja o que houver nos poços, não veio da fábrica, que os produtos químicos na fábrica não causam esse tipo de doenças. Para apresentar esses argumentos você precisa de fatos e números. Você precisa de um histórico médico, uma inspeção sanitária. Agora você percebe? Abracadabra-sinsalabin! Não mais que de repente surge uma amrikana para instalar um laboratório médico.

Todo mundo está concordando com a cabeça, mas meu instinto diz que Zafar está errado. Pernas-azuis não se enquadra na minha ideia de uma pessoa da Kompani e eu não sou o único que pensa assim.

Diz Somraj: — Deve haver outra explicação. Não sabemos nada a respeito dessa pessoa. Ela pode não ter qualquer conexão com a Kompani.

— Você tem razão, abba.[7] — Zafar é polido como sempre, mas tão profundo é seu ódio pela própria sombra da Kompani que, até que o mistério seja esclarecido, para ele continuará a ser uma conspiração. — Você tem razão, mas antes que possamos descobrir a verdade o mal pode estar feito. Há muita coisa em jogo. Precisamos planejar.

Numa manhã, uma bicicleta-riquixá luta com uma tabuleta que balança na garupa, tão grande que se equilibra dos dois lados como as asas de um aeroplano. Na tabuleta está escrito CLÍNICA GRATUITA KHAUFPUR e mais abaixo, em letras menores, DRA. ELLI BARBER.

Não é um laboratório médico, e sim uma clínica, e não apenas uma clínica qualquer, logo ficamos sabendo, mas uma clínica moderna e bem equipada que pobres diabos como nós nunca conhecemos. A *Gazeta de Khaufpur* publica um artigo. Médica oferece novas esperanças às vítimas do veneno. De acordo com

[7] abba: pai.

o jornal, o primeiro-ministro deu sua bênção, diz que a clínica é um grande e maravilhoso ato de caridade de uma médica de bom coração, essa amrikana, Elli Barber.

— Soa como Ali Babá — diz Nisha. Zafar ri, mas não muito contente.

A clínica deverá ser inaugurada por Zahreel Khan, ministro do Combate ao Veneno. O envolvimento desse filho da puta, mais as bênçãos do primeiro-ministro, confirmam todas as piores suspeitas de Zafar.

— Elogios desses aí não saem de graça. O que está havendo?

Uma manhã, há uma confusão na rua. Um caminhão carregando fardos de algodão se meteu debaixo de um galho de árvore. Vindo do lado oposto há um carro de bois trazendo quatro homens e um estranho estojo curvo de madeira polida, muito grande, que sobra pelo lado de trás. A carroça não pode avançar, motos e autos se comprimem na rua atrás dela, buzinas zurrando como asnos fazem uma barulheira infernal.

As portas da clínica se abrem de repente. Delas sai Elli Barber, fica de pé com as mãos na cintura observando a confusão. O motorista do caminhão desceu de sua cabine e está olhando para a árvore, os auto-wallahs[8] misturam insultos e conselhos. Daí então essa Elli foi direto para o meio da bagunça.

— Tudo bem, tudo bem! Todo mundo calmo agora! O senhor, se conseguir subir ali, desprende o fardo, você, motorista-ji,[9] volta com o caminhão, uns seis metros pra trás.

Ao dono do carro de bois ela diz: — Se você recuar só uns poucos metros, os autos poderão passar.

— Madame — diz ele, maravilhado com aquela estrangeira que fala híndi. — De jeito nenhum que isso aqui é um carro fantástico, é um carro de bois, isso sim — ele ruge uma gargalhada e pisca pros homens atrás dele. — Não tem marcha à ré.

[8] wallah: sufixo utilizado para definir uma pessoa segundo sua atividade ou profissão.

[9] ji: sufixo empregado para indicar respeito pelo interlocutor.

— Então — diz ela —, ele precisa de alguma ajuda. Vamos.

Ela pegou os bois pela argola do nariz e começou a empurrar. Os homens no carro desceram para ajudar com os ombros. Os passantes riem, os bois parecem perplexos, rolam os olhos e mexem as cabeças, devagar, devagar, as rodas começam a ranger pra trás. Isso não agrada ao dono do carro, que agora faz papel de idiota: — Mas como é que eu devo dirigir isso?

Então essa Elli pulou pra dentro do carro: — Sai daí — diz ela, e pega as cordas.

De pé no carro, deslizando devagar para trás, ela me vê dando risinhos e me dá um sorriso forçado. Mas eu sei ler sentimentos e aquilo me vem, meu deus, ela está apavorada.

— Bravo — eu grito. — Bravo pra você.

— Não posso deixar que estraguem meu piano.

Daí então ela pulou pra fora e foi tomar conta dos homens que tiram o estojo de madeira do carro. Parece um caixão de formato estranho. O tráfego engarrafado começa a escoar. Abri caminho pela ruela em meio a um frenesi de buzinas.

— Desculpe. O que é um piano?

De perto ela não parece tão atraente. Seus dois olhos ficam um pouco perto demais do nariz, mas wah! aquelas pernas! agora mesmo seu V está bem na frente do meu rosto. Vozes na minha cabeça começam a fazer comentários imundos.

— É um instrumento musical — diz Elli Barber. Vendo que não sou lá muito esperto, ela explica: — Ele tem teclas. Você as aperta para ouvir as notas.

— Teclas pretas e brancas? Pandit Somraj na casa dele tem um harmônio com teclas assim.

— Isso mesmo. — Ela dá um passo para trás e me olha como fez da primeira vez: — Suas costas. Há quanto tempo estão desse jeito?

— Desde que me entendo.

— Você sabe o que provocou isso?

— Que porra eu posso saber?

As palavras grosseiras simplesmente pularam. Depois do grande médico de crianças, jurei nunca mais falar das minhas costas.

— Nenhum médico nunca explicou? — pergunta ela, sem se perturbar com a minha grosseria.

— E pra quê?

— Veja, se soubéssemos por que...

Dei meia volta e saí andando sobre minhas mãos e pés. Puta merda de porquê, essas perguntas não respondíveis só levam a discussões sobre o sexo dos anjos.

Depois de algum tempo, olho pra trás. Os homens estão tentando fazer a caixa do piano passar pelas portas, mas ela não os está vigiando, está olhando pra mim. É aquele olhar fixo, chamamos ele de ghurr-ghurr. De repente, os olhos dela do outro lado da rua parecem ficar maiores, uma voz dentro da minha cabeça diz: *Ela vai mudar a sua vida!*

Quando recupero os sentidos, estou na casa de Somraj, com Nisha debruçada sobre mim: — O que aconteceu, meu querido? Ficamos tão preocupados com você.

O que aconteceu? No momento em que ouvi a voz dizer aquelas palavras eu me virei e mergulhei em busca daquilo. O universo com todas as suas estrelas e galáxias é uma cabeça de alfinete comparado ao espaço dentro da mente. Naquele abismo profundo mergulhei, perseguindo a voz que fugiu lá pra dentro guinchando como um morcego. Passei por nuvens de vozes, devia haver milhões delas, só de um comentário eu me lembro: *Você ficou zangado porque quando olhou pra ela você pensou sexo, quando ela olhou para você ela pensou aleijão.*

— Uns homens trouxeram você para cá — diz Nisha. — Junto com aquela mulher estrangeira do outro lado da rua. Ela pediu desculpas por não levar você para a clínica dela, não está pronta. Ela disse que você teve um ataque, mas você não tem ataques, tem, meu querido?

O cabelo comprido de Nisha, quando ela se debruça sobre mim, toca meu rosto. Esqueça pernas, esqueça sexo, muito mais doce é o amor.

Não guarda rancor, a Elli doutora. Próxima vez que a encontro ela dá um grande sorriso. — Oi, Animal, como vão as coisas?

Como ela descobriu meu nome? Elli parece estar sempre rindo. Ela tem uma voz forte, não tem vergonha de cumprimentar a gente em voz alta na rua. Logo logo a basti inteira a conhece e diz olá. Depois ela contratou uma equipe pra clínica, ficamos conhecendo eles também. Há Dayanand, o gerente, Suresh, farmacêutico, e também uma senhora anglo-indiana chamada Miriam Joseph, que usa vestidos com grandes flores.

Quando Miriam Joseph me vê ela diz: — Animal, não é? Você se lembra de mim? Eu via vocês quando ia à missa no convento, minha nossa, como o mundo mudou.

Ela coça o sovaco, parece triste, então imagino que o convento não é mais o mesmo sem mim e Ma. Miriam deve ter dito a Elli meu nome, então esse mistério pequeno está explicado. Só falta o grande.

Todo mundo fofoca sobre a clínica. Por que uma coisa daquelas foi aberta em Khaufpur por uma mulher amrikana? Quem ela representa? Parece que as suspeitas de Zafar se espalharam porque há boatos de que a Elli doutora, é como os khaufpuris a chamam, foi mandada pela Kompani.

— E daí se tiver sido? — respondem alguns a esses boatos. — A Kompani nos deixou doentes, por que não nos faria ficar bons de novo?

— E tem mais — dizem outros. — Por que outra pessoa tem que pagar pelo nosso tratamento? É só a Kompani que tem que pagar.

— Melhor que seja a clínica da Kompani — outros ainda argumentam. — Só a Kompani sabe que coisas mortais escaparam da fábrica naquela noite, quem mais vai saber quais são os antídotos?

As pessoas caem como mosquitos em cima da equipe da Elli doutora e fazem perguntas diretas para arrancar a verdade.

— A Elli madame é uma boa pessoa — Suresh o farmacêutico diz a uma pequena multidão no Pé de Galinha. — Com o dinheiro dela mesma está montando essa clínica. Ela deixou um empregão na Amrika por pena do povo de Khaufpur.

Bem, isso soa um tanto improvável. Montes de amrikans estão aqui em Khaufpur nesses dias fazendo todo tipo de trabalho, desde ensinar até plantar hortas, todos estão aqui porque não concordam com o que a Kompani fez, mas nenhum nunca abriu uma clínica. Não com seu próprio dinheiro. Não por si mesmos.

O gerente Dayanand compra suas ervas no armazém de Ram Nekchalan, é lá que as pessoas do Pé se reúnem pra conversar e saber das novidades. Logo ficamos sabendo que ele gosta de laal imli ka gatagat, que são pedaços de tamarindo, duas rúpias o pedaço pequeno, agradavelmente amargos, com um pouco de sal e temperos, bom pra digestão, mas, quando perguntamos sobre sua nova patroa, fora confirmar que Elli está gastando seu próprio dinheiro, ele é tão desinformado quanto qualquer outro. Dayanand foi apresentado a ela por um médico mais velho com quem ele trabalhou uma vez. Esse médico se aposentou, vive numa casa chique perto do lago. Elli doutora se hospedou com ele quando veio pela primeira vez da Amrika, ele a ajudou a encontrar a equipe para a clínica. Mais do que isso Dayanand não sabe ou então não quer dizer.

De onde uma mulher tira dinheiro suficiente para abrir uma clínica? Isso é o que todos estão perguntando. "Deve ser rica." Mas Elli não parece ser do tipo rico, ela não anda por aí dirigindo carrões, tudo bem, ela chegou aqui num carro do governo, mas desde então ela só andou nos autos de três rodas. Algumas vezes ela viajou com meu camarada Bhoora Khan e pechinchou cada viagem.

— Elli doutora, ela é mesmo uma mão de vaca, cacete — ele diz se lamentando, ele que como todos os auto-wallahs acha que os estrangeiros deveriam pagar mais do que os locais. Isso não é só justo, é matemático. Um dólar amrikan são quarenta rúpias, então um quilômetro khaufpuri deve ser igual a quarenta quilômetros amrikans. Mas quando Bhoora diz isso a ela, Elli doutora só ri e pede a ele que em vez disso calcule pela matemática da medicina gratuita.

Elli não se veste como rica, ela nunca é vista usando outra coisa além de seu jeans azul, e também os ricos não se misturam com gente como nós, mas Elli gosta de brincar com os moleques da rua, não se importa que eles gritem "Aiwa" e "Eu te amo" pra ela, logo logo todos os garotos no Pé de Galinha sabem seu nome e também que ela veio da Amrika e não dá doces ou baksheesh.

Um dia a própria Elli vai à loja de Nekchalan. O que diz a ele eu não sei, mas a partir daquele momento ele é o seu maior fã.

— Quando essa clínica abrir — Nekchalan diz pra todos ouvirem —, qualquer um de nós poderá entrar lá direto da rua. Vamos ser examinados, vamos receber tratamento, remédios e... quanto vamos pagar? — ele faz uma pausa para o efeito, merda de bada batola,[10] tão importante e tão sabe-tudo, o maioral da rua, é uma pausa grande grande, cheia de Nekchalan.

— Anda logo, diz quanto!

— Nada.

Nekchalan está sorrindo como se fosse o maior amigo de Elli, como se a tivesse ajudado a planejar a clínica.

— O quê? — o povo gagueja. — Grátis de verdade?

Não se esqueça, nos hospitais do governo as coisas devem ser grátis, mas seu tipo de grátis ninguém pode pagar.

— Totalmente grátis — diz Nekchalan embolsando o dinheiro deles pelo chá, fósforos, sal, farinha, óleo, seja o que for.

As novidades logo se espalham do Pé de Galinha até Jyotinagar, Phuta Maqbara, o Quebra-Nozes onde vivemos Ma e eu e também por outras áreas perto da fábrica onde montes de pessoas ainda estão doentes. De graça? Tratamento de um médico estrangeiro? Parece bom demais pra ser verdade, mas se Ram Nekchalan diz é verdade. Nekchalan não engana o povo, nunca pesa as coisas de menos, em geral ainda bota um pouquinho a mais do que estão comprando, arroz, açúcar, daal, querosene.

Um cara maravilhoso? Não acho. Um pouco de generosidade faz com que continuem a entupir sua loja e o amigo Ram vai engordando graças à sua própria bondade.

— Agora vamos ter um bom tratamento — é isso que todos estão dizendo. Kompani ou não Kompani, os khaufpuris são todos a favor da clínica.

[10] bada batola: fanfarrão, linguarudo, contador de vantagens.

Como Elli Barber mudaria minha vida? De desfazer o nó da minha espinha não havia esperança e depois do dia do encontro com o Khã-no-pote a própria ideia de esperança se tornara para mim amarga e repulsiva. Um dia eu disse a Zafar: — A esperança é a muleta dos fracos. Os fortes continuam sem ela.

Ele concordou com a cabeça e sorriu pra mim. — Irmão, você tem razão. Deixar de lado a esperança e continuar lutando, essa é a lição de Khaufpur.

Fiquei realmente surpreso quando ele concordou. Eu estava pensando no meu próprio caso e também estava tentando irritá-lo. Como é que ele podia continuar em sua longa batalha sem esperança? Não era ele quem tinha dito "Por que não hoje?"

— Isso não é esperança.

Ele pensou por um momento.

— Você pode lutar sem esperança, se o coração encontrar forças em alguma coisa mais forte.

— Que coisa é essa? — eu sabia que não deveria ter perguntado.

— Bem — diz o idiota, tirando e limpando os óculos como sempre fazia quando ficava emocionado. — É o amor.

Animal tesudo precisa de menina
como é que a Elli vai mudar sua sina?

Olhos, eu acabei de dizer "esqueça sexo"? Que porra de hipocrisia! Sexo era a única coisa que eu não conseguia esquecer, meu segundo desejo impossível. O primeiro era ficar de pé ereto, mas por que eu iria querer isso se não fosse porque isso me levaria ao segundo?

fala de amor o bostinha, que tal?
mas em qualquer lugar quer meter o pau

O pensamento do sexo estava na minha cabeça quando eu acordava pela manhã com minha coisa dura como um bastão de críquete, e de novo quando eu me deitava à noite, pensando no que eu não podia ter. Nas noites em que a vontade era muito grande, vamos encarar, quase toda noite, eu fingia que havia uma mulher deitada ao meu lado.

Ela me acariciava de cima a baixo, quando eu estava no ponto ela me mostrava seu lugar secreto. O resto você pode imaginar, era o que eu com certeza fazia, mas pra que serve uma boceta de palha quando é uma criatura de carne e osso que você quer ter nos braços?

De que jeito iria Elli mudar a minha vida? Bem, Olhos, você pode me chamar de sete tipos supurados de idiota, mas se Elli não ia consertar minhas costas, pra mim só sobrava uma outra possibilidade.

Animal seu babaca você é burro de doer
então acha mesmo que com você ela vai foder?

Uma noite, eu, Zafar, Farouq e uns dois outros do grupo estamos no jardim de Nisha, olhando para o prédio de Elli Barber. Há luz numa janela do segundo andar. Uma árvore cresce bem na frente dela.

Zafar brinca: — Talvez devêssemos subir e ver o que está acontecendo lá dentro.

— Eu vou.

Não sei por que eu digo isso. Não para impressionar Nisha porque ela não está lá, talvez só pra mostrar que sou tão bom quanto eles. Bem, tenho braços fortes, provavelmente mais fortes do que qualquer um deles. Posso me suspender sem a ajuda das pernas.

Essa árvore é uma grande mangueira, crescendo bem junto ao prédio. Vamos até ela e Zafar diz: — Você precisa de um pezinho?

Mandei-o se foder, há um monte de calombos no tronco e não preciso de ajuda nenhuma. Depois do primeiro galho é mais fácil, mas ainda não é tão fácil. Subi pela árvore o melhor que pude, braço atrás de braço, os putos lá embaixo no escuro me atiçam sussurrando alto: — Mais alto, Animal, seu filho da mãe. Vamos, mostre-nos do que é capaz.

Mais em cima os galhos se abrem e quase tocam a parede, mas estão começando a ficar mais curvos e ainda falta muito pra subir. Tenho que me puxar pro alto, passar um cotovelo por cima, arrastar o corpo, daí torcer e rodar meu rabo até o galho. Um trabalhão, com essas pernas inúteis e tudo mais. Estou vestido só com a minha bermuda kakadu e ficando arranhado pra cacete pelos espinhos e gravetos.

— O filho da mãe sobe que nem um macaco.

Da escuridão vem um riso que soa como o daquele Farouq imbecil. Olho pra baixo com cara de raiva, é um longo tombo até onde eles estão agrupados ao pé da árvore.

O prédio fica bem do outro lado da rua, em frente à casa de Nisha. De onde estou empoleirado posso ver pandit Somraj sentado em seu quarto ouvindo música. Ouvir, ouvir, ouvir, é tudo o que ele faz dia e noite. Se não está ouvindo discos, está ouvindo rádio, se não está ouvindo rádio, está ouvindo seus alunos, ou então rãs e bombas de bicicleta e torneiras pingando. Nisha está lá dentro com o pai. Posso vê-la lhe oferecendo uma xícara de alguma coisa e meu coração bate como um dholak[11] tocado por um macaco. Taka dum takataka dum dhoiiing dhuuum! É melhor que ela fique lá dentro. Zafar disse pra não contar a ela o que estávamos fazendo. Nisha não aprovaria. Espiando a amrikana, ela diria que é imoral.

— Muito bem, continue subindo.

É o Nosso Líder, sempre tem uma palavra de encorajamento. Sr. Perfeito, foda-se ele.

— Cala a boca! — eu sibilo. — Ela vai te ouvir.

— Não se preocupe, ela vai achar que você é um babuíno — diz Farouq.

Penso em abaixar minha kakadu e cagar na cabeça do Farouq, mas não consigo vê-lo direito, só o brilho do beedi de alguém.

— Grande demais para um macaco — alguém mais palpita.

— O que é que ela sabe? — diz Farouq. — Ela é amrikana.

[11] dholak: tambor de dois lados que se carrega pendurado ao pescoço.

Aos poucos, subo de novo. Ainda estou abaixo da janela, mas está ficando mais perto. Agora posso ver o teto, que é de um rosa brilhante, como o lado de dentro da boca de um camelo. Eis uma mão de mulher, segurando alguma coisa vermelha. Ela aparece no pedacinho que consigo ver, daí some de novo. Isso acontece algumas vezes. O que ela está fazendo? Os putos lá embaixo estão em silêncio agora, eles sentem que estou no limite. A mão sobe de novo, com a coisa vermelha. Mais um galho, ele afunda perigosamente, luto para continuar agarrado. Posso ver a cabeça dela. Está brilhando. A mão, segurando um pote plástico vermelho, aparece e joga água na cabeça. Com a outra mão ela está enxaguando o cabelo. Agora finalmente estou mais alto do que a janela. Elli Barber está lá dentro, a três metros de distância. Ela está tomando um banho e não tem nada no corpo.

Suas pernas não são azuis, e sim claras como leite. Ela se abaixa e nada fica escondido de mim. Depois ela está se ensaboando toda. Todos os lugares. Tenho certeza de que você não precisa que eu diga como é feito o corpo de uma mulher, é a primeira vez na vida que eu vejo um nu.

É, é a primeira vez, a não ser dormindo. Muitas vezes sonhei estar fazendo amor com não vou dizer o nome. Nunca contei a ninguém porque se alguém soubesse, o que faria, rir de mim, ter pena de mim? "Animal, não tenha esse tipo de esperança", já vi escrito no rosto das mulheres mais velhas que me pegaram olhando pra elas. Animal acasalando com fêmea humana, é antinatural, mas eu não tenho escolha além de ser antinatural. Muitas vezes sonhei que ela e eu estávamos apaixonados, às vezes estávamos casados e nus, juntos como nos filmes, fazendo sexo. Nesses sonhos minhas costas eram retas? Eu ficava de pé ereto? Não e não. Eu era exatamente como sou agora e isso não tinha importância. Que sonhos! Eu acordava deles tremendo de esperança. Aquilo me apavorava, eu desprezo a esperança.

— O que está acontecendo? — chega o sussurro lá de baixo.

Elli se vira de costas outra vez. Ela se inclina, mostrando tudo o que tem.

— Pssssiu, Animal?

Não posso responder. Não posso falar. Ela se endireita, derrama mais água e ai ai ai, o que ela está fazendo? Ela está apalpando os seios. Meu coração está batendo. Estou tonto, me agarro no galho acima da minha cabeça, há esse grande barulho de folhas.

Elli Barber vem até a janela. Ela fica lá se secando com uma toalha olhando pra um lado e pro outro. A qualquer momento ela vai olhar direto pra mim.

A luz se apaga.

— Animal, que porra está acontecendo?

Eles querem que eu desça agora, conte o que descobri. Não consigo me mexer. Há uma fornalha na minha virilha. Nem pensar que eu vou descer e deixar que me vejam naquele estado. Vou ficar aqui em cima algum tempo. Bem, pelo menos um pedaço de mim pode ficar ereto.

Olhos, não sei se você é um homem ou uma mulher. Acho que as coisas que estou dizendo não são adequadas para os ouvidos de uma mulher, mas se uma pessoa deixa coisas sem serem ditas para não ficar mal, isso é uma mentira. Eu jurei não mentir pra você. Se está desconfortável, jogue longe o livro no qual estas palavras estão impressas. Continuar a ler é decisão sua, vem coisa pior, não comece a chorar depois "o Animal é uma pessoa horrível, ele é imundo", acha que já não sei disso? Olhos, se você for uma mulher, peço que não me deixe agora, neste mundo as melhores pessoas têm sido sempre mulheres, como Jara, Ma Franci, Nisha. Se você for homem, isso não importa, você é um filho da mãe nojento mesmo.

Então, estou preso lá em cima da mangueira.

Ela chega na janela e olha pra fora. Há uma lâmpada brilhante atrás dela, delineando suas formas, a luz bate nas folhas da minha árvore. Prendo o fôlego na esperança de que ela não consiga enxergar no escuro. Cara, essa coisa na minha calça tá quente e rígida, se projeta tanto que fico achando que vai se prender nos galhos.

A luz se apaga. Um sussurro vem lá de baixo. — O que você está vendo?

O que estou vendo? Eles estão loucos? Ela ainda está lá. Tenho certeza disso, embora meus olhos estejam me pregando peças. Nos primeiros instantes, depois que a luz apagou, tudo o que consegui ver foi o fantasma da lâmpada, ele é roxo brilhante com o contorno verde. Então um quadrado preto apareceu, que é a janela, há um vulto claro nadando dentro dela. Ela está se inclinando pra fora, dando uma olhada à esquerda e à direita.

— Ei, Animal, o que é que há?

Como é que ela não os ouve? Eles não estão recebendo nenhuma resposta, mas o que é que eu posso fazer? Estou preso no galho tentando não me mover. Respirar, o que é isso? Há uma espinha de peixe atravessada na minha garganta. Não consigo olhar pra outro lado. Acho que a qualquer momento ela vai ver duas brasas quentes brilhando na árvore. Toda uma era negra do mundo se passa antes que ela volte pra dentro. Ainda não ouso me mexer. E se ela ainda estiver lá no escuro? Imagine se ela chama a polícia! Espiando uma mulher nua, vê se os desgraçados não iam adorar descobrir quem tinham agarrado? Aquele Latrinão-inspetor, na delegacia de Habibganj, vai ganhar o dia me encontrando nesta árvore cheia de vento. Ele vai me arrastar pra baixo e se essa vara ainda estiver empinada pra frente ele vai arrancar a porra da coisa e me bater na cabeça com ela. Mas o Latrinão-inspetor não vem e depois de algum tempo, como a janela continua escura, deduzo que ela se foi. Levo uns bons dez minutos para descer daquela árvore, é um escorregão de ralar o pau a cada centímetro até o chão.

Eles todos querem saber: — O que você descobriu? O que foi que viu?

— Conto depois — eu digo, porque naquele momento Nisha saiu pela varanda. Nisha não sabia o que tínhamos feito. É provável que achasse que estávamos respirando o ar da noite. Aproveitando o perfume do frangipani. Aquilo me tirou de uma boa, eu não queria contar a Zafar & Cia o que tinha visto.

Quando chegamos na luz, na varanda, Nisha diz: — Animal, você se arranhou.

Com certeza, há grandes arranhões cortando meu peito nos lugares em que escorreguei por aquela árvore.

— Meu deus, o que aconteceu com você?

Bem, há uma coisa que não consigo fazer, que é mentir pra Nisha, então é:

— Je suis monté dans cet arbre là [Subi naquela árvore].

Ela me dá um olhar: — O que isso quer dizer?

Começo a murmurar qualquer merda sobre mangas.

— Mas não é época de manga — diz Nisha. Ela se vira para Zafar, que parece perturbado: — O que aconteceu com Animal?

Uma ruga aparece naquela testa alta do Zafar. Ele empurra os óculos como quando está para fazer um discurso, mas antes que possa dizer qualquer coisa, Farouq se mete e diz: — Ah, ele só escorregou.

— Escorregou?

Ela está me olhando com preocupação, juro. Aquela garota é mais gentil comigo do que ela mesma sabe. Isso aparece em momentos como esse, a gente não consegue esconder, se realmente se importa com alguém.

— Como foi que ele escorregou?

— Tropeçou — diz Farouq.

— Como é que você pode tropeçar? — ela me pergunta. — Você anda de quatro.

Daí ela está olhando pra minha bermuda. Eu quase morro. Que aquela maldita coisa não esteja aparecendo.

— Você precisa de roupas decentes. Está sempre usando essas coisas velhas imundas. Vou comprar umas novas pra você.

— Não quero roupas novas — resmungo. — Esta é minha bermuda kakadu, veio do jarnalis que se chama Phuoc, de um lugar que tem crocodilo. Bermuda especial de herói, dois bolsos dos lados, dois bolsos com fechos atrás, dois bolsos costurados na frente, bons para esconder coisas como meu zippo — esse tipo de coisa fico murmurando.

Zafar diz: — Deixa ele, temos coisas a fazer.

Mas Nisha me leva pro lado e traz um pouco de pomada de neem,[12] amarela ela é e tem cheiro de azedo, pra botar nos meus arranhões.

[12] neem: nim (*Azadirachta indica*), erva amarga e adstringente, usada em medicamentos.

— Não consigo alcançar ali — ela diz, falando da minha barriga, porque ainda estou de quatro. — Você vai ter que se sentar. Ou fique de lado.

Rolo sobre mim mesmo como um grande cão, como Jara faz para que façam cócegas em sua barriga. Nisha começa a esfregar a pomada em meu estômago. Seus dedos me tocando, tenho medo de que minha coisa comece a criar vida de novo, talvez ela tenha percebido, porque faz traços com a pomada sobre os arranhões até o umbigo e aí me dá a lata e me diz pra fazer o resto, e para andar logo porque estão nos esperando lá dentro. Eles estão pra começar mais uma de suas intermináveis reuniões. Então ela diz que vai ficar por perto para ter certeza de que eu fiz direito.

— Você vai. É você que eles estão esperando.

— Eu só, não — diz Nisha, observando-me aplicar o troço.

Sem graça ela pode ser, mas até que está bonita. Quando você já viu uma coisa no rosto de alguém, não vou dizer a beleza, mas seja lá como for que você chame a coisa que você gosta, essa coisa vai estar sempre lá. É o jeito que o cabelo dela cai pelo rosto. Ela estava mordendo o lábio, que é o que faz quando está pensando, e é o que me atrai nela.

— Você é tão doce — digo antes de conseguir me calar.

— Animal bobo — diz Nisha agora sorrindo —, seu cabelo está todo jungli,[13] todo embaraçado, cheio de poeira, há gravetos nele. Venha, vou escová-lo.

Então estou sentado aqui enquanto ela passa os dedos por ele, desmanchando os nós, daí ela começa a escová-lo, aaa aa aiiiee, prende aqui, aiiieeaaaa, puxa ali. Zafar sai para nos procurar, estou olhando pra ele, estou sorrindo.

— Ça va, Animal?— pergunta ele, que aprendeu comigo.

— Si heureux je vais mourir [Tão feliz vou morrer].

Mas isso ele não entendeu.

Morrendo de felicidade, eu estava? Não por muito tempo, porque depois da reunião eles foram para o quarto dela, deixando-me rangendo os dentes lá embaixo. Eu estava obcecado pelo que eles faziam juntos. Imaginar você-sabe-o-quê

[13] jungli: selvagem; neste contexto, despenteado, embaraçado.

levou minhas vozes a uma grande discussão. Uma disse que tinha previsto que as coisas acabariam assim. Outra garantia que Zafar teria que ser maluco pra fazer sem-vergonhices na mesma casa que pandit Somraj, que tem a audição de um morcego, é capaz de aguçar o ouvido para escutar uma formiga peidar. Babaquice, diz uma terceira, um homem é um homem, com uma coisa entre as pernas e uma profunda urgência masculina para enfiá-la em alguma coisa úmida e desejosa.

É claro que isso não era desculpa para envenená-lo.

Fita sete

Noite passada sonhei com Zafar. Ele subia o Beco Paraíso, indo para o coração do Pé de Galinha. Quase em dois ele estava dobrado, seu nariz comprido apontando tristonho para o chão. Em sua cabeça estava o seu turbante vermelho favorito, sua barba estava por fazer, nas costas ele carregava um mundo brilhante, azul como as asas de um papa-moscas, entremeado de linhas minúsculas. O calor do sol caía direto em cima dele. Pesado devia ser o mundo, Zafar cambaleava, seus braços erguidos atrás das costas mal conseguiam segurá-lo, mas ele dava um passo de cada vez, como tudo o que fazia, com extrema paciência. Uma criança pequena andava na frente dele, indo para a escola, eu suponho, ela levava um quadro-negro onde alguns abc e 123 estavam escritos. Nisha também estava no sonho, seguindo Zafar de perto, implorando que a deixasse dividir seu pesado fardo da dor do mundo, mas acho que ele não conseguia ouvi-la.

Minha luta com Zafar estava esquentando. Animal medonho vivendo sem esperança, era assim que eu me via. Não pedia nada, esperava menos e vivia cheio de raiva do mundo. Zafar estava sempre me dando chances de provar o quanto eu era um cara confiável e de bom coração. Aquilo tinha virado uma espécie de competição. Ele de propósito me dava cada vez mais responsabilidades. Eu realizava as tarefas que ele me passava com um desprezo cada vez maior. Com frequência eu assumia grandes tarefas para as quais não me adequava. Um desses dias, eu pensava, de preferência quando sua vida depender disso, vou te deixar na mão.

Um dia Nisha trouxe para uma de nossas reuniões uma mulher chamada Pyaré Bai. Pyaré sentou-se no chão com o sári dobrado de um jeito que cobria o seu rosto, numa voz triste ela nos contou sua história. Olhos, você deveria ouvi-la, porque a história dessa única mulher contém a saga de milhares.

Pyaré Bai era casada com Aftaab, ele trabalhava na fábrica da Kompani e contou a ela como eram perigosos os produtos químicos de lá. Se por acaso você deixasse cair algum em sua mão, disse Aftaab, a pele empolaria. Naquela noite, ele estava em casa de folga quando as ferroadas nos olhos começaram, pimentas-malaguetas, diferente da maioria das pessoas ele sabia o que fazer. Cobriu os rostos de Pyaré e de suas duas filhas pequenas com panos molhados e depois as guiou, andando e não correndo, pra longe do vento. Desse jeito eles escaparam de onde a maioria dos vizinhos morreu. Ainda assim, todos foram afetados pelos venenos, Aftaab de um jeito pior, porque tinha tomado menos cuidado consigo mesmo, tossia espuma cor de sangue, seus olhos estavam quase fechados. Quando voltaram para casa, todos os objetos de metal, como panelas, tinham uma crosta verde. Aftaab não permitiu que Pyaré e as crianças ficassem na casa. Limpou tudo, lavou todos os cantos antes de deixá-las entrar.

No começo, Aftaab pareceu se recuperar, mas seu antigo emprego não existia mais, ele estava sem ar demais para conseguir fazer trabalhos braçais. Seu estado de saúde piorou. Os olhos doíam, ele tinha brotoejas pelo corpo todo e também febres e dores nas juntas. Pyaré comprou remédios. Aftaab lhe disse pra não desperdiçar dinheiro com ele, porque ele ia morrer. Ela disse: — Como posso fazer isso?

— Pense em você mesma e nas crianças — disse ele —, quando eu me for, de que vocês vão viver?

Ela respondeu: — *Har ek warak mein tum hi tum ho jaan-e-mehboobi, hum apné dil mein kuch aaisi kitaab rakhté hain.*

— Wah wah — diz Zafar. Ele tirou os óculos e está limpando as lentes. Piscando, ele está. O que é que ele está pensando, que isso é alguma porra de recital de poesia? Olhos, o que ela disse foi isso: Em todas as páginas está você e só você, ó amor da minha vida, é este o livro que guardo no meu coração.

Quando seu marido ficou realmente doente e não conseguiu mais trabalhar, eles ficaram sem dinheiro e tiveram que vender sua casinha. Mudaram-se para um lugar alugado, com meio telhado. Foi o único lugar que Pyaré conseguiu encontrar, ao lado do naala fedorento, na estação das chuvas a água entrava casa adentro. As meninas estavam sempre com fome. À noite, choravam. Ela enrolava panos em volta da cintura das duas e lhes dava água para encher os estômagos vazios. Ela conseguiu um emprego carregando cimento numa construção.

— Quando comecei a trabalhar — disse Pyaré Bai —, meu marido me pediu perdão por me colocar naquela situação. Quantas vezes ele tinha me dito para não gastar dinheiro com ele e sua doença. Não desperdice seu dinheiro, ele dizia, vou morrer de qualquer jeito. E ele morreu... ele me deixou sozinha.

Ela começou a chorar, Nisha se sentou a seu lado e a abraçou. Depois disso, Pyaré Bai mostrou fotos de suas filhas. A mais nova era bonita e selvagem, muito parecida com sua mãe. Ela mostrou a todos uma foto tirada quando era recém-casada, nela se via um jovem e sorridente Aftaab miyañ, junto dele havia uma garota vestida com uma kurta,[1] com duas tranças e cachos colados nas bochechas. Nisha disse: — Eu vi isso na sua casa. Uma de suas filhas falou: Ammi parece Mala Sinha. E a outra disse: Não, parece Sadhna.[2]

De novo estavam as duas aos prantos. Eu não conseguia entender por que Nisha estava tão comovida com aquela história em especial, todos nós trabalhávamos todos os dias com gente que tinha coisas horrorosas pra contar. A foto do casamento deu a resposta, o momento mais feliz no caso de amor de uma mulher hindu com um homem muçulmano. Como Nisha e Zafar.

Depois da morte de Aftaab, o agiota mandou seus capangas atrás dela. Eram caras cujos olhos eram vermelhos de bebida, quer dizer filhos da puta miseráveis, que andavam com facas-de-mola Rampuri[3] e não hesitariam em usá-las. Eles ficaram no gulli[4] do lado de fora da casa dela e chamavam em voz alta: — Ei, vaca, você está aí dentro? Sua puta, você esqueceu do dinheiro que está devendo?

[1] kurta: túnica curta de musselina bordada, usada por homens e mulheres.

[2] Mala Sinha, Sadhna: atrizes de cinema.

[3] faca Rampuri: faca automática com lâmina serrilhada, típica de gangsteres.

[4] gulli: beco estreito.

— Tenham piedade — disse ela —, meu marido acabou de morrer.

Eles entraram na casa e pegaram coisas. Levaram suas panelas. Carregaram a bicicleta de seu marido: — Bem, ele não vai mesmo precisar mais disso.

No fim desse relato, todos estão chorando, fora eu que nunca choro e que, pra cada história trágica dessas, sou capaz de contar dez piores.

Quando Pyaré saiu, Nisha diz: — Temos que fazer alguma coisa por ela, temos que tirar esses capangas do caminho.

— Há um problema — diz Zafar. — Como podemos ajudar uma e não as outras? Se ajudarmos Pyaré, onde é que isso vai parar? Como podemos dizer aos vizinhos dela, que também sofreram terrivelmente, nós a ajudamos mas não podemos ajudá-los?

Zafar — diz Nisha —, eu não sei a resposta, mas sei que, se eu não ajudar essa pobre mulher e suas filhas, eu mesma vou morrer.

— Você não vai morrer — disse ele. — Eis o que vamos fazer. Vamos pedir a vinte amigos para começarem um fundo. Eu, aqui e agora, ponho mil rúpias nele.

— E eu também — disse Nisha.

— Eu também darei mil — disse Somraj.

— Eu também — disse Farouq. Eles olharam pra mim mas eu olhei pro lado.

— Animal? — perguntou Zafar.

Viu? Ele está decidido a me dar a oportunidade de mostrar a generosidade da minha alma.

— Vinte — murmuro.

— Quando tivermos quitado a dívida de Pyaré — disse Zafar —, começaremos um novo serviço, um crédito para fazer empréstimos a juros baixos, para que as pessoas não recorram a esses crápulas.

Assim falou Zafar bravamente, mas eu captei seus pensamentos aflitos e soube que outro fardo pesado tinha acabado de se somar ao mundo que ele carregava nos ombros.

O dinheiro quando foi coletado era muito mais do que vinte mil rúpias. Não poderia ser dado a Pyaré Bai porque o agiota poderia enganá-la. Tinha que ser entregue diretamente e também era preciso conseguir um recibo.

— Vou levar — esse sou eu.

Diz Zafar: — Acho melhor desta vez não.

— Qual é, você não confia em mim? — dessa vez eu o peguei.

— Tem razão, não confio. Não na sua honestidade, é na sua língua grande que eu não confio. Esses caras são bandidos.

— Vou levar — eu repito. — Confiança não pode ser pela metade. Ou você confia ou não confia.

Zafar coça a barba, pondera: — Tudo bem, então, você vai levar, mas Farouq vai com você.

Era o maior dinheiro que eu já tinha carregado, dava pra comprar uma casa.

O agiota era P. N. Joalheiro, loja na rua Iltutmish, na Chowk. Farouq e eu perambulamos devagar por lá entre o barulho e os cheiros, pakoras[5] fritando, montes de gente, o dinheiro na bolsa pendurada no meu pescoço.

— O rabo dela, cara — diz Farouq —, é que nem dois melões doces e suculentos, e eu não ia adorar enfiar os dentes naquilo?

Adivinhe de quem ele estava falando.

— Você tem uma cabeça nojenta — digo a ele. — Nem um nascido na sarjeta como eu fala desse jeito.

— Não fala, mas pensa — diz ele, rindo. — Já vi você olhando pra ela, e pra Nisha também. Você, seu quadrúpede desgraçado, anda pela cidade com o pinto balançando, na encolha você usa a mão.

Bem, tem verdade nisso, Olhos, não vou negar, mas não vem me dizer que ele não faz a mesma coisa, ou você, por exemplo, você pode dizer honestamente que nunca se apalpou, então qual é o grande caso?

— O seu problema, Animal — continua Farouq, estamos passando pelo templo Hanuman, onde os leiteiros se reúnem toda manhã —, é que você

[5] pakora: prato da culinária hindu, muito condimentado, espécie de bolinhos feitos com carne, vegetais, ervas e especiarias, empanados e fritos.

acha que, porque tem as costas curvadas e anda com o rabo pro ar, ninguém deveria ousar te criticar. Sou um animal, você está sempre repetindo, eu sou um animal, não preciso fazer como o resto de vocês, as leis da sociedade não se aplicam a mim porque eu sou uma porra de um animal.

Ele fica mesmo irritado com isso de eu escolher ser um animal e não humano, é como areia no olho dele.

— Não fui eu quem me deu o nome de Animal — respondi. — E quem foi que agora mesmo me chamou de quadrúpede? Ah! Acho que foi você.

— Não se queixe — diz ele. — Isto aqui é Khaufpur. Nesta cidade, se um homem é aleijado é chamado de Langda. Se for vesgo é olha-londres-fala-tóquio. São só umas porras de umas palavras, chamar alguém de Raju ou Razaq não muda o que ele é.

Não muito brilhante, o nosso Farouq. Realmente, ele deveria ter sido um mecânico, ou um goonda[6] numa gangue de criminosos como seus dois irmãos. Primeiro ele não entende que tudo não passa de umas porras de umas palavras, depois ele não pega o espírito da coisa, que quando eu digo que sou um animal não é só como aparento, mas como me sinto.

— Seu nome deveria ser Hipócrita — digo a ele —, porque na frente de gente como Somraj pandit você banca o respeitável, no Muharram[7] você anda em cima de brasa quente pra mostrar como é piedoso, nos outros trezentos e sessenta e quatro dias você não bota um pé na masjid, nem reza as namaaz[8] diárias, pelas costas dos mulás você está pronto pra todo tipo de aventura suja.

Eu disse isso porque ele frequenta as casas perto de Laxmi Talkies.

Olhos, até agora eu não te contei muito sobre Farouq, a não ser que ele é o número dois de Zafar. Você deve estar se perguntando o que um grosseirão como ele está fazendo misturado com Zafar e Nisha, como é que ele pode fazer um tipo de trabalho que envolve cuidar dos outros em troca de não receber nada? Dificilmente ele faz o gênero, seu tio é Afroze Khan Yar-yilaqi,

[6] goonda: matador, cruel, valentão.
[7] Muharram: festa religiosa de luto pela morte de Iman Hussein.
[8] namaaz: as cinco orações diárias dos muçulmanos.

um grande gangster em Khaufpur, envolvido com golpes de transportes, contrabando, bebidas, todo tipo de coisa. O pai de Farouq é o irmão caçula desse chefão, mas os dois brigaram. Dois anos atrás, o pai de Farouq ficou seriamente doente, não podia obter o tratamento adequado, foi Zafar quem conseguiu, desde essa época Farouq idolatra Zafar e foi trabalhar com ele, por Zafar e Nisha ele faz qualquer coisa, mas a mim ele trata como merda, ele diz que é o que eu mereço.

O povo de Farouq são os yar-yilaqis. Eles vieram para Khaufpur de Yar-yilaq, uma região perto de Samarkand. Isso aconteceu há muito tempo, talvez trezentos anos, Farouq me falou disso uma vez, acho que eu não estava ouvindo. Tem um bairro inteiro yar-yilaqi em Khaufpur, as mulheres nesse lugar usam saltos altos debaixo das burcas e batom debaixo dos véus, mas se você perturbar uma delas com algum tipo de gracinha machista, é possível que ela puxe uma faca e te fure, isso também me disse Farouq, caso em que é um milagre sem-vergonha que ele tenha vivido tanto. Mas há sempre a esperança de que um dia ele queime até a morte. Todo ano, no Muharram, manda a tradição que os homens yar-yilaqis mostrem sua pureza de coração andando descalços sobre um leito de brasas quentes. Farouq faz isso todo ano, ele se orgulha disso.

Qualquer menção a andar no fogo é capaz de criar problemas entre mim e Farouq. Em anos anteriores, fui assistir junto com os outros. Para conseguir algum tipo de visão, eu tinha que subir em alguma coisa, da última vez foi num andaime onde ele tinham posto uma câmera de tevê, meus pulos ali faziam tudo tremer. Farouq berrou pra mim: — Animal, desce daí, o que é que você está fazendo aí, afinal, seu merdinha, você nem acredita em deus.

— Desde quando criaturas da jungli precisam acreditar? — berrei de volta.

— Arruma uma religião e aprende a ter algum respeito.

Então informei Farouq que para nós, animais, nossa religião é comer, beber, cagar, foder, os troços básicos pra você sobreviver.

— Seu puto imundo — disse ele —, toda essa merda de animal é só uma desculpa para se comportar mal.

Agora, quando menciono Muharram, que está chegando, ele fica roxo de raiva e diz que este ano eu devo é não tentar nenhum truque ou ele vai pessoalmente me jogar no fogo.

— Acha que eu tenho medo do fogo? É passar por ele tão depressa que ele não tem tempo de queimar, ou então alguém de alma imunda como você arderia em chamas.

— Se é tão fácil, por que você não faz? — ele desafia.

— É, talvez eu faça.

— Língua puta de grande você tem, você não ousaria.

— Quer apostar?

— Apostado — diz ele, então ele se dobra, apertamos as mãos, cortamos, e está feito.

O joalheiro está sentado numa almofada, falando com um amigo. Dizemos porque viemos, tiro o dinheiro da bolsa e o conto na frente dele.

— É a dívida de Pyaré Bai. Zafar irmão manda dizer a você que isso encerra o assunto por completo, você deve agora devolver o que é dela.

O cara conferiu o dinheiro com uma expressão no rosto como se na verdade nunca quisesse vê-lo de novo, é esse o jeito de trabalhar desses agiotas, emprestam uma pequena quantia, juros de dez por cento ao mês, quem vai querer o dinheiro de volta?

— Zafar bhai disse pra dar um recibo.

— Zafar bhai isso, Zafar bhai aquilo — zomba o homem. — Eu conheço o seu Zafar bhai, é um criador de caso, sempre metendo o nariz onde não é chamado.

— Seu nariz é muito chamado. Zafar bhai diz também que é pra você deixar Pyaré Bai em paz, não é pra ter mais perturbação.

— Ouçam esse sadak chhaap[9] dando ordens aos mais velhos. Com quem você pensa que está falando?

[9] sadak chhaap: expressão pejorativa usada para designar garotos de rua.

— Só me dá o recibo — eu digo —, palavrões a gente pode trocar depois.

O agiota agora está zangado, ele grita lá para os fundos e dois de seus capangas entram na loja: — Qual é, patrão?

— Esse garoto — diz ele. — Precisa de uma porra de lição de boas maneiras. Precisa aprender a mostrar respeito.

— Me dá o recibo — repito, começando a ficar alarmado, porque se eu não o tiver, esse cara pode negar ter recebido o dinheiro.

— Filho da puta, deixa eu te dizer, você não fala comigo desse jeito, entendeu, ou eu vou chutar seu rabo torto pela rua toda até o Hazrat Mahal e talvez de lá até o Ram Mandir.

Nisso, Farouq, que está encostado na porta limpando as unhas, começa a rir.

— Isso eu ia gostar de ver, tio, é tudo o que esse puto merece. Muitas foram as vezes em que tive a tentação de dar um pé nessa bunda horrorosa. Conheço ele desde que era um pentelho de 15 anos, sempre faltou com o respeito aos mais velhos, então entendo perfeitamente seu problema. A atitude dele é ruim, os modos são grosseiros, o babaca estúpido realmente acha que é um animal. Esse garoto precisa se corrigir, seu sapato no traseiro dele provavelmente faria maravilhas. O problema é que — diz ele — se você chutar o rabo dele pela rua, vou ser forçado a chutar o seu logo atrás.

O agiota olhou para ele perplexo: — O que é isto? Outro insolente desocupado, você e ele estão juntos?

— Infelizmente, sim — diz Farouq, ainda olhando para as unhas. — Eu não teria prazer, bem, não muito prazer, em quebrar as suas pernas, mas se você falar comigo desse jeito, não me culpe se for isso o que acontecer.

— Saalé! — grunhe um dos bandidos. — Quem diabos você pensa que é?

— Acho que sou Farouq Khan Yar-yilaqi. Se você algum dia quiser me encontrar, pergunte por mim na casa do meu tio. Seu nome é Afroze Khan. Acho que já ouviu falar nele, se não, vai só até o portão Ajmeri que qualquer um vai te dizer o caminho.

Conseguimos nosso recibo, assinado às pressas por um agiota bajulador que também prometeu devolver sem demora a Pyaré Bai suas panelas e bicicleta.

— Seu baderneiro de merda — eu disse a Farouq, estávamos de novo do lado de fora, a caminho da loja de Chunaram —, onde foi que você aprendeu esses diálogos de filme de segunda?

— Animal, querido, não me tente.

— Bem — eu digo —, parece que vamos ter que fazer um bocado desse tipo de trabalho. Eu também deveria praticar falas sinistras, como Shatrugan,[10] BATTAMEEZ KUTTÉ, MAIN TUMHÉ NASHT KAR DOONGA!!! Seu cão maldito, eu vou te destruir!

Muita gente que passava parou e começou a olhar em volta para ver de onde vinha essa terrível ameaça. Farouq morria de rir: — Animal — ele diz —, você até que poderia ser um cara legal, se não fosse tão babaca.

[10] Shatrugan: Shatrugan Sinha, famoso vilão do cinema hindu.

Fita oito

Um mistério é Elli. Zafar tentou através de todas as suas fontes descobrir quem ela é e de onde veio, conseguiu uma grande porra nenhuma. Tudo o que sabemos é que tinha um empregão na Amrika, desistiu dele pra vir pra Khaufpur. Então um dia Dayanand deixa escorregar que ela já trabalhou num hospital para veteranos.

— Como é o nome do hospital? — pergunta Zafar quando lhe conto isso.

— Centro Médico.

— Qual centro médico?

— O nome é só Centro Médico. Dayanand disse que era um prédio enorme que fica numa colina. Veteranos são soldados.

— Eu sei o que são veteranos — diz Zafar. — Com certeza agora podemos achar o rastro dela. Ele disse em que cidade?

Nisha diz: — Eu vou amanhã procurar na internest.

— O quê? Você acha que o retrato da Elli doutora vai estar na internest? — debochei rindo alto, achando graça.

— Qual é a graça?

— Eu sei de que tipo são todos os retratos que estão na internest.

Eles me encararam como se eu tivesse dito algo errado, então apontei Farouq com a cabeça: — Ele me disse.

— O que foi que ele disse, querido? — é Nisha. Agora estão todos rindo, menos Farouq, que tem uma cara de quem preferiria não estar ali. Então eis aqui uma chance de ferrar aquele puto.

— Ele disse que era parte da minha educação. Que o que ele ia me mostrar eu nunca ia esquecer.

Farouq também finge que ri: — O idiota não sabe o que é brincadeira — ele diz, mas eu posso ouvir seus pensamentos rangendo, desgraçadinho, minha bota, seu rabo, então pisco pra ele, o que o deixa ainda mais doido.

— Animal, há todo tipo de coisas na internest — diz Zafar —, não só as... ahnnn... o que Farouq pode ter dito.

— Posso ir com você? — pedi a Nisha. — A internest eu ia gostar de ver.

— Claro que pode — diz ela, me dando um sorriso doce. — Afinal de contas, é parte da sua educação.

Pouco tempo depois, estou perambulando pelo Pé quando Elli aparece e me chama: — Ei, Animal, quer entrar e ouvir o piano?

— Com certeza.

Que mal pode haver? Vou contar a Zafar o que tiver visto.

Totalmente diferente está o prédio do que quando Ganesh e os outros eram os donos. Mais luz entra pelas janelas, que no passado costumavam ser marrons. Tudo está limpo. Na primeira sala há bancos encostados em todas as paredes, no meio fica uma mesinha coberta de jornais, etc, num canto está Miriam Joseph sentada atrás de uma mesa, ela me dá um sorriso: — Olá, Animal, madame vai examinar suas costas?

— Ela vai me mostrar o piano.

Vou te mostrar outra coisa e tudo, diz uma voz na minha cabeça, é a voz grosseira que soa como vômito de porco.

O que tem dentro daquelas calças, dá uma olhada mais de perto.

Elli, na minha frente, pergunta: — É lá em cima, consegue subir?

Surpresa ela ficaria, onde podemos subir.

Fecha a matraca! Não quero que elas estraguem tudo. Nem pensar que Elli doutora vai fazer alguma coisa desse tipo. Mesmo assim, as abóboras do rabo dela sacolejando escada acima na minha frente, bem, isso perturba.

Ela vai mudar a sua vida! Volta aquele eco de antes.

— Como você tem passado, aliás? — pergunta Elli.

— Muito bem obrigado, estou ótimo. Não sinto dor nenhuma.

— Você sente dores com frequência? — pergunta ela, segurando uma porta aberta.

— De jeito nenhum, mas muita gente sente.

— Então por que você disse que não sente dores?

— Porque sou um daqueles que não sentem, Madame.

— Eu deveria ficar confusa? E não me chame de madame, me chame de Elli.

É bom que ela não saiba o que estou realmente pensando, que é Uau cara eu te vi nua. Emoçãozinha suja é essa, como se eu tivesse algum tipo de poder sobre ela, vem junto com vergonha, eu não contei a ninguém o que vi da árvore e também não era culpa minha, como é que eu poderia saber que ela estava tomando banho?

O piano está numa sala que eu achava que se pareceria com a sala de música de Somraj, mas é completamente diferente. De cara, há livros por toda parte, em prateleiras, em mesas, em pilhas no chão. Há poltronas gordas cobertas de tecido e também uma tão larga que dava pra se sentarem quatro ou cinco traseiros khaufpuris. Ela me vê olhando aquilo: — Estique-se no sofá se quiser, fique à vontade.

O piano eu esperava que fosse um instrumento achatado quando saísse daquela caixa, talvez como um santoor,[1] mas vejo agora que o piano é a própria caixa, que foi levantada do chão e fica sobre três pernas de madeira polida. Ela abre uma aba curva e lá estão as teclas. Tenho que me levantar na poltrona-sofá para vê-las, uma fileira comprida de pretas e brancas, muito maior do que no harmônio do pandit.

— O que você gostaria que eu tocasse?

Bem, eu não conheço muita música decente, trilhas de fillim[2] são mais o que gosto, mas não quero parecer ignorante e também tantas vezes ouvi Somraj falar e ensinar: — Gosto bastante da raga Bhimpalashri.[3]

[1] santoor: instrumento musical como a cítara ou o saltério.

[2] fillim, fillum: filme, filmes.

[3] Bhimpalashri: raga da tarde, Bb->C Eb E G Bb C, C Bb A G F Eb D C.

Ela dá uma gargalhada: — Eu não sabia que ragas podiam ser tocadas num piano.

— Você sabe *Tum Se Achchha Kaun Hai*? É uma das minhas músicas preferidas, do filme *Jaanvar*, não os *Jaanvar* de 1982 ou 1999, mas o original antigo de 1965, com Shammi Kapoor e Rajshree,[4] o melhor de todos os *Jaanvar*. O nome quer dizer Animal, então é o meu filme, o nome da canção quer dizer "Oh! Quem é melhor do que você?", mas quando eu canto eu mudo pra *Mujh Se Achchha Kaun Hai*, que quer dizer "Oh! Quem é melhor do que eu?

Elli diz: — Vou tocar uma coisa que sei.

Ela começou a bater nas teclas e essa música grave sai da caixa do piano. Profundo ele é, como um ribombar de trovão, mais profundo do que qualquer instrumento que já ouvi, fora talvez um tambor, então ela faz suas mãos pularem para a outra ponta, a música se torna alta e suave como sinos.

— Como foi que você aprendeu a tocar tão bem?

— Bem — ela diz, os dedos ocupados nas teclas —, sempre tivemos piano em casa. Minha mãe tocava. Ela era boa. Quando eu tinha uns 12 anos ela ficou doente, suas mãos tremiam tanto que ela não podia mais tocar. Foi quando resolvi começar.

— Você aprendeu pra poder tocar pra ela?

Elli deixa cair as mãos no colo. — É cruel perder um dom como aquele. — Ela me olha, mas estou pensando em Somraj: — Seu vizinho do outro lado da rua, ele já foi um cantor. Agora ele é um professor de música.

— Homem alto, sempre vestido de branco? Tem uma filha? Mal nos cumprimentamos.

Com a menção a Nisha sinto-me um traidor porque não consigo parar de ter maus pensamentos a respeito de Elli Barber. De Somraj não sei o que dizer, o tom na voz de Elli sugere que ela acha que ele não é muito amigável e, é claro, não posso dizer por quê. Pensar neles do outro lado da rua me faz pensar no que precisamos descobrir.

[4] Shammi Kapoor e Rajshree: ator e atriz do cinema indiano.

— Dayanand, seu gerente, diz que você trabalhava num grande hospital na Amrika.

— É verdade, trabalhava.

— Havia muitos doentes na sua cidade?

— Com certeza, mas não como aqui.

— Qual é o nome da sua cidade? Ouvi falar de Nova York.

— Não é Nova York — diz Elli Barber. — Nem nenhum lugar tão interessante quanto este. Este lugar é tão fascinante. Eu deveria escrever para a minha professora de piano. Srta. Girton era o nome dela, um verdadeiro pitu velho do Maine, ela ficaria perplexa se pudesse me ver em Khaufpur.

— Estamos todos perplexos, e não sei o que é um pitu.

Como ela não responde a isso, pergunto de novo: — Então de que cidade você é?

— Nenhum lugar de que você já tenha ouvido falar, eu cresci em Coatesville, Pensilvânia.

Ela disse isso como se sua cabeça estivesse em outro lugar.

— É um nome muito do esquisito.

— O que tem de esquisito?

— Só soa esquisito. Como é que se soletra isso?

Desse jeito, Olhos, eu tentava ter certeza do nome da cidade.

Ela estava sentada ao piano olhando pra mim: — Animal, ouça. A clínica vai abrir em breve. Assim que estivermos funcionando, eu gostaria muito de examinar você.

— Gostesvila? GostesvilaPensemania?

— Coatesville — diz ela, rindo. C-o-a-t-e-s...

Pés primeiro, mãos depois, estou escada abaixo, fora daquele lugar.

Farouq diz que alugar uma cabine de internest é mais barato do que um quarto de hotel, então muitas vezes casais vão lá pra fazer sexo. Sem dúvida é por isso que as pessoas encaram quando Nisha e eu entramos juntos numa delas. Procuro por um trapo mas não vejo nenhum. Há duas cadeiras, já me puxei pra cima de uma, Nisha deslizou seu bumbunzinho elegante pra cima da outra. Seus dedos batem numa coisa achatada coberta por fileiras de botões, mais ou menos como os de um harmônio. Primeira vez que eu vi um computador, tem uma tela, feito uma tevê só que em vez de filmes mostra figuras e também palavras em inglis.

Nisha pede que a internest lhe diga tudo o que sabe sobre Elli Barber de Coatesville, Pensilvânia. Ela espera uma resposta, mas não vem nada. De novo e de novo ela tenta, há um Centro Médico dos Veteranos em Coatesville mas a internest não conhece nenhuma Elli Barber.

— Ela está usando um nome falso — diz Nisha. — Uma médica fazendo um trabalho importante num hospital, o nome dela com certeza estaria registrado. A gente espera que a internest tenha esse tipo de informação.

— Como é que ela sabe tanto?

— Ela sabe e pronto. Veja, vou te mostrar uma coisa.

Na tela aparece um prédio conhecido.

— Mas que porra é essa? — eu digo. — Isso aí é a Porta Pir.

— Porque isto é Khaufpur ponto com — ela explicou que é uma parte da internest que pertence a Khaufpur. Tem fotos de todos os nossos lugares famosos.

— Puta que me pariu! É Abdul Saliq!

Pombos voam em volta do enorme arco vermelho. Embaixo, na sombra, se você olhar bem, está a figura minúscula do mendigo da Porta Pir com sua mão estendida. Eu nunca tinha percebido que a internest conhecia as mesmas pessoas que eu.

Nisha ignorou os palavrões, ela entendeu minha excitação, diz que vai me mostrar mais. Daí então a tela fica cheia de enormes letras douradas em urdu, que dizem *Aawaaz-e-Khaufpur* e também há alguém alto, de roupa branca, parecendo vinte anos mais moço do que eu jamais tinha visto.

— Nisha, é seu pai!

— Tão bonito que ele era — diz ela com um suspiro.

Ela bate mais. A internest juntou dúzias de figuras de Somraj. Jovem Somraj com seu guru Sahadev Joshi, que costumavam chamar de *Lajawaab*, inigualável. Com diversos músicos. Com o governador do Estado. Com outros astros na Rádio All India. Cantando com as mãos erguidas em êxtase. Quando Somraj interpretava, entrava numa espécie de transe, ele podia se expressar sem saber o que estava cantando. Sons sem sentido, só pelo ritmo, como *na ta da da ni odani ta re tanom da ni yayali na ta na yayalom*, até isso ele cantava com tanta convicção que alguns juravam que eram poemas, ou então sílabas místicas persas com o poder de invocar djinns.[5]

Muitas histórias fantásticas de Somraj a internest sabia. Ela contou que ele ia tomar ar com os amigos e cantava as coisas que via. Ele andava pelo lago Alto e cantava os peixes pulando ao pôr do sol, ou ele via um V de garças azuis passando lá em cima e disparava nelas uma canção. Uma vez em Bombaim, durante a estação das chuvas, ele parou na Marine Drive e acompanhou com sua *Miya ki Malhar* a fúria do mar. Trombas d'água jorravam doze metros acima da sua cabeça, mas Somraj se recusou a se mexer até conseguir pegar o ritmo das ondas. Por quarenta minutos ele ficou no parapeito, encharcado por jorros violentos de água salgada e cantou, uma multidão de Bombaim-wallahs se juntou para ouvi-lo.

— Quem é esse cara? — eles perguntaram em seu sotaque atroz.

Disseram seus fãs: — É o famoso *Aawaaz-e-Khaufpur*.

— Khaufpur? Onde é isso?

Diz Nisha com um suspiro: — Óbvio que isso aconteceu antes daquela noite.

— Ela sabe coisas de você, Nish?

— Vamos ver — ela diz e bate nos botões. A internest conseguiu uma carta que Nisha escreveu pra um jornal. Também tirou uma foto dela com Zafar numa passeata.

[5] djinns: gênios ou elementais que vivem nas árvores, nas pedras e nos astros.

Sobre Zafar há um sem-número de materiais, a internest o seguiu por todo lado, tirando fotos dele numa reunião em Délhi, jogando tinta no escritório da Kompani em Bombaim, com Farouq discursando num comício em Khaufpur, não tem erro, lá estão seus cachos rebeldes e óculos brilhantes. Às vezes Zafar usa seu velho turbante vermelho, numa foto o turbante caiu porque ele está apanhando de um policial.

— Nisha, procura por mim, vai. O que ela diz de mim?

— Meu querido, isso não funciona desse jeito — diz ela, depois de termos examinado várias cenas de corujas, rãs, panteras e etcetera.

— Por que não? De todos os outros, até de Farouq, ela tem coisas pra dizer. Como pode não saber nada de mim?

— Vai saber, querido, um dia, tenho certeza. Você vai fazer alguma coisa grande no mundo. Então todo mundo vai saber de você.

Quando Zafar ouve que não encontramos nenhum traço de Elli Barber e que ela vive com um nome falso, ele diz que não sabe mais o que fazer: — Por um lado, as pessoas querem essa clínica, por outro, ela pode destruir tudo aquilo pelo que trabalhamos. Se conseguirmos levar a Kompani ao tribunal, eles vão ter que construir uma dúzia de clínicas iguais a essa.

Olhos, fico impressionado que um camarada como Zafar, que muda de opinião todos os dias, seja considerado um grande líder. Toda noite, na casa de Nisha, ele discute com diversos grupos. Chega a vez do povo do Quebra-Nozes, entre eles está Chunaram, porque, como eu já te disse, Zafar se tomou de encantos por ele. Zafar diz que Chuna é um pirata e também é bom que ele tenha nove dedos porque um pirata deve sempre ter alguma coisa faltando.

— O que Chunaram tem faltando — eu digo — é uma porra dum coração.

Zafar ri e me lembra de não xingar.

Então Chuna está lá no meio dos outros, eles discutem o problema de sempre sobre o que deve ser feito a respeito de Elli Barber.

Diz Zafar: — Nenhuma médica com o nome dela foi descoberta. Não há opção, temos que pedir às pessoas que evitem sua clínica.

Somraj, que é um homem justo, discorda: — Nosso povo precisa muito de uma clínica como essa. Deixe-os ir e se beneficiarem, depois, se descobrirmos que é uma clínica da Kompani com más intenções, podemos pedir-lhes que parem de ir.

Zafar diz: — Abba, se um homem está morrendo de sede e você lhe dá água fresca, você pode depois arrancá-la dos seus lábios? Melhor que ele espere um pouco mais.

Somraj diz: — Então você está propondo um boicote?

Chunaram começa a rir e diz que Waqar e Wasim[6] podem derrubar batedores ingleses até com uma laranja. Bem, todo mundo fica perplexo, até que ele explica que está se lembrando de uma coisa dita por um jogador inglês de críquete chamado Boycott. Depois disso todo mundo começa a discutir sobre críquete e o foco da reunião vai pro espaço.

É agora, depois de tudo isso, que Chunaram diz: — Animal, me esqueci. Ma Franci estava andando por aí gritando e delirando. Algumas mulheres tentaram levá-la pra casa, mas ela não queria ir. Elas disseram que a cabeça dela estava pegando fogo.

— Esqueceu? Seu idiota de merda! Alguém cagou na sua cabeça?

— Eu falei, não falei? — ele gritou pra mim num tom furioso como se eu estivesse longe dali. — Homem ocupado, eu sou. Montes de coisa na cabeça eu tenho.

É tarde quando chego. O lugar está escuro, encontro Ma Franci encolhida num canto. Não há fogo, ela está tremendo.

— Não deu para acender, Animal — ela diz. — Os fósforos acabaram todos. Eu usei o último.

— Não se preocupe, Ma. Eu tenho o meu zippo.

— Deus te abençoe, você é um bom menino — diz ela de dentro da escuridão.

[6] Waqar e Wasim: Waqar Younis & Wasim Akram, arremessadores de críquete paquistaneses.

Ma sabe que eu detesto usar o zippo porque não quero gastá-lo, mas isto é uma emergência. Pego o isqueiro, jogo a tampa pra trás, esfrego o polegar na roda. Zip-zip-zippo, le bois prît feu [a madeira pegou fogo]! Sombras saracoteiam por dentro da torre. Enrolei Ma num pano e botei-a perto do fogo.

Agora que há um pouco de luz para se enxergar, ela me examina: — O que são esses arranhões no corpo todo?— Caí numa moita — digo eu, que tinha subido de novo na árvore.

Ela suspira: — Uma criança tão difícil, marchais toujours au rythme de ton propre tambour. Você sempre andava na batida do seu próprio tambor.

Pra mudar de assunto começo a contar o que tinha acontecido mais cedo na casa de pandit Somraj. Quando chego a Zafar querendo boicotar a clínica, Ma diz que a doutora amrikana está condenada a passar por maus momentos e não vai conseguir fazer nada de bom pelo povo desta cidade. Não é só porque os khaufpuris se recusam a falar como humanos e ficam tagarelando como macacos e papa-figos, a verdadeira razão pela qual a amrikana vai sofrer é porque ela não tem como alcançar suas almas: — O povo daqui sofreu demais. Gente de fora não compreende.

— Eu não compreendo — eu digo. — E eu sou de dentro.

— Essas feridas não podem ser curadas.

— Médicos são necessários.

Somraj na reunião tinha falado na falta de ajuda aos pobres.

— Médicos são inúteis. As coisas estão piorando. Nos velhos tempos, as pessoas falavam direito comigo. O Apokalis tirou a fala delas.

Eu a encaro, me perguntando como alguém pode entender tudo tão absolutamente errado.

— Eu insisto, não é com palavras que se tratam essas feridas. As pessoas sofrem, seus corpos são garrafas nas quais uma dor fresca é despejada a cada dia. Sua carne está derretendo, caindo dos ossos em lascas de fogo, seus ossos estão ardendo, estão se transformando em luz, provavelmente elas estão virando anjos.

Ai, minha nossa, e eu aqui achando que ela estava fazendo sentido.

— Tonton lariton, é o que isso é, meu Animal mais pequenininho, tonton lariton. Olha, o povo não se dá conta da profundidade do rio. O Apokalis começou e o mundo inteiro está cheio disso.

Sua voz de velha começa a cantar...

Quand j'étais chez mon père,
Quand j'étais chez mon père,
Petite à la ti ti, la ri ti, tonton lariton
Petite à la maison.
On m'envoyait à l'herbe pour cueillir du cresson.
La rivière est profonde, je suis tombée au fond.[7]

[Quando eu vivia com meu pai,
Quando eu vivia com meu pai,
Pequena na la ti ti, la ri ti, tonton lariton
Pequena na casa.
Me mandavam pra mata colher agrião
O rio é profundo, caí lá no fundo.]

Nunca a ouvi delirar tanto. Ela ainda está tremendo, apesar do fogo e, botando minha mão em sua testa, posso sentir a febre.

— Ma, você comeu?

Ela sacode a cabeça.

— Descanse perto do fogo, Ma, fique enrolada. Vou arranjar comida.

Eu sei cozinhar duas coisas que Ma adora, baingan bharta[8] e chai, os dois juntos são bons pra esquentar uma pessoa por dentro. Para a primeira preciso de uma berinjela grande e redonda e também alho e também azeite, para o chai preciso de folhas de chá, ou uma pitada de pó de chá, mais algum açúcar. Também preciso de água. Algumas pessoas, como Somraj, têm torneiras que dão

[7] Antiga canção de roda francesa. (N. da T.)
[8] baingan bharta: berinjela assada na brasa, descascada, amassada e temperada.

água dentro de suas próprias casas, mas aqui é o Quebra-Nozes. Fui até a casa de Aliya e a encontrei segurando um livro de escola perto de um lampião.

— Olá, Animal — diz a velha Huriya. — O que traz você aqui tão tarde?

— Preciso apanhar água — digo eu. — Ma não está bem. Tá com febre.

— Aquela boa mulher — diz Huriya, puxando ar e lhe dando a forma de uma oração por Ma: — Espero que não seja grave. Vem, Aliya, o Animal precisa de ajuda.

— Posso montar em você até a bomba? — pergunta a criança, botando o livro no chão.

— O quê? E ele é um cavalo pra ser montado? — repreende sua vó.

— Não, um burro — responde Aliya malcriada, mas eu disse que tudo bem eu não ligo, meus ombros são largos e fortes, já carreguei inúmeras crianças.

Então ela subiu, levando junto um grande jarro pra água, e lá vamos nós até a bomba, seus calcanhares apressando minhas costelas, ela está gritando eia, upa e coisas desse tipo.

— Bom você saber ler — digo a ela. — Sobre o que é o livro?

— É uma história — diz ela —, sobre uma menina chamada Anarko que não faz o que lhe dizem.

— Como você, então.

— Ei, e eu não tô vindo com você? Eu dou duro.

É verdade, ela dá. Seu avô Hanif sendo cego e tudo, e Huriya velha, Aliya faz todo o trabalho de pegar água, limpar e outras coisas, e também vai à escola quando pode.

— Só brincando — digo a ela —, você é uma boa garota.

Esse elogio me vale um bom pontapé nas costelas.

Bem, Olhos, com a ajuda de Aliya a água não é problema porque, embora a água da bomba de Khaufpur seja fedorenta, ela é de graça.

No caminho de volta, Aliya vai andando na frente com o grande jarro equilibrado na cabeça, peço a ela pra levá-lo até nossa casa enquanto bato na porta do mercador local, Baju. Por essa altura devem ser dez da noite, ele deve estar na cama dando uma na mulher, mas as minhas batidas fazem com que se levante.

— Ah! É você — diz ele com cara de poucos amigos. — O que é?

— Preciso de uma berinjela e uma colher de chá — eu digo com meu ar mais sincero. — Vou lhe dar o dinheiro amanhã.

— Você ainda não me pagou pela outra vez — diz Baju.

— Ouça, eu não pediria, mas Ma Franci está doente, não temos nem uma humilde cebola em casa, para os pobres nada é fácil.

— Espero que não seja malária — diz ele, amaciado de alguma forma. — Se é para Ma então não vou cobrar.

— Vou precisar também de algum açúcar.

— Mais alguma coisa? — ele pergunta com um ar resignado.

Então dou a ele a lista. Alho e então, já que ele está oferecendo: — Leite, sal, alguns cardamomos, um pouco de pimenta preta, um naco de gengibre, pau de canela, dois cravos.

— O quê? E isso é tudo?

— É pra Ma. Você sabe o que eles dizem de um bom chai, as velhas dizem que aquece até um homem morto.

— Deve ser malária — diz ele. — Ela já teve isso. É melhor você levar algumas aspirinas também, se a febre não tiver passado pela manhã, volte e vou encontrar algo melhor.

Quando estou saindo, ele diz: — Hoje é por minha conta, mas se lembre de pagar pela outra vez.

Filho da puta pão-duro.

Notícias da doença de Ma Franci devem ter chegado às freiras porque uns dias depois chego em casa e a encontro rosnando para a cachorra, que está enroscada com as patas cruzadas sobre o nariz, quase parece que está tentando cobrir as orelhas. Ma não está xingando, não exatamente, ela não usa o mesmo tipo de palavrões que eu, putain, con, bordel de merde, etc, que aprendi com o jarnalis francês, ele e eu ficamos metade de um dia sentados num tronco de árvore caído trocando gaalis,[9] mas Ma está praguejando de um jeito que soa mais terrível porque é aquilo mesmo que ela quer dizer, il vient encore, ce glos pautonnier, qu'il se morde sa langue de douleur. Isso significa: ele vem de novo, esse...

— Ma, o que é glos pautonnier?

— Uma pessoa malvada que come demais.

Alguém está vindo que é um comilão malvado, tomara que ele morda a língua e sinta dor.

— Por que isso tudo?

— Filho, essa gente desgraçada não me deixa em paz, outra vez estão tentando me mandar pra longe daqui. Um padre está vindo, querem que eu vá com ele.

Ela me mostrou um envelope. Decifro devagar a letra em inglis, Mère Ambrosine, St Joseph's Convent, Khaufpur, sobre o que alguém rabiscou em híndi, Ma Franci, Torre-cai-não-cai-no-canto-da-fábrica, Quebra-Nozes.

Ambrosine, então é esse o nome verdadeiro de Ma, todos esses anos eu nunca soube. A ideia dela partindo revira o meu estômago. Esta velha que me chama de filho é a única mãe que conheci.

— Eu não quero voltar — diz ela. — O que eu vou fazer lá? Faz tanto tempo, mal consigo me lembrar daquele lugar.

— Quando vem o padre?

— A carta não diz.

Fui na mesma hora ver Huriya Bi, a vovó de Aliya. A melhor amiga de Ma em Khaufpur ela é, nem uma palavra do que uma diz a outra entende, mas mesmo assim elas ficam sentadas cacarejando que nem duas galinhas velhas.

— Talvez seja melhor pra ela — diz Huriya.

Ela está fazendo chá, o que faz sempre que eu, ou qualquer pessoa, chega à sua casa. Suas mãos enrugadas empurram gravetos para o fogão de barro, fazendo com que minúsculas chamas jorrem debaixo da chaleira. Aquela cha-

[9] gaalis: palavrões.

leira com fundo e lados escurecidos, devem ser centenas as xícaras de chá que já tomei dela. Os outros que acreditem em deus, pela bondade e pelas boas-vindas amáveis eu acredito naquela chaleira.

— Dadi,[10] Ma não quer ir pra França, ela quer ficar aqui. Lá ela não tem ninguém, aqui há muitos que a amam. Nós somos a família dela agora.

— O menino tem razão, o que ela vai fazer em algum país estrangeiro? — diz Hanif Ali, marido de Huriya.

— Animal, eu acho que no fim Ma vai fazer o que ela quiser fazer.

— É, então precisamos encontrar um jeito de ajudá-la.

Desde a doença de Ma, eu tive que evitar cruzar com Baju, até poder pagar eu tenho que me esgueirar por trás da loja dele e passar por um labirinto de barracos pra chegar à loja de "Tô-vivo" Ajmeri, no Paraíso.

Paris tem seu Champs-Elysées, em Délhi é Chandri Chowk, até Khaufpur tem Nilofer Road, onde os ricos vão fazer compras, nós do povo temos o Beco Paraíso, é aquela avenida dos sonhos que vai da esquina da Parada Kali até o coração do Quebra-Nozes. Aqui fica a loja de Uttamchand "Tô-vivo" Ajmeri. Esta loja, pra alguém como você ouso dizer que não é grande coisa, um barracão aberto na frente com pacotes de gutka[11] e supari[12] pendurados em correntes e rodopiando com a brisa, não tão grande como a loja de Ram Nekchalan no Pé de Galinha, que tem uma porta de metal, mas um passo acima do buraco de Baju na parede. Na loja do Tô-vivo todo rapaz compra seu primeiro cigarro, uma rúpia a peça. Garotos chegam trazendo moedas que afanaram para comprar pipas e piões e bolas de gude, os que podiam compravam bolas de gude de vidro, outros como eu tinham que usar as de barro ou pelotas de miolo de pão assadas nos fogões de suas mães, não tendo mãe eu pedia a Huriya Bi.

Nesse dia estou me aproximando do Tô-vivo pelos fundos, quando ouço garotos gritando "Aiwa! Aiwa!" e daí sei que há um estrangeiro na basti. Daquele

[10] dadi: avó.

[11] gutka: fumo de mascar perfumado e adoçado, especialidade de Khaufpur.

[12] supari: pequenos pedaços de noz de betel adoçada, usados para refrescar o hálito.

lado vem alguém bamboleando em sua bicicleta. Perguntei o que estava acontecendo. Ele diz: — Arre, nada é. Algum jarnalis indo para as casas no Paraíso junto com uma doutora governo-waali.[13]

Perto da loja do Tô-vivo encontrei um monte de garotos com o dono fazendo cara feia pra eles: — Vão se foder — ele tá grasnando. Como todos os donos de loja, ele odeia crianças: — Se mandem daqui, vão perturbar a mãe.

Os garotos o ignoram, ainda estão dizendo "Aiwa", mas não com entusiasmo como quando o olhar de um estrangeiro está em cima deles, estão dizendo isso com vozes chateadas, porque é o que fazem, mas seu coração não está mais ali. A médica bunduda governo-waali está de pé do lado de fora de uma casa, falando com o estrangeiro.

Chegando perto, meu coração dá um pulo, não é jarnalis, é Elli Barber. Por que ela está aqui? Por que ela está com uma médica do governo? Bem, jamespondear é meu trabalho então me esgueirei pra mais perto a fim de ouvir direitinho a conversa das duas.

— Nenhuma surpresa eles estarem doentes — Elli está dizendo em voz baixa, acho que para que o povo do Quebra-Nozes não escute. — Olhe para esse esgoto, lixo e plástico por toda parte, valas abertas fedorentas bem ao lado das casas. Moscas. Cada pedacinho de terreno não ocupado é usado como latrina, vi gente defecando na ferrovia.

— Madame, é esse povo, é só o que eles sabem fazer.

— Mas vocês fazem melhor do que isso — diz Elli. — Então ensinem a eles. Organizem as pessoas em equipes para apanhar o lixo. Tragam canos, torneiras para a água, construam latrinas decentes...

— É claro que eu concordo, mas de onde virá o dinheiro?

— De onde ele veio para aquela estrada nova perto do lago, ou para todos os novos prédios que estão surgindo por toda a cidade?

— Madame, esse não é o meu departamento.

[13] governo-waali: do governo.

— Bem, é o departamento de alguém — diz Elli doutora. — Basta olhar para este lugar. Estas casas parecem ter sido construídas por cupins.

Nisso a governo-waali dá uma risada amarela.

— É sério — diz Elli, este bairro inteiro parece que foi arrasado por um terremoto.

Ao ouvir Elli dizer aquela palavra, *terremoto*, alguma coisa estranha e dolorosa acontece na minha cabeça. Até aquele momento isso era o Beco Paraíso, o coração do Quebra-Nozes, um lugar que conheci a minha vida toda. Quando Elli diz *terremoto* estou de repente vendo isso como ela vê. O Beco Paraíso é um amontoado de restos de terra cozida e pilhas de tábuas nas quais estão dependurados sacos de aniagem, lençóis de plástico, folhas secas de palmeiras. Como bêbados com armas carregadas em volta do pescoço, as casas do Quebra-Nozes cambaleiam por essa alameda que, agora que olho, nem chega a ser uma rua, só uma abertura comprida deixada por acaso entre as casas. Toda ela é coberta de merda e plástico. De repente eu vejo como nossa vida é pobre e repugnante.

— Olá, Animal — diz Elli, que me vê oscilando em três pernas com uma das mãos sobre os olhos. — Como está passando hoje?

— Samosa de ervilha-batata, igual a uma.

— Tão bom assim, é?

A do governo me deu um olhar cheio de nojo por trás do brilho dos óculos.

— Cada um dá o que tem — eu digo a ela. — Isso é pra você. Quem é você pra me botar mau-olhado? Sai pra lá.

— Você é maluco? — pergunta a governo-waali.

— Isso eu sou, irmã pudim — eu digo, sentindo-me seriamente perturbado. Vozes na minha cabeça oferecem conselhos. Diz isso, faz aquilo: — Você deveria tentar lavar entre as pernas — digo a ela. E comecei uma espécie de dança de correr atrás do rabo que arranca vivas das crianças.

Elli sacode um dedo pra mim, as duas doutoras entram depressa por uma porta, ou pelo que eu já chamei de porta, agora é um quadro comido por cupins numa parede de barro. O que estão planejando aquelas duas? Ora, que se fodam, vou segui-las. Lá dentro fico momentaneamente cego. É tudo escuro, com a luz caindo em listras através das tábuas da parede lá do fundo. Elli e a outra passam para um pátio onde há pequenos mamoeiros carregados de fruta amarela. Parei, porque no pátio há uma moça sentada num banco ao sol. Ela usa uma saia azul marinho, mas da cintura para cima seu corpo está nu. Sua pele é muito escura, quase preta, seus seios são redondos e inchados. Com dedos lentos, ela está apertando os peitos, esguichando jatos de leite para o chão.

Elli está parada como se a luz lhe pregasse peças. A mãe, sem olhar pra cima, continua a jogar seu leite na poeira. Afinal, Elli diz com suavidade: — Coitada. Como foi que ela perdeu a criança?

A médica governo-waali não responde, em vez disso ela se enfurece com a mulher: — Quantas vezes eu já te disse para não acreditar em boatos?

A outra diz mal-humorada: — Meus peitos estão me matando.

— Então a culpa é toda sua — fuzila a waali.

A mãe dá de ombros mas não para o que está fazendo, espirrando leite claro pelos mamilos escuros: — Por que se dá ao trabalho de vir? — ela diz. — Vocês nunca ajudam.

— Estou aqui para ajudar — Elli diz em híndi. — Qual é o problema?

— Não vou dar veneno pro meu menino.

Ela se inclinou para a frente a fim de jogar os últimos pingos de seu leite no chão.

— Madame, ela foi enganada — diz a Governo. Para a mulher, ela diz: — Posso curar corpos, não contos de fada.

— Pódi curá nadanaum — diz uma voz muito velha. Sentada na sombra segurando uma garrafa plástica para um bebê que olha aterrorizado, olhos fortemente marcados com kohl.[14]

— Então o seu bebê está aqui, afinal — diz Elli. — Por que você estava falando de veneno?

[14] kohl: pó escuro usado como sombra para as pálpebras, ao qual se atribuem propriedades de proteger quem o usa contra doenças e maus espíritos.

Diz a vovó: — Noizolhamo o leite e ele pareci prudimaiz fino e guado. E tameim puxanu pru vermeio, qui num é normau, é coisa ruim. E tameim tinha gosto margo, ce podi beim bercebê que naum tá bão de bebê.

— Queima o estômago dele — diz a mãe.

— A criança deu de saluçá — diz a vovó segurando o bebê.

— Fora do normal tanto saluçá.

— Saluçá? O que é isso? — pergunta Elli.

A gargalhada tá dançando em mim de tanto que me faz querer me sacudir, essas figuras da aldeia, seus sotaques esquisitos e seu jeito simplório de falar.

— Hic — faz o garoto, respondendo à pergunta de Elli.

Diz a mãe pra Elli: — Nossos poços estão cheios de veneno. Está no solo, na água, no nosso sangue, está no nosso leite. Tudo aqui está envenenado. Se você ficar aqui muito tempo, também vai ficar.

Depois de um instante é como se o chão debaixo dos meus pés tivesse se transformado em água. A moça parece estar flutuando num oceano cintilante, os mamoeiros são mangueiras altas e verdes ou então rabos de peixes monstruosos mergulhando.

Meu cérebro volta seja lá de onde tenha se perdido para descobrir a Governo avançando para mim com um ar de fúria no rosto. Desapareci rapidinho daquele lugar e corri para me esconder na loja do Tô-vivo. É o único lugar para onde a waali não vai me seguir, não se ela sabe alguma coisa sobre o povo do Quebra-Nozes.

— Pacote de leite eu preciso, cinquenta gramas de farinha, duas velas.

Tô-vivo fixa em mim os olhos esbugalhados. Brilhantes eles são, enormes bolas de gude, dão a ele um permanente ar de horror, como um homem que está olhando seus testículos serem devorados por ratos. Seu nome verdadeiro é Uttamchand, mas as pessoas o chamam de Zindabhai, abreviando é Zinda, e isso quer dizer Tô-vivo.

— Animal, você é amigo de Zafar bhai — diz ele indo buscar leite. — Essa doutora estrangeira é aquela de quem eles falam, que está abrindo uma clínica no Pé?

— É — estou acocorado atrás de um saco de arroz. — Ela está vindo, aquela governo-waali? Se ela entrar aqui vou sair pelos fundos.

— Eu não quero saber o que você fez — diz ele. — Ouvi de Chunaram que Zafar bhai está pretendendo boicotar essa clínica. Acho que é uma má ideia. Zafar bhai tem nosso apoio em tudo, é claro, mas essa é uma questão que interessa à saúde das pessoas, não é uma questão de política.

— Não tem como errar — eu digo. — Olhos como mutucas de merda ela tem, mais uma bunda que range como se estivesse moendo trigo.

— Não estou vendo — diz Tô-vivo. — Ouça, eu sei qual é a posição de Zafar. Estou dizendo que desta vez isso não é problema dele. Ele não me diz o que vou comer no almoço, do mesmo jeito é isso, eu devo ter liberdade para ir a essa clínica se quiser.

— Você não precisa de uma clínica — digo, saindo de trás da prateleira dos sacos. — Você é o homem que não morre.

— Ah!, mas preciso, sim — diz ele, vasculhando tudo pra juntar minha pequena lista de pedidos. — Se o lá de cima ainda não me chamou, isso quer dizer que eu devo viver sentindo dor? Meus olhos estão falhando, o peito está ruim e também não sei quantas vezes por noite tenho que me levantar pra ir à latrina, tem uma dormência na perna esquerda, os dedos também formigam, tantas vezes já pensei, Uttam, sua hora chegou, mas sempre o lá de cima está com o olho em outra pessoa. Nessa casa aí em frente vivia Sahara, um dia veio sangue do útero dela, era câncer, 46 anos era quanto tinha, morreu bem ali do outro lado da rua, dez anos mais velho eu sou, mas estou vivo. Na porta ao lado da dela era Rafi, gastou tudo o que tinha em remédios, mal conseguia juntar dez rúpias pra comida, mas não adiantou nada. Ele também se foi, me deixando pra lembrar dele. Minha vizinha deste lado, Nafisa, no pescoço tinha inchaço e dor. Ela não conseguia levantar o braço, costumava dizer que parecia que tinha alguém puxando seus nervos lá de dentro. Ela não existe mais e eu ainda estou aqui. Sua prima Safiya vivia duas portas mais adiante. Problemas de mulher tinha ela, dor como se estivesse perdendo um bebê, o médico lhe disse para beber leite e comer fruta. Ela veio pra mim e disse: "Zinda, você precisa nos ajudar. Não temos dinheiro nem pra rotis, como vamos ter pra fruta?" Dei algumas goiabas e disse: "Irmã, pague quando puder." Mas, antes que pudesse pagar, ela se foi, mas aqui estou ainda vivo.

Olhos, você já deve ter adivinhado de onde ele tirou seu nome.

— É sua bondade que prolonga sua vida — eu digo, indo para a saída.

— Espere — ele grita. — Faltam duas rúpias.

— Eu voltarei. Não se preocupe, Zindabhai, a mim você nunca vai sobreviver.

— Miserável!

Nem dois passos eu tinha dado quando me vejo diante da autoridade, de cara com uma braguilha azul, bem ao lado dela há um par de pernas gordas em shalwars.

— Então aqui está ele — diz Elli.

— Esse filho da mãe me deve duas rúpias — grita Tô-vivo, bufando atrás de mim e me pegando pela orelha.

— Me larga! — tentei me libertar girando mas é incrivelmente forte aquele puto, pra alguém acampado às portas da morte. Daí é ele mandando um pé no meu traseiro.

— Parece que esse garoto é mesmo um mau caráter — diz governo-waali com uma voz cheia de satisfação.

— E você é uma mentirosa — gritei. — Elli doutora, o que a mulher lhe disse sobre a água é verdade, todo mundo aqui sabe disso. Os fulanos do Governo estão mentindo. Zahreel Khan, o próprio ministro, veio aqui ao Quebra-Nozes e na frente de uma multidão de jarnaliss pegou um copo de água do poço e bebeu pra mostrar que era saudável. Mas Chhotté Ram, filho de Mukund, o alfaiate, viu um minuto depois ele ir pra trás de uma casa e enfiar dois dedos na garganta.

— Me dá minhas duas rúpias — diz Tô-vivo, mandando outro chute dos bons.

— Pare! — diz Elli. — Tome duas rúpias. Deixe-o ir.

Nomespond Jamespond. Virei direto a esquina até a loja de Chunaram, onde encontrei Zafar e Nisha, Farouq e todos, lá fiz meu relatório, deixando de fora o pedaço sobre Tô-vivo.

— Um espião de merda você é — disse Farouq. — Isso é notícia velha.

— Estávamos agora mesmo discutindo isso — Zafar diz. — De conversa com o governo.

— De conversa, não.

Veja, Olhos, sem querer estou do lado de Elli.

— Ela estava dando uma dura na doutora governo-waali e também vocês devem ter ouvido o que ela disse quando eu contei sobre a água e Zahreel Khan.

— O que ela disse? — pergunta Nisha.

— Quando a do governo foi embora, Elli doutora disse que sempre tinha achado que tinha alguma coisa errada com Zahreel Khan, parece que a primeira vez que ela o encontrou ele só falou para, desculpe Nisha, para as mamas dela, o que quer dizer para as tetas.

— Então daí por que Zahreel Khan está abrindo a clínica dela? — Zafar pergunta depressa para proteger Nisha da questão das mamas e tetas. Acrescenta como se refletisse: — Você e ela parecem estar um tanto amigáveis.

— Fico de olhos e ouvidos abertos, como combinamos.

— Seu trabalho é descobrir informações úteis. Isso é útil?

— Zafar bhai, por favor me diga o que considera útil. É o que as pessoas estão pensando e dizendo? Ou é só o que você quer ouvir?

Diz Farouq: — Mas ouçam só esse lixo das ruas.

— É uma pergunta justa. Deixe-o falar — Zafar diz.

Ninguém vai falar honestamente com Zafar, eles não ousam contradizê-lo, mas eu não tenho medo: — Zafar bhai, se você quer mesmo saber, o povo não quer boicotar a clínica. Estão todos implorando por tratamento.

— Mesmo assim — ele retruca —, se pedirmos a eles para ficar longe, eles vão ficar. Às vezes é preciso fazer uma coisa dolorosa.

— Zafar bhai, você está sempre dizendo que a Kompani tem todo o dinheiro e poder e amigos ricos, etc, do nosso lado não há nada, você diz que é exatamente esse nada que nos dá o poder de lutar e talvez até mesmo vencer?

— Talvez, não — ele diz. — Com certeza. A Kompani não sabe contra o que estão lutando, um povo que nada tem não tem nada a perder, nós nunca vamos desistir, de não ter nada vem um poder ao qual é impossível resistir. Pode demorar, mas vamos vencer.

— Daí esse poder do nada — insisti —, o que é isso? Não é desespero? Se é, então esse mesmo poder não vai levar multidões à clínica da Elli?

— Veremos — diz ele de cara fechada.

— A Elli doutora, ela não é da Kompani. Ela está do nosso lado. Eu li os pensamentos dela, eu senti os sentimentos dela, você sabe que eu sei fazer isso.

— Animal — diz Zafar com tristeza —, você é especial, todos nós sabemos, mas algumas coisas são importantes demais para se confiar em sensações.

Nisha diz: — Bem, acho que Zafar tem razão.

Ela apertou o braço dele para mostrar que seja o que for que diga o Animal asqueroso e suspeito, enquanto ela estiver por perto ele terá o cu mais limpo de Khaufpur.

— Então qual é o seu plano? — pergunta Chunaram, que ronda pelas beiradas da mesa, onde estamos sentados com nossos copos de chai.

— Chuna irmão, acho que estamos numa democracia. O que for decidido nós faremos, mas não podemos permitir que a Kompani reúna falsos dados médicos. Se alguém acha que eles não vão descer tão baixo, lembre-se do coxas-do-destino.

Agora o suspiro é de um outro tipo, como todos se lembram.

Coxas-do-destino é um nome em inglis, não sei o que poderia ser em híndi. Naquela noite em que os venenos vieram da fábrica da Kompani, aqueles que não morreram na mesma hora se viram em maus lençóis com desmaios, ataques, dores, sangue cuspido, sem poder ver, mal podendo respirar, etc. Esse coxas-do-destino era um remédio que estava ajudando as pessoas a ter algum alívio. A notícia se espalhou depressa, de toda a cidade vinha gente para esperar na fila pelas injeções, mas de repente o tratamento foi interrompido. Algum bambambã deixou escapar que o patrão da Kompani da Amrika tinha telefonado para seu melhor amigo o primeiro-ministro e dito pra parar com o coxas-do-destino. Houve uma confusão enorme. Alguns médicos se mudaram para um barracão perto da fábrica e começaram a dar as injeções. A polícia veio, derrubou o barracão, espancou os médicos. Zafar diz que, ao dar alívio, esse coxas-do-destino de algum jeito também provou que as doenças podiam passar para as gerações futuras. A Kompani tinha medo de que essa informação transpirasse porque isso poderia lhes custar muito num processo de tribunal, então eles interromperam o coxas-do-destino e muitos que poderiam ter sido salvos foram perdidos.

— Por que esse filho da puta do primeiro-ministro obedeceu à Kompani? Ela já tinha fugido.

Isso é o que alguém pergunta.

— Khã, tão inocente você! — diz um segundo. — E não estavam os políticos no bolso da Kompani desde o começo? Você se esqueceu dos velhos tempos, de como aqueles chefões pomposos desfilavam nas limusines da Kompani, sem olhar para os lados. Minha patroa diz que Zahreel e o primeiro-ministro estão esperando que nós todos, todas as vítimas, morram, só aí é que os problemas deles vão acabar.

Diz Nisha: — O primeiro-ministro faz o que a Kompani quer.

— Zafar bhai, por que eles nos odeiam tanto? — pergunta um outro.

— Porque — diz Zafar — nós levantamos a voz, nós não caímos simplesmente por terra e morremos.

— Eles são ricos, eles têm tudo. Por que nos negam até a saúde?

— Vocês sabem a verdadeira razão pela qual eles não nos perdoam? — pia Gaurilal Babu, que aliás, Olhos, é um dos homens mais feios que você vai ver na vida. Tão horrendo é o seu rosto que no Quebra-Nozes dizem que um olhar dele azeda leite.

— Conta pra nós, Gauri — dizem todos juntos os bebedores de chai.

— É porque o maior e melhor prazer da vida está aí de graça, tanto para os pobres quanto para os ricos, é aquela excitação pela qual todos os humanos são doidos. Gente rica e poderosa arrisca tudo por ela, mas ela pode ser sentida do mesmo jeito pelos indigentes.

Farouq, que até agora não tinha dito uma palavra, decide que este é o momento para dar palpite: — Nesses prazeres Animal é entendido, deviam ver como ele cobiça a doutora amrikana. Perguntem a ele se não é verdade.

Nisha pega a bolsa e diz: — Está bem, preciso ir.

Zafar aperta a mão dela, um olhar passa entre eles, Olhos, aquilo me esmaga por dentro. Com um aceno ela saiu para o beco.

— Shabaash, Farouq — eu digo —, você se livrou de Nisha.

— Diga, Zafar bhai — insiste Gaurilal —, não é verdade o que acabei de dizer?

Diz Zafar: — Não exatamente, Gauri irmão. Para os ricos o sexo é só um prazer, é nos lares dos pobres que ele se torna uma arte.

Ele está sempre tentando encontrar novas razões para louvar os pobres.

— O quê? Você está dizendo que para os pobres o sexo é melhor? — sou eu.

— Que porra você sabe disso aí? — ironiza Farouq.

— Meu deus, eu adoro essas discussões filosóficas — diz Gaurilal coçando a cabeça. Outros idiotas estão mostrando os dentes. Eles vão sacudir as cabeças e dizer wah wah, mas não têm a menor ideia do que está acontecendo.

— Vejam — diz Zafar —, imaginem que vocês são um jovem casal. É primavera e o desejo corre nas suas veias. Deitados lado a lado, vocês se esticam e tocam um no outro debaixo do lençol. Mas vocês precisam ser cuidadosos, a sogra está enrolada dormindo a menos de um metro de distância. Os filhos do seu irmão dormem no mesmo quarto. Vocês precisam esperar até que todos estejam adormecidos e, depois que vocês ficaram acordados em silêncio tentando reconhecer o jeito como respiram, são obrigados a agir com movimentos diminutos, nenhum ruído ou sussurro, sem deixar escapar o mínimo som. Ser erótico nessas circunstâncias é o que faz do sexo uma arte.

— Pode até ser — diz Gaurilal — que essas mesmas restrições para os pobres, necessidade de controlar a respiração e também enroscar o corpo para caber em espaços exíguos e inacreditáveis, deram origem à ioga.

Zafar pensa sobre isso por alguns momentos, ele tirou os óculos e limpou-os na manga da camisa, então ele os recoloca e diz: — Não, acho que não.

Bem, a grande falha na teoria de Zafar é que ela está errada. Ninguém mais vai dizer isso, então eu vou fazê-lo:

— Zafar bhai, garotos do Quebra-Nozes se acostumam a ouvir suas mães e tias suspirando "Ai, baba" e também sussurros de "faz isso sem tanto barulho", eles têm que aprender a ficar calados e não rir.

Daí então Zafar afirma que sua teoria não é derrubada por esse cinismo, pelo contrário, isso prova que os pobres têm outras virtudes. Além de serem modestos, inventivos e resignados, eles são também discretos e conservam o senso de humor diante de seus problemas. Ele fala sobre como gente cujos pulmões foram arruinados pelos venenos da Kompani, que tem dificuldade até pra respirar, ainda consegue rir. Mas quando Zafar fala assim não é o riso dos pobres que escuto, é o riso da Kompani que os massacrou.

Mais tarde, deitado sozinho em minha cama na torre em ruínas, ouvindo os escorpiões fazerem seus minúsculos ruídos nas paredes, a pergunta me vem de repente, como é que Zafar sabe tanto a respeito de minúsculos barulhos de lençóis, respirações difíceis, etc e também da necessidade de ficar em total silêncio durante o sexo. Então, é claro, me lembro da capacidade de Somraj de ouvir os menores sons.

Fita nove

Subir na mangueira botou a ideia na minha cabeça, juro que foi daí que veio, até então eu nunca tinha olhado pra frangipani no jardim de Somraj como outra coisa que não fosse uma árvore. Belas flores brancas havia nela, com miolos amarelos cheios de perfume, e se os anjos respirassem seu hálito seria como a profunda alegria daquelas flores, mas ainda era só uma árvore. Só depois da aventura da mangueira foi que percebi que aquela frangipani tinha um tronco liso, nenhum espinho ou pedaços pontudos, que seus galhos começavam baixo e seriam facílimos de trepar e que um grande galho oscilava a poucos centímetros da janela do quarto de Nisha.

Agora, enquanto olho para essa árvore, ocorre-me que eu poderia subir nela e só checar o que ela e Zafar andavam fazendo por lá. Isso é assim tão errado? Preciso ter certeza de que Zafar bhai não está tirando vantagem, só quero me assegurar. Se eu trepar nesta árvore não é pra espionar Nisha, e sim pra proteger sua honra. A gente até poderia dizer que isso é uma obrigação. Eu devo isso a Nisha. Uma garota como ela, de boa família, deveria guardar sua castidade para o casamento. Se alguém fica sabendo que ela andou brincando por aí, quem se casaria com ela?

Quem se casaria com ela? Bem, eu me casaria. Minha situação nunca a incomodou. Nisha me aceita como sou, quando ela me chama de quatro-patas é a realidade, nada mais. Nos outros há maldade, Farouq está sempre zombando de mim, até Zafar caçoou uma vez: "Vamos fotografar o seu galope?" Tínhamos acabado de ver um programa na tevê de Chunaram sobre um fulano que colocou vinte e quatro câmeras em fila e disparou-as uma atrás da outra, tec, tec, tec, tec, enquanto um cavalo corria diante delas, pra ver se em algum momento todos os seus pés ficavam fora do chão ao mesmo tempo. Eu pensei, até São Zafar se esquece de si mesmo e dá um passo em falso, e no entanto ao fazer isso ele prova que é humano.

— Se eu galopasse na frente dessas câmeras — perguntei —, o que elas mostrariam, um animal miserável ou um garoto miserável?

Então Zafar imediatamente pediu desculpas e me deu um abraço e Farouq continuou rindo. Agora tem uma coisa, se alguém te diz você é preguiçoso, bem, isso é uma coisa que você pode mudar. Se você me diz, Animal, você é guloso, rude, teimoso, seu pinto está pendurado pra fora da calça, todas essas coisas eu posso mudar, o que não posso mudar é ser um quatro-patas. Fazerem com que você se sinta mal por alguma coisa que não é culpa sua e a respeito da qual você não pode fazer porra nenhuma, isso é cruel. Nisha nunca poderia ser cruel. Estou pensando agora em como ela é gentil e boa comigo, duvido que eu vá alguma vez conhecer outra mulher como ela. Daí estou pensando que, se eu fosse uma pessoa realmente asquerosa, eu deixaria a fofoca se espalhar, porque então ninguém mais se casaria com ela, mas eu gosto demais de Nisha. Moralmente, não tenho outra escolha além de subir na árvore.

Primeira noite no frangipani, estou apavorado. As folhas naquela árvore não são densas como as folhas da mangueira, ficam agrupadas na ponta de cada ramo, mas a árvore fica virada para os fundos do jardim de Nisha e também não há luzes na rua então ninguém pode me ver deslizando pra cima até o longo galho que alcança a janela dela. É tarde, passa das dez, o som de uma cítara vem da sala de música de Somraj. Cheio de tristeza ele é, como as lembranças de Somraj. A janela de Nisha está escura. Ela deve estar arrumando alguma coisa, talvez fazendo um chá para o pai. Sei que Zafar está na casa porque sua moto está lá fora. Não demora muito agora antes que eles subam. Estou petrificado pelo pensamento do que poderei ver. Uma vez quando eu era pequeno peguei os pais de um garoto que eu conhecia, eu fui à casa deles procurar por ele. A casa era um cômodo que todos eles ocupavam. Não tinha ninguém lá, mas barulhos vinham de trás de uma cortina esticada num canto, dei uma olhada e vi dois macacos marrons numa luta corpo a corpo. Levou um tempo para que eu percebesse que eram o pai e a mãe do garoto. Eu disse "Olá, cadê Raju?" Eles se separaram num pulo, olhando em volta.

— O que você está fazendo, tio? — eu digo.

— Oh! é você! — diz o pai furioso. — Estou só procurando o brinco da tia.

— O quê? Ela estava sentada em cima dele?

— Por que você não se manda daqui?

Bem, Olhos, eu nunca olhei direito, é por isso que eu te disse que a primeira mulher nua que eu vi foi Elli.

A luz acendeu. Sem aviso prévio estou olhando para o quarto de Nisha, uma cara enorme está me olhando de volta. É Shah Rukh Khan, o ator de cinema. Desgraçado, que direito têm os seus olhos de papel de ver as coisas que acontecem nesse lugar onde eu nunca estive? Logo abaixo da cara de Shah Rukh, posso ver mais ou menos a metade da cama. Agora Nisha se move atrás dela em direção a um vulto no canto. É um armário. De Zafar não há sinal, poucos minutos depois ouço a moto dando partida e vejo o brilho vermelho de sua lanterna traseira dobrar e ir na direção da loja de Nekchalan. Posso sair. Esta noite, pelo menos, sua honra está salva. Eu deveria ir embora, porque ela pode começar a ficar sem roupa, mas é tarde demais, Nisha já está tirando sua kameez. Tudo bem, então não vou olhar, não estou aqui em busca de uma emoção barata. Ela está afrouxando o cordão da sua shalwar. Boto as mãos sobre os olhos. Shalwar está fora, mãos estão atrás das suas costas, então o sutiã cai, que visão encantadora. Depois de alguns instantes digo a mim mesmo, isso não tem muita importância, porque estou aqui para guardar sua honra e o único jeito que tenho de fazer isso é este, bem, é um preço que tenho que pagar. Ela se curva pra tirar a roupa de baixo. As coisas que testemunho agora não são pra você nem para os mil outros olhos. Tente entender, nunca na minha vida estive com uma mulher, mesmo que tenha querido isso demais por tanto tempo que nem sei quanto. Como um urso de circo aquela coisa minha se levanta pra dançar. Luzes estão circulando por todo o meu corpo, os sentidos são abafados pelo correr do sangue, uma pulsação bate nos meus ouvidos, faça isso, faça isso, o quê? o quê? isso isso, não não, sim sim, mesmo? mesmo? sim sim, como?

como? assim assim, oh, oh, ai sim, ai não, ai porra, aquele barulho nas folhas, não é chuva.

A loucura acabou, meu corpo não quer saber de mim, ele fica de mau humor, há escuridão agora no castelo de luzes. Vergonha vem e também terror. Como vou mostrar minha cara pra Nisha depois de me desgraçar numa árvore do lado de fora da sua janela?

Bem, sinto muito dizer que na verdade não é tão difícil. No dia seguinte Nisha é a mesma de sempre, tudo o que tenho a fazer é me esquecer da noite passada. Pensar que nunca aconteceu. Isso funciona. Decido que nunca mais vou trepar na árvore. Alívio. Quatro noites inteiras se passam antes que eu ponha o pé naqueles galhos. Desta vez Nisha não está sozinha. Agora, aprendo três coisas. A primeira é que Nisha e Zafar não estão fazendo nada. Só consigo ver o alto das suas cabeças, eles devem estar sentados no chão conversando. A segunda coisa é que culpa é só um sentimento, você pode escolher não sentir, de que outro jeito dormem os patrões da Kompani? A terceira coisa é que não importa o que eu veja, não há nada que possa fazer a respeito. Mesmo que eu visse Zafar e Nisha colados um ao outro como cães, não haveria jeito de interrompê-los a não ser contando a Somraj, e assim proclamar para o mundo que andei espiando. Preciso de um plano mais inteligente.

A ideia que me vem é boa, mas envolve consultar meu amigo Ali Faqri, que nem sempre é fácil de encontrar, então a primeira coisa é localizar Abdul Saliq, o mendigo da Porta Pir. Olhos, eu já mencionei esse camarada antes, dizem que as mulheres não conseguem resistir a ele, olhe pra ele e você nunca vai saber por quê. Se você pegasse um esqueleto e cortasse fora uma de suas pernas, tirasse a metade dos dentes, vestisse o resultado com trapos e mijasse em cima de tudo, esse é o tipo de impressão que o sr. Saliq gosta de dar.

Numa bela manhã, pombos rodopiam pra dentro e pra fora dos arcos da grande comporta que chamamos de Porta Pir, encontro Abdul Saliq em seu posto habitual, apoiado em sua muleta com a mão estendida, dando seu famoso grito: — *Fora daqui, seus infiéis babacas*!

— Olá, Animal — diz ele. — Faz tempo.

— Verdade, guru. Como vão as coisas.

— Deus ajuda.

— Você está com uma cara péssima.

— Obrigado. *Fora daqui, seus infiéis babacas*! Eu faço o que posso.

Às vezes, estrangeiros na cidade vão dar uma moeda a Abdul Saliq só pra perguntar o que quer dizer aquele grito. Devagar, como um juiz de críquete para um batedor, ele vai levantar o dedo, que não para até estar apontado para o arco lá em cima. Lá, esculpida na pedra, está uma frase em inglis, PROCUL HINC ABESTE PROFANI.

— Isso significa — diz ele — que você está entrando na cidade dos eleitos, cujo mistério é gritado do alto, mas ninguém consegue decifrá-lo, não mesmo, a não ser dentro de sua própria alma.

Esse é o tipo de coisa que Abdul Saliq gosta de dizer e fazer. Papo daqui, papo dali, convenci-o a me pagar um chai da loja RTI, o melhor de Khaufpur, lindamente temperado e também incrementado com uma pitada de sal, sem igual, se você algum dia vier aqui, Olhos, você decididamente deveria experimentar. Custa duas rúpias o copo, mas Abdul Saliq não tem pouco dinheiro e também ele é sempre generoso com um ex-aluno. Ficamos falando dos velhos tempos, pergunto se ele sabe onde posso achar Faqri.

— Trabalhando — diz ele, me dando um olhar.

— Se importa de me dizer onde?

— Pra lá da rodoviária. Qual é? Ele tá te devendo dinheiro?

— Sem chance. Hoje estou comprando.

— Não vou perguntar.

— Não vou dizer.

Nisso ele ri: — Então é uma garota.

— O que é que é uma garota?

Ele sempre consegue me pegar, esse gênio do Abdul Saliq.

— O seu problema. Kuala Lumpur Polícia Departamento.

— O que é que faz você achar que tenho esse tipo de problema?

Mas é claro que ele está certo. Depois de desejar khuda hafez[1] a Abdul Saliq, ele gosta de bênçãos quase tanto quanto de moedas, eu me mando para a parada dos ônibus, logo encontro o que estou procurando.

Lugar barulhento é a rodoviária de Khaufpur. Ônibus velhos e sujos entrando e saindo, fumaças de diesel, multidões se empurrando pra entrar, recém-chegados brigando pra sair, gritando para os carregadores que trepam nos telhados dos ônibus como langures,[2] atirando de lá pedaços de bagagens. — Ei, você, desce isso daí! — Senhor, eu já carreguei! — Eu nunca disse pra você carregar. — O senhor nunca me disse pra não carregar. — Você só carregou por uns dez metros. — Taxa mínima.

Junte a isso a tosse dos motores enferrujados, os gritos dos camelôs, o som ensurdecedor das músicas de filmes, cada ônibus numa rádio diferente, e você vai entender que precisa ser um especialista para pinçar, no meio desse tumulto, uma pequena confusão vinda da parada dos ônibus de luxo.

Um fulano gorducho, com cara de rico, desceu do recém-chegado ônibus de ar condicionado que vem de Nagpur, ele está sendo abordado por um garoto mendigo. O menino está fazendo o de sempre, apalpando sua vítima e se lamentando, e o musaafir[3] grandalhão está transpirando e ficando incomodado. Ele ralha com o mendigo pra ser deixado em paz, mas os lamentos do camarada só fazem ficar mais altos. — Ei, mestre-ji, ei, excelência, sahib, você é meu pai, minha vida, você é meu deus. — Não me toque! — grita a vítima. Sua camisa está sendo puxada, ele não gosta disso. — Tire as mãos de mim!

Grande performance do número um, ele pegou uma vítima ideal e sabe exatamente como fazê-lo ferver, tudo armado para o golpe.

Então aqui está Faqri agora, o número dois, só mais um entre centenas de caras sem rosto que passam por aquele lugar. Ele para pra olhar quando o homem gordo dirige palavras duras ao mendigo: — Cai fora, se manda, desaparece!

1 khuda hafez: literalmente, Deus o proteja, em persa; usado como saudação de despedida.

2 langur: macaco de rabo comprido, animal sagrado para os hindus.

3 musaafir: viajante.

Número um está recuando, desistindo do lamento, proferindo os insultos mais obscenos que consegue inventar. Os olhos furiosos da vítima estão fixos nele. O cálculo do tempo é perfeito. É, aí vem, é uma beleza mesmo, a risada de nojo, Faqri apontando pra camisa do homem, depois pro céu, estou repetindo a frase seguinte do jeito que ele fala, "Oh céus, bombardeado pela força aérea de Khaufpur". Uma mancha feia apareceu na camisa do homem. Cabeças viradas pra cima, procurando o pássaro culpado. Eu nunca vejo o número três, por mais que procure por ele. A vítima ainda está amaldiçoando a porcaria na sua camisa, sua carteira já está longe, meia rua adiante. Faqri fica mais uns instantes, daí desaparece entre os espectadores que fazem piadas desagradáveis à custa do homem gordo. Eu bateria palmas, se não estivesse usando as mãos para ficar de pé: — Bravo, belo espetáculo, senhor, mais um, mais um.

Há uma infinidade de outros golpes, conhecemos todos eles, Faqri e eu, moedas perdidas, toco de cigarro, channa derrubado, mancha de sangue, garrafa quebrada, uísque escocês, esquema do óleo de cabelo, mas o mais artístico era o que eu tinha acabado de assistir. Consiga um pouco de massa de limão com um fazedor de paan,[4] misture com poeira, estrume de vaca, suco de fumo, capim mastigado, qualquer coisa serve. O efeito que você quer, o que você está procurando, é um grande borrão branco ou marrom com riscos de branco ou verde que parece ter acabado de sair do rabo de um pombo. O resto você já sabe. Esse era o golpe da bosta de pássaro, nós o aplicávamos comigo de número um e Faqri como hoje atirando a bosta de pássaro. Em geral, Abdul Saliq nos conseguia o número três. Tinha que ser um especialista. Ganhávamos bem, até me pegarem. Olha só, se você vai enganar alguém e cair fora, você tem que ser capaz de evaporar na multidão, mas não tem muitos khaufpuris andando de quatro, e foi assim que o Latrinão-inspetor botou as mãos em mim. Primeira vez que fui preso tomei uns tapas, depois fui levado à presença de Sua Excelência.

— Quem é o seu parceiro?

[4] paan: sobremesa digestiva hindu, uma espécie de pastel triangular recheado com folhas e sementes de betel, limão e especiarias.

— Não sei do que tá falando.

— Quem pega a carteira?

Eles não pegaram a bosta de pássaro, o que é engraçado. Vítima se queixa que foi perturbado por um mendigo, um garoto andando de quatro, e daí então ele vê que sua carteira desapareceu. Nunca menciona bosta de pássaro. Bem, é humilhante ser cagado, o mais depressa possível a gente tira da camisa e da cabeça.

— Que carteira?

— Não fica me enrolando, seu filho da puta miserável.

Seu punho desce, esse foi o primeiro dos muitos socos que levei do inspetor Prithviraj, o povo da rua chama ele de Latrinão por causa de sua bunda grande e do jeito que sua barriga pula como se estivesse sendo sufocada pelo cinto. Latrinão me odiou durante anos, ele caía em cima de mim todas as vezes que me via na rua, eu não precisava nem estar fazendo alguma coisa. Bem, eu posso aguentar uma surra. Estou acostumado com varas batendo nas minhas costas. Batam, seus putos, batam mais forte, quem sabe vocês me deixam reto! Se existe um deus, no que eu pessoalmente não acredito, mas Ma Franci diz que existe, ele deve ter registrado cada pancada. Ma diz que muito em breve todas as pessoas más do mundo vão receber o que está reservado para elas. Estou muito contente imaginando Latrinão com suas bolas amarradas, puxando um carro chicoteado por demônios, quando aparece Faqri de pé a meu lado: — Vi você lá do outro lado — diz ele.

Dou-lhe os parabéns por sua bela performance.

— Meio enferrujado.

Saímos da rodoviária, Faqri examina a carteira da vítima, tira notas dobradas fresquinhas de algum banco de Nagpur, enfia no bolso: — Hoje em dia eu estou mais na linha farmacêutica.

— Eu sei. É sobre isso que vim aqui falar com você.

— Loja não abre hoje, então vamos pro meu canto.

Logo saindo do Galla Mandi, o mercado de legumes, certos dias você vai encontrar Faqri sentado num banquinho com pacotes de ervas e pós espalhados sobre jornais a seus pés. Essa é a loja dele. Os pacotes estão abertos pra mostrar o conteúdo, folhas, sementes, pétalas, raízes. Ele manda crianças catarem aquelas coisas por toda a cidade. Algumas até crescem em cantos da fábrica da Kompani. Ele paga mulheres pra triturá-las e misturar com melado para fazer pílulas, uma rúpia a pílula, compre meia dúzia e ele vai enfiá-las numa caixa de fósforos pra você. As pílulas de Faqri podem curar o que você quiser, e numa cidade como Khaufpur não há escassez de doenças. Ele tem pílulas para tosses e falta de ar e dores e aflições e também pra problemas do tipo que as pessoas não gostam de contar. Ele me fala dos pacientes que curou. Mulher estava perdendo água branca. Homem não conseguia deixar o treco em pé. Camarada estava preocupado porque tinha sentimentos por homens em vez de mulheres. Faqri agora é tão especialista em medicina que está pensando em se chamar de "doutor".

— Então você é um sexespecialista?

— Especialista em tudo — diz ele com orgulho. Esse devia ser o slogan dele. Olhe suas calças de vinco, camisa com colarinho levantado. Faqri tem 20 anos, você já pode ver o homem que desabrocha, próspero, tortuoso, não dá uma resposta direta, daria um político perfeito.

Sutileza não serve pra nada, tenho que ser claro: — Estou querendo alguma coisa que acabe com o tesão.

— Acabe? Qual é? Seu famoso cacete está fora de controle?

— Pra mim, não.

— Namorada?

Não tendo escolha, conto a história.

— Eles já estão fazendo? — ele pergunta.

— Como é que eu vou saber?

— Ciumento — caçoa Faqri. — Queria que fosse você?

— Não seja nojento — eu digo. — Ela é como uma irmã.

— Grande irmã — diz ele. — Ela é uma Kuala Lumpur Polícia Departamento.

— Vai te foder.

Kuala Lumpur Polícia Departamento é um jeito de dizer KLPD, que por sua vez é um jeito de dizer Khadé Lund Pé Dhoka, ou decepção do pinto em pé, c'est à dire [ou seja], uma "provocadora".

Quando chegamos à casa dele, Faqri começa a moer algumas sementes pretas até fazer um pó. Um pouquinho depois ele me mostra uma coisa que parece cocô de bode.

— Uma dessas e ele vai ficar doente que nem um cão, sem vontade nem de falar com uma mulher nem pensar em ser sexy com ela.

— Quanto tempo dura o efeito?

— Uma pílula por dia — ele diz. — Se as coisas parecerem muito ruins, você pode dar uma e meia. Não exceda a dose receitada. Quantas você quer?

— Desconto pra quantidade?

Vou embora com um pote plástico contendo trinta e seis pílulas.

A primeira pílula eu dou a Zafar no dia da grande democracia. A democracia é uma reunião na qual todo mundo pode falar, seguida de uma grande bagunça fodida, depois do quê todo mundo faz o que Zafar quer. Essa acontece na sala de música de Somraj, que ele mantém consagrada à deusa Saraswati[5] e ao deus de garganta azul Shiva. É uma bela sala aos meus olhos, tem paredes brancas, pendurados por toda parte há instrumentos que fazem vários tipos de sons. Há travesseiros compridos, almofadões e também tapetes espalhados pelo chão, um veio do Afeganistão, foi comprado por um hazara que o trocou por aulas de canto, figuras de helicópteros e armas foram tecidas nele. Zafar despreza bens, mas esses tapetes são as únicas coisas que já o vi apreciar: — Em Khorasan — ele nos contou — os tapeceiros dão um ponto na cor errada porque só deus pode fazer algo perfeito.

— Desde quando você começou a acreditar no lá de cima?

— Ouçam Animal — diz Farouq —, o ponto de deus na humanidade.

5 Saraswati: deusa hindu da música e da literatura.

Zafar ficou muito do puto com Farouq, mas não acho que ele estivesse tomando as minhas dores, Zafar detesta qualquer menção a deus, mas detesta ainda mais ser apanhado louvando a deus.

Então agora vamos contar pra você quem são todos nessa corte. A sala está tão cheia que é igual a uma bexiga estourando de gente importante. Zafar e seus pares, esses estão de um lado. Lado oposto está Somraj, com dois de seus colegas musicais, no meio está todo o resto. Ram Nekchalan, o lojista, está lá olhando muito do contente, primeira vez que é convidado para uma reunião tão grande. Ele está sentado perto de um sardarji, Vê-as-horas Singh. Pergunte qualquer coisa a Vê-as-horas, ele vai olhar o relógio. Advogados cobram por minuto. Diga "Olá", ele vai ver as horas, não consegue se controlar. Todos esses são do Pé de Galinha, há uma meia dúzia de pessoas de outros lugares e mais dois do Quebra-Nozes. Último de todos sou eu, estou pendurado na porta, Zafar vê e me chama pra dentro. Não há lugar, mas Nisha me faz sinal pra sentar entre ela e Zafar, então me esgueirei até lá. Ai que alegria, Nisha põe o braço em volta do meu ombro, do outro lado Zafar passa o braço por trás de mim, estou realmente entre amigos, feliz por ser incluído no conselho dos grandes.

Zafar começa a reunião dizendo como essa mulher amrikana apareceu em Khaufpur e construiu o prédio, o que a *Gazeta de Khaufpur* escreveu, ela estava fazendo um maravilhoso ato de caridade, e como Zahreel Khan, o ministro do Combate ao Veneno, vai inaugurar a assim chamada clínica.

— Assim chamada? — pergunta uma mulher que não conheço. — Não é uma clínica de verdade?

— Tenho certeza de que é uma clínica de verdade, dra. Misra — Zafar responde. — O problema é: qual é o seu verdadeiro objetivo?

Conta então o que ouvimos de Dayanand & Cia sobre o tipo de trabalho médico que vai haver do outro lado da rua.

— Desculpe, Zafar bhai — diz outro —, mas essas coisas são exatamente o que precisamos aqui.

Zafar não está levando a melhor, mas não estou mais ouvindo. Olhos, eu estou pouco me lixando pra política. Estou no grupo de Zafar pela única razão que é estar perto de Nisha e você não consegue chegar muito mais perto do que estou neste momento. Sua coxa está apertada de encontro ao meu joelho, minhas narinas estão cheias do seu cheiro, ela é morna e sua carne é macia. Começo a pensar em algumas coisas que vi no frangipani e o monstro lá embaixo se agita. Ele se mexe, lateja, sinto-o engrossar. Minha kakadu está mudando de forma. Porra! Não! Não na frente dessa gente toda. Mergulho uma das mãos no bolso para prender a besta desenfreada na minha perna, meus dedos acham a caixa de pílulas de Faqri. Desesperado estou, vou ter que engolir uma, mas não posso pegá-la sem deixar escapar meu cacete desgovernado, que no mesmo instante começa a empinar e corcovear, maldita essa coisa fodida, não tem respeito. Bem, eu não posso fazer nada a não ser me inclinar pra frente e plantar meu outro cotovelo na criatura, mas isso por sua vez deixa a mão tremendo sem razão, então descanso meu queixo sobre ela como se estivesse me concentrando, devo parecer estranho porque Nisha sussurra: — Está tudo bem?

— Tudo. Esta discussão é muito fascinante.

Quando volto ao que estava sendo dito, é para ouvir Ram Nekchalan, o homem que quer ser o melhor amigo de todo mundo: — Não deveríamos ajudar a Kompani a coletar falsas informações. Devemos lutar.

Hipócrita! Não consigo me controlar, digo: — O que mudou, Nekchalan? Semana passada você falava como se essa clínica fosse ideia sua.

Alguém ri, é Farouq. Ram Nekchalan olha como se quisesse matar.

Agora estão todos olhando pra mim, que me dobro pra frente a fim de esconder a forma nas calças. Idiota que sou, por que fui falar? Podia ter hora pior pra chamar a atenção?

— Hah! — dei um grito.

No mesmo instante um som alto vibra no ar, as pessoas olham em volta para saber de onde vem. São os instrumentos. Centenas de cordas cantando minúsculas canções. Somraj, cujos olhos estavam fechados como se para escapar dessa discussão fútil, agora os abre e volta de onde quer que tenha estado. Ele diz: — O menino tem razão. Vocês não têm provas e mesmo assim começam a brigar. Esta clínica é muito necessária. Eu, por exemplo, não apoiarei um boicote.

O braço de Nisha em meus ombros enrijece. Ai, minha nossa, presa entre seu pai e seu amante, isso quer dizer problema. Os amigos de Somraj não melhoram as coisas ao concordar com ele em voz alta. Diz seu aluno Shastri, que parece um lagarto, seu maxilar sai de trás das orelhas como o de um iguana: — Numa sociedade justa, uma pessoa é inocente até ser provada sua culpa.

— Das mulheres se diz: não as desprezem — concorda outro companheiro de Somraj, um barbicha rude e ágil ele é, o melhor amigo de Somraj e também seu tocador de tabla nos velhos tempos, não me lembro seu nome. Alguma coisa Khan, todos os tocadores de tabla nesta cidade são Algumacoisa Khan. — Por que não devemos desprezá-las? Porque estaríamos desprezando alguém por cujo intermédio deus planejou fazer muito bem.

O debate continuou para um lado e para o outro, com os três músicos unidos contra o resto. Por que se opunham? Será porque Elli também é musicista? Somraj, que ouve todos os sons, talvez a tenha escutando tocando seu piano.

No rosto de Zafar, acho que porque Algumacoisa Khan está botando deus na discussão, há sinais de irritação: — O veneno é considerado inofensivo até que mate? — ele retruca. — Não é esta a lição de Khaufpur, que você não espere ser prejudicado antes de agir para se proteger? Amigos, finalmente temos a oportunidade, ainda que pequena, de trazer a Kompani aos tribunais e conseguir a devida indenização para o nosso povo. Não vamos nos arriscar a perder isso. Precisamos agir juntos, então, se vocês não podem apoiar, pelo menos não se oponham.

Nesse momento, todo mundo começa a falar ao mesmo tempo. Alguns resmungam, de outros cantos chegam apoios enfáticos.

— Não me sinto confortável com isso — diz Somraj, o único que ousa falar abertamente contra a proposta de Zafar. — Precisamos de melhores provas antes de negar ao povo uma coisa que poderia ajudá-lo.

Diz Zafar: — Abba, não conseguimos encontrar nenhum vestígio da história dessa mulher. Só isso já é suspeito, com quase toda certeza ela está agindo sob um nome falso. Tentamos todos os canais habituais. Nisha procurou na internest, nada.

— Nada não é prova — diz a teimosa Voz de Khaufpur.

— Abba — diz Zafar e outra vez detesto ouvi-lo chamar Somraj de pai —, Animal está cultivando uma amizade com Elli. Confio que em breve ele extrairá alguma informação útil, estaremos então em posição de julgar.

— Papai — diz Nisha ao pai —, se conseguirmos vencer esta demanda, pense na diferença que isso vai fazer para o povo.

Ele ainda não parece feliz. Eu estou feliz, a coxa morna de Nisha está apertada de encontro a mim, o demônio lá embaixo está graças a deus dormindo de novo.

— Pense só, papai — engambela Nisha —, o que a Kompani pagou até agora é tão pouco, mal dá para comprar um copo de daal por dia.

Somraj suspira: — Tudo bem, não posso apoiar, mas não vou me opor.

Agora todos podem relaxar, que coisa maravilhosa é a democracia. Começa uma algazarra geral, Vê-as-horas confere seu relógio.

Nekchalan dá um risinho e diz: — Três rúpias.

— Três rúpias o quê? — pergunta Farouq.

— Três rúpias por um copo de daal.

— Depende qual daal — diz alguém mais.

— Daal do tipo urad, a tuwar é mais cara — diz o dono de loja. — Mas pago mais para consegui-la — acrescenta depressa antes que alguém desconfie que ele os explora.

— É lamentável — diz Zafar. — O que mais compram três rúpias. O chá da Porta Pir, um copo? É, Animal?

Dessa vez levantei minha mão para falar: — Um chá mais uma samosa, no Chunaram.

Eles riram, então as coisas voltaram ao normal, boa média, cacete outra vez sob controle, duas falas nessa reunião importante.

— Por falar em chá — diz Nisha —, gostariam de algum?

Fico de pé em meus quatro pés. Thé pour tous [Chá para todos]. O gluglu e o borbulhar da água no fogo soam como risadas. Voltamos trazendo cargas desiguais, Nisha carregando uma bandeja cheia de copos, eu com um copo só.

— Zafar bhai, este é pra você.

O puto confiante aceita agradecido e me puxa pra baixo para o lado dele.

— Sente-se aqui, Animal — ele me diz. — Você tem uma cabeça sensata. Vamos planejar como você vai interrogar Elli Barber.

— O que você pensa realmente dela? — pergunta Nisha do meu outro lado.

— O que penso? — eu digo, observando-o beber. Não posso dizer o que realmente penso. Pobre Elli, você está para ser traída por esses bundões mal agradecidos que você veio ajudar. — Acho que ela tem pernas azuis.

Os últimos dias antes da abertura da clínica da Elli doutora, Zafar bhai pode ser visto perambulando com óculos brilhantes, de cara fechada, puxando a barba. Eu assovio esta musiquinha sempre que o vejo, é aquela, você sabe, que diz:

Pela estrada afora eu vou
Comendo meu bhel-puri[6] *eu vou*
Se sua vó é descuidada, o que posso fazer?
Se seu coração é ciumento, o que posso fazer?

— Yaar Animal — diz Zafar —, me faça um favor, não me deixe louco.

— Não gosta quando eu canto?

— Não é isso — diz ele, que odeia dizer algo desagradável a respeito de alguém. — Só que ultimamente não tenho me sentido muito bem. Alguma coisa que eu comi, deve ser.

Na casa de Somraj há uma tensão desconfortável. Somraj não vai fazer nada para atrapalhar o plano de Zafar, mas há um cabo de guerra e Nisha é a corda.

— Uma filha deveria obedecer a seu pai — dei um puxão pro lado de Somraj.

[6] bhel-puri: lanche popular nas ruas da Índia.

— Quem é você para falar de dever? — diz Nisha. — Francamente, Animal, você é tão transparente.

Depois de uma pausa, ela acrescenta: — Mas muito doce.

Depois de mais algum tempo, diz: — Zafar está perturbado. Umas pessoas vieram das bastis esta tarde, elas imploraram a ele para não boicotar a clínica. Até Pyaré Bai veio.

— Naquele dia — eu disse — quando eu paguei o agiota, fiquei pensando que, quando Elli doutora começar a dar tratamento grátis, gente como Pyaré Bai não vai precisar mais pedir empréstimos.

— Zafar não está nem um pouco bem — diz Nisha. — Ele se sente mal, a boca está seca, ele está muito quente. É toda essa preocupação que o deixa doente assim.

Na noite da cerimônia de inauguração estávamos todos no jardim de Somraj, observando-os se prepararem do outro lado da rua. Ao lado da famosa mangueira foi armada uma shamiana[7] grande e colorida, dentro Elli e sua equipe trabalham apressados. Nesta noite suas pernas não são azuis, ela está vestida com shalwar e kameez, como uma mulher hindu. Suresh e Dayanand estão arrumando fileiras de cadeiras, numa mesa perto da porta da tenda estão empilhadas guirlandas de flores. Do lado de fora, na rua, a banda de Mando em uniformes verdes puídos marcha pra cima e pra baixo zurrando notas estranhas que escapam aqui e ali pelas fendas em meio a melodias conhecidas. *Sa re ga*,[8] etc não podem descrevê-las, esses sons precisam de nomes totalmente novos. Eu conheço um dos músicos, um tocador de corneta, um puto velho, ele é do Quebra-Nozes, ele me dá uma piscadela, junta as mãos em saudação a Somraj, que observa de pé debaixo de seu pé de frangipani. Todos os músicos têm um olho voltado para Somraj porque mesmo que ele não cante mais ele ainda é o famoso *Aawaaz-e-Khaufpur*, não importa quanto tempo vivam, ne-

[7] shamiana: tenda grande, em geral bastante decorada em cores brilhantes.

[8] sa re ga: na escala musical hindu, o equivalente a dó ré mi.

nhum deles jamais será um grande maestro como ele é. Talvez sabendo que ele está ouvindo faça com que eles se esforcem mais, quero dizer, eles estão tocando quase no mesmo compasso, às vezes até no mesmo tom. Quem sabe que coisas inomináveis esses sons estão fazendo aos ouvidos de Somraj? É raro que eu fale com Somraj, na maioria das vezes não tenho coragem, mas essa zoeira me faz sentir tão mal por ele que deixo escapar meus pensamentos.

— Ah! não! — ele diz. — Acho muito interessante — e começa a falar sobre as qualificações necessárias a um tocador de instrumentos de sopro, como vigor labial, alcance, tom, rapidez dos dedos e controle da respiração. — Esse tipo de respiração que os músicos de sopro fazem, eles dão uma grande golfada de ar e então usam os pulmões e esses músculos aqui — batendo na barriga —para controlar como ele sai através do instrumento.

— É mesmo?

O que mais há pra dizer?

— Você sabe como a nota pode ser sustentada mesmo que o músico não tenha mais ar nos pulmões?

— Não, senhor.

— É a chamada respiração do chacra, que significa respirar em círculos. Você não vai encontrar isso mencionado em nenhum yoga sutra. Consegue imaginar como se faz?

Sacudi a cabeça.

— Encha suas bochechas de ar e sopre devagar, ao mesmo tempo inspire pelo nariz.

Ele incha as bochechas como duas maçãs. — Tente.

Eu resfolego, bufo e faço sons incomuns. Nisha, que está por perto, tem um ataque de riso. Bem grato estou porque Farouq não está aqui pra me ridicularizar, ele e Zafar foram a algum lugar juntos. O dia todo estiveram misteriosos, tenho a sensação de que estão me escondendo alguma coisa.

— Então você ainda está interessado em música? — pergunta pandit-ji, sua boca parece se retorcer, quase sorrindo ele está, o que teria sido um milagre.

— Senhor, o que acontece quando as bochechas ficam vazias?

— Deixe o ar sair dos pulmões e encha depressa as bochechas outra vez — ele dá uma espécie de gole, então está tossindo, não consegue parar.

— Pandit Somraj senhor, tudo bem, senhor?

Pandit Somraj teve uma ânsia de vômito, Nisha foi correndo buscar um copo d'água, assim os gases da Kompani roubam dele seu fôlego de cantor.

Está escurecendo quando Zahreel Khan chega. Flashes estouram enquanto a *Gazeta de Khaufpur* tira as fotos. O ministro do Veneno é transformado pelos clarões num fantasma projetando grandes sombras saltadoras. Dayanand, Suresh e Miriam correm pra frente com guirlandas. Ele faz pose para recebê-las, mãos estendidas, cabeça dobrada como se as flores pesassem com o fardo da responsabilidade.

Vinte minutos se passam antes que comecem os discursos. Luzes dentro da tenda estão tremeluzindo, a eletricidade de Khaufpur não é confiável. Espiando do jardim de Somraj, vemos Elli na plataforma, ela também agora carregada de flores, ouvindo seu convidado de honra fazer um discurso, dentro da penumbra densa na qual mal se podem distinguir os rostos das pessoas. Do lado de fora a escuridão é total, ela não pode nos ver. Não fazia um minuto que Zahreel Khan estava falando quando dos lados da loja de Ram Nekchalan começa uma música de filme alta, abafada e distorcida, o ministro tem que levantar a voz pra lutar contra isso: — Elli Barber é uma profissional eminente. Nós em Khaufpur estamos orgulhosos por termos atraído uma médica de tanto talento.

— Como foi que Khaufpur a atraiu? — pergunta uma voz conhecida. É Zafar. Ele e Farouq estão de pé perto da entrada da tenda, atrás deles parece haver muitas outras pessoas agrupadas.

— Por gentileza guarde suas perguntas para o final — diz o ministro de um jeito irritado, procurando ver quem está causando a interrupção. — Você terá sua oportunidade.

— Ela foi convidada para vir? — insiste Zafar. — Quem a convidou?

Essas outras interrupções Zahreel Khan ignora. Deixando de lado suas anotações, ele começa a falar daquela noite, como ele próprio esteve na cidade velha e foi envolvido pelo pânico. Ele fala das cenas nas ruas e da imensa quantidade de moribundos nos hospitais. Conta como ele, do mesmo modo que centenas de outros, procurou a noite inteira por entes queridos desaparecidos, e descreve as cenas terríveis pela cidade quando raiou o dia. A música de filme ainda está tocando pela rua, mas sinto que as pessoas não podem mais ouvi-la, ela desapareceu num profundo silêncio. Para os que ouvem Zahreel Khan, são suas próprias memórias que escutam. Então há um momento, o vento segura aquele som em suas mãos aéreas e o traz até a tenda, uma frase clara, uma voz grave e bonita cantando *Kaun Aayaa Méré Mun Ké Dvaaré*, quem é esse que chegou às portas de minha mente? Pandit Somraj dá um suspiro terrível, quase um gemido, e volta pra sua casa. Pobre Nisha, parada ali perto está dilacerada, ela gostaria de se juntar a Zafar, mas o dever de filha prevalece, ela desaparece atrás de seu pai.

É o próprio Zahreel Khan quem quebra o encanto que ele criou: — Desde o dia do desastre em si — ele entoa, voltando a suas anotações —, a dra. Barber desejava vir a Khaufpur para ajudar no trabalho de auxílio que estamos fazendo.

— Que quem está fazendo? — Isso não foi Zafar, é uma voz na multidão. — Dá um exemplo do trabalho de auxílio feito pelo seu departamento no ano passado.

— Dois anos — grita outra. — Cinco anos — é uma terceira. Risos debochados, vários números de anos começam a voar daqui e dali. Olho para ver como Elli está reagindo a isso, mas a distância não consigo enxergar sua expressão. Ela está sentada no estrado com o rosto emoldurado por flores.

— Pergunta para a dra. Barber — grita Zafar: — A quem vai beneficiar esta clínica?

Elli se levanta, Zahreel Khan dá um passo para o lado a fim de dar lugar pra ela no microfone: — Todos aqueles que foram feridos naquela noite e também gente que ficou doente como resultado de sua água ter sido envenenada pela fábrica. Todos os que vierem aqui são bem-vindos, para todos os que vierem o tratamento é gratuito.

É uma boa resposta. Desafio até mesmo Zafar a achar algo errado nela.

— Você vai colher dados médicos? Se vai, quem vai ter acesso a eles, para que vão servir? — é Zafar de novo.

— Manteremos registros dos pacientes — ela responde. — Mas esses registros serão confidenciais. É claro que, se o paciente pedir, compartilharemos seu histórico com outro médico.

— Que instituições estão financiando este esforço?

— Nenhuma. Minha clínica é financiada por uma pessoa que prefere não ser mencionada.

— Pessoa ou Kompani? — vem um grito. Na mesma hora há uma confusão e uma dúzia de vozes começa a declamar: — Fora Kompani! Fora Kompani!

Pela primeira vez, Elli parece perturbada. Zahreel Khan dá um passo atrás no pódio: — Dra. Barber — ele diz —, esses modos mal-educados envergonham Khaufpur. Por favor, ignore-os. Amanhã, quando sua clínica abrir, a senhora verá como os pobres da cidade virão aos milhares para bendizer o seu bom nome.

Do outro lado da rua há apertos de mãos, adeuses, votos de bom-dia. O povo se dispersa. Elli, ainda envolta em flores, está andando pela tenda, apanhando uma coisa aqui, mudando outra coisa ali. Sua equipe vai embora. No fim, ela vai pra dentro da clínica e fecha as portas.

Muito mais tarde, quando estou empoleirado no frangipani, há música vindo do outro lado da rua, ela deve estar sentada ao piano. Em três suas notas soam, como sinos distantes, repetindo-se sem parar. Somraj sai de sua casa e fica parado ouvindo, como uma estátua pálida ele está, em seu rosto há uma expressão diferente que não consigo ler. Ainda mais tarde, o piano ainda toca, quase dormindo estou, quando de muito perto vem o murmúrio de uma cítara. Soa no começo como se acompanhasse o piano, mas logo as duas músicas se separam. De manhãzinha um brilho de luz se move para o telhado, ela deve estar dormindo. Uma leve brisa agita as folhas do frangipani. A luz se vai. Imagino Elli, apavorada e aterrorizada pelo que vem pela frente, deitada sem dormir observando as estrelas deslizarem pelo céu.

Fita dez

Acordo com a cabeça cantando. Ainda está escuro mas não consigo dormir. Levanto, vou para fora. Coisas ultrajantes acontecem no meu crânio. A manhã está enrolada como uma folha, o vento tem gosto de banana doce. Com música alegre brotando no meu cérebro, trepo nas pedras de nossa torre e me sento no telhado inclinado como um macaco esperando a aurora. Uma a uma as estrelas desbotam, atrás das palmeiras e das bandeiras do templo de Shiva o céu avermelha. Chamo por Jara. Muito, muito cedo é, quanto cedo não sei, dificilmente uma alma acordada, mas não posso esperar para me pôr a caminho. Me chame de puto se quiser, estou curioso.

Vejo um pássaro voando em círculos lá em cima, imagino o que ele está vendo lá embaixo. Lá no alto e tão cedo, meu olho sonha com o começo deste dia em Khaufpur. Vejo o mundo e eu nele. Tão alto estou que a terra se curva pra longe de mim, o céu no alto está cheio de brilho. Vejo o mundo se abrir como um mapa, estradas de todos os lados chegando à cidade. Sobre Khaufpur paira névoa como hálito podre circunda a boca de um bêbado. Os cumes dos minaretes da Taj-ul-Masjid tocam o sol, abaixo tudo está escuro, as vielas da Chowk são um ninho de cobras.

Pássaro que sou tudo vê, palácio branco de senhores de outrora na colina, lago parece verde claro daqui de cima, olho desliza ao longo de rua margeada por prédios sujos, emaranhando-se em poeira e fumaça de caminhão, até alcançar um lugar onde a cidade se transforma em selva, trilhos de estradas de ferro chegam correndo e desaparecem, mais adiante há terreno difícil de interpretar, malhado de marrom, um espinheiro que visto mais de perto se mostra como incontáveis telhados dos muito pobres. Fumaça começa a subir entre os casebres quando habitantes acendem fogos para chá e qualquer comida que possam conseguir antes de outro dia de trabalho.

Bem lá embaixo, um animal se move devagar por uma ruela. Que tipo de criatura é essa, rabo inclinado abruptamente para o ar? dromedário? centauro? Logo atrás vem um ser menor, também não humano, parando aqui e ali para esticar mandíbulas cheias de sono. Esses dois passam devagar através do Quebra-Nozes, depois na selva dentro dos muros da fábrica, eles se encaminham para um bazar distante onde uma alameda se divide em três. O caminho do meio é uma passagem de pedra onde vacas com costelas como cordas de harpa escarafuncham em velhas sacolas de papel, eis Bhoora Khan encolhido dormindo em seu autorriquixá, por perto há um prédio sombreado por uma mangueira, acima de sua porta uma tabuleta diz CLÍNICA, uma tenda vazia está armada do lado de fora, noite passada flores foram atiradas na rua, jazem numa pilha, um bode colhe rosas das guirlandas. No telhado do prédio, um vulto pequeno está de pé. Ela olha para cima, vê o pássaro voando em círculos. Ainda fora de seu campo de visão, um garoto vem pela rua, seguido por um cachorro.

Pouco tempo depois, pela trilha enviesam duas figuras inclinadas, um garoto que anda de quatro, atrás dele um cão amarelo.

Mais tarde ainda. Elli, vestindo shalwar kameez,[1] dará suas instruções de última hora. No andar de baixo ela estará, remexendo nas revistas em sua recepção. "Desperdício de dinheiro, madame", tinha avisado o gerente Dayanand, "a maioria das pessoas daqui não sabe ler". Isso foi o que ele disse à multidão na loja de Nekchalan. Elli mandou-o de qualquer maneira comprar revistas em híndi, urdu e inglis e também lápis e papel para as crianças.

Quase na hora. Elli estará indo para a porta. Luz virá brilhando através das fendas na madeira. Ela fará uma brincadeira encostando seu olho nelas. Seu gerente, o farmacêutico e a recepcionista se juntarão a ela.

— Madame, são oito horas.

Ela respirará fundo, abrirá suas portas.

[1] shalwar kameez: túnica longa sobre calça comprida, usada com um lenço.

Elli sai sorrindo, o fôlego para o discurso de boas-vindas já está em seus pulmões. Cara, como aquele sorriso murcha devagar. Noite passada, não ouvimos todos Zahreel Khan prometendo multidões? Ela deve ter esperado ver gente enchendo a rua, batendo palmas quando as portas se abrissem, mas não há multidão, não há fila esperando lá fora, além de mim e uns poucos curiosos, a rua está vazia.

Ela está perplexa. Já olhou pra cima, pra baixo, checou o relógio, olhou de novo. Está demorando muito tempo pra cair a ficha. Ela chama, Dayanand aparece na porta atrás dela. Ele não está surpreso, só assustado, fodido, sabia o que ia acontecer, não teve peito pra avisá-la. Desde que a palavra democracia começou a circular nas bastis, ninguém vai bater naquela porta. Aquela clínica, evite. Vá lá e estará ajudando a Kompani. Nem todos concordam com isso e também é bem sabido que Somraj e seu comitê acham o boicote injusto. Por todo o Pé, no Quebra-Nozes e além, as pessoas resmungam precisamos dessa clínica, tomara Zafar bhai saiba o que está fazendo, só mesmo por amor a ele vamos ficar longe. Dayanand diz uma coisa, não estou perto o bastante para ouvir o quê, mas de repente o rosto de Elli parece quebrar, a luz e a felicidade o abandonam.

Agora, Olhos, parte de mim é um filho da mãe nojento. Uma emoçãozinha cruel me invade quando vejo as portas se abrirem e eu sabia o que iria acontecer, mas agora estou olhando para o rosto miserável dessa mulher que mal conheço, cada pedacinho daquele prazer se transforma em raiva de Zafar e sua louca paranoia.

Toda manhã às oito ela aparece vestindo shalwar kameez e tudo, abre as portas, para olhando a rua na qual ninguém está à espera. Três dias se passam, nenhuma só pessoa chega à clínica. Quarto dia Elli abre as portas usando as famosas pernas azuis como se pensasse, bem, que merda de diferença isso faz?

Naquele dia passei por lá como sempre, encontrei um pouco de sombra debaixo de uma árvore, Jara, a cadela, está comigo. Estou cansado, talvez tenha fechado os olhos, ou talvez esteja estudando a história daquela manhã no barro, que é uma coisa que faço. De uma altura de quarenta e cinco centímetros você passa a conhecer um lugar bastante bem, cada rachadura na rua, cada pedra, cada moeda caída não apanhada.

Pernas azuis aparecem. Olho para cima. Ela me diz: — Animal, você vem aqui todo dia. A clínica está aberta. Você quer entrar?

Sacudo a cabeça. Zangado estou com Zafar, gosto da Elli doutora, mas penso que do jeito que as coisas estão eu não deveria ser visto falando com ela.

— Você sabe, quero dar uma boa olhada nas suas costas — ela diz. — Gostaria de examiná-lo, fazer alguns testes.

— Por favor, Elli doutora, me deixa em paz.

Ela se vira e se afasta.

Provou do próprio remédio. Muito bem, assim são as coisas, estou exatamente pensando que está na hora de sair pra começar minhas perambulações quando as pernas azuis reaparecem, andando na minha direção. Ela botou essa coisa de médico em volta do pescoço, par de tubos com um disco de metal na ponta, não consigo lembrar o nome. Pernas param bem na minha frente. Ela fica de cócoras, aplica o disco nas minhas costas.

— Está bem, você é meu primeiro paciente.

— Não aqui, pelo amor de deus.

— Por que não? — ela aperta o disco nas minhas costelas, ele é frio.

— As pessoas vão ver.

Ela dá uma porra de uma gargalhada.

— Qual é a graça?

— Você — ela diz. — Com medo das pessoas. Respira fundo, prende.

— Não tenho medo de nada.

— Ah, sim! Com certeza. — ela fica de pé, se vira e sai atravessando a rua. Num momento estou observando ela sair, então sem saber direito por quê, estou indo atrás, Jara me seguindo. Ninguém é meu dono, não sou empregado de ninguém. Tais pensamentos passam pela minha cabeça enquanto sigo as luas azuis dançantes do traseiro de madame Elli. Foda-se, Zafar, vou pelo meu próprio caminho. É assim que a culpa corrompe, se você tem medo que alguém se zangue com você, você na mesma hora começa a ficar com raiva desse alguém.

Nem metade da rua atravessei e estou rosnando pra Zafar, qual é Zafar bhai?, com todo o seu fazer bem e também fazer sem, você é um herói nestas favelas, nenhum herói você é pra mim. Você que é tão nobre de merda, tão modesto, acima de tudo, tão poderoso, por uma palavra sua o povo do Apokalis pôs de lado seu sofrimento. Você diz, não vão a essa clínica e mesmo que essas pessoas estejam cheias de dor, não possam respirar, estejam queimando em febres, mesmo que a carne esteja se separando de seus ossos em lascas de fogo, mesmo assim elas não vão. Você diz a eles, sem qualquer prova, essa clínica é de propriedade da Kompani, então eles cospem na sombra dela, amaldiçoam seu nome. Zafar bhai, você é um idiota. Você está fazendo o povo sofrer por nada. A Kompani é mais forte e também mais esperta do que você. Vá em frente, boicote a clínica, faça passeata, pare o trânsito, grite todos os slogans que quiser. Nada muda. O povo continua a sofrer, a Kompani faz o que quer e ninguém pode dizer nada. É a porra da Kompani que eu admiro.

Gerente Dayanand aparece na porta por onde as pernas e a bunda azuis de Elli desapareceram. — Animais não são permitidos. Deixe o cachorro, ele vai ficar bem aqui fora.

— Este cachorro não é um ele e sim um ela, e a não ser que você tenha se esquecido, eu também sou um animal.

— De jeito nenhum.

Assobio pra Jara. — Vem, estamos fora.

Elli reaparece, pergunta o que está acontecendo.

— Madame, o cão. — Este é Dayanand.

— Tudo bem, sem problemas, estamos indo. — Este sou eu.

— Não seja bobo — diz Elli, se pra mim ou pra Dayanand não tenho certeza. Esses momentos não estão claros na minha memória porque tão chocante e inesperado é o que vem depois que mesmo agora pensar a respeito me deixa tremendo.

Elli doutora me leva pela sala de espera onde estão as cadeiras, jornais, etc, até o consultório. — Espere aqui, é só um instante.

Agora estou olhando em volta para essa sala, para os livros em prateleiras na parede. Na capa de um posso decifrar as letras KHAUFPUR, nas de outro está escrito PATOLOGIA PULMONAR, uma terceira diz VETERANOS E AGENTE LARANJA.

— Ei, Animal!

Jara está sentada no chão com uma perna traseira no ar, a cabeça está virada para sua virilha, Elli ainda está em outro lugar.

— Por aqui — diz a voz.

Numa mesa ali perto há uma espécie de cúpula coberta por um pano preto. Dou um puxão naquilo. Jara parou de se lamber e está me olhando. Bordel de merde! É meu amiguinho de duas cabeças. Agora, Olhos, desde que conheci o Khã-no-pote, eu o vi umas poucas vezes em sonhos, mas isso não é sonho, seu pote, que estava no consultório daquele grande doutor, agora está aqui no da Elli. É a primeira vez desde aquele dia que o vejo em carne e osso, ele parece pior, o corpo parece peludo, como se começasse a se decompor, mas ainda tem aquele riso de quem come merda.

— Kyon Khã?[2] — diz ele. — Como a vida tem te tratado?

— Direito, Khã — longe da porra da verdade isso está, é só o que se diz. — Como ela tem te tratado?

— Chama isso de vida? — diz ele com excesso de amargura. — Este mundo é para mim todo ângulos e sombras e vultos que nadam. Novidades não ouço, quando quero conversar tenho que falar comigo mesmo. Mas enfim, que bom que você esteja aqui, estive esperando que você viesse.

Olhos, não sei por que, mas isso não me surpreende.

— Hospital decidiu se livrar de nós. Depois de vinte anos de merda, nada aprenderam conosco, a não ser que quando você envenena gente coisas ruins

2 Kyon Khã: E então, amigo?

acontecem. Não éramos mais desejados, para o incinerador teríamos ido, só que a sua doutora ouviu e perguntou se poderia nos trazer pra cá.

— Elli o salvou?

— Salvou? Seu cretino, se ela tivesse ficado longe eu agora estaria livre — suas duas cabeças gorgolejaram uma para a outra e ele voltou para mim. — É com você agora, Khã. Você é nossa única esperança. Tire-nos daqui. Quebre o pote, com fogo nos destrua.

Essas são as mesmas palavras que ele me diz em sonhos. Agora estou confuso. Esse veadinho é real, posso dar uma batida no seu pote de vidro e ele vai me xingar, mas ele é real também nos meus sonhos? Se é, o que somos nós pra fazer este mundo que parece tão sólido? Ele também não passa de luzes e sombras dançantes?

— Quem é você — perguntei — pra me dar ordens?

Há borbotões no pote, o som de júbilo gorgolejando através de veneno. — Quem sou eu? Uma tragédia você ter que perguntar. Você não sabe?

presidente do Conselho eu sou
uma espada enferrujada eu sou
pelo mundo ignorado eu sou
o tesouro do dragão eu sou

Eu sou o ovo da natureza, que homens ignorantes e arrogantes estragaram. Posso ser amigo dos humanos, especialmente dos pobres, pois dinheiro não me interessa. Seu político khaufpuri que há pouco tempo celebrou seu aniversário com camelos e elefantes e cavalos dançarinos e um bolo de cinquenta e três quilos, ele não sabe que suas joias de ouro não têm valor, pessoas como ele deveriam ter medo de mim, sou o fogo que vai queimar seus cinco sentidos. Quanto a você, pobre babaca, você acha que é um animal, eu sou sua mãe e seu pai, eu sou você na sua infância, eu serei você quando for velho. Morto estou eu que nunca vivi, nunca fui enterrado, espero pra queimar. Duro eu sou e tenro, agora você me vê, agora não vê, vou para baixo da terra e pulo até o céu, sou cheio de luz natural, e no entanto todos os que me encontram pensam que sou inútil, nada, menos que todos os merdas.

— Você é um camarada extraordinário — eu digo. — Nunca antes conheci alguém como você.

Nisso o conteúdo de seu pote se agitou, pedacinhos de gosma que devem ter caído do Khã são precipitados por correntes de riso em labirintos de danças.

— Irmão Animal — ele diz —, você e eu não somos tão diferentes. Duplicadores ambos, nós somos. Dois de mim existem, dois também de você.

— O que quer dizer? — pergunto, não muito satisfeito com a comparação.

— Minhas duas cabeças crescem de um pescoço. De seus quadris, no ponto em que suas costas se dobram, cresce um segundo você que é reto, fica de pé e é alto. Esse segundo você está lá o tempo todo, tem estado lá desde sempre, pensa, fala e age, mas é invisível...

Antes que ele possa terminar, Elli doutora girou de volta pra dentro da sala e começou a fazer coisa com aquele copo gelado de metal. — Nada errado com seu coração.

Quatro partes de mim são fortes, cabeça, braços, peito...

— Calado — diz ela. — Sei que você adora tagarelar, mas a hora não é agora.

Seu híndi é realmente excelente. Pelo jeito que ela fala, você pode dizer que ela não é daqui, mas seu sotaque é melhor do que por exemplo o de um Bombaim-wallah, o que eles dizem dá pus nos ouvidos. Ela está tão perto que posso sentir seu cheiro, enquanto ela está tocando em mim, não consigo me controlar, maus pensamentos começam de novo. Eu vi você nua, eu vi você lavando seus peitos, eu vi sua boceta. Isso é vergonhoso, porque ela é uma boa pessoa e também tenho forte razão pra ter medo desses pensamentos, que estão esticando minha kakadu.

— Tire as calças.

— Não, por favor.

— Não fique envergonhado, eu já vi tudo isso antes.

— Acho que não.

— Se você ficar mais à vontade, Dayanand pode ficar aqui.

— Não!

— Bela bermuda — ela diz enquanto a tiro, começa a examinar minhas costas, o lugar onde a espinha está ligada aos meus quadris. Ela está apalpando com as pontas dos dedos.

— O que você sente? Diga enquanto aperto.

— Dedos.

— Aqui?

— Dedos.

Ela está no ponto exato em que minhas costas se torcem pra frente, onde se supõe que esteja meu outro eu invisível. Esse aí não está se levantando em parte alguma, mas o mesmo não pode ser dito para a coisa mais embaixo, ela ficou enorme e dura, empinada ela está, parece um tronco, com cada batida do coração ela golpeia minha barriga. Se Elli está vendo esse meu pênis, ela não dá sinal, mas começou a me interrogar sobre o que outros médicos disseram, daí conto a ela sobre o grande perito no hospital, etc, etc, é uma total perda de tempo, não há nada o que se possa fazer.

— Médicos nem sempre estão certos. É por isso que pedimos uma segunda opinião.

— Meu caso precisa de uma sétima opinião.

— Então vamos pedir — diz ela, pondo de lado o disco pendurado.

— A sétima opinião, e se ela for igual à primeira?

— Bem, ela pode ser — ela diz, cutucando meus ombros. — Ou pode não ser. Sempre há alguma coisa como uma nona opinião. Posso garantir que, se você tivesse nascido na Amrika, você não estaria correndo de quatro por aí.

Ela segura meu queixo e diz: — Você precisa confiar em mim.

É agora que o inacreditável e extraordinário acontece.

Estou rosnando, agarrando a cachorra. Elli doutora está assustada: — O que você está sentindo? Está com dor?

Nenhuma resposta há a não ser essa falsa luta corpo a corpo com a cachorra, rrrr'ando e mostrando os dentes, até que a própria Jara se enche. Ela se levanta, me dá um olhar como se dissesse "Que porra você está fazendo?" e daí vai pra fora do meu alcance, deita de novo com a língua pendurada. Porra nenhuma pra fazer agora, a não ser enlouquecer de vez, então rolei pelo chão, me arranhei, dei ganidos, agarrei coisas. Elli corre pedindo ajuda, vesti depressa minha kakadu.

No caminho para fora, Dayanand me para. — Qual é a sua?

— O que parece? — ainda estou tremendo.

Ele está segurando um esfregão, por um momento acho que ele vai me bater, mas ele diz: — Leve seu cachorro pra fora agora.

Então ele acrescenta, bem descontraído: — Eu sei quem está impedindo as pessoas de virem aqui, você deveria dizer ao pandit Somraj e toda a sua tropa que Elli madame odeia aquela Kompani mais do que eles. Eu a ouvi dizer isso.

Bela tentativa, Dayanand, mas não vou passar nada adiante. — Menor ideia do que você está falando.

— Então por que você está tremendo?

Por quê? Por causa da coisa inacreditável que acabou de acontecer, da qual não posso falar, mal ouso admitir pra mim mesmo. Quando Elli falou de uma nona opinião, pulando a oitava, quando ela disse que eu precisava confiar nela, esse pensamento apavorante me atingiu como um furacão, ondulou pela minha espinha como eletricidade, mudou tudo, a violenta, estúpida, inesquecível esperança de que ela pudesse me curar.

Fita onze

Um garoto chegou correndo numa bicicleta, pequeno demais ele é pra usar o selim, ele pedala com uma perna passada pelo quadro, de pé nos pedais, é assim que ele faz. “Animal, Animal, ele está aqui!” Esse garoto, ele é um dos que mantêm seus ouvidos e olhos abertos para mim, alguma coisa útil se passa e eles ganham uma rúpia.

— Animal, o padre estrangeiro chegou!

O quê? Como? Quando?

— Ele chegou esta noite, ouvi as freiras falando, esta manhã mesmo ele está vindo aqui por causa da Ma Franci.

Quando ela ouve a novidade, Ma me puxa pra perto, despenteia meu cabelo, que está como sempre emaranhado. — Xiii, tanta poeira aqui quanto num asno.

Poucas pessoas no mundo eu amo, esta velha é uma delas. Pensando em quando ela se for, que ferida isso vai deixar na minha vida, céu feito em pedaços, luz caindo tão brilhante que você mal pode olhar, grande lençol de luz estendido sobre um oceano. O que isso tem a ver com Ma partindo não sei, nunca eu vi o mar, é o que me vem à mente. Ma beija minha cabeça, depois aperta os lábios de encontro à minha orelha e sussurra três coisas.

— Não seja grosseiro com o padre.

— Estou preocupada com a tosse de Aliya.

— Nos encontraremos no Paraíso.

Quando o padre aparece, usando um vestido preto comprido, acontece que ele não é francês, ele é espanhol mas fala la langue humaine.

— Bonjour mère Ambrosine — diz ele nessa língua —, é um privilégio conhecê-la afinal.

Há respeito em seu rosto e voz, quando olho dentro de sua cabeça para os seus pensamentos, eles são em grande parte feitos de assombro. Esta velha senhora, mais linhas tem ela no rosto do que a rede de pesca de nosso senhor, sua vida inteira ela doou aos pobres desta cidade. Com que ternura ele transmite saudações da superiora do convento e de todas as irmãs na França, diz a ela o quanto todas anseiam por tê-la de volta.

— Não vejo por que elas me querem — diz Ma. — Estou muito bem aqui, tenho meu filho Animal para cuidar de mim.

Então padre Bernard, é esse o seu nome, diz: — Madre Ambrosine, está tudo decidido. A superiora quer que a senhora vá para nossa casa perto de Toulouse, lá é bonito e quente.

Ele explica que é uma casa antiga, com um jardim que chega às margens de um rio. Ela vai achar agradável conversar com outras freiras idosas como ela, que passaram suas vidas em lugares do mundo como o Congo, Vietnã, Brasil e também Tuamotu, que, diz padre Bernard, é uma ilha no Pacífico onde a ordem mantém uma colônia de leprosos.

— Essas freiras de Tuamotu, elas têm lepra? — eu pergunto, temendo por Ma. Isso começa com a pela seca, antes que perceba você está cortando dedos como Chunaram, com a diferença que ele tem a capacidade de fazer isso por dinheiro.

— Não quero ir embora — diz a teimosa Ma.

— Realmente sinto muito — diz padre Bernard —, eu sei como isso pode ser difícil. Animal, você gostaria de visitar madre Ambrosine na França um dia?

— Melhor ser logo — retruca Ma —, não vou estar por aqui por muito tempo. Quem vai cuidar do meu povo? O senhor não sabe que o Apokalis teve início? Começou aqui e está voltando outra vez.

Tentei explicar ao padre Bernard que, no que diz respeito a Ma, ela tem que estar em Khaufpur para o grande acontecimento, senão é fillim khatam, fim do filme.

Diz ele, parecendo perplexo: — Tenho certeza de que o Apokalis também vai atingir Toulouse. É perto da casa de sua família, não é, madre Ambrosine?

— Minha casa é aqui mesmo — diz Ma. — Minha única família é esse menino. Mas já que você não vai mudar de ideia então não há nada mais a dizer, vou começar a fazer as malas.

Ela abre um saco de roupas. Tudo o que ela possui depois de cinquenta anos em Khaufpur são duas mudas de roupa velha, uma ela usa enquanto a outra está lavando e também seus óculos e também livro de Sanjo, também um pequeno Isa esmaltado numa cruz. Ma o estende para mim e diz: — Para você, meu filho querido. Desculpe, padre, eu gostaria de um tempinho para rezar. Animal, leve o padre para a sala de estar, cuide bem dele. Faça um pouco de chá para ele.

Daí acendi o fogo, botei uma panela pra ferver e levei o padre Bernard pra fora para se sentar no tronco debaixo da tamarineira, uma árvore tão cheia de folhas que dá uma sombra fresca. Ma chama esse lugar de nossa sala de estar. Aqui me sentei com o jarnalis francês que me ensinou a xingar, depois também com o Jarnalis Kakadu. Olhos, se você algum dia vier a Khaufpur, é aí que vou me sentar com você.

Acho que padre Bernard acha difícil falar comigo. Perguntei a ele que tipo de filmes eles têm na França, ele diz que não vê muitos filmes.

Depois perguntei se Ma vai ser capaz de conseguir sua baingan bharta favorita, mas ele não sabe o que pode ser isso. Estou exatamente explicando como colocar a berinjela sobre um leito de cinzas quentes, etc, quando a pequena Aliya chega com sua vovó Huriya e outras velhas da basti. Amigas de Ma, elas vieram com guirlandas e doces pra dizer adeus.

— Ela está lá dentro — digo a elas. — Entrem, por favor.

Padre Bernard está encantado que essas velhas senhoras, entre as quais estão mulheres muçulmanas em burcas e também mulheres hindus em sáris, gostem tanto da velha freira. Diz ele: — Essas amizades são o fruto do trabalho de uma vida inteira. Todos na França ficarão emocionados ao saber o quanto madre Ambrosine era amada.

Depois de uns dez minutos, as convidadas surgem no lado de fora e param na porta chorando, dando adeuses pra Ma lá dentro. Cheias de dor, elas vão embora. Observando as figuras dessas velhas encurvadas que se retiram devagar, me sinto desolado porque no fim estamos condenados a perder todos os que amamos. — Bem, acho que ela deve estar pronta — diz padre Bernard, consultando um relógio de pulso brilhante. Parece que eles têm uma reserva no voo de uma hora para Délhi, de onde outro avião parte para a França às seis.

Quando depois de vinte minutos ela não apareceu, padre Bernard vai até o buraco no muro e dá um puxão no lençol de plástico que é nossa porta: — Madre? Madre Ambrosine? — Não tendo resposta, ele se curva e bate na testa: — Tiens [Ora]! Não há ninguém aqui! Aonde ela foi? Como pode ter evaporado desse jeito?

— Padre — eu digo, aos soluços —, o senhor ouviu uma trombeta? Ma diz que quando o Apokalis começa, um anjo vai tocar uma trombeta, todos os que amam Isa miyañ vão ser arrebatados para o céu aqui e ali.

— Bobagem — diz ele. — Pura bobagem.

Nesse exato momento um trem passando com estrondo pelo Quebra-Nozes apita alto e ele dá um pulo. Olhos, esse tipo de alegria é quase suficiente pra fazer uma pessoa acreditar em deus.

— Padre, o senhor deve me dar o seu relógio.

— Para quê?

— No caso de Ma Franci voltar, eu posso dizer a ela que horas são. Afinal, ela tem um avião pra pegar.

Ele parece um pouco surpreso com isso, mas vamos admitir, sua cabeça já está bem fodida. O relógio eu escondi na parede. Precisa ficar escondido porque posso imaginar o que vai acontecer a seguir. Dito e feito, dentro de uma hora se aproxima uma nuvem de poeira trazendo dois pandus[1] num jipe.

— Muito bem, onde está ela?

— Como posso saber? Eu estava aqui com aquele padre estrangeiro, quando olhamos lá dentro ela tinha desaparecido.

[1] pandu: maneira insolente de se referir a um policial.

— Gente não desaparece — diz o pandu chefe. Latrinão-empertigado está, todo barriga e cinto, de pé ali como uma porra dum Sadda miyañ ki tond.

— Fique à vontade para procurar você mesmo, cuidado com os escorpiões, não se esqueça de subir a escada... se ela aguentar o seu peso.

— Prefiro que você fale menos — ele diz, me dando um olhar obsceno —, não pense que não sei de você, seu chaar sau bees de merda.

Agora, Olhos, em volta de nós há uma multidão do Quebra-Nozes, no meio dela alguns rapazes, nenhum muito feliz de ver a polícia. Sua presença me dá coragem: — Ei, gordão, fica ameaçando gente inocente por aqui, e você vai tomar um tombo, em vez de chaar sau bees vai ficar dizendo baar sau chees.[2]

Ele avança pra mim, é claro, uns dois camaradas dão um passo à frente, daí ele para.

— Vamos nos encontrar no Paraíso — Ma disse.

Quando a polícia saiu dei uma boa olhada pra ver se a barra estava limpa, então voei pro Beco Paraíso e logo cheguei à casa de Aliya. Bem, antes de entrar ouvi risos, uma voz conhecida diz: — Tout que je me souviens de mon enfance d'autrefois, c'est un ciel poudré de bleu, la poussière sèche, des olives et des myrtes.

É Ma. Ela está dizendo que tudo o que se lembra de sua infância de antigamente é um céu salpicado de azul, poeira seca e também azeitonas e mirtas, seja lá o que isso for.

— Com esses pássaros — diz Huriya —, ele não vai ter nenhum trabalho, realmente não vai. Se ele pudesse ver, polindo as barras daquela gaiola ele estaria.

Olhei lá pra dentro. Lá estão elas, duas velhas, acocoradas no chão, Ma ainda vestindo a burca preta dentro da qual fugiu. Lá tem também a chaleira dos céus, um cacho de fumaça saindo de seu bico me diz que chai foi feito.

— J'ai lui dit, mon travail, c'est ici, dans le royaume des pauvres de bon dieu. Eu disse a ele, meu trabalho é aqui no reino dos pobres de deus.

[2] baar sau chees: inversão sem sentido de chaar sau bees feita por Animal.

— Além disso, não quero deixar meus amigos, há quantos anos nos conhecemos, Huriya? Santo deus, devem ser cinquenta.

— Eu disse a ele: marido, pare de se preocupar com esses pássaros, o que vai acontecer com sua neta quando formos embora?

— E também ele queria que eu fosse num avião.

— A menina está na escola a maior parte dos dias — diz sua amiga. — Eu falei com ela, eu disse "Aliya, vai pra escola o máximo que puder, aprende tudo o que puder. Educação é coisa preciosa. Sem ela você é como Hanif e eu, você não serve pra nada."

— Por que eu deveria voltar? — pergunta Ma. — Quando entrei para o convento ainda menina, eles me chamavam de grosseirona porque eu cresci numa fazenda. Você sabe que nós lá falávamos como gente da roça. *Viech d'ase*, nós dizíamos, o que é rude, *ho barro lo porta*![3] Pedaços de frases me vêm de volta, como o nariz de Jacotin.

— Tome mais um pouco de chai — diz Huriya e serve.

— Obrigada — diz Ma, que sabe o que é "chai". — Animal já deve estar chegando, eu disse a ele onde me encontrar.

— Aliya gosta tanto de Animal — diz sua vó, que por sua vez entendeu a menção ao meu nome. — Ele é gentil com ela, eu tinha esperança que ele fosse levá-la àquela clínica nova que abriu no Pé, mas nós não podemos ir lá, não sei por quê.

Velha Huriya não é a única perplexa com o boicote à clínica de Elli. Mais ou menos nessa época, tive que visitar um velho camarada chamado Shambhu. Ele era uma vítima em dose dupla da Kompani. Ele tinha respirado os venenos daquela noite e também os poços na sua vizinhança estavam cheios dos venenos que vazaram da fábrica.

[3] Palavras em dialeto occitânico, ou língua d'oc, falada no sul da França desde o século IX, cuja tradução livre poderia ser "Pau de jumento, eu fechei a porta". (N. da T.)

O corpo de Shambhu era um saco de dor, sua respiração era difícil. — Ai, minha vida — disse ele à sua mulher —, se eu não conseguir respirar, vou morrer.

— Consiga oxigênio para ele — disseram os vizinhos.

— Eu não sei o que é oxigênio — sua velha mulher lamentou, as lágrimas do rosto fazendo rasgos na poeira.

— É um gás — eles disseram. — Vem em garrafas de metal. Se você der isso a ele, poderá respirar melhor.

— Mas onde vou arranjar oxigênio? Nenhum dinheiro pra comida, onde vou encontrar dinheiro pra isso?

— Leve-o ao hospital do governo — disse alguém.

— Irmã, o que é que nós do povo conseguimos no hospital do governo? Eles não vão dar a ele esse gás bom, eles vão mandá-lo embora com um papel pra aspirina. Zafar bhai e Somraj, toda essa gente grande, eles vão dar dinheiro pra comprar isso?

— Me deixa morrer, mulher — disse Shambhu. — Deve ser a vontade de deus.

Ela começou a se lamuriar outra vez. Alguém disse: — E aquela clínica no Pé de Galinha, aquela aonde ninguém está indo? Todo dia você vê a médica do lado de fora, esperando que o povo chegue. Deixe Shambhu ir lá.

— É uma clínica da Kompani — outra pessoa disse. — É por isso que o povo não vai lá, mesmo que seja de graça.

— Essa Kompani é o diabo em pessoa. Ela faz de graça de propósito porque sabe que os pobres não têm dinheiro para os outros hospitais.

— Se ela está lá por que não devemos usá-la? — perguntou a mulher de Shambhu. — Por que não podemos ir lá?

— É a clínica da Kompani. Aquela doutora, a mulher americana, é paga pela Kompani. Foi isso que ouvi.

— Ele vai morrer, que diferença isso faz? — gritou a mulher de Shambhu. — Não me importo onde ela consegue o dinheiro, desde que ela o cure. Uma vaca pode comer muitas coisas diferentes, capim, folhas, mas o leite que ela dá é sempre o mesmo. É leite. Essa doutora não está cobrando. Diz que todos são bem vindos. Se deus nos mandou uma pessoa assim, quem somos nós para recusar?

— Irmã, todos nós concordamos, mas Zafar bhai diz que não devemos ir.

— Se meu Shambhu morrer — ela disse —, sua morte vai ser culpa de Zafar bhai.

O povo do Apokalis rangeu os dentes contra o sofrimento e ficou longe da clínica da Elli doutora. Único entre os khaufpuris eu a visitava. Zafar me encorajava. Ele pensava que eu a espionava, foi o que ele disse às pessoas que se queixavam: — Como pode o Animal ter permissão pra quebrar o boicote enquanto a nós é negado o tratamento grátis?

Eu me sentia mal com isso, não por causa de Zafar, mas porque ao enganá-lo eu estava também enganando os outros.

Eu estava lá quando um velho chegou e disse a Zafar: — Uma úlcera supura, ela faz toda a pele em volta ficar pútrida e isso continua dia e noite e a dor é incessante, com essa dor você não pode pensar, não pode ler as suas orações nem trabalhar nem dormir, você não pode fazer nada além de sofrer, no fim de cada dia não pode dizer nada a não ser eu sobrevivi, e depois de muitos dias e noites enevoados como num sonho, você diz, bem, ainda estou aqui, mas a dor também está, na verdade isso deixa você louco.

A isso Zafar respondeu: — Aguente um pouco mais, pelo bem de todos nós.

Mais tarde, ele disse a Nisha que se sentiu cheio de tristeza pelo sofrimento do povo, já que ele também estava aprendendo o que era a dor, na verdade ultimamente seu estômago andava com contínuas e dolorosas câimbras.

— Elli, o que você vai fazer se o povo não vier?

Essa pergunta pesa como uma pedra no meu cérebro. É depois de meu segundo exame, ela tirou sangue e mijo, conversando estamos em seu terraço que é como uma selva perfumada, em grandes latas de óleo ela plantou trepadeiras de jasmim, rosas, etc, nem três meses ela está por aqui, já elas invadem a mangueira, a mesma em que trepei, que cresce bem ao lado do prédio e estica seus galhos por cima do terraço.

— O que posso fazer? Acho que vou ter que fazer as malas e ir para casa.

— Em casa na Amrika?

— Nenhum outro lugar para ir.

— E eu?

— Meu paciente número um.

Estamos sentados numa esteira estendida no chão à sombra da mangueira. Estou encostado no parapeito, pernas pro lado, ela está de pernas cruzadas na minha frente, está sendo duro pra mim manter os olhos longe da parte onde o pano azul fica mais esticado.

— Não se preocupe — diz Elli, ela sorri e se inclina para tocar meu ombro: — Não pretendo sair daqui sem realizar pelo menos uma coisa boa. Preciso de mais alguns exames — ela diz e diz também raios X, quando ela tiver informações suficientes vai mandá-las para um especialista nesse grande hospital na Amrika.

— Não sei o que eles vão dizer. Talvez, como já disseram a você, nada possa ser feito. Mas vamos esperar que as coisas deem certo, talvez possamos levar você até lá para uma operação. Não vou fazer nenhuma promessa a não ser esta, que aconteça o que acontecer, mesmo que eu volte para a Amrika, vou fazer o melhor que puder por você.

Não ouso pensar em sua partida: — As pessoas na verdade querem vir à clínica. Só estão confusas.

— *Elas* estão confusas? E eu então?

— Olha, Elli, o problema é este.

Com certeza ela agora já deve saber a razão do boicote, mas caso não soubesse tentei explicar o melhor que pude.

— Juntando dados para ajudar a Kompani? Que idiotas acham isso?

— Muitos idiotas.

Cuidado eu tenho de não mencionar nomes, mas ela adivinhou que eu deveria estar falando daqueles do outro lado da rua, porque ela diz: — Diga a seus amigos que qualquer um que ache que uma pesquisa médica pode ser feita por um só médico em três meses precisa ter a cabeça examinada. Simplesmente não é possível.

Meu medo da partida dela está sendo perturbado por pensamentos perigosos. Quando você está tentando demais não olhar para alguma coisa, os olhos ficam voltando pra lá, e fugindo de lá. Bem desconfortável estou, como é que ela não percebe?

— A ideia de que vim para cá em resposta a uma decisão judicial é simplesmente ridícula, trabalhei duro por pelo menos dezoito meses para montar esta clínica, e quanto a conspirar com políticos, eu queria que eles soubessem os problemas que tive. Adivinhe quantas cartas eu escrevi para as pessoas aqui em Khaufpur? Para Zahreel Khan? Para o ministro da saúde em Délhi? Quantas respostas recebi? Vamos, adivinhe!

— Uma?

— Nenhuma. Explique isso! Escrevi para o primeiro-ministro. Eu disse, estou frustrada, tantos doentes precisando de ajuda, chega uma oferta genuína e vocês ignoram!

— O que ele respondeu?

— Ele ignorou.

— Mas você está aqui — observei. — Então alguém deve ter ouvido.

— Mais estranho ainda — diz ela. — Um dia, depois de meses de bulhufas, chegou uma carta. Ela dizia permissão concedida. Só isso. Dizia que eu deveria vir para Khaufpur o mais depressa possível para... era um jeito um tanto singular de se exprimir... resolver todas as modalidades necessárias. E isso vinha do seu sr. Zahreel Khan.

— Ele não é meu senhor. Quanto você fez de investimento nele?... Investimento em gratificação — expliquei, vendo que ela parecia confusa.

— Não houve gratificação.

— Então aí está sua resposta. Vale investir.

— Deus! — Elli fecha os olhos, suspira. — Por que foi que eu vim para cá? Eu deveria ter entendido logo que isso não daria certo. Primeiro os políticos, agora esse boicote. O povo de Khaufpur não ajuda. Eu deveria ter ficado em casa criando galinhas.

— Eles querem ajudar, eu juro — contei a ela sobre Hanif, sem enxergar e tossindo, sobre Aliya, cujos pulmões estão inflamados, Shambhu que mal consegue respirar, a úlcera de Yusut Omar, sobre Tô-vivo e seus vizinhos mortos.

— Então, para ajudar essa gente, quem eu tenho que subornar?

— Subornos são para políticos, polícia, etc. Aqui é uma questão de confiança. Por que você não contou às pessoas as dificuldades que enfrentou?

— Primeiro: políticos caluniadores que poderiam me fechar a clínica, má ideia. Segundo: quem acreditaria? Terceiro: ninguém perguntou.

A história de Elli só fez aumentar o mistério de por que ela quis vir pra cá. Ela está dizendo que não tem nada a esconder. Eu estou fuçando nos intervalos entre suas palavras, mas tudo o que percebo é escuridão e desconforto.

— Juro que eu não entendo Khaufpur — diz Elli. — No começo pensei que era só o lugar mais estranho em que eu já tinha estado. Nunca vivi numa cidade onde o leite é vendido às colheradas. Onde as pessoas compram um cigarro de cada vez e andam a três numa mesma bicicleta.

— Que três? Quatro, numa boa — se é pra engrandecer os feitos dos khaufpuris, então vamos fazer isso direito: — Um está de bunda no guidão, dois está no quadro, três está pedalando, quatro está atrás na garupa.

— E ainda os porcos-bhutt-bhutt com dez pendurados na traseira. Mas você sabe qual é a coisa mais estranha de todas? Quando o sol se põe a cidade evapora.

— Desculpe, não entendi. Porco-bhutt-bhutt é um três rodas grande, carrega vinte pessoas, frente franzida como um focinho de porco, o nome vem do motor fazendo bhutt-bhutt-bhutt. Mas uma cidade que evapora?

— Quando o sol se põe as ruas desaparecem, são como desfiladeiros apagados com multidões se movendo por ali na escuridão, pelo menos a metade do trânsito anda sem luzes, há dúzias de acidentes.

— Sei, mas o que é tão estranho?

— Que o povo tolere isso. Essa é a coisa mais estranha de tudo o que há em Khaufpur, que o povo suporte tanto. Dá uma olhada. Não são só ruas apagadas e trânsito assassino, o povo nesta cidade tolera esgotos abertos, lixo por toda parte, poços envenenados, crianças envenenadas, médicos que não fazem o seu trabalho, políticos corruptos, milhares de doentes com quem ninguém parece se preocupar. Mas espere, daí chega alguém oferecendo uma ajuda sincera e esses mesmos cidadãos não podem tolerar. Na verdade acham tão intolerável que precisam montar um boicote. O povo desta cidade só pode ser ou cego ou louco. Não entendo o jeito como os khaufpuris pensam.

— Não fique zangada com os pobres — eu digo. — Desde quando eles têm o poder de mudar alguma coisa?

Estou de novo com aquela sensação de revolta que tive quando ela disse que o Quebra-Nozes foi construído por um terremoto.

Ela vai mudar a sua vida, diz a voz lá dentro. *Olhe pra cama dela aqui no terraço, envolvida pelo cortinado de mosquitos, é aonde você e ela vão...* Cala a boca, cala a boca, cala a boca. Agora eu sei como é que ela vai mudar a minha vida e não é desse jeito. Se bem que junto com o jeans apertado, Elli doutora está usando uma camisa fina. Sendo capaz de pegar os pensamentos dos outros, fico surpreso que ela não consiga ver os meus, que são tão barulhentos, por mais que eu tente esconder, eu sou um cobiçador de bloblos, ou melhor de lolos igualzinho a Zahreel Khan.

— Os pobres, não — diz Elli inocente-de-tudo. — Os que deveriam saber das coisas.

Ela começa a me falar desse amigo, um médico que vive numa casa lá em cima perto do lago, deve ser aquele de quem Dayanand falou. Seus vizinhos são uma família pobre que esticou do muro dele um lençol de plástico preso por pedras pra fazer uma espécie de tenda. Nela eles dormem, cozinham, costuram, do lado de fora seus filhos nus brincam na sujeira.

— Fiquei preocupada com eles, então falei com ele a respeito. Você consegue adivinhar o que ele disse?

Ela faz uma pausa, me dá um olhar de nisso-você-não-vai-acreditar: — Ele disse: "Por favor, não se preocupe, em breve a polícia vai tirá-los dali."

Bem, isso não me surpreende de jeito nenhum, mas fiz várias caretas que a deixaram satisfeita. Daí então ela começa a falar sobre outras coisas que esse amigo disse a ela, sobre como Khaufpur já teve uma vida cultural importante e uma história extraordinária, famosa era pelos poetas, politicamente progressista, um abrigo pra refugiados, inclusive uma importante comunidade de afegãos. Acho que o amigo dela deve ter querido dizer o grupo de Farouq, os yar-yilaqis, que na verdade são do Uzbequistão. Ele se queixou de como todas essas coisas foram esquecidas porque hoje em dia quando o mundo ouve o nome de Khaufpur só pensa em veneno: — Maldigo o dia em que a Kompani veio para cá porque sua tragédia apagou o nosso passado.

— Também apagou milhares de pessoas — disse Elli.

— Esqueça a tragédia — seu amigo disse. — Deixe pra lá. Vamos falar de qualquer coisa menos daquela noite dolorosa. Deixe pra lá, estou dizendo, são quase vinte anos. Deixe isso em paz. Talvez haja algumas pessoas nas favelas que queiram manter acesa a agitação. Todo ano eles queimam efígies dos patrões da Kompani, gritam slogans e cantam. O que conseguem com isso? Nada. Enquanto isso o resto de nós, cidadãos, prefeitura, câmara de comércio, todo mundo, todos nós queremos seguir em frente.

— Mas e quanto a essas pessoas? Essas que ainda esperam justiça? Essas que sofrem sem ajuda? Você segue em frente e as deixa para trás?

— Por favor, não pense pior de mim se eu te disser a verdade. Essa gente pobre nunca teve chance. Se não tivesse sido a fábrica, teria sido cólera, tuberculose, exaustão, fome. Eles teriam morrido de qualquer jeito.

— É um jeito muito duro de se pensar.

— Prefiro chamar de encarar os fatos — disse ele. — Elli, você vai arrancar os cabelos por causa deles, mas não vai receber um obrigado por isso.

Ele tocou uma campainha para que seu criado trouxesse mais uísque, gelo, etc. Olhos, eu deveria contar que era noite, eles estavam sentados na varanda dele, que dá para o lago. A água estava negra, lá em cima de tudo havia uma lua fria e branca. O velho médico tocou o ombro de Elli e observou: — Eis uma coisa que os livros não contam. Naquela noite a lua estava quase toda cheia e, quando surgiu através das nuvens de gás, ela era cor de sangue.

— Sabe o que eu deveria ter dito, Animal? Eu deveria ter dito: "Sou uma médica, sei o que é sangue." Em vez disso, fiquei ali sentada bebendo o uísque dele e ouvindo-o reduzir o terror de gente morrendo a uma lua num poema de segunda classe.

Com tanta amargura Elli conta sua história sobre o velho médico, que estou com medo que ela venha a odiar Khaufpur e que com certeza vá embora pra Amrika.

— Elli, há muita gente boa em Khaufpur.

— Ah, é? Como quem? As autoridades que não se importam? Os ricos que querem seguir em frente? Os pobres que te dão um coice quando você tenta ajudar?

— Eu poderia levar você para conhecê-los. Gente boa. Gente pobre, os que estão doentes. Como eu. Nós do povo precisamos de você, por favor, não desista.

— Ah, como você, Animal — diz ela, agora mais macia sua voz está. — Bem, estou feliz de ter te encontrado. É, você é uma pessoa boa.

Putain con [Puta merda]! Só mostra como uma pessoa educada pode estar errada, mas eu não vou contradizer, nem dizer que lembranças estão bem agora na minha cabeça dela nua se dobrando pra se ensaboar. — Elli, tudo vai ficar bem, você só precisa convencer as pessoas de que não veio mandada pela Kompani.

— E como eu faço isso?

— Diga a elas por que você quis tanto vir pra cá.

— O quê? Como eu ouvi sobre o que estava acontecendo em Khaufpur e pensei que era chocante, odeio injustiça, fiquei emocionada, tinha os meios, nada melhor pra fazer com a minha vida e também eu era estúpida o bastante pra pensar que seria bem-vinda. Em qual dessas razões você acha que eles vão acreditar?

Cheio de raiva sincera é esse discurso da Elli doutora, mas de novo estou com aquela sensação desconfortável, de alguma coisa sendo mantida abaixo da superfície.

— Você precisa de alguma coisa que eles possam checar — estou pensando em Zafar.

— Ou de alguém que acredite em mim?

É agora que tenho minha brilhante ideia. Isso pode resolver tudo, como não pensei nisso antes? — Elli, o trabalho que você teve para fazer sua clínica e também essas outras coisas, há uma pessoa muito decente com quem você podia falar, é Somraj pandit.

Não sei que resposta estou esperando, Elli só parece surpresa.

— O professor de música? Acho muito difícil. Dayanand diz que ele e seus amigos são os que estão por trás desse boicote.

— Dayanand é um saco de pus. Somraj pandit não tem nada a ver com isso, juro pela minha vida.

— Verdade? É mesmo? Interessante que você tenha falado nele. Um homem tão sério. Eu o vejo em seu jardim, nós trocamos olás, é tudo. Tenho a impressão de que ele prefere não falar comigo, ele evita meus olhos, não sorriu nem uma vez.

— Ele nunca sorri pra ninguém.

— Bem, acho que deve ser porque ele é tímido, meio fechado.

— Tímido com as senhoras — eu digo. — Por causa do que aconteceu com ele. A mulher dele.

— Eu bem que imaginei que havia algum tipo de mal-entendido — diz Elli.

Estou pensando se devo dizer a ela que Somraj falou contra o boicote da clínica, mas isso significaria acusar Zafar e já tinha havido traição suficiente. Em vez disso, comecei a falar sobre como Somraj tinha sido um cantor mas seus pulmões foram fodidos pelos gases naquela noite. Sendo uma médica, ela ficou interessada. — Talvez se eu me oferecesse para ajudar? Será que nada pode ser feito por ele?

— Você tem razão, nada. Nisha, ela é filha dele, diz que ele nem mesmo ouve seus antigos discos.

— Ele deve ter sido bom, para gravar discos.

— O melhor. Somraj pandit era famoso. Eles o chamavam a Voz de Khaufpur. A internest conta como ele cantava garças azuis e trombas d'água.

— Não sei se estou entendendo — ela diz.

— Bem...

É uma pena, que tipo de integridade tenho eu, que prometi a pandit Somraj não repetir as coisas que ele me confidenciou e estou aqui tagarelando para uma doutora estrangeira? Olhos, ainda agora mesmo eu mencionei traição, é o que isso é, mas aconteceu, como são essas coisas, sem planejar. Você vai com o coração, pra onde ele te leva, mas o coração é cego. Continuei fofocando por pelo menos uma hora.

Elli estava cheia de perguntas sobre pandit Somraj, sobre sua mulher, sua fama como cantor. Algumas coisas eu não deveria ter contado.

— Rãs? — diz ela. — Você disse mesmo rãs?

— Foi.

— Estranho. Ele estava brincando?

— Não ele. Desde que os venenos da Kompani destruíram seus pulmões e levaram sua mulher e filho, Somraj pandit raramente ri. Nem canta em voz alta. Do seu sofrimento ele faz músicas que só ele consegue ouvir.

— Isso é tão triste, ela diz. — Eu não deveria rir das rãs.

— Só uma piada tem pandit Somraj. *Sa, Re, Ga, Ma, Pa, Dha, Ni, Sa*, essas são as notas que todos reconhecem. Somraj diz que pra ele a oitava é *Sa, Re, Ga, Ma, Khã, Si, Khã, Si*.

Olhos, essa é a piada de pandit, ele a faz com ele mesmo. Não é feita pra ser engraçada, é um jeito de cuspir no olho do destino, de dizer foda-se pro mundo que tão sem cuidado arrasou a vida dele. É claro que essa piada não faz sentido pra você, meu querido Olhos, primeiro porque ninguém nunca te arrasou, mas principalmente porque você não fala a nossa língua. *Khã* e *Si* não são notas de verdade na escala, se você junta as duas elas fazem *khaañsi*, que quer dizer "tosse". O que Somraj está dizendo é toda vez que eu começo a cantar começo a tossir e não consigo parar.

Não preciso explicar isso pra Elli, tão bem ela fala híndi. — Coitado dele — ela diz. — Como ele deve ser amargo. Talvez eu devesse atravessar a rua e dar uma olhada nessa tosse.

Dia seguinte perto da hora do almoço, Nisha e eu estamos na cozinha, preparando comida. Seu pai está dando ao lagarto uma aula de canto. Podemos ouvi-lo tentar a frase *sochha samajha mana meetha piyaravaa* de novo e de novo. Vem uma batida na porta. As mãos de Nisha estão cheias de farinha, então eu fui.

Lá fora está Elli com um ar sério no rosto. Nem cumprimento pra mim. — Pandit Somraj está?

— Elli doutora, ele está dando aula.

Diz ela: — É importante.

Só então dá um pequeno sorriso e pede: — Animal, por favor traga-o aqui.

Então bati na porta da sala de música pra dar o recado, num instante chega pandit Somraj.

— Bom dia, pandit Somraj, preciso falar com o senhor.

— Dra. Barber, boa tarde — não parece que ele quer deixá-la entrar.

— Animal me diz que o senhor é uma pessoa decente com quem posso falar abertamente. Como o senhor sabe, abri a clínica do outro lado da rua. As pessoas estão mantendo distância. O senhor pode esclarecer alguma coisa?

Meu deus, como é mentirosa a Elli. Por isso é que ela mostrou tanto interesse por Somraj. Me enganou, ela. Acredita mesmo que ele é o vilão dessa história.

Somraj pandit parece confuso. Um começo tão atrevido de conversa, não é esse o jeito dos khaufpuris. Diz ele: — Sinto muito, nada sei a respeito da sua clínica. Mais alguma coisa? Estou com um aluno, estamos no meio de uma aula.

— Por que o povo foi instruído para não vir? Quem quer que tenha feito isso, fez uma coisa errada.

— Sinto muito, não posso ajudá-la — ele diz e começa a fechar a porta.

— O senhor precisa — Elli soa meio desesperada. — O senhor precisa, por favor. Pelo menos me diga o que está acontecendo. Por que acreditam que tenho ligações com aquela Kompani? Eu a detesto tanto quanto vocês.

— Se as pessoas não estão vindo, é problema delas. Não sou eu quem vai dizer aos outros o que fazer. — Ele se vira. O lagarto Shastri está no corredor ali atrás, olhando. Somraj faz pra ele um gesto com a cabeça, acho que ele pensa que isso é o fim da conversa.

— Espere — diz Elli. — Também sinto muito, mas isso não basta. Acho que o senhor sabe por que as pessoas estão mantendo distância. Acho que o senhor sabe exatamente a razão. E o senhor me julgou mal. O senhor me tratou com muita injustiça. Eu larguei tudo para vir aqui e fazer este trabalho.

Somraj se virou novamente. O olhar em seus olhos parece quase de dor, mas poderia ser desprezo ou piedade ou qualquer tipo de sombras de aborrecimento.

Finalmente ele suspira: — A senhora deveria entrar.

Ele a acompanha até a sala de música, onde estava dando aula para Shastri. Há um harmônio no tapete: — Por favor — diz Somraj —, sente-se. Gostaria de tomar alguma coisa? Chá? Um copo de suco?

— Olhe — diz ela —, esta não é uma visita social. Não vim passar o tempo do dia, ou perguntar sobre sua saúde, ainda que eu deva dizer que o senhor não parece muito bem. Na verdade, se o senhor tivesse algum juízo, deveria me deixar descobrir o que há de errado e deixaria de impedir as outras pessoas...

— Deixaria de impedir?

— O senhor sabe perfeitamente o que eu quero dizer — retruca Elli em inglis.

Todo esse tempo Shastri e eu estamos espiando pela porta. Nisha também está lá agora, lançando olhares hostis pra Elli com seus enormes olhos castanhos.

— Papai, está tudo bem?

Diz Somraj para Elli: — Se a senhora tem um problema, vamos discuti-lo com sensatez. Não gritando. Tudo bem, eu vou ser franco. Quando soubemos que uma clínica seria aberta aqui por um amrikan, uma pessoa amrikana de quem não se tinha qualquer informação, as pessoas aqui ficaram com muito medo.

— Continue — ela diz —, estou ouvindo.

— Deixem-nos, por favor — diz Somraj para nós três na porta. Dois obedeceram, o terceiro, cuja cabeça perto do chão não é tão facilmente percebida, fica.

— É difícil para a senhora compreender isso? — pergunta Somraj. — Amrikans não têm boa reputação nesta cidade.

— Espere um instante — diz Elli, levantando uma das mãos. — Seja o que for que estiver a ponto de dizer, não vou deixar que me atinja. Não tenho vergonha de ser amrikana, há muita coisa na Amrika que é motivo de orgulho, há coisas boas e coisas más, como em qualquer outro lugar. Neste mundo há dois tipos de pessoas, as que ajudam os outros e as que não ajudam. Eu sou do primeiro tipo, posso dizer isso porque estou aqui para ajudar. Enquanto o senhor, ou alguém que o senhor conhece, disse às pessoas para ficarem longe da minha clínica, e isso é uma coisa cruel de se fazer. Então, antes de começar com isso de que sou amrikana, é melhor decidir, que tipo de pessoa o senhor é?

— Sra. Barber...

— Sra. coisa nenhuma — ela interrompe. É dra. Barber se fizer questão, mas desde que somos vizinhos gostaria que me chamasse de Elli.

— Dra. Barber, o fato é que as pessoas aqui nada sabiam a seu respeito, de onde veio, quem a está financiando, se está trabalhando para alguém. Se compreendesse melhor este lugar, saberia por que tais questões são importantes.

— Esta é a segunda vez que o senhor menciona compreensão, pandit Somraj. A compreensão é uma via de mão dupla. Em geral, é o resultado de uma coisa chamada conversa, que precisa de duas pessoas. Se vocês queriam informações a meu respeito, deveriam ter ido e perguntado. Mas não foram. E, quanto à justiça, vocês me colocaram em julgamento sem me informar que estavam fazendo isso, inventaram histórias e se aproveitaram dos medos do povo sem saber o que quer que fosse a meu respeito, vocês me consideraram culpada do que eu não sei, e vocês lavraram a sua sentença. Eu coloquei todo o meu coração e tudo o que possuía dentro desta clínica, e eu não vou deixar que o senhor ou qualquer outro desgraçado preconceituoso venha foder com ela.

— Agora, por favor, se acalme — diz ele.

Quanto a mim, agora estou querendo que Elli estivesse dizendo essas coisas para aquele que merecia ouvi-las, não para o pobre pandit, que embora ela não saiba está do lado dela.

— Não, não vou me acalmar porra nenhuma. Já está na hora de você ouvir umas coisinhas. Eu sei a respeito do seu comitê. O que vocês talvez não saibam é que muitas dessas pessoas, as mesmas pessoas que vocês afirmam representar, realmente querem vir à minha clínica. Algumas delas, como o senhor sabe muito bem, estão muito doentes. Eu lhe digo, se houver uma única morte nestas vizinhanças que eu pudesse ter impedido, ela ficará na sua cabeça e na sua consciência.

Por que ele não diz a ela que foi contrário ao boicote? Mas agora há uma expressão ainda mais sombria naquele homem sombrio: — Já que a senhora está sendo rude, eu também serei. Não vou xingá-la, como a senhora me xingou, mas me deixe dizer-lhe que se a senhora juntasse todos os palavrões do mundo em todas as línguas, todos os termos obscenos de insulto, misturasse-os todos para criar uma palavra tão odiosa, tão absolutamente revoltante, tão destituída de bondade que o simples fato de pronunciá-la provocasse horror e abominação e ódio, essa palavra seria...

— Amrikan?

— ... Não. Seria o nome daquela Kompani. A senhora já esteve na praça onde fica o tribunal? Já? Deve ter visto que, não importa a que horas se vá lá, há sempre algumas pessoas do lado de fora, carregando faixas. Se o tribunal está em sessão, elas talvez cantem. A senhora está aqui há tempo suficiente para ter visto isso.

— Já vi e com muito prazer me juntaria a vocês nesses protestos, mas que diabos isso tem a ver comigo?

— Tudo — diz ele. — Tem tudo a ver com a senhora. Veja só, a Kompani... — uma daquelas tosses sérias começou a tentar achar seu caminho pra fora dos pulmões dele, ele luta pra controlar mas não consegue.

— O senhor deveria realmente me deixar ver isso — diz Elli.

— Durante anos — diz Somraj quando recupera o fôlego — a Kompani vem dizendo que o prejuízo à saúde do povo tem sido exagerado, eles queriam fazer estudos que mostrariam que as coisas aqui são normais, que os últimos efeitos do desastre já desapareceram.

— Eu sei — diz Elli. — Eu sei tudo a respeito dessa teoria idiota de que vim para fazer o mesmo tipo de pesquisa sanitária, mas com certeza o senhor compreende que uma pesquisa decente não pode ser feita em semanas, é impossível, além disso todos nós sabemos qual seria o resultado. As coisas não são normais por aqui, qualquer um que tenha olhos pode ver isso.

— As pesquisas não precisam ser reais. Tudo o que eles precisam é de alguém disposto a fabricá-las. Um médico, por exemplo.

— Isso é ultrajante e injusto!

— Então por que a senhora veio para cá? Que tipo de mulher desiste de sua vida na Amrika e vem para um lugar como esse, para ajudar o povo sem qualquer recompensa? Ou a senhora é uma santa, ou é alguém com algum outro propósito. Então quem é a senhora?

— Não sou santa, mas como posso provar para o senhor ou para qualquer outra pessoa quais são os meus motivos? Vocês vão acreditar em mim ou não, como quiserem.

Elli fica de um vermelho vivo, suas mãos estão tremendo: — Isto não é justo, vocês já decidiram que eu sou culpada!

— É uma pessoa muito especial aquela que desiste de tanto.

— Não mais especial que aquela que ouve música em rãs!

Depois de deixar escapar isso, ela lança um olhar culpado para mim, que já estou me virando de bunda pra correr.

— Sinto muito — diz Somraj —, isso não está nas minhas mãos.

Sem mover a cabeça ele diz, tão calmo quanto você: — Animal, por favor, diga a Shastri que vamos continuar a aula.

Fita doze

Não ousei encarar Somraj, saí da casa enquanto a aula do lagarto ainda não tinha acabado e fiquei longe do Pé de Galinha por duas semanas. Uma noite sonhei que era arrastado pra frente dos amigos de Somraj em sua sala de música. Somraj disse "Agora vamos ouvir a *Raga Animal*" e começou a bater no meu rabo com um sapato. Os músicos ouviam enlevados os meus gritos e então exclamavam "Wah! Wah!". Nisha e Zafar estavam lá também, aplaudindo. Nisha disse: — Animal, eu nunca soube que você cantava tão bonito.

Uma manhã, Farouq chegou sacolejando em sua bicicleta. — Kyon saalé, onde você andou se escondendo?

— Não andei me escondendo.

— Então por que não temos tido o prazer da sua presença?

— Ocupado tenho andado.

— Zafar quer vê-lo.

— Não posso ir agora — minha única pena de ficar longe do Pé é que Zafar não esteja tomando suas pílulas, mas a ideia de encontrar pandit Somraj me enche de pavor: — Estou ocupado.

— Ah é, posso ver — diz cheio de sarcasmo. — O que você está fazendo? Anda sentado aqui brincando com o pau? Achou uma garota? Fodendo o rabo dela você tem andado?

— Pode ser.

Ele dá uma risada nojenta: — Você nunca fodeu uma mulher na sua vida.

— Já fodi, sim! — é a velha mentira.

— Não acredito em você. Vai pro Laxmi Talkies dar uma deitada. Trinta paus, sem problemas.

— É quanto eles te cobram?

— Deixa de ser abusado.

Farouq desce da bicicleta, encosta-se no nosso muro e de propósito fica de pé na minha frente de modo que tenho que torcer o pescoço pra cima a fim de ver o rosto dele. Por um momento, penso, ele vai me bater ou me chutar?

Diz Farouq olhando pra mim de cima: — O Muharram está chegando, irmão Animal, você esqueceu sua promessa? Vai andar em cima das brasas? Vai ter peito pra isso?

Bem, se alguma coisa aprendi nas ruas é que você nunca dá pra trás: — Olha só, seu monte de yar-yilaqi. Eu vou andar em cima do seu fogo não uma, mas duas vezes.

— Isso eu ia querer ver — diz ele.

— E vai — estou monitorando os sapatos dele para o caso de ter que pular pra trás.

— Vou te cobrar essa promessa.

— Pode cobrar.

— Eu vou — diz ele de cima. — Vamos, Zafar está esperando.

— Pra que ele me quer?

— Sua amiga a doutora. Bem, você vai ver pessoalmente.

Farouq tem que me levantar até a garupa, depois estamos sacolejando pelo chão desigual do Beco Paraíso, pela lama pedregosa dos Sete Alfaiates, com Jara correndo atrás.

— Parece que todos os donos de lojas te adoram — diz Farouq, ouvindo primeiro Baju e depois Tô-vivo gritarem quando passamos chacoalhando.

— Sou seu cliente favorito.

Do lado de fora da casa de Somraj há uma multidão. Do lado da rua da clínica, à sombra da mangueira, há três mesas, sentados atrás dela estão Dayanand, Suresh e Elli. Em cada mesa há uma coisa diferente. Pulo da bicicleta de Farouq e fico lá de boca aberta. Na primeira mesa está apoiado um enorme desenho do corpo humano. Nele estão marcados todos os lugares em que os venenos da Kompani daquela noite fizeram mal às pessoas, como olhos, pulmões, juntas, útero, cérebro. Estão marcados em vermelho. Em azul estão marcados os lugares que foram atingidos por se beber a água envenenada, seios, de novo o útero, estômago, pele. Espirais azuis e vermelhas saem da cabeça, que também está atingida por um martelo, acima de tudo há uma nuvem cinza-escuro com luzes.

— Para cada mal — Dayanand está dizendo — temos um bom tratamento, que é grátis. Então parem de sofrer. Venham e obtenham ajuda para suas dores. Não deem ouvidos a boatos falsos.

Em volta da mesa, as pessoas apontam para as coisas das quais sofrem. O martelo é pra dor de cabeça. Deve ser. Eu sofri muito com ela, muitas vezes logo antes de ficar doido.

— Vertigens, desmaios — diz Dayanand para uma mulher que está olhando para as espirais.

— Imaginei — ela diz. — O tratamento é de graça mesmo?

— Completamente — responde Dayanand. — É um excelente tratamento moderno. Ele vai te ajudar. Vamos, registre-se com a senhora lá dentro, hoje mesmo a doutora vai te examinar.

Daí essa mulher entrou na clínica, enquanto ela desaparece lá dentro, outras pessoas estão saindo. Eu me pergunto o que Zafar & Cia estão fazendo com isso? Aposto que estamos todos aprendendo que Elli doutora não desiste com facilidade.

— Para dentro — diz Farouq, que estacionou a bicicleta e veio me buscar.

— Espere. O que é a nuvem? — pergunto a Dayanand, que não parece muito feliz em me ver.

— É depressão. As luzes são ansiedade.

— Ah é? Quem desenhou? Foi você, foi?

— Não enche o saco — diz ele. — Se manda.

— Tudo bem — eu digo e vamos pra casa de Somraj para encontrar meu destino. Primeira coisa lá dentro é Nisha me dando um abraço perturbador de pau.

— Animal, por onde você andou? Você parou de vir almoçar. Minha comida é tão ruim assim?

— De jeito nenhum, seu pai está por aí?

— Não. Você precisa falar com ele?

— Nada importante — eu digo.

Ufa! Alívio. Zafar está sentado no jardim, descascando uma fruta com sua faca, como da primeira vez que o vi.

— Animal, bom ter você aqui. Temos esse problema. Você viu lá fora, a feira?

— Vi.

— Bem, essa é só a gracinha de hoje. Ontem Elli doutora foi vista saindo do gabinete de Zahreel Khan.

— Que muito admira os bloblos dela — eu digo, me lembrando deles eu também.

— Deixando de lado os bloblos — ele diz mal-humorado —, essa foi a gracinha de ontem. Desde que você desapareceu temos também tido as guerras musicais.

— Guerras musicais?

Diz Nisha: — Toda noite. Toda vez que meu pai toca qualquer música, ou se ele está dando uma aula, lá vem aquela música alta do outro lado da rua.

— Elli doutora tem uma coisa chamada piano — eu digo. — Eu vi. Ela aprendeu a tocar porque a mãe estava doente.

— Pois isso está fazendo o meu pai ficar doente — diz Nisha. — Eu nunca o vi num estado desses. Andando de um lado para o outro ele está, como um doido, segurando a cabeça.

— Ai, isso é terrível — eu digo, agora certo de uma surra no rabo pelo zangado pandit e seus colegas.

— Papai diz que seu cérebro está sendo mastigado por essa Elli doutora.

Diz Zafar: — Acho que só depois que a lua começar a rodar para trás é que vamos compreender o que está se passando na cabeça da Elli doutora. Até lá, Animal, é com você.

— Eu? O que eu posso fazer? Já sei, vou fazer uma xícara de chá pra vocês.

— Nomespond — diz ele.

— Jamespond — diz seu eco adorador.

— Você se dá bem com ela, descubra por que ela foi visitar Zahreel Khan.

Consegui deslizar uma das bolinhas pretas no chá de Zafar, então voltei lá pra fora, onde estão sentados Elli doutora e sua equipe tentando convencer os khaufpuris. Na segunda mesa há folhetos ilustrados sobre tuberculose e como interromper sua disseminação. Aqui está Suresh explicando que a tuberculose é contagiosa, sim, mas com algumas precauções você pode se proteger com facilidade e também pode ajudar os que estão sofrendo.

— Nós vamos ensinar. Todos os tratamentos e remédios são gratuitos. É só entrar e se registrar.

— Como é que isso pode ser uma coisa ruim? — alguém pergunta. Outros concordam: — Tantos vão se beneficiar. — É exatamente o que precisamos.

A esta altura há um fluxo regular de gente indo e vindo pela porta da clínica. Nesse passo, o boicote vai acabar logo. Na terceira mesa há várias folhas de papel, Elli doutora está oferecendo uma caneta às pessoas.

— Venham e assinem.

— O que é isso? — um homem pergunta.

— É uma petição — diz Elli em voz alta e clara. — Ela é endereçada a pandit Somraj e seu comitê. Ela diz por favor não impeçam o povo de obter o bom tratamento gratuito que ele precisa. Apoiem esta clínica. Encorajem as pessoas para fazer bom uso dela.

— O que eu preciso fazer?

— Só assinar o seu nome, escrever um comentário, se tiver algum.

O homem dá um resmungo, rabisca no papel e sai.

— Não sei como escrever — escondido estou pela mesa, leva algum tempo até que ela me veja.

— Animal! Graças a deus, eu estava querendo falar com você. Espere aqui mesmo, não vá embora — ela olha para Suresh.

— Pelo menos cem assinaram. Quantos se registraram lá dentro?

— Madame, setenta, mais do que isso.

— Bom — ela se voltou pra mim. — Animal, você pode me dar alguns minutos?

— Elli doutora, o que está fazendo?

— Estou dizendo a essas pessoas que pandit Somraj é injusto. Ele não poderia tê-las impedido de receber tratamento.

— Bom dia, dra. Barber — diz uma voz igual à morte. Somraj está de pé bem ao nosso lado. As pessoas em volta meio que prendem a respiração. Todas as cabeças se voltam para Elli doutora, ela está parecendo o que os velhos chamam de um pato na trovoada. Daí ela se vira para Somraj, parado lá, sombrio como sempre.

— Pandit Somraj — diz Elli, se controlando —, já que o senhor está aqui eu gostaria de lhe apresentar esta petição. — Ela junta todas as folhas de papel e as apresenta a ele.

— Terei muito prazer em recebê-la — diz ele polidamente, sem pegar as folhas. — Antes disso, há uma coisa que eu gostaria de fazer.

Uma multidão de khaufpuris se amontoa. Que ralé de turbantes, dhotis, burcas, sáris, uma onda de hálito khaufpuri, perfumado de bétel e supari!

— Pra trás, escória — estou gritando, vocês vão pisar na porra dos meus dedos.

Diz Somraj: — Eu gostaria de assinar isto.

Então o povo está de olhos arregalados, porque pela primeira vez desde que todos conseguem se lembrar, pandit Somraj está sorrindo.

— O que o senhor quer dizer, o senhor quer assinar? — pergunta Elli, que ficou que nem uma beterraba cortada.

— Assim — ele diz. Pega uma caneta e assina.

— Consiga mais assinaturas. Quando tiver terminado, por favor leve-as para mim.

Então ele foi pra casa, ainda sorrindo, deixando pra trás um murmúrio de vozes e também uma atônita doutora sentada segurando seus papéis.

— Elli doutora?

Ela diz afinal: — Esse homem horrível, ele só está zombando. Como é que ele tem coragem? Suresh, você viu o que ele acabou de fazer?

— Madame, Somraj pandit assinou a petição.

— Eu sei que ele assinou a maldita petição — a voz dela ficou alta. — Você consegue acreditar? A petição é dirigida contra ele e ele mesmo a assinou.

— Madame, pandit Somraj tem uma reputação de justiça, talvez ele ache que está sendo injusto.

— Mas se ele sente que está sendo injusto, por que ele simplesmente não é justo? Eu desisto desta cidade, acho que nunca vou entendê-la.

Em seguida ela me ghurr-ghurrou.

— Animal, você vai assinar?

— Isso aí, não.

— Por que não? Se até pandit Somraj pode assinar, por que você não pode? Vamos, assine seu nome.

— Não é um bom nome — eu digo. Somraj pode fazer o que quiser, nunca Zafar vai dizer nada ao homem que ele chama de "abba". Mas e quanto a mim?

— Assine.

— No fim das contas, que espécie de nome é Animal?

— Tenha um pouco de coragem! — é como se ela lesse meus pensamentos. — Você é um ser humano livre.

— Eu não sou humano.

— Você está sempre dizendo isso. Você não acredita nisso de verdade.

— É claro que acredito, porque é verdade.

— E daí, o que mais é verdade?

Pensei nisso por um momento, então disse: — Me dá a caneta.

Embaixo de todas as assinaturas e cruzes, escrevi:

Je ne suis pas un homme, mais un animal
dans cet hôpital je ne trouve rien de mal

[Eu não sou um homem, mas um animal
neste hospital não encontro nenhum mal]

— Pronto, Elli, fiz um poema pra você.

Resmunga a voz de javali ensanguentado antes que eu consiga interrompê-la:

Mere muñh se nikli insaan ki zubaan,
qurbaani ke jaanvar ki aakhri qurbaan

Meus lábios emitiram palavras humanas, o último sacrifício da besta chacinada.

— Eu sinto tanto — ela diz mais tarde, quando estamos dentro da clínica —, eu nunca deveria ter dito aquilo das rãs. Foi estupidez.

A isso não respondi nada. Posso estar irritado com Elli, mas nunca vou criticar se por acaso ela ficar zangada e parar meu tratamento. Se a sua missão na vida é cuidar do número um, isso às vezes quer dizer morder a sua língua, mas em geral há um outro jeito de se chegar a uma pessoa.

— Elli, como você espera que o povo confie em você, se você continua visitando gente como Zahreel Khan?

— Como é que você sabe disso?

— Nomespond Jamespond.

— Bem, não consegui nada com o cavalheiro do outro lado da rua. Ele é bem cabeça-dura, não é? Ouça isto.

Ela se senta ao piano, abre a tampa e martela com as mãos. Há um som como um estrondo de trovão. Jara levanta a cabeça e dá um ganido. Elli produz outros sons retumbantes.

— O que você está fazendo?

— Desde o dia em que tive aquela briga com ele, sempre que eu toco piano começa uma música alta vindo de dentro daquela casa.

— Não sei de nada disso — eu digo, falando toda a verdade.

— Espere pra ver.

Ela começa a tocar sua favorita, aquela peça que soa como sinos. Sem dúvida alguma, nem um minuto depois, chega a plenos pulmões a voz de alguém cantando uma raga.

— Há quanto tempo isso está acontecendo?

— Umas duas semanas. Não dou bola, só toco ainda mais alto. O piano pode abafá-lo com facilidade.

Então dos dois lados da rua a queixa é a mesma.

— Animal, os seus amigos — seus dedos ainda estão pulando pelas teclas — não são muito bem vistos nas altas esferas.

— É mesmo?

— O ministro disse que eles são "ativistas profissionais".

— Ah ha, só isso? "Agitador", "criador de caso", "chefe de quadrilha", etc. São essas as palavras que os políticos em geral usam para descrever Zafar.

— Pior — então ela para de tocar e me diz o que aconteceu.

Olhos, depois de todo esse tempo, só preciso pensar em Elli, imaginá-la de pé na minha frente com seus olhos um pouco juntos demais e também seu jeans apertado demais, isso me dá uma ferroada no meu zabri[1] e também posso ouvir a voz dela falando na minha cabeça. Elli vai ao prédio do governo onde Zahreel Khan e os outros políticos de Khaufpur têm seus gabinetes. Fica na parte elegante da cidade, às margens do lago. Parece limpo de fora, mas por dentro é imundo. Ela diz:

— No começo pensei que os riscos avermelhados que cortam as escadas de cima a baixo fossem algum tipo de decoração, mas daí percebi que eram feitas pelos empregados deixando cair seu cuspe de bétel.

Eles a mandaram para um gabinete cheio de armários de aço, em cima deles há montanhas de pastas de papel marrom. Cem outras pastas estão enfiadas em sacos no chão. Tudo está coberto por uma fina camada de poeira. O secretário de Zahreel Khan não parece feliz em vê-la.

— O ministro está muito ocupado. Não vai ser possível vê-lo hoje.

De dentro do gabinete de Zahreel Khan ela pode ouvir um murmúrio de vozes. — Mas ele está me esperando. Eu telefonei para avisar que vinha.

— Mesmo assim.

[1] zabri: pau, gíria libanesa que Animal tirou sabe-se lá de onde.

— Então quando vou poder vê-lo?

— Amanhã ele tem uma reunião do gabinete, então ele vai para Délhi por três dias. Depois disso...

— Não posso esperar tanto tempo — Elli diz. — Há gente doente precisando da minha ajuda, elas estão sendo impedidas de vir à minha clínica. Algumas podem morrer.

O oficial aponta para os arquivos empilhados. — Madame, estamos lidando com reclamações que datam de vinte anos, que diferença vão fazer alguns dias?

— Tenho certeza de que o ministro terá alguns minutos livres muito em breve. Vou esperar aqui até que ele possa me receber.

— Madame, a senhora está perdendo o seu tempo.

— Eu decido isso — diz ela. — O que são todos esses arquivos?

— Cada um deles é a queixa de uma pessoa que foi prejudicada naquela noite. O que a senhora vê aqui são só uns poucos. Temos também um depósito cheio de dossiês, já processamos mais de meio milhão.

— Posso dar uma olhada em um ou dois?

— São confidenciais.

— São relatórios médicos públicos, eu sou uma médica, seu ministro me garantiu pessoalmente que eu teria acesso a qualquer informação que desejasse.

— Madame, vá em frente — diz o atormentado secretário. Farto ele está daquela estrangeira abusada, mas não ousa ser rude porque seu ministro abriu a clínica dela. Uma hora se passa. Elli está mergulhada nos depressivos registros da tragédia de Khaufpur, quando detrás da porta de Zahreel Khan vem um grito alto, depois uma espécie de rugido. Isso choca Elli, que há algum tempo já estava ouvindo estranhos sons de toc-toc. Num raio ela está de pé e na porta.

— Espere! — grita o secretário, a senhora não pode entrar.

Tarde demais, ela está dentro. Primeira coisa que ela vê é uma tela de tevê na qual há imagens brancas de famosos jogadores de críquete. Um fulano com algum tipo de bastão, diz Elli, que não entende nada de críquete, está saindo do campo. Zahreel Khan está cochilando numa poltrona, um jornal está aberto em seu colo. Ele acorda para encontrar Elli sorrindo para ele.

— Sinto muito perturbar sua reunião, ministro — diz ela. — Preciso lhe dar uma palavrinha rápida.

Antes que ele possa protestar, ela está expondo seu problema.

— Arre, por que você ainda está aí? — diz Zahreel Khan a seu secretário, que torce as mãos na soleira da porta. — Não está vendo que tenho uma convidada? Mande chá e também bolo para dois. Agora mesmo.

Então Zahreel Khan diz a Elli que ela não deveria se preocupar, em Khaufpur as coisas andam devagar, o povo é cauteloso, eles se prendem ao que conhecem. — Espere um pouco e eles virão aos montes, a senhora vai ver.

— Não é cautela — diz Elli. — O povo foi instruído a ficar longe. A única razão que vejo é que eles têm medo de que eu tenha vindo a mando da Kompani. O senhor sabe que isso não é verdade. Não poderia dizer a eles para não se preocuparem?

Nisso o ministro parece infeliz e ao mesmo tempo que pergunta, Elli percebe que é inútil. Ninguém acredita numa palavra que ele diz. — As pessoas por trás desse assim chamado boicote, quem são elas?

Ouvindo o nome de Somraj ele fecha a cara. — Aquele bando, eles são criadores de caso. Ativistas profissionais. Minha cara senhora, a senhora deveria perceber que eles têm interesse em promover Khaufpur como uma tragédia. Pergunte a si mesma, se os problemas forem resolvidos, o que vai acontecer com o financiamento deles? Vai secar, porque não vai precisar mais existir. Por esta razão, eles se opõem a todo e qualquer esforço para melhorar a situação.

— E a minha clínica é um desses esforços?

— E não é? — diz ele. — Por que outro motivo a senhora está aqui?

Chá vem numa bandeja de prata, trazido por um servidor num uniforme extravagante. Elli, que não gosta de chá com leite, observa enquanto Zahreel Khan beberica o dele e come bolo. Ele tem dedos graciosos, para um homem tão grande. — Sr. Khan, por que eu estou aqui?

— Minha cara, quem pode saber melhor do que a senhora? — os olhos de Zahreel Khan já ziguezaguearam pelos blos dela.

— Por que foi que eu escrevi tantas cartas, durante meses não tive resposta, então de repente tudo estava resolvido?

— Permissão nesses casos leva tempo para ser arrumada, é óbvio — diz ele parecendo ofendido. — Afinal de contas, é um tipo de coisa virtualmente inédita, uma mulher vindo por conta própria para um país estrangeiro.

— E a Madre Teresa?

— Idealismo não funciona em Khaufpur — diz ele. — Acho que a senhora está começando a descobrir.

Elli me diz que ela podia ver a cabeça dele calculando quanto tempo iria levar antes que ela fosse vencida e derrubada pelo calor, sujeira e desespero de Khaufpur. — Então o senhor está dizendo que não há nada que o senhor possa fazer?

— Já fiz tudo o que me pediram — diz Zahreel Khan olhando para o relógio.

— Animal, simplesmente não sei o que ele quis dizer com isso — Elli diz. Mas, ouvindo as palavras dela, eu senti um grande alarme, porque mais uma vez na mente dela há uma desconfortável escuridão.

Elli acabou sua história de Zahreel Khan, agora do outro lado da rua vem o som de alguém cantando, é *Dil Hi To Hai Na Sang-o-Khisht*, um ghazal[2] de Ghalib, fico desejando que Elli não vá começar a esmurrar seu piano e estragar tudo.

— Animal, o piano, você gostaria de tocar?

Tudo bem, Ghalib eu posso ouvir a qualquer hora, quando vou ter de novo na vida uma chance de tocar um piano?

— Venha e sente-se aqui, neste banco.

Então subi e encarei o piano.

— Agora abra as mãos deste jeito e coloque-as sobre as notas. Toque, uma de cada vez, assim, *dó ré mi fá sol lá si dó*. Esses são os nomes das notas.

— Isso é igual às nossas *sa re ga*. Então esta aqui é *sa* — apertei uma tecla.

[2] ghazal: gênero de música clássica em que se cantam versos da poesia urdu. (N. da T.)

— Seu *sa* é o nosso *dó* — ela diz. — E esta é *re* — aí vai a outra tecla. — Seu *re* é o nosso *ré*. Mesmo nome, mesma nota, são exatamente iguais nas nossas duas músicas.

— Agora ouve — Elli assume e toca maravilhosos grupos de notas, diferente de tudo o que já ouvi antes. Somraj toca uma nota depois da outra, com muita rapidez e graça, mas estas notas se combinam para tocar, elas cantam juntas, às vezes três, quatro, até cinco delas, cada uma com uma voz diferente, o efeito é muito bonito. — Muito bem, agora você conhece as notas, vamos fazer uma melodia.

— Como?

— Use só um dedo, assim — ela toca uma ou duas notas, mas daí duas juntas. Então eu fiz o mesmo. — Pense em algumas palavras que podemos encaixar em sua melodia.

Então pensei em algumas palavras e ela me ajudou a fazer uma canção com elas.

sou um animal arisco e livre
no mundo todo ninguém como eu
deformado eu sou, filho do pesadelo
alimentado pela fome, correndo a esmo
nenhum amor ou carinho para este garoto
vida sem esperança, riso sem alegria
mas se você ousar ter pena de mim
vou cagar no seu sapato e mijar no seu chá

— Isso é tão triste — diz ela, rindo.

— Se é triste, por que está rindo?

— Não sei — ela diz, esfregando os olhos. — Talvez porque senão eu iria chorar. A ideia de viver sem esperança é aterradora.

— Elli, é só uma canção. É assim que é, no reino dos pobres.

— Acho — diz ela — que eu também estava pensando na minha mãe. Nos seus tempos ruins ela não sabia o que estava acontecendo, mas ela também tinha momentos de sanidade. Ela devia saber que era um caso sem esperanças.

— Você aprendeu a tocar piano pra ela.

— É verdade. Aprendi todas as peças favoritas dela, até hoje são todas as que eu sei, na verdade. Outra noite eu estava sentada aqui, tentando pensar em quais eram as minhas favoritas, não consegui me lembrar de nenhuma.

— Elli, acho que você é muito solitária.

Ela não diz nada, mas concorda com a cabeça.

— Pandit Somraj, é uma pena que vocês não tenham se entendido, ele é um homem decente e também ele é fascinado por música. Você deveria tentar conhecê-lo.

— Como posso, quando ele está me boicotando?

Agora ela está dando pancadinhas nos olhos com um lenço.

Eu deveria ter aproveitado aquele momento para dizer a ela que não é Somraj quem está fazendo o boicote, que ele na verdade falou o tempo todo contra aquilo, mas por alguma razão minha boca mentirosa ficou fechada.

— Agora, como você tem passado? — ela pergunta, e a oportunidade se foi. Muito tempo passei, naquele dia, falando com Elli doutora. Lá embaixo sua equipe fechou a clínica e saiu. Todos os tipos de coisas ela me disse, sobre sua cidade, sua família, seus pais. Olhos, você vai ouvir isso diretamente dela em breve, então não vou estragar tudo. E também ela disse que no dia seguinte iria tirar um raio X das minhas costas. Estava escuro quando acabamos de falar.

Quando saí da clínica, pronto para ir para casa ver Ma Franci, chega o momento que eu tanto temia. Pandit Somraj está do lado de fora de sua porta. — Animal, por favor me dê um minuto.

Sem escapatória, agora estou fodido. — Sim, senhor?

— Você estava lá para ouvi-la tocar? — ele pergunta.

— Estava. E também eu toquei eu mesmo. Eu fiz uma canção.

— Muito bem. Como foi que você fez?

— Elli doutora me ensinou. Senhor, ela me mostrou como botar minhas mãos no piano e apertar as teclas pra fazer *si re ga*, etc. E tem mais, na música dela *re* se chama *ré*, que é a mesma da nossa, ela gostou muito disso.

— Era ela agora? — do jeito que ele diz isso, penso agora ele vai ficar furioso, mas em vez de gritar comigo, agarrar minha orelha ou me acertar um pontapé no rabo, ele só põe a mão no meu ombro e diz num tom amigável: — Filho, nós todos sentimos a sua falta.

— Minha, senhor?

— Sua, senhor. Minha filha estava preocupada.

— Senhor, nenhum motivo pra preocupação.

Ai, feliz, feliz. Pandit Somraj me perdoou e também me chamou de filho e também Nisha se preocupa comigo.

— Você teve outras coisas para cuidar, com certeza.

— Sim, senhor.

— Nada a ver com rãs, eu suponho? — seu rosto está severo como sempre, mas seus ombros se encolhem, nesse dia de surpresas eu não só vi pandit Somraj sorrir mas agora percebo que ele está fazendo o que pode para não rir.

— Totalmente nada de rãs, senhor.

— Boa noite, Animal.

— Senhor, boa noite.

— O reino dos pobres, quero que você me leve lá.

É o dia seguinte ao da petição. Apesar das promessas, nenhum dos que assinaram na véspera voltou à clínica. Eu fui para o meu raio X, esperando encontrar bem alguns outros, mas além de mim e Jara o lugar está vazio. Elli diz que decidiu pegar as coisas nas próprias mãos. — Se os pobres não vêm a mim então eu vou a eles, vou confrontá-los em suas próprias casas, vou acordar os doentes e perguntar-lhes diretamente: "Você vai morrer dando ouvidos a besteiras ou vai me deixar ajudar?"

— Bem, eu não sei — eu digo, apavorado com essa tirada. — Parece que nada mudou. As pessoas ainda acham que devem evitá-la.

— Você está aqui, não está?

— Eu faço o que bem entendo. Talvez eu esteja jamespondeando você.

— Jamespondeando?

Quando entende o que isso quer dizer, Elli começa a rir. Depois de parar de rir ela diz: — Entre, vamos fazer esses raios X, depois podemos ir?

— É claro, podemos ir.

Pode ser que eu tenha hesitado porque ela sentiu que havia algo errado.

— Qual é? Não se importa de ser visto comigo?

— Não é isso — eu me dou bem com Elli doutora e também por causa das minhas costas eu não quero aborrecê-la, mas um princípio é um princípio. — Primeiro há uma coisa que precisamos combinar.

Este princípio é um dos de Chunaram, na verdade seu único princípio, já que não há outros que ele tenha. Elli não parece muito rápida no raciocínio, daí tenho que explicar. — É uma questão de pagamento.

— O quê?

— Para este tipo de trabalho eu sempre recebo pagamento.

— Pagamento? — ela diz de novo, como se não tivesse me ouvido direito.

— Cinquenta rúpias. Nada é para uma superstar motorista como você.

— Animal, você é incrível, realmente é — sacudindo a cabeça ela está. — Você realmente tem uma consciência.

Bem, em consciência não acredito, se eu tivesse recebido uma eu teria devolvido na mesma hora. — Elli, é o meu trabalho. Pra mostrar as coisas aos estrangeiros eu sempre recebo pagamento.

— Pensei que fôssemos amigos — ela diz, parecendo meio magoada.

— O que é que uma coisa tem a ver com a outra?

— Amigos não cobram uns dos outros por favores.

— Nós somos amigos, mas não amigos iguais.

— Besteira. Claro que somos iguais.

— Não, não somos. Você é rica e eu sou pobre.

— O que isso tem a ver com amizade? — ela me guiou até a sala onde está o treco do raio X. — Ah, vamos, você está brincando.

— Elli, alguém como você precisa de um monte de dinheiro. Como eu poderia andar com você? Eu não tenho condições nem de te comprar uma Coca-Cola. Você sabe quanto eu gasto num dia? Adivinhe.

Ela pensa, depois diz: — Quarenta rúpias.

— Quarenta? — eu rio até engasgar, levantei alguns dedos.

— Quatro?

— É, quatro.

— São dez centavos de dólar. Ninguém pode viver com isso, nem mesmo em Khaufpur. Chegue um pouco para a sua esquerda — enquanto fala, ela me posiciona de encontro ao treco de raio X. Um pouco pra cá, um pouquinho pra lá.

— Você tem razão. Ninguém pode, mas eu vivo. Sabe como? Eu ando por toda parte, quatro patas, direitesquerda-direitesquerda, sem carros pra mim. Toda manhã ando por aí fazendo meu trabalho. Duas rúpias eu gasto com chai. Almoço eu como na casa de pandit Somraj, sem custo. Toda tarde apareço no Chunaram. Uma rúpia por uma samosa, outra por um chai.

— Que tal nós fazermos um trato? Você faz isso pra mim do mesmo jeito que estou fazendo isto — ela aponta para o treco de raio X — pra você.

— Elli, você pode escolher trabalhar por nada, mas por que é que essa tem que também ser a minha escolha?

Ela pensou a respeito. — Você disse que nossa amizade não era igual, bem, eu estou te dando uma coisa, você pode me dar uma coisa, cada um de nós dá de graça, não porque precisamos mas porque queremos. Isso nos torna iguais.

— Elli, essa igualdade me deixa quebrado — melhor parar com aquele bláblábla dela, então viro o queixo pra Jara, que está deitada perto dos pés de Elli, arfando, com um sorriso canino em seu rosto. — Por que a cachorra pode entrar, Elli? Tão desesperada você está por pacientes que até me aceitou.

— Maldição! — ela grita. — Fica parado. Respira fundo e cala essa porra dessa boca! Um... dois... três...

Quando o raio X tá feito, ela me diz: — Agora você me escute. Eu faço o que posso por você porque eu quero fazer. Eu sou uma médica, é isso o que faço.

Mas de jeito nenhum eu vou te pagar pra me levar por aí. Então, decida-se. Você vai ou não fazer isso?

Daí eu pensei naquilo, então chamei o cachorro. — Vem, vamos nessa.

Chegamos à porta da sala. Elli ainda está parada ao lado do treco de raio X, parecendo realmente triste. — Bem, madame doutora? Está esperando o quê?

O grande sorriso aparece no rosto dela. Ela corre e me dá um abraço, pra isso ela tem que ficar de joelhos, ela me beija nas duas bochechas, estou pensando como gosto de ser abraçado por mulheres, estou pensando também pare, pare, pare, porque tenho Monsieur Méchant [Senhor Malvado] vivendo nas minhas calças.

— Esquece sua mala de doutora, esquece que sabe híndi, as pessoas vão ficar com vergonha de falar se souberem que você entende. Faz de conta que é alguma porra de jarnalis idiota. Olhe em volta de olhos arregalados. Suspire à beça, faça perguntas estúpidas em inglis. Daí você vai poder ver por si mesma como são as coisas.

— Precisamos de um auto? — ela pergunta. — Seu amigo deve estar aí fora.

— Nada de carros mais pra você, Elli. Você não pode entrar no reino dos pobres se não for a pé. Vamos, vou lhe mostrar. Visita completa. Tudo. Siga-me.

Corri à quatre pattes pelo Pé, até depois da loja de Nekchalan, onde seus amigos apalermados estão reunidos. Ela me segue de algum jeito. "Bom dia", ela diz, polida como um pote de ghee,[3] desgraçados hipócritas, eles não respondem. A passagem está entupida de gente, difícil para ela continuar me vendo, daí vou mais devagar, Jara a cachorra fica parando e olhando em volta como para dizer vamos Elli, mais depressa. Uma ou duas vezes olho pra trás pra ver se ela está lá. Ela não está feliz. Alguns marginais há no Pé, olhos colados naqueles melões azulados, doces-doces barulhos eles estão fazendo como se você

[3] ghee: tipo de manteiga clarificada muito utilizada na culinária hindu, feita com leite de vaca ou búfala e semelhante à manteiga-de-garrafa empregada no Nordeste do Brasil.

seduzisse um cachorro. Finalmente, ela me seguiu pra fora do Pé, passando por uma vala, até a rua principal. No final da cidade, essa mesma rua é mais elegante, há mais dinheiro, grandes lojas lá estão, famílias com crianças ricas lambendo sorvetes, do nosso lado é uma pista escorregadia com fumaça de caminhão como ar.

Do outro lado da grande rua chegamos à esquina da Parada Kali e pegamos a estrada que atravessa a fábrica da Kompani. À nossa esquerda agora está o muro, da altura de um homem, coberto de frases, algumas são de Zafar e seus amigos, que pintam à noite quando a polícia está dormindo. O bando de Zafar nunca escreve que o que eles realmente sentem é FODAM-SE SEUS PUTOS DEPRAVADOS ESPERO QUE VOCÊS MORRAM COM MUITA DOR PELAS COISAS HORRÍVEIS QUE VOCÊS NOS FIZERAM E PELA PORRA DE CRUELDADE ARROGANTE QUE DEMONSTRARAM O TEMPO TODO. Eles escrevem merdas pretensiosas como JUSTIÇA PARA KHAUFPUR e KOMPANI ASSUMA SUAS RESPONSABILIDADES, mas em alguns lugares espíritos mais livres estiveram trabalhando. ENFORQUEM PETERSON e MORTE À AMRIKA. São esses pedaços que os tiras esfregam pra limpar e que precisam ser repintados mais vezes do que quaisquer outros.

"Aiwa! Aiwa! Aiwa!" No instante em que entramos no Quebra-Nozes, esse lugar sacudiu como um terremoto, daí há uma gangue de crianças no nosso rastro.

— Animal, Animal — vem uma vozinha que conheço bem. Alguém está correndo atrás de nós. — Animal, quem é esta? Aonde vocês estão indo?

— Oi, Aliya, esta é uma jarnalis muito importante. Não cruze o caminho dela porque ela come criancinhas. É o que eles fazem no país dela. Eles as assam com iogurte e folhas de hortelã.

— Não seja idiota — diz a criança. — Posso ir junto?

— Aonde você acha que nós vamos?

— Como é que eu posso saber. Mas você sempre faz coisas interessantes.

— O que você acha que estamos fazendo hoje?

— Indo pescar? — ela pergunta esperançosa.

— Estou levando ela pra conhecer sua vó e seu vô.

— Então eu não vou — ela diz, fazendo uma careta, e sai correndo.

Baixas são as portas no lugar em que chegamos agora, perfeitas para um animal quadrúpede. Conheço um monte de gente aqui, então fico entrando e saindo, gritando saudações aos que estão dentro. As pessoas vêm para as entradas, curvadas. Algumas ficam olhando. Outras acenam para nós, mas eu lhes digo que não podemos parar.

É para a casa da velha Huriya que estou indo, um quarto erguido por um terremoto com um chão de terra batida. O ar se torna delicioso pelo cheiro de madeira queimando no fogo. Adoro o cheiro e também essas pessoas, os avós de Aliya, Hanif e Huriya, ela está de cócoras sovando massa numa tábua.

— Oi, dadi, o que está cozinhando?

— Oi, Animal, estou fazendo rotis para a refeição de sua excelência.

Hanif está debruçado diante da gaiola onde estão seus dois periquitos verdes e roxos. Seus dedos buscam aberturas entre os arames, quando ele encontra um, enfia ali uma semente, uma semente de cada vez. Ele está olhando não para os belos pássaros, mas para um canto no alto. Hanif não viu mais nada desde aquela noite.

— Quem é essa que você trouxe com você? — pergunta a velha senhora.

— Ah, ninguém, só uma jarnalis.

— Outra?

— Bem, você sabe, Chunaram os coleciona.

— Ela vai tomar chá?

— Ela é amrikana, não tem como perguntar.

— Bem, se ela não pode falar, não pode recusar — diz Huriya alcançando o pote no qual estocam água.

— Não desperdice, dadi. — Huriya é velha, a bomba fica longe. — Não vamos ficar muito tempo, acabamos de vir do Pé de Galinha.

— Uma visita em casa e você fala de desperdício. — Ela começa a desenrolar um papel contendo algumas folhas de chá preto. — Vou mandar a criança buscar mais depois. Então quais são as últimas do Pé?

— Vocês não ouviram? Ontem a doutora waali estrangeira estava tentando atrair gente para a clínica dela. Mas ninguém está indo ainda.

— É, nos sabemos — vem a voz rouca do velho Hanif Ali. — Eu não concordo com isso.

— Como se aquela Kompani não tivesse feito maldade que chegue — Huriya diz. — Deixe sua amiga à vontade. Diga a ela para se sentar.

— Ela não é minha amiga, ela é uma jarnalis. — Elli amarra a cara, uma jamespond inútil ela seria. — Então por que você não concorda com a clínica, baba?

— Você está me entendendo errado — diz o velhote, com uma tosse áspera. — Eu não concordo com o que está acontecendo. Uma clínica é uma clínica. E daí se estiver sendo paga pela Kompani filha da mãe? Eles já não nos devem pelo mal que nos fizeram? A nossa própria neta não está doente e precisando de um bom tratamento?

Elli me diz em inglis: — Chame a criança. Vou examiná-la.

— Nem uma palavra de híndi essa jarnalis idiota fala — estou sacudindo tristemente a cabeça. — Aliya está lá fora em algum lugar. Vou chamar.

— Esquece a criança, temos uma visita. Será que ela vai comer alguma coisa com o chá? — Huriya dá a Elli um sorriso encorajador: — Esses rotis estão gostosos e quentes.

Elli está olhando como se quisesse dizer algo, mas ela faz gestos de não obrigada e devolve o sorriso.

— Ela parece quase entender — diz Huriya. — Seus olhos são um pouco juntos, mas ela é mesmo bem bonitinha, não é? Desse jeito esquisito que são os estrangeiros. É uma pena que suas roupas sejam tão indecentes.

— Ah hah! Bonito isso — diz o puto velho. — Uma mulher indecente na minha própria casa e eu não tenho olhos para vê-la. Que destino cruel! A voz dela é doce, as tarboozas[4] são boas?

Pfff! Beleza! Estou morrendo de rir. Elli está impassível, o que torna tudo mais engraçado.

[4] tarboozas: melancias. (N. da T.)

— Você fique quieto — diz sua mulher. — Não banque o idiota.

— Baba, você estava falando da clínica?

Boa ideia desviar a conversa dos melões de Elli.

— Bem, eu quero falar com Zafar sobre isso — resmunga Hanif. — Se é uma boa clínica, por que não devemos levar Aliya lá, pobre criança? Animal, quando é que o Zafar irmão vem aqui?

— Não sei, baba. Zafar irmão é um cara importante. Todo mundo o procura. Acho que ele virá logo.

— Inshallah.[5] Aonde você está levando a estrangeira?

— Por aí. Para ouvir as histórias das pessoas. Você poderia contar a sua.

— A minha? Quem vai querer ouvir a minha história?

Mas você pode ver que ele adora a ideia, aposto que ninguém nunca pediu isso. Então ele se lembra: — Pra quê? ela não fala a nossa língua.

— Deixa pra lá, alguma vez você leu alguma coisa boa escrita por um jarnalis?

— Eu, ler? — ele aponta para os olhos. — Qual é? Do mesmo jeito que você anda de bicicleta?

— Eu posso andar de bicicleta, porra — eu digo. — Rabo no guidão, mãos nos pedais, olho entre as pernas pra ver por aonde estou indo. Fácil. Um dia eu te mostro.

— Quanta besteira — ri o velho. — Idiota igual a você acho que nunca existiu. Como vai Ma Franci, já se recuperou da aventura?

— Cada dia mais doida.

— Foi um tempo bom o que ela passou conosco — diz Huriya alcançando a chaleira no fogo. — Como uma menina de colégio ela estava, toda desobediência e travessuras.

— Ela anda falando muito da infância. E também de anjos.

— Eu rezo por essa boa mulher. No fim dos tempos, quando Deus julgar a nós humanos, só espero que Ele se lembre de julgar a Si mesmo também.

[5] "Deus permita!" ou "Se Deus quiser!" (N. da T.)

— Tauba tauba tauba[6] — diz Hanif, tocando as bochechas. — Não fale assim, velha. Animal, quando você vir Zafar não se esqueça de dizer a ele que a criança precisa de mais remédio, a tosse dela está pior.

— Bem, vocês podem dizer a mim — Elli de repente diz em híndi.

Que silêncio! Até o velho Hanif se vira e procura por ela com seus olhos sem visão. — Animal, ela fala. Por que você não nos disse?

Dei de ombros, abri minha boca, para fora veio nada além de um risinho.

— Eu sou a médica de quem vocês estavam falando — diz Elli. — Eu sou quem abriu a clínica de quem todo mundo está com medo. Eu não sou um monstro, eu não vim da lua e eu odeio a Kompani tanto quanto vocês.

— Tauba tauba tauba — diz Hanif outra vez. — Que vergonha, Animal. Madame, muitas desculpas, não nos ache grosseiros.

— Não fui eu quem falou em tarboozas — eu disse.

Diz Huriya, colocando um copo de chá e um prato com um roti na frente de Elli: — Esse garoto abominável merece uns bons tapas.

— O que há de errado com sua neta? — pergunta Elli, mas primeiro ela precisa provar o chá e o roti também, que Huriya borrifou com açúcar e pó de coentro. Quando declarou serem ambos deliciosos, os velhotes começaram a contar como Aliya estava doente por quase um ano com tosse e febres.

— Onde ela está? — diz Elli. — Posso examiná-la?

O velho levanta a cabeça e chama: — Aliya!

— Aliya! Aliya! — gritam os garotos defronte da porta. Logo a criança aparece, dá uns passos pra dentro, desconfiada. Uma razão pela qual gosto tanto de Aliya é que ela é insolente. Insolência nas crianças é bom. É uma verdadeira vergonha para uma criança ser não insolente. — Oi, Animal.

— Oi de novo, Aliya.

Elli pergunta numa voz suave, como se estivesse arrulhando para um pombo: — Aliya, há quanto tempo você tosse?

6 tauba tauba tauba: oração a Alá significando "perdão".

— Desde sempre — diz Aliya. — Não estou bem há séculos.

Elli fez aparecer sua coisa de médico que balança, que devia ter guardado escondida num bolso, ela ouve o peito de Aliya. — Aliya está com uma infecção, eu preciso descobrir o que é. Vou fazer uma embrocação na garganta, depois vou lhes dar remédios, não haverá nada a ser pago. Tudo é de graça. Levem-na à clínica.

Elli tem aquele sorriso no rosto, o mesmo de quando abriu as portas de par em par. Ele iria murchar de novo porque Huriya parece preocupada, sacudindo a cabeça ela está. — Doutora madame, estou tão sem jeito, não podemos levar a criança. Não devemos ir.

— Quem disse que vocês não devem ir? — pergunta Elli. — Suponho que seja pandit Somraj.

— Somraj não, Zafar irmão. Ele diz que precisamos ter cuidado.

— Ah! Como eu gostaria de dar uns tapas em Zafar irmão — exclama Elli. — Vamos, gente, é de sua neta que estamos falando.

Agora todos estão em silêncio. Aliya está lá de pé, os olhos indo e vindo do avô pra avó. — Ei, Aliya — digo a ela —, vai brincar.

Hanif dá um suspiro. — Isso é estúpido — ele diz. — Isso é cruel, pela minha vida. Os céus sabem o quanto nós amamos esta criança. Ao mesmo tempo precisamos fazer o que Zafar pede. Nós iremos quando ele disser que podemos ir. Espero que seja logo.

— Qual é? — eu pergunto. — Ele tem vocês presos como escravos?

— Se vocês a levarem, o que Zafar vai fazer? — pergunta Elli.

— Não é assim, madame — diz o velho. — Animal sabe disso. Todos nós aqui respeitamos Zafar bhai, e também Somraj, aquela família inteira. Eles são boas pessoas, fazem muito para ajudar nós pobres. Se fazemos o que Zafar pede, é porque confiamos nele, e fazemos isso por amor.

— Estranho tipo de amor — diz Elli. — Não são eles que eu censuro, é esse Zafar. Ele é da gangue de Somraj. São todos da mesma família.

— Não são da mesma família — eu digo bruscamente, esse tipo de conversa eu acho perturbadora. É como uma nuvem negra crescendo na minha cabeça, que primeiro Hanif, depois Elli, falem de Zafar como parte da família de Somraj.

Há um bando de gente agora, nos seguindo de casa em casa. As crianças ainda estão lá, é claro, mas também um monte de adultos, que logo dão um fim aos intermináveis Aiwas: — Parem de comer a cabeça da doutora, um tremendo dhaap[7] vocês vão levar.

Espalhou-se o boato de que uma doutora estrangeira tinha vindo dar tratamento gratuito, as pessoas estão saindo de suas casas, chamando: — Por aqui, vem na minha. — Não, primeiro na minha. — Há alguém doente aqui que precisa de ajuda. — Bem, há alguém doente em todas as casas do Quebra-Nozes, em muitas casas, em muitas casas todo mundo está doente. Elli entra e sai depressa de uma dúzia de casas. Todos querem tratamento, mas ninguém quer ir à clínica. Uma vez atrás da outra há a mesma recusa educada e sem jeito. Elli não consegue acreditar. — Essa gente não tem nenhum recurso. Por que eles rejeitam uma boa e genuína oferta de ajuda? Simplesmente não entendo.

Vendo como ela está infeliz, tento achar alguma coisa pra dizer que faça com que ela se sinta melhor. — Elli doutora, nada de surpresa ou vergonha. Eu entendo porque são a minha gente.

— Então que diabos eu tenho que fazer pra compreender essa sua gente? — ela leva as mãos em concha ao redor da boca e berra: — EI, GENTE DO ANIMAL! EU NÃO ENTENDO PORRA NENHUMA DE VOCÊS!

Ah! Que alegria entre nossa ralé jovem! Esquecido está o Aiwa, quando saímos do Quebra-Nozes podemos ouvir o coro de pequenas vozes gradualmente diminuindo lá atrás. — Ei, ei, gente do Animal! Ei, oi, gente do Animal! Ei, ai, gente do Animal! Ai, ai, gente do Animal! Porra nenhuma, nenhuma porra, entendo porra nenhuma! Eu não entendo porra nenhuma de vocês!

Acima do Beco Paraíso, pra fora daquele lugar eu a levei, para o outro lado dos trilhos do trem. Lembrando que ela entendia français estou pensan-

[7] dhaap: como o som sugere, um tapa dado com força.

do que vou levá-la pra conhecer Ma Franci, mas quando chegamos lá, de Ma não há sinal.

— Você vive *aqui*?

Olhos, qualquer lugar em que uma pessoa more é normal pra ela, mas nos olhos de Elli há o mesmo olhar que já vi nos de Kakadu, do padre Bernard e de tantos outros.

— Por favor, Elli doutora, você vai tomar chá?

Botei a mão no buraco da parede onde guardamos nossa comida, é um buraco bem mais legal do que o outro onde o treco de fita de Kakadu está apodrecendo em silêncio. Elli dá um berro.

— Qual é agora?

Sacudi um casal de escorpiões pra fora do rolinho de papel das folhas de chá. Ainda zangado estou, que o mundo em sua ignorância considere Zafar como sendo genro de Somraj.

— Essas coisas! — diz ela, apontando, enquanto as criaturas corriam de volta para a parede. Depois que suas caudas desaparecem numa rachadura entre as pedras ela se vira pra mim e arrulha feito pombo: — Ai, pobre Animal, que vida!

— Olha, Elli — eu digo, me sentindo como se quisesse explodir. — Vou te dizer o que me dá nojo neste lugar, que não é o que te dá nojo, como os escorpiões, sujeira, falta de higiene, etc. Não é que se eu quiser cagar vou ter que visitar a linha de trem...

— Não é culpa sua — diz ela, entendendo errado.

— Não é uma questão de culpa. Vocês estrangeiros falam como se a visão de uma bunda fosse a pior coisa do mundo, todo mundo não faz cocô?

— Em público, não.

— Há muita coisa a ser dita sobre cagação comunitária. Pra começar, o companheirismo. Brincadeiras e insultos. Uma oportunidade pra discutir coisas. É praticamente a única oportunidade que você tem de tirar um peso da cabeça. Você pode gemer e reclamar da injustiça do mundo. Você pode discursar sobre filosofias. Depois há a vantagem médica. Suas fezes podem ser examinadas por todos. Você pode obter diversas opiniões sobre o estado de seus intestinos, acredite em mim, nossa gente é perita em doenças. Os ricos estão condenados a cagar sozinhos...

— Por favor! Chega!

— Está bem. Por que comecei a falar de cagadas?

— Você disse que não era isso que te dava nojo.

— Isso. O que realmente me dá nojo é que nós gente do povo parecemos tão miseráveis pra vocês de fora que vocês nos olham com essa tão-doce expressão, falam conosco com esse tão-piedoso tom em sua voz.

Ela pergunta muito séria: — O povo daqui não merece respeito?

— Isso não é respeito, é? Posso ler sentimentos. Pessoas como você ficam fascinadas por lugares como este. Está escrito nas suas caras, todos vocês camaradas da Amrika e da Vilayat,[8] jarnaliss, filmografiss, fotografiss, antrapologiss.

— Eu não sou uma jarnalis, sou uma doutora. E eu quis dizer respeito. Se eu não der respeito, como vou receber respeito? Está claro para mim como essas pessoas adoram Zafar, e também eu entendo por que, ele as trata como iguais, com respeito.

— Babaquice! — eu não tenho uma visão tão idealista das pessoas, que são umas merdas. — Essa gente ama Zafar porque ele é tudo o elas têm. Ele é o único aliado que conhecem. E ele sempre está disponível para elas. É por isso que eles vão se transformar em demônios junto com ele, bloquear ruas, gritar slogans.

— Eu também estou disponível para eles, eles vão me conhecer — diz Elli, como se só desejar uma coisa pudesse fazê-la verdadeira.

Não estou num estado de espírito pra ser gentil.

— Você não tem esperança. Você é uma doutora de bom coração, mas nada de porra nenhuma você entende. Diga-me por favor, o que é aquilo? — eu tinha apontado para o pulso dela.

[8] Vilayat: Europa.

— Meu relógio?

— É, seu relógio. Pra que você precisa dele?

— Para me dizer as horas, é claro. Por que está perguntando?

Talvez ela ache que vou pedir o relógio dela como pagamento.

— Elli, eu não preciso de um relógio porque eu sei que horas são. É agora em ponto. Olhe, lá adiante estão os telhados do Quebra-Nozes. Sabe que horas são lá? Agora em ponto, sempre agora em ponto. No reino dos pobres, o tempo não existe.

— Você tem razão — diz ela —, eu não entendo.

— Elli, se você não tivesse relógio, seu estômago iria se agitar e rosnar e dizer, ei, Elli, é hora de comer, ei, continua a ser hora de comer, ei, você não está me ouvindo? É hora de comer. O que acontece quando você não pode pagar pela comida? Quando você não consegue se lembrar da última vez que comeu alguma coisa? Vou te dizer. Quando é pouco você pode enrolar um pano apertado em volta da sua barriga a fim de espremer a dor pra fora, quando fica escuro você tem que beber um monte de água pra encher teu estômago miserável. A esperança morre em lugares como este, porque a esperança vive no futuro e não há futuro aqui, como você pode pensar em amanhã quando toda a sua força é usada pra tentar viver o dia de hoje? Zafar diz que é por isso que o povo não se ergue e se rebela.

Assim, em meu humor péssimo, disparei as ideias de nosso líder, sua visão de um povo para quem não há noite nem dia, só uma enorme fome através da qual sóis giram e luas minguam e crescem e não fazem sentido.

— Animal, não sei como é esse sofrimento, mas isso não quer dizer que não temos nada em comum. É uma simples questão de humanidade? Não é?

Mentiroso desgraçado e ordinário eu sou. — Perda de tempo perguntar a mim — digo a ela. — Há muito tempo desisti de tentar ser humano.

No caminho de volta mudei de direção em vez de seguir o muro da fábrica quando ele segue ao longo da ferrovia. Trouxe Elli aqui porque se você quiser entender Khaufpur e khaufpuris, mais especialmente como eles se sentem em relação à Amrika, este é o lugar por onde você tem que começar.

— Elli, aqui dentro, é a fábrica. Aqui tudo está do mesmo jeito que estava naquela noite. Desde então, quase ninguém esteve aqui dentro. Exceto eu.

Começo a contar a ela o que há dentro da fábrica, Olhos, as mesmíssimas coisas que já contei a você. Ela agarra meu ombro: — Vamos entrar!

Bem, este não é meu plano. — Você não pode. Não é permitido.

— Mas você entra.

— É diferente. Eu sou um animal, eu vou e venho.

Se ela tiver problemas com os poderes constituídos, podendo até ser expulsa de Khaufpur, o que vai acontecer com as minhas costas? Mas Elli, como todo mundo, só pensa no que quer.

— Elli, você não pode ir lá dentro. Gente como você precisa ter uma permissão do Coletor de Amostras da Secretaria do Veneno.

— FODA-SE O COLETOR DE AMOSTRAS DA SECRETARIA DO VENENO!

Duas lágrimas gordas apostam corrida pelas suas faces. Ela se vira como se não quisesse que eu visse. Todo o caminho de volta até o Pé andamos em silêncio. Meu humor piora. Zafar casado com Nisha, esse pensamento aperta meu cérebro com pinças vermelhas e quentes. Sou eu quem deveria me casar com Nisha, nenhuma outra ambição é maior do que essa, e andando ereto em duas pernas é o jeito de conseguir isso. Tenho que consertar o humor de Elli, tenho que mostrar a ela que sou seu amigo. Fui um idiota por ter pedido pagamento, nada mais devo fazer pra perturbar Elli doutora. Hoje mesmo pela manhã ela tirou meu raio X, amanhã ela vai mandá-lo para a Amrika. Logo uma resposta vai chegar. Ela vai indicar uma operação. Essa porra de esperança fica mais louca a cada dia. Quando eu voltar pra Khaufpur depois da minha operação, vou andar pra cima e pra baixo pelo Pé. Nisha não vai me reconhecer. Ela verá um jovem estranho, ereto e bonitão, então vai se apaixonar. Ela vai se esquecer de Zafar, pufff, fim pra ele. Ela vai ficar obcecada pelo seu novo amor, desesperada pra se casar com ele. Só uma pena, em algum lugar de sua mente ela estará pensando, o que aconteceu com meu querido e fiel Animal, pra onde ele foi? Ela se lamentará pelo Animal que desapareceu ninguém sabe onde, mas ele nunca mais voltará.

Olhos, eu não sou um babaca total, eu sei que esses sonhos são um monte de bosta, mas falas como essa, quando aparecem, aparecem mesmo. E você vê coisas mais estranhas nos filmes.

Fita treze

— Zafar bhai, possa o dia de hoje ser um dia de galinha!

É Bhoora, dentes arreganhados como um louco. Uma pequena multidão está reunida do lado de fora da casa de Somraj. Hoje o juiz vai dar sua opinião. Todos estão excitados, prontos pra ir ao tribunal.

Sugeri que pra dar sorte eu, Nisha e Zafar viajássemos com Bhoora como da última vez, então Farouq vai guiando a moto. Outro auto vai levar pandit Somraj com dois de seus camaradas de música.

Um barulhão estamos fazendo, conversas e risos, a porta da clínica se abre, Elli sai, surpresa por encontrar toda aquela gente do lado de fora. Ao me ver, ela diz: — Olá Animal, o que está havendo?

— Elli doutora, estamos indo ao tribunal.

— Bom dia, pandit Somraj — diz ela com frieza.

— Bom dia, dra. Barber — responde Somraj. Sem sorriso hoje, ele mantém seus pensamentos trancados numa caixa de gelo, mas Algumacoisa Khan está encarando a doutora como se nunca tivesse visto pernas antes.

Acabamos de passar pelo grande templo de Hanuman quando avisto Farouq, avançando pelo trânsito à frente. — Rápido, Bhoora — eu digo —, mais depressa.

Boora obedece, eu consegui, sapequei em Farouq um tal tapa atrás de sua cabeça que o puto quase cai da moto, xingando, prometendo todo tipo de vinganças amargas.

— Animal, isso foi perigoso — diz Nisha brigando comigo, mas com sua coxa pressionada contra mim estou só rindo, ha ha ha e também hi hi e também ho ho. — Por que não hoje? — estou gritando. — Por que não hoje?

Quando chegamos ao tribunal há uma multidão enorme, com jarnaliss e também uma equipe de tevê. A *Gazeta de Khaufpur* quer entrevistar Zafar. Nosso grande líder não tem tempo, diz ele que vai fazer isto depois, então pulei em cima do veado: — Entrevista eu, vou contar uma história que vai fazer ferver suas orelhas. Je te raconterai l'histoire de Jacotin et son nàs superbe [Vou te contar a história de Jacotin e seu soberbo narigão].

Nisha diz: — Querido, você está descontrolado.

— Estou, estou!

Isso acontece às vezes, apenas cheio até a tampa de excitação e tagarelice e não sei o que mais, alguma coisa grande está pra acontecer. Bem, a *Gazeta de Khaufpur* não está absolutamente interessada na minha entrevista, então vou direto para os tevê-wallahs e saracoteei em volta fazendo caretas pra eles, Olhos, eu queria que você pudesse ver... estou fazendo essas caretas agora, língua pra fora, olhos esbugalhados, bochechas estufadas, olhos bem revirados... um coice violento aterrissa no meu rabo, é Farouq, "Seu bastardinho, você podia ter me matado".

— Você tem que morrer um dia — berrei. — Por que não hoje?

O tribunal está apinhado, quase sem lugar pra ficar. Tentei subir nas costas das cadeiras, desta vez todo tipo de olhares imundos eu recebi, mas Nisha está comigo, ela me arruma lugar.

Afinal o juiz entra, ele usa uma toga preta em cima do terno. Os advogados locais estão bem lá na frente, Zafar também está. Sua Excelência se senta, remexe em alguns papéis em sua mesa, um wallah da corte anuncia que é o processo criminal número RT 8460/96.

— Veja quem está aqui — diz Nisha ao meu ouvido. Segui seus olhos, lá no fundo do tribunal está uma mulher estrangeira usando lenço na cabeça e óculos escuros.

— Por que ela veio? — Nisha pergunta, mas como vou saber? Ainda estou naquele estado de espírito de rir feito louco, dou um adeusinho pra Elli, ela vê e acena de volta.

Agora o juiz está falando: — Em relação à petição apresentada à corte pelo sr. Zafar, a mencionada petição é neste momento... — aqui, só pra ser um puto, ele para e olha pra todos nós por cima dos óculos...

— ... deferida. As devidas intimações e também carta rogatória...

Mas o resto do que ele está dizendo se perde em vivas.

— Vencemos! Vencemos! — berra Nisha, ela deu um pulo e correu pra Zafar, que tem um imenso sorriso no rosto. Até Somraj, pela segunda vez em poucos dias, está sorrindo. As pessoas estão batendo os pés.

Chama uma voz conhecida dos fundos do tribunal: — Excelência, uma grande decisão!

— E quem seria a senhora? — pergunta o juiz.

— Excelência, sou a dra. Elli Barber, abri uma clínica gratuita aqui em Khaufpur para as vítimas dessa maldita Kompani.

— Bom trabalho, dra. Barber, muito bom trabalho. Nós lhe desejamos muito sucesso.

Estou pensando que Elli não vai começar a se queixar ao juiz de pandit Somraj, graças a deus ela fica de boca fechada.

— As coisas agora são diferentes — Zafar diz à *Gazeta de Khaufpur*. — Os patrões da Kompani precisam vir. Se eles não vierem, os bens da Kompani na Índia podem ser arrestados.

A grande audiência, à qual os patrões teriam que comparecer, é marcada para alguns meses mais adiante, por volta do meio de junho, pouco antes das chuvas chegarem a Khaufpur, o tempo mais quente do ano. Bhoora canta durante todo o trajeto de volta, é outro dia de galinha.

Em minha ida pra casa de Nisha na manhã seguinte, encontro Farouq em sua bicicleta, balançando-se de um lado para o outro como uma orelha de cachorro, de tanto que está rindo.

— Animal — ele diz —, Animal, seu puto maluco, senhor da bosta de cachorro, agiota de moscas, você vai adorar isso. Você sabe o que a sua Elli doutora está fazendo?

— É mesmo? Fala.

— Ela só está montando uma passeata na frente da casa de Somraj — diz ele, quase não consegue deixar sair as palavras de tanta alegria. — Não é só uma passeata, mas um piquete, tudo. Diz que é um gherao.[1] É simplesmente hilário.

— O que Somraj está fazendo?

— Quando contamos, ele ficou parado calmamente, depois ele disse "Sei" e se virou para Shastri, "esta manhã vamos praticar o aalaap[2] da *Yavanapuri*".[3] Acho que o coitado está em choque. Quem é que já viu uma coisa igual a essa mulher?

— E Zafar? Nisha?

— Bem, o que você espera? Zafar está imaginando qual será a resposta certa, Nisha está só ficando nervosa.

— Ela tem estado um bocado nervosa desde que Elli apareceu.

— Ha ha, é verdade — diz ele, me dando uma piscadela. — Seu merdinha, você percebe essas coisas.

Ele vai indo embora bamboleando, ainda rindo, daí se virou e gritou por cima do ombro: — Muharram está chegando!

Quando chego perto da casa de Somraj, começo a ouvir vaias e vivas. Há um considerável ajuntamento de taporis[4] imprestáveis e desocupados plantados em volta, gritando palavras de encorajamento para aquela que lhes proporciona esse espetáculo grátis.

Elli pernas azuis está andando de um lado para o outro na frente da casa de Somraj, carregando uma tabuleta presa numa vara. SOMRAJ É INJUSTO, diz ali. Atrás dela estão Dayanand, Suresh e Miriam Joseph. Os dois caras parecem querer estar em qualquer outro lugar no mundo, só Miriam Joseph está

[1] gherao: palavra hindu que significa "cerca", um tipo de protesto pacífico semelhante a um piquete.

[2] aalaap: introdução lenta de uma escala de raga.

[3] Yavanapuri: raga da manhã.

[4] tapori: vadio, vagabundo.

sorrindo. Todos três carregam cartazes, nos quais está escrito SOMRAJ DEIXE OS DOENTES SEREM AJUDADOS, Acabe Com O Boicote e SOMRAJ TEM CORAÇÃO.

Muito o que pensar dá essa visão incomum, duplamente excepcional, porque embora muitos estrangeiros venham marchar em nossas manifestações, nenhum nunca começou a sua própria. Nem em seus sonhos mais loucos poderiam Zafar & Cia imaginar que receberiam tal dose de seu próprio remédio.

Parei para admirar aqueles quatro girando em frente à casa de Somraj, eles prometem fazer isso todos os dias até que suspenda o boicote.

Há um alvoroço na multidão. A porta se abre. Pra fora vem pandit-ji, rosto de pedra como sempre, imaculado em seu kurta pajama[5] branco.

As pessoas começam a tagarelar, agora vamos ver algum drama de verdade, o espetáculo vai começar.

— Somraj é um cara importante — diz alguém atrás de mim. — Ele vai saber o que dizer a essa estrangeira arrogante.

Somraj está segurando uma xícara de chá, balançada num pires.

— Veja como ele está calmo — diz a mesma voz. — Ele veio pra fora tomar seu chá, para nos mostrar que ele não está de jeito algum aborrecido com esse absurdo.

— Agora ele vai dar uma lição na doutora — opina outro.

Somraj vai até Elli, que para de marchar. Em vez de lhe dar uma lição, ele oferece a xícara de chá. — Está um dia quente — ele diz naquela bela voz dele, todas as palavras passam límpidas por toda a rua. — Você deve estar com sede. Por favor, aceite isso. Está vindo mais para os seus companheiros.

Estou pegando os pensamentos de Elli, eles estão correndo como um bando de galinhas perseguidas por um cão. Então ela se controla.

— Obrigada — ela diz. — Mas, como pode ver, estou ocupada — ela dá de ombros mostrando que suas mãos estão ocupadas carregando o cartaz.

[5] kurta pajama: roupa indiana tradicional masculina, composta de túnica longa sobre calça comprida, equivalente ao shalwar kameez feminino.

— Então, por favor — diz Somraj. — Permita-me — com uma das mãos ele tira o cartaz da doutora perplexa, com a outra ele lhe dá o chá.

— Muito esperto — diz o idiota de trás. — Veja, agora ele tem a tabuleta, ele está olhando pra ela. Agora ele vai jogá-la no chão, ela vai voar aos pedaços.

Elli está ali parada, toma um gole do chá, fixa olhos hostis em Somraj e diz: — Bem, o que está esperando? Você assinou a petição contra si próprio, vai se juntar agora à nossa passeata contra você?

Por um momento Somraj fica lá de pé, sem expressão. Então ele se vira para Dayanand e os outros, que fizeram uma parada nervosa e estão olhando para a frente. — Pois bem — ele diz —, enquanto a dra. Barber toma o chá, posso ficar no lugar dela.

Assim a multidão é presenteada com a incrível visão de Somraj piqueteando sua própria casa, pedindo a ele mesmo pra deixar de ser injusto.

Olhos, os khaufpuris não são o grupo mais brilhante, acho que leva um minuto pra mensagem entrar, então na multidão alguém aplaude. Alguns acompanham, mas a maioria das pessoas está confusa. Estará pandit Somraj zombando da doutora ou ele se virou contra os seus? Quando chega o chá para os outros, a multidão já se dissolveu em grupinhos de pessoas. Alguns estão indo embora, outros se amontoam em volta de Dayanand e Suresh e Miriam Joseph, dando-lhes tapinhas nas costas, dizendo que é preciso ter gente com coragem pra falar. Elli e Somraj estão em pé juntos. Eu, que tenho a capacidade de ler pensamentos, observo seus lábios e juro que Elli doutora diz a ele "Acredito agora que você está mesmo contra esse boicote". Ao que ele responde "Você pode tirar suas próprias conclusões".

Pouco depois passei pela loja de Ram Nekchalan. — Kyon, Animal? — ele me diz. — O que Zafar está fazendo em relação a isso? O povo está dizendo que a doutora estrangeira enfeitiçou pandit Somraj.

— Conta o teu dinheiro, cala a matraca. Puto hipócrita, você está só pensando pra que lado vai pular.

— Vem aqui, vou te fazer engolir o que disse — diz ele, furioso. Mas eu só ri e fui embora.

Em algum lugar fora de Khaufpur há um rio esverdeado chamado Bewardi, há um canto na beira da floresta, alguns pastores construíram ali uma pequena cabana, para cuidar dos animais enquanto bebem, não passa de um telhado de colmo erguido sobre quatro mastros de bambu, mas tem um chão de barro macio, há uma pequena lareira onde chá pode ser feito.

Nosso porco-bhutt-bhutt saiu peidando cidade afora e pra fora dela até este lugar tranquilo. Isso aconteceu um ou dois dias depois da passeata de Elli, à medida que dia a dia minha história se desenrola, é o fim de semana, estamos afinal tendo o piquenique prometido por Zafar depois de nossas vitórias na corte contra a Kompani. O plano original foi adiado por causa das chuvas do último ano, depois todo mundo se esqueceu, mas após a última audiência alguém disse que devíamos ter afinal o piquenique, então Zafar mandou Farouq organizá-lo.

No dia, havia umas vinte pessoas, alugamos o bhutt-bhutt pra nos levar. Somraj irá depois no auto de Bhoora. Ele vai levar o aparelho, é um gramofone de madeira com uma manivela, ele tem isso desde que era criança, pertenceu ao pai dele, não precisa de eletricidade, daí vem até lugares como esse e toca canções muito antigas, canções mais antigas do que qualquer um vivo aqui.

Pelo caminho o povo começa a cantar. Cada um tem que ensinar uma canção para os outros.

— Ma Franci, Ma vai ensinar.

Daí eu falei pra ela: — Uma coisa fácil de aprender.

Timidamente ela começa a cantar:

Dormez, dormez, mon petit pigeon
Dormez, dormez, mon petit agneau
Ferme tes yeux mon petit mignon
Et laisse toi faire des rêves si beaux
[Dorme, dorme, meu pombinho
Dorme, dorme, meu carneirinho
Dorme, dorme, meu filhinho
E te entrega a sonhos lindos]

Logo todos estão fazendo com isso o melhor que podem, Ma canta *Tonton Lariton* e Zafar manda *Hillélé Jhakjor Duniya*. Junte a essas canções um panelão de biryani[6] de galinha, kebabs de Chunaram, que está aqui para dourá-los, pratos, xícaras, etc, desse jeito fomos para o Bewardi. Agora fumaça sobe da lareira, comida aquece no panelão, kebabs gotejam em espetos de madeira, brincadeiras fazemos, a maioria jogos de crianças como sete-telhas,[7] gulli danda,[8] pássaro voa, cartas, etc.

Nisha diz: — Animal, podemos conversar? Quero perguntar uma coisa.

Quando nos sentamos perto do rio, ela disse direto que ela e Zafar sabiam que eu andei passando um monte de tempo na clínica de Elli, e também recentemente eu tinha sido visto com ela no Quebra-Nozes.

— Quando eu tentei esconder? — eu estava esperando aquilo. — Difícil de ser segredo, é bem do outro lado da rua. E também ela queria ver o Quebra-Nozes.

— Sei, mas ela estava tentando levar gente para a clínica.

— O que com certeza ela faria. Você não?

— Você contou a ela alguma coisa sobre nós, como trabalhamos, nossos planos, etc?

— Você não está esquecendo? — respondi pra fugir dessa pergunta porque odeio mentir pra Nisha. — Eu sou seu Jamespond, vero-vero-sete!

Nisha cai na gargalhada. — Animal, tão horrível é o seu sotaque em inglis que sabe o que você acabou de dizer? Verdadeiro-verdadeiro-sete. Então, o que você descobriu?

— Ela é inofensiva. — Por demais contente estou que Nisha esteja rindo de mim. — Ela é sincera. Nós não deveríamos estar perturbando-a.

— Deixe essas decisões para as pessoas que sabem mais.

Logo a pessoa que sabe mais vem se juntar a nós. Nisha diz a ele o que eu disse, ele se senta coçando o queixo, sério como sempre. — Animal, você é um

[6] biryani: prato preparado com arroz e carne.
[7] Sete-telhas ou Pitto: brincadeira de bola muito comum no norte da Índia. (N. da T.)
[8] gulli danda: jogo infantil de bastões popular na Índia.

ser humano livre, você tem liberdade para tomar suas próprias decisões. Ninguém vai impedi-lo ou dizer que você não deve.

— Daí? — não digo o que está na minha cabeça, que é eu não sou um ser humano, e também não preciso da permissão de ninguém para ser livre.

— Mais nada, é isso.

— Primeiro de tudo, Zafar, Elli doutora não é da Kompani, pelo menos eu não acredito que seja, mas, como eu disse, estou de olhos abertos.

— Essa Elli — diz Zafar —, ela é bonita, tem um belo sorriso. — Nisha lança um olhar daqueles, é dirigido a ele mas me fura. — Como é que você acha que são os Kompani-wallahs? Dentes pingando sangue, olhos vermelhos, garras?

Bem, eu nunca pensei nisso, é claro que não tenho a menor ideia.

— Eles parecem comuns — diz ele. — Sabe por quê? Porque eles são comuns. Não são especialmente maus ou cruéis, a maioria deles, é isso o que os torna tão apavorantes. Eles nem mesmo compreendem o mal que estão fazendo.

Depois de discursar um pouco mais sobre como algumas pessoas que pensam que estão levando vidas normais estão na verdade criando o inferno na terra, ele se vai, deixando Nisha enroscada numa bolinha de sofrimento.

— Nisha, é como se você odiasse a Elli doutora. Mas por quê?

— Não odeio — diz ela, atirando uma pedrinha no rio.

— Você é uma pessoa doce e boa demais pra não gostar de uma pessoa sem razão, que razão é essa?

— Nada.

Mas há lágrimas em seus olhos.

— Nisha, é com o seu próprio Animal que você está falando, ele que você tirou da sarjeta, pra quem você ensinou a escrever e também inglis, que deve tudo a você, que te adora, que nunca quer te ver triste. Então me diz, querida, qual é?

Então aos poucos tudo vem. No início, parece, Nisha desaprovava as pernas azuis de Elli, ela não gostou do jeito que os olhos dos homens eram atraídos para elas. No fim não era a calça a razão real. — É tão embaraçoso ver seu próprio pai olhando para uma mulher. Pensar que essas coisas se passam na cabeça dele.

— Que coisas? Coisas como...?

— Você sabe do que estou falando — diz ela. — O jeito que ele olha pra ela.

— Como olha? Ele só olha. Ele é um homem justo, querida. Além disso, e daí se ele a acha atraente? Você não acha ninguém atraente?

Ela fica vermelha e não diz mais nada. Isso me arrasa. Não que eu mesmo estivesse esperando um cumprimento, mas fico com a certeza de que ela está pensando em Zafar. À menor menção a sexo, ela pensa em Zafar! Tenho certeza de que eles estão transando. Como posso ter perdido isso, tantas noites na árvore, nem uma vez os peguei. Pra garantir, decido dobrar a dose de Zafar.

— Viver desse jeito é duro — diz Nisha afinal, suas pedrinhas fazem plop no rio mais alto do que as minhas. — Ter um sonho, mas não ter coragem de acreditar nele.

— É — digo eu, quase a ponto de confessar uma terrível esperança. — Qual é, esse seu sonho?

— Que essa luta acabe. Que nós vençamos. Do jeito que as coisas vão, isso talvez nunca aconteça.

— Você realmente acredita nisso? — estou olhando pra Ma, sentada no meio de um grupo de rapazes e moças, discursando. Eles fazem pra ela suas melhores caras e bocas, embora nenhuma palavra eles compreendam.

— Se eu acredito? — diz Nisha. — Na verdade, não, e é por isso que é um sonho.

— E isso é tudo com que você sonha, Khaufpur, a luta?

— Você não entende — ela diz —, eu quero que isso acabe. Eu não quero passar minha vida inteira lutando contra a Kompani.

— Supondo que acabe, o que você vai fazer?

Nisha suspira e diz: — Eu gostaria de ter filhos, mas eu disse a Zafar, eu não quero nossos filhos crescendo aqui. O veneno em Khaufpur não está só no solo e na água, está no coração das pessoas. Zafar e eu prometemos um ao outro que, no dia em que vencermos, quando houver justiça e não formos mais necessários, deixaremos esta cidade. Animal, você alguma vez já viu o litoral perto de Ratnagiri? Zafar diz que é um lugar realmente tranquilo. Viveremos numa casinha à beira-mar, plantaremos legumes e teremos montes de crianças.

— Dê meu nome a uma delas.

Foi a primeira vez que ouvi falar desses planos, de quanto ciúme isso me enche.

— Quem já ouviu falar de uma criança chamada Animal? — ela implica.

— Só existe um Animal.

— Isso é verdade. Não existe ninguém como você, você é um amigo tão querido. Você deve ir também, para Ratnagiri. Seremos um grupo de amigos. Conseguiremos alguma terra e construiremos quatro ou cinco casas. Zafar escreverá sua poesia, e livros também, ele quer escrever livros. Eu darei aulas a todos os nossos filhos, e aos seus, e às crianças locais também. E o que você vai fazer? — ela me pergunta.

Ai, meu louco coração.

— Eu morro de vontade de pescar. Numa daquelas canoas pretas. O dia inteiro vou flutuar e pescar num rio prateado, à noite tomarei toddy e dormirei debaixo das palmeiras e acordarei pra ver o sol nascer no mar.

— Idiota, naquele mar o sol não nasce, ele se põe. — Ela atira mais pedrinhas no não prateado Bewardi. — Tudo bem, sua vez, qual é o seu sonho?

— Elli acha que pode me curar.

— Ah, sei — diz ela. — É, claro. Eu deveria ter adivinhado — ela passa o braço em volta dos meus ombros, abraça minha cabeça. — Espero que ela possa curá-lo, querido.

Meu coração. Ah, meu coração, acho que vai explodir.

— Meu deus, como ele pôde? Ele ficou louco? — exclama Nisha. Minha cabeça ainda está abraçada apertada nela, além da sinuosidade embaçada do seu peito alguma coisa extraordinária chega aos meus olhos.

Bhoora Khan acaba de parar numa nuvem de fumaça. Lá está seu auto, parado ao lado do porco-bhutt-bhutt. Pra fora vem Bhoora, vai até a traseira, ele está carregando o gramofone. Pra fora vem pandit Somraj, segurando os discos pretos, mais velhos do que qualquer um vivo por aqui. Mas o que é isto? Percebo um brilho de azul agora emergindo. Da confusão em que o grupo está reunido, eles também não conseguem acreditar em seus olhos. Merde à la puissance treize [Merda elevada à décima terceira potência], é Elli. Mais estranho ainda, ela está andando ao lado de pandit Somraj. Mais bizarro é que ele a está apresentando às pessoas: — Por favor, conheça minha vizinha, a dra. Barber.

— Ai, meu deus — geme Nisha —, meu pai ficou louco.

Ninguém sabe por que isto está acontecendo, mas foi Somraj quem a trouxe e ele é um homem a ser respeitado, então todos a cumprimentam com sorrisos educados, mãos elegantemente apertadas, enquanto suas mentes tagarelam como gansos.

— Como é que ele pôde convidar aquela mulher para o nosso piquenique? Depois de todos aqueles dramas? — diz Nisha em meu ainda-agarrado, muito-contente ouvido. Batendo forte seu coração está.

— Talvez ele sinta pena dela.

Mas não é isso. Eu sei. Estou me lembrando do embaraço de pandit Somraj quando Elli o desafiou em sua própria sala de música. Ele detesta injustiça, ele detestou ter que mentir. Ou talvez seja este o jeito dele de mostrar a Zafar quem é o chefe de verdade. Disso também Nisha não iria gostar.

Bem, Olhos, você pode imaginar que depois dessa proeza de pandit Somraj não houve muita conversa despreocupada no piquenique, todo mundo está prestando atenção no que diz. Todos estão fingindo que as coisas estão normais, todos sabem que não estão. Zafar se levantou para ir falar com Somraj e Elli, os três estão juntos. Eu gostaria de poder ouvir o que está sendo dito, mas não parece que alguém esteja nervoso, a não ser Nisha. — Acho corajoso da parte dele convidá-la — ela diz, não fazendo qualquer movimento para se juntar ao grupo.

— Mais coragem tem ela em vir — digo eu.

Depois de pouco tempo, Elli me descobre com Nisha e vem até nós, sorrindo, mas Nisha se levanta e passa por ela sem uma palavra.

— Como foi isso? — pergunto, quando lund-pasanda[9] número dois tomou o lugar de lund-pasanda, a primeira, ao meu lado na margem do rio.

Diz Elli doutora: — Ele é um homem muito especial, o seu pandit Somraj. Esta manhã ele atravessou a rua. Disse que os vizinhos estavam fazendo um piquenique, e que eu deveria ir. Pedi desculpas por ter gritado com ele daquela vez em sua casa, mas pelas outras coisas eu não iria me desculpar. Ele disse que compreendia perfeitamente, no meu lugar teria feito o mesmo. Então ele disse que o piquenique era só uma coisa social, que me seria útil para conhecer gente.

— E Zafar, sobre o que ele estava falando com você?

— Espere, não terminei. Então Somraj diz: "Estamos em lados opostos, mas isso quer dizer que precisamos ser inimigos? Somos músicos. Muitas vezes eu a ouvi tocar piano." É, eu disse, e todas as vezes você tentou abafá-lo. Ele protestou dizendo que isso não era verdade, que ele e todos os outros pensavam que era o contrário, que eu estava tentando abafar a música dele.

— Com certeza, não! — digo eu, que tinha percebido isso, mas não tinha dito nada para nenhum dos lados.

— Eu disse que com certeza não estive tentando fazer uma coisa dessas, ao que ele me deu a mais estranha das respostas. Ele disse: "De qualquer modo isso não me aborreceu, havia uma certa beleza no conflito de nossas músicas." Todo esse tempo ele esteve absolutamente solene, então aquele seu rosto sisudo se abriu de repente num sorriso, e ele disse: "Como você sabe, eu sou aquela pessoa diferente que encontra música no coaxar de rãs."

— Ah, baba, que divertido! — eu digo, incapaz de adivinhar o que ainda viria daqueles dois.

[9] lund pasanda: a favorita do pinto.

— Daí então ele me pergunta se eu iria tocar piano para ele...

— Animal! — é um grito. — Vem cá e traduz o que Ma está dizendo.

A velha senhora está cercada por um grupo de jovens khaufpuris. Sacudindo as mãos ela está, e falando muito animada em francês sobre anjos e abismos.

— Essa é Ma Franci? — pergunta Elli. — Eu gostaria de conhecê-la.

O grupo em volta de Ma, vendo que nos aproximamos, fica em silêncio, mas pelo menos há caras e sorrisos educados. Para agradar Somraj, todos estão se mexendo.

— Ma, ici [aqui] Elli doutora — falei com ela em français. — Ela fala humano.

— Então você é a famosa doutora — diz Ma. — Que bom que você não tagarela como uma imbecil. Espero que você possa fazer alguma coisa por esse bando de corações de pedra. Não que vá adiantar muito, considerando que não vai dar tempo.

— Dar tempo para quê? — pergunta Elli em francês.

— Para o mundo e tudo o que há nele — diz Ma, encarando Elli com leitosos olhos azuis. — É por isso que não vou deixá-los me levar, eles continuam tentando, você sabe.

Elli parece confusa, então contei a história de como ela escapou do padre Bernard vestida numa burca.

— Esperta — diz Elli. — Esse é um truque que não posso esquecer.

Ma dá uma risada de bruxa. — Só queria ter estado lá para ver a cara dele.

Mais tarde, depois que todos estavam bem kebabados e biryaniados, chai bebido, doces comidos, Zafar diz que vamos nos sentar em círculo na grama e cada um vai contar uma história, que deve ser a respeito da própria vida. Alguns bons casos vieram então à tona, um homem que acredita em alquimia, e gastou um monte de dinheiro tentando fazer ouro, descreve como um fulano que ele conhece vai para o ghat[10] em chamas e, pelo tantra mantra abracada-

[10] ghat: degraus que levam a bancos de areia nos rios da Índia; nos ghat são cremados os corpos dos mortos.

brismo, mais alguma farinha salpicada, faz com que um espírito se levante de um cadáver e faça tudo o que ele mandar, se ele quiser que o espírito mate alguém ele vai matar.

Quando chega a vez de Chunaram, as pessoas começam a pedir suas famosas histórias, como a de Motiyari, a cobra chupadora de sementes, ou então a do Homem Larva, outro nome, além de Novededos, pelo qual ele é chamado, porque conhece o uso de larvas pra limpar feridas, outros pedem a história de como ele arrancou seu dedo mindinho.

Diz Zafar: — Já que não conseguimos entrar num acordo e também porque já ouvimos essas histórias antes, vamos deixar que a próxima seja contada pela Elli doutora.

Então Elli fica de pé. — Eu sei que muita gente está querendo saber de onde eu vim e por que vim para cá — diz ela. — Vou contar como me tornei médica.

Olhos, o melhor que consigo lembrar, e também me valendo de toda a ajuda das minhas vozes, aqui está a história de Elli. Uma parte dela eu não entendo, vou só dizer o que ouço na minha cabeça.

— O mundo é feito de promessas — disse meu pai. Eu tinha 14 anos e não entendi. Ele disse: — Pense nas coisas de todos os dias. O correio é entregue. Os fazendeiros plantam sementes. As lojas ficam com nossos dólares, em cada nota está escrito "Esta nota é o pagamento legal para todos os débitos, públicos e privados, o que significa: você fez uma coisa boa para alguém, eu prometo a você algo igualmente bom de volta."

Eu disse: — Mas isso é com gente. O mundo é também pedra e água e árvores.

— Pedras mantêm as promessas. Elas agem como pedras. A água ferve a cem graus. O mar sobe e desce, isso são o mar e a lua mantendo seu próprio tipo de promessas. Para que o mundo trabalhe para você, você tem que cumprir o quanto antes as promessas que faz.

— Gente quebra promessas — eu disse com amargura. — Um garoto de quem eu gostava me convidou para um baile na escola e no último minuto resolveu que preferia levar outra garota.

— Isso não tem a ver com outras pessoas, Elli. Há uma satisfação em manter a sua palavra, que ninguém e nada podem tirar de você.

Morávamos na cidade de Coatesville, Pensilvânia. Era uma cidade siderúrgica e meu pai trabalhava na usina. Eu não tinha a menor ideia do que fosse o trabalho dele até anos mais tarde, quando me tornei médica-assistente no hospital local dos veteranos. Eu estava falando com um homem que tinha abandonado seu trabalho na usina siderúrgica. Ele não conseguia aguentar a barulheira. "Não era o barulho. Eram determinados barulhos." Ele descreveu explosões da água chiando ao virar vapor quando batia no metal vermelho a mil e cem graus, um guindaste que soava como a turbina de um helicóptero, as batidas de um compressor que o faziam pensar no vapt-vapt-vapt dos Hueys[11] voando baixo pela selva. "Eu não quero essas lembranças na minha cabeça todos os dias." Bem, eu era uma criança quando a guerra do Vietnã acabou, foi difícil para mim imaginar uma experiência tão dura que vinte anos não pudessem curar, mas as mãos daquele homem tremiam enquanto ele falava. Ele tinha a idade de meu pai, quis saber se eles se conheciam.

— Harry Barber? Claro que conheço.

E foi como eu soube qual era o trabalho do meu pai. Doze metros abaixo do andar principal de controle, entre fornalhas que rugiam como vulcões, um barraco de lata em cuja porta alguém tinha escrito BURACO DO INFERNO.

— Lá embaixo — disse o amigo do meu pai — é tão quente que pode queimar os pelos que saem do seu nariz. São placas de aço, brilhando vermelhas como o olho do diabo, passando por um cilindro rotativo. Água é esguichada sobre elas, mas volta com estrondo, bum! bum! bum!, como uma fileira de bombas. O trabalho do seu pai é ficar do lado de fora do buraco do inferno e

[11] Gíria militar para os helicópteros UH-1, usados para transporte de tropas e carga na guerra do Vietnã. (N. da T.)

examinar a placa. Está boa e lisa ou precisa de mais rolamento? Ele fica numa geringonça à prova de fogo com um protetor de rosto e segura calibradores de um metro e vinte, mas ainda assim ele só tem quatro segundos por placa. Trinta segundos por lá, com ou sem proteção, e sua pele começa a empolar. Uma distração e você vira história.

Era um trabalho para um homem habilidoso com muita coragem e mão firme, e meu pai se orgulhava dele. — Nós construímos a Amrika — ele me dizia. — Nós fizemos o aço para a ponte Walt Whitman e para o World Trade Center.

Elli faz uma pausa e olha em volta como se esperasse uma pergunta ou um comentário, mas todos estão silenciosos, esperando pelas suas próximas palavras.

"O mundo é feito de promessas." É muito bonito dizer essas coisas, mas ideias nobres não entorpecem a dor, não quando você é adolescente e os outros ridicularizam e fazem piadas pelas suas costas. Quando minha mãe Martha foi encontrada vagando pela cidade de camisola, meu pai teve que ser chamado na usina siderúrgica, eu cheguei em casa e o encontrei sentado com a cabeça entre as mãos, pela primeira vez na vida eu o vi chorar. Minha mãe tinha uma doença que afetava a sua cabeça. Houve épocas em que ela não sabia quem ela era, quem nós éramos. Um dia, no braço da minha mãe encontrei marcas vermelhas, elas só poderiam ter sido feitas pelos dedos fortes de um homem. Os de meu pai. A descoberta de que ele tinha sido momentaneamente cruel me encheu de raiva, mas não contra ele. Eu estava zangada com minha pobre mãe, cuja doença fizera com que ele perdesse o controle, e eu estava zangada também comigo mesma porque eu não podia fazer nada para ajudar nenhum dos dois. Em minha indignação, lembrei-me de ter lido a respeito de um médico que tinha ido para a África, ele trabalhou com mulheres pigmeias que deram à luz os menores bebês do planeta, duas casquinhas de coco desenhadas em leite, por alguma razão era assim que eu pensava neles, decidi que seria médica. "Para poder ajudar. Para ter o poder de ajudar." Tornei-me médica para salvar não a minha mãe, mas o meu pai.

Antes de Martha ficar doente, alugávamos uma casinha com vista para os trilhos da estrada de ferro que levavam à cinzenta usina siderúrgica onde meu pai trabalhava. Quando ele percebeu que a doença de minha mãe não teria cura, isso foi depois que ela saiu andando pela cidade em roupas de baixo, meu pai decidiu que ela precisava mudar de ares. Ele a levaria para algum lugar com árvores e campos, onde pudesse respirar. Ele não tinha dinheiro para comprar uma casa, então ele construiu uma. Eu o ajudei. Era uma casa com detalhes em madeira, num pequeno lugarejo alguns quilômetros fora da cidade. Ocupava um acre de terra e foi construída no que por ali era chamado de "estilo rancho", tudo num único andar, na horizontal. Gente mais rica construía em "estilo colonial", que tinha dois andares, um sobre o outro. Meu pai começou a casa durante o inverno, trabalhando nos fins de semana. Quando os dias ficaram mais longos, ele voltava de seu trabalho para a casinha em C'ville, como o pessoal da terra a chamava, e em seu carro velho e surrado nós íamos para a propriedade. Os vizinhos vinham e nos ajudavam a levantar as paredes. Meu pai subia numa escada, serrava e martelava. Eu subia até perto do alto e segurava os pregos e entregava as ferramentas quando ele precisava. Ele trabalhava até tarde, naquelas noites de verão, nove, dez horas, até que a última luz desaparecesse no oeste. Muitas vezes ele continuava com luz artificial. Quando a casa ficou pronta, ele projetou o jardim e plantou árvores. Rododendros e azaléas, um salgueiro, uma mimosa perto da casa, árvores sempre-vivas em volta do gramado. Ele era incansável. Fosse qual fosse a dificuldade, ele nunca desistia.

"Você é um herói", eu pensava, adorando meu pai, "você fez a nossa casa".

No dia em que tudo ficou pronto, levamos Martha para ver a casa nova. Ela bateu palmas diante de suas tábuas brancas e janelas pintadas de azul. Sua doença parecia ter ido embora, como se os demônios que comiam seu cérebro não pudessem sobreviver sem a visão e o som e o cheiro da usina siderúrgica.
— Como eu adoro este lugar! — dizia Martha.

A casa da minha infância ficava numa terra onde antes eram campos. O pátio dos fundos havia sido sulcado por gerações de arados. Duas casas adiante havia uma pequena fazenda de cavalos e se o vento fosse bom trazia lufadas doces e ricas de estrume. Da velha floresta ainda havia restos de bosques, principalmente com bordos e carvalhos. Madressilvas, framboesas e amoras silvestres trepavam pelas cercas. À noite, as estrelas eram brilhantes, podiam-se ouvir rãs e grilos, e o vento correndo pelas árvores como um rio.

— Ah, vejam só todos esses passarinhos!

O que Martha mais gostava no novo lugar era o estado selvagem de tudo ao redor, mas um dia eu a encontrei agitada porque um dos passarinhos estava morto. — Um falcão o pegou. Eu os odeio, eles são tão cruéis.

Um casal de falcões de cauda vermelha sobrevoava o lugar. Dois dias depois Martha disse: — Eu adoro os falcões, eles são tão bonitos.

Ainda me lembro do desalento que senti porque a doença da minha mãe não podia ser curada, fosse por orações ou pela minha própria força de vontade e sinceridade de propósitos. Depois disso cortei relações com deus, seguimos por caminhos separados, ele para ir demonstrar seu jeito estranho de amar os seres humanos, enquanto para mim começava o longo processo de aprender como curar seus corpos e mentes destruídos.

Depois de ouvir essa história muita gente se levantou e foi até Elli doutora dizer que sentia muito saber da doença da mãe dela, esperava que ela estivesse curada, que coisa realmente maravilhosa ser médico, etc.

É Chunaram, ele se levantou e perguntou sobre promessas, por que elas eram tão importantes. Elli diz: — Quero dizer que as coisas funcionam quando mantemos as promessas que fazemos uns aos outros e a nós mesmos, quando não mantemos nossas promessas as coisas dão errado.

Alguns camaradas, inclusive Zafar, estão concordando com a cabeça, e quanto a mim, estou pensando que as coisas não podiam ser melhores pra Chunaram, que dificilmente manteve uma promessa em sua vida.

O último a chegar foi pandit Somraj. Diz ele: — Nós viemos de mundos diferentes. O seu é feito de promessas, o meu de música. Fico imaginando se os dois são assim tão distantes quanto parecem.

— Sabe de uma coisa? — Elli me diz depois. — Acho que esse é o jeito de pandit Somraj fazer as pazes. Agora finalmente as pessoas virão.

Mas na manhã seguinte, quando ela abre as portas, a rua ainda está vazia.

Fita quatorze

Tenho nove dias para viver, porque hoje não há lua no céu, é a primeira noite de Muharram. A nona noite é Ashara Mubarak,[1] a noite de andar no fogo, a noite em que com certeza vou morrer.

Nunca estive tão apavorado. Tenho sonhado com aquelas brasas cruéis, o buraco do fogo não é de mentira. Nos anos anteriores, vi homens com pulmões de couro assoprarem o fogo até as brasas ficarem brancas. Em meus sonhos, ando sobre elas e minhas mãos explodem em chamas, eu caio e fico todo queimado.

O fogo é parte do Muharram e sempre será, porque é o calor do deserto onde o neto do Profeta, Hazrat Imam Hussein, foi martirizado.

Todo mundo em Khaufpur conhece a história de Hussein. Quantas vezes eu a ouvi da boca do velho Hanif Ali, ele girava nos calcanhares e fechava os olhos, as cataratas que o impediam de ver se dissolviam, ele via o mundo de mil anos atrás. — O que são aquelas tulipas vermelhas que florescem no deserto? Em Karbala, aquele lugar medonho, vejo Hussein, neto do Profeta, que ele esteja em paz. Cansado ele está, e com sede, e por todos os lados seus companheiros jazem caídos. Sozinho ele desafia Yazid, o tirano, e seus trinta e três mil homens, melhor é morrer com dignidade do que viver uma vida humilhante.

Um grande herói foi Hussein, ao desafiar tais inimigos, ao defender aquilo em que acreditava, esse tipo de coragem eu admiro, mas não compartilho.

Mesmo Zafar, que se recusa a acreditar em deus, diz que devemos todos ser como Hussein, que nunca desistiu e se recusou a ser intimidado pelos poderes maléficos que comandam este mundo. Quando diz isso, sei que está pensando

[1] Ashara Mubarak: a véspera do 10º dia de Muharram.

na Kompani e seus amigos que comandam países e cidades, que têm armas e soldados e bombas e todo o dinheiro em todos os bancos do mundo e que à frente deles ele nos vê, nós, o povo do abismo, o povo de Ma Franci no Apokalis, ele nos diz que venceremos porque estamos armados com o invencível poder do nada.

Nove dias mais. Nunca andarei ereto. Nunca mais ouvirei Nisha cantar, pois na casa de Somraj, por respeito aos vizinhos, os cantos e sons pararam, pelo resto da minha vida haverá silêncio. Nunca me casarei com Nisha. Nunca me casarei com ninguém. Nunca saberei como é foder.

Nove dias para fazer tudo o que quero fazer na minha vida. Chamei Zafar de lado: — Zafar irmão, há uma coisa que preciso fazer antes de morrer, você vai me ajudar?

— Diga, irmão. O que há? — ele pergunta gentilmente.

— Eu gostaria de andar numa motocicleta a cento e sessenta por hora.

Ele sacode a cabeça. — Humm, em ruas como as nossas, poderia ser fatal.

— Em nove dias vou estar morto de qualquer jeito.

— Por que você vai morrer, seu bobo? — ele pergunta, rindo.

— Por causa da minha aposta com Farouq. Tenho que atravessar aquele fogo, juro que na minha cabeça ele queima como o buraco do próprio inferno.

— Primeiro, não existe esse tal de inferno — diz ele. — Segundo, você não vai andar.

— Isso eu vou. Não vou dar pra trás.

Farouq também está contando, ele chega na loja de Chunaram olhando pra mim, estou sentado com Zafar e outros.

— Oito dias, Animal, até o fogo.

— Estou pronto — eu digo, querendo dizer que estou pronto para morrer.

— Melhor arrumar depressa uma religião — diz Farouq. Ele diz que se eu tomar jeito, me tornar muçulmano e levar uma vida boa, vou para o céu. Então olho pra ele e pergunto se a religião dele não o proíbe de fumar e beber e também aquelas visitas às casas na cidade velha.

— Você está é com ciúmes — ele diz — porque nenhuma garota quer fazer com você.

Mas ele ficou de cara fechada, daí eu sei que dei uma dentro.

Digo a ele que Ma Franci também me fala do céu. "Isa miyañ te ama como você é, sua alma é tão preciosa pra ele como a de qualquer outro. Leve-o no seu coração e você será salvo do inferno." Retruquei que mereço ser mais precioso do que qualquer outro porque já estive no inferno.

— Wah wah — diz Zafar. — Ponto!

— Esqueçam céu e inferno, estamos presos nesta terra — diz Chunaram, que também acredita na vida depois da morte, mas de um outro jeito. Chunaram diz que eu deveria ser hindu porque, com tudo o que eu sofri nesta vida, com certeza vou ter um destino melhor da próxima vez, mais do que provável que eu seja um príncipe ou político ou algo assim. Problema com esse tipo de ver as coisas é que pela mesma lógica minha condição é o resultado de coisas más que fiz nas minhas vidas passadas, algumas pessoas olham mesmo pra mim como se estivessem pensando quantas crianças eu matei da última vez.

Para todos com quem eu falo parece que a maior razão pra se ter uma religião é enganar a morte e viver de novo, aqui ou no céu, pouco importa. Bem, não quero outra vida, obrigado, não se for parecida com esta aqui.

— Você não seria torto no paraíso — diz Farouq. — Você estaria curado e reto.

Bem, isso é também o que Ma diz sobre o céu, mas eu não acredito numa palavra. Se as religiões fossem verdade não haveria tantas delas, haveria só uma pra todo mundo. É claro que todos dizem que a sua é a única verdadeira, os idiotas não veem que isso faz ainda menos sentido. Suponha que as pessoas falassem da beleza do mesmo jeito, como soariam bobas! Em momentos assim, sinto pena por deus estar sendo feito em pedaços como carne atirada aos cães. Eu, meu, minha, é isso o que as religiões são, onde há lugar nelas para deus?

Odeio elogiar Zafar, mas ele é o único que tem um ponto de vista sensato, porque não só ele não acredita em deus como acha que religião é uma coisa ruim. A ideia de céu foi inventada pelos ricos e poderosos para impedir que o povo se revolte. Zafar põe a mão no bolso por um mendigo mas nunca dá nada a quem pede em nome de deus. Ele diz que se acredita em alguma coisa é na humanidade, que no fundo todas as pessoas são boas. Não sei de onde ele tira essa ideia, porque não há provas disso no mundo.

Zafar e Farouq têm isso em comum, que eu deveria parar de pensar em mim como um animal e me tornar humano de novo. Bem, talvez, se ficar curado, de outro jeito nunca vou fazer isso, e eis por que, se eu concordar em ser humano, vou também ter que concordar que sou malformado e anormal. Mas deixem-me ser um animal à quatre pattes, quadrúpede e livre, então sou inteiro, tenho minha própria forma, só um tipo de animal diferente de, digamos, Jara, ou uma vaca, ou um camelo.

Farouq diz que se eu quiser acabar no paraíso preciso virar humano.

— Por quê, camarada?

— O paraíso é para humanos, não para animais.

— Que mal fazem os animais?

— Não é uma questão de fazer mal. Você espera que toda formiga esmagada pelo calcanhar cheio de calos de um aldeão vá para o paraíso?

— Não sei por que não. Se eles têm flores e pássaros no paraíso, por que não formigas? Não tem espaço?

— Não há insetos no paraíso — diz Farouq.

Zafar ouvindo isso observa que nesse caso a fábrica morta da Kompani deve ser uma espécie de paraíso porque lá também não há insetos.

— Espera aí! — eu digo. — Você não me disse que no paraíso as pessoas terão lindos sofás cercados por sedas e tapetes preciosos?

— Com certeza — diz Farouq.

— E fontes e rios vão jorrar e haverá pomares de frutas até onde a vista alcança?

Farouq faz que sim com a cabeça, agora eu o peguei.

— E vinho, leite e mel vão jorrar?

— Vão.

— Como pode ter mel sem abelhas?

Daí Zafar começa a rir e diz que Farouq tem que admitir que tenho razão.

— Deixem as abelhas fora disso — diz Farouq, zangado como se sua mãe fosse uma abelha e estivesse sendo insultada. — Animal não é uma abelha. Que tipo de animal você é, aliás? — pergunta ele. — Você nunca disse de que espécie é.

Bem, Farouq acha que virou a mesa aqui, porque, como eu acabei de dizer, eu não sou um gato, ou um cão como Jara, nem camelo, bode, leopardo, urso, etc.

— Sou o único que existe desta espécie.

— Pra mim, você se parece um bocado com um ser humano — diz Farouq.

— É claro que ele é um ser humano — diz Zafar.

— Você finge ser um animal para poder escapar da responsabilidade de ser humano — continua Farouq. — Sem brincadeira, yaar. Você vive sem regras, faz coisas malucas e se dá bem porque está sempre choramingando, eu sou um animal, eu sou um animal.

— E eu sou um animal por quê? — retruquei. — Por escolha minha ou porque os outros me chamaram de Animal e me trataram como se fosse um?

— Você é muito bem tratado agora — diz Farouq. — Nós somos seus amigos. Nós não cuidamos de você? Toda essa amargura está na sua cabeça. Para ser aceito como um ser humano você precisa se portar como um. Quanto mais humanamente você agir, mais humano você será.

Ele estraga o efeito desse discurso decente ao acrescentar com um sorrisinho: — Puto quadrúpede.

Com isso, Zafar parece decepcionado porque ele não é a favor de que se zombe dos que são diferentes. Ele diz que essa discussão foi longe demais e que Farouq é um mau perdedor e também que estamos os dois errados, porque existe um céu, mas nas palavras do poeta

Agar firdaus bar roo-e zameen ast,

Hameen ast-o hameen ast-o hameen ast.

"Se há um paraíso na terra, é este, é este, é este!"

Não tive coragem de falar com Ma a respeito do meu problema, primeiro porque ela vai se irritar, e depois porque ela já está tão maluca quanto o polegar de um leproso.

Seis noites faltam, ela se inclina na minha direção com um sorriso astuto e sussurra: — Os anjos, eles já estão aqui. Estão aqui entre nós no reino dos pobres.

— Que tipo de anjos?

Ela me dá um olhar como se fosse eu o louco: — O tipo comum, é claro.

Bem, não vale a pena discutir e também eu não quero. Há muito pouco prazer a se tirar da vida, se alguém está se dando bem vendo anjos, então que bom pra ele.

— Esses anjos, você está dizendo que eles estão aqui no Quebra-Nozes?

— É claro. Eu ouvi uma trombeta hoje de manhã, antes de clarear.

— Podia ser o Expresso Pushpak.

— Sempre uma explicação fácil — diz ela. — Houve um outro toque há menos de dez minutos.

— Apito da Fábrica de Equipamentos Elétricos de Khaufpur.

— A fé é a prova do invisível.

— Sem dúvida, sem dúvida.

— Ouça, Animal, eu já vi anjos queimando dentro dos corpos de pessoas. Olho para alguém e de repente vejo os contornos desse outro ser brilhante trancado lá dentro. De anjos eu os chamo, embora alguns possam ser demônios, mas eles também estão presos na carne, o que para os espíritos é como estar enterrado na lama. Só seus olhos estão de fora e eles dão muita pena.

— Há algum anjo preso dentro de mim?

Ele dá uma olhada: — Não consigo ver nenhum, mas ele pode estar dormindo ou fazendo alguma outra coisa.

— Com certeza.

Nessas horas, não há o que fazer além de concordar com ela.

— Nós vivemos no inferno. Você sabe disso? Isto é o inferno.

— É sim, Ma.

— Quando você olha para as chamas enfumaçadas que passam por lampiões por aqui, pode entender por que eu digo que estamos vivendo no inferno.

— É.

— Mas não é por isso que estou dizendo essas coisas — cacareja ela. — Estar preso num corpo humano, isso é o inferno, se por acaso você for um anjo.

Posso simpatizar com aqueles anjos. Estar preso num corpo animal é o inferno, se você sonha em ser humano.

Eu não quero morrer. Em meus sonhos descubro jeitos incríveis de sobreviver ao fogo. Salto por cima num pulo só. Uma chuvarada desaba e apaga as chamas. Uma mão angelical segura atrás da minha kakadu e me ergue ileso.

Tão apavorado estou que no dia seguinte pergunto a Elli doutora o que pode ser feito para proteger as mãos contra o toque de coisas vermelhas quentes. Minhas mãos são duras e calejadas porque são também pés, mas sinto que elas não sobreviverão apertando brasas.

— Mas afinal, o que está acontecendo? — ela pergunta. Acabo contando a respeito de Farouq, como fizemos uma aposta.

— É claro que você não vai fazer isso — diz ela, a mesma coisa que todos os outros. Então eu digo que nunca vi ninguém cair no fogo, ou se queimar, só o que preciso é de alguma proteção extra, e também Somraj nos disse que uma vez tinha feito aquilo, quando rapaz, ele disse que andar sobre o fogo era como andar sobre água fria.

— Acho que vou ter uma conversinha com esse pandit Somraj — diz Elli com uma careta no rosto, então sinto pena do pobre pandit, que já havia tido os ouvidos cheios por Nisha, que ficou doidinha quando eu disse a ela a mesma coisa.

Elli me olhou: — Meu pai arriscou a vida perto de metal vermelho quente, mas ele estava fazendo aquilo pela família, você está fazendo isso por quê?

— Estou fazendo isso pela minha honra.

Mas isso não faz sentido, porque se eu só me preocupasse com a honra, que é um tipo de verdade do coração, eu não teria medo.

Olhos, a razão real é Nisha, tanto ciúme tenho tido desde que ouvi os planos dela e Zafar em Ratnagiri e mais filhos. Quero impressioná-la, e ainda quero que ela fique preocupada comigo e perceba o que vai perder se eu for assado.

— Animal, você é um completo idiota, vai ter um médico lá?

Vendo que não sei a resposta, ela diz que se eu insistir em ir em frente, então ela própria vai lá e vai ficar perto do fogo para o caso de eu, ou alguém mais, precisar.

— Elli, você não pode ir, é impossível.

Ela é uma estrangeira e também é amrikana, como poderia ir a uma masjid nesse dia sagrado, quando seu país está bombardeando o Afeganistão, que é bem na porta ao lado da terra natal dos yar-yilaqis, e também muitos parentes de nossos próprios yar-yilaqis vivem lá? Ela não diz nada, mas conhecendo Elli agora, eu deveria ter percebido, ela é como eu, ninguém pode impedi-la de fazer o que ela quer.

Essa conversa acontece em seu consultório, onde está o Khã-no-pote, mas hoje ele fica de boca fechada, só flutua me olhando com uma expressão furiosa.

— Qual é, seu parapagus sahib. Não tem nada a dizer?

— O que posso dizer? — responde o Khã, atravessado. — Você não vai fazer isso. Você sabe disso, você não passa de um punheteiro posudo. Colega, é o seu amigo Khã quem precisa queimar, mas você pensa nele? Você não pensa. Com você, Animal, é tudo eu, eu, eu.

— Zafar irmão, que velocidade é esta agora?

— Cem.

— Agora, Zafar bhai? Que velocidade?

— Cento e quarenta — vem a resposta arrancada pelo vento. São três da manhã, estamos rugindo do lago em direção à casa do primeiro-ministro, esta é a estrada mais larga de Khaufpur e a mais lisa.

— Que velocidade?

— Cento e sessenta.

O mundo passa por nós tão depressa, só o tempo voa mais depressa, é a oitava noite de Muharram, amanhã estarei no fogo.

A casa passa como um borrão, já estamos no grande hotel Jehannum. No caminho de volta, Zafar ri de alegria ao ver luzes acesas na janela do ministro.

— Que velocidade, Zafar irmão?

— Cinquenta — diz ele. Ficando nessa.

Zafar irmão, eu não disse isso, se eu não te odiasse eu iria te adorar, você é um ser humano sem igual.

Na noite de Ashara Mubarak, fui à casa de Somraj encontrar Bhoora, ele vai me levar para a masjid na Chowk.

Do lado de fora da clínica está Elli. Ela usa um lenço na cabeça e uma túnica até o joelho, de mangas compridas, sobre calças largas. O lenço é azul escuro, contas brilham nele todo, ele esconde seu cabelo preto. Não fossem seus olhos azuis, "como buracos pelos quais você vê o céu", foi isso o que uma velha no Quebra-Nozes disse a ela, não fossem esses olhos que poderiam ser ocultos atrás de um véu, ela quase parece uma mulher hindu, sua pele está bronzeada pelo sol, quase tão escura quanto a de Nisha, mas isso não seria disfarce suficiente.

— Elli, você não pode ir.

— Ah, eu não vou com você — diz ela. Uma figura vestida de branco imaculado está saindo da casa de Somraj. — Uma outra pessoa ofereceu-se gentilmente para me levar.

Quando chego à Chowk, ela está entupida de todo tipo de khaufpuris. Os yar-yilaqis são em maior número, muçulmanos de outras comunidades, também hindus e sikhs, vieram assistir aos fogos de artifício, alguns para participar. De Elli e Somraj nem sinal, mas ali perto, onde a rua dos potes-e-panelas se junta ao mercado de roupas, vejo Nisha e Zafar, eles conversam baixinho. Aproximo-me sem ser visto até ficar bem atrás deles, eles não me percebem de tão absortos estão. Nisha está dizendo "... deixou o marido na Amrika". Esse pedaço eu ouço, mas não a resposta de Zafar. Nisha então diz "Ele não é o mesmo", depois há silêncio até que Zafar o puto põe o braço em volta da cintura dela. Algum tipo de resmungo devo ter dado porque Nisha dá meia-volta e começa a tagarelar: — Seu garoto miserável, então aí está você, você não percebe que está deixando todo mundo louco de preocupação? Nem pensar que você vai fazer essa coisa estúpida, Zafar já falou com Farouq, agora eles não vão deixar você ir. Não, não fale, não diga nada. Estou tão zangada. Por que estava nos espionando? Você não se dá conta do que fez, com todas as suas asneiras? Se quer espionar, vai achar meu pai e a amrikana, depois nós vamos todos para casa.

Como eu odeio aquele "nós, nós, nós". Nisha não faz ideia de como são dolorosas aquelas palavras ou ela nunca as diria. Eu já dei a Nisha todos os sinais que podia de que a amo e de que gostaria que ela ficasse comigo. O que mais há pra fazer? Você me diz. Desistir da luta? Que chances eu tinha contra Zafar? Eu sei o que você está pensando, Olhos, que eu deveria ter aceito a derrota com elegância e desejado alegria a Nisha, mas eu simplesmente não conseguia fazer isso. Eu nunca disse que era uma pessoa boa. Como posso explicar a avalanche de sentimentos sempre que a via, como meu coração parecia pular quando ela entrava numa sala? Tudo o que sabia era que adorava estar perto dela. Eu queria tocar nela. Queria acariciar seu cabelo e apertar meus lábios sobre suas pálpebras fechadas e dizer a ela que eu sempre estaria ali para tomar conta dela.

Olhos, eu sei que esse jeito de falar é o pior tipo de babaquice. Fazer o quê? Numa criatura apaixonada, o cérebro fica totalmente fodido.

As ruelas da Chowk são tão estreitas, na maioria dos lugares você mal consegue que dois filhos da mãe gordos se ultrapassem, é um empurra-empurra geral no beco dos funileiros até o gulab-baadi,[2] onde há feixes de botões de jasmim branco pendurados e pilhas de cravos e rosas nas bancas. Perto da masjid, todos os tipos de tapetes e carpetes estão dependurados à venda, e também sáris e roupas. Aqui avistei pela última vez Somraj e Elli e comecei a navegar na direção dos dois por entre moitas de pernas, tentando não ter as mãos esmagadas.

[2] gulab-baadi: mercado de flores.

— Desgraçado — diz uma voz alta. — Você está salvo, sabia? Zafar disse que você não tem permissão pra fazer.

É Farouq, usando uma faixa preta em volta da cabeça, descalço, pronto pra andar no fogo.

— Ainda posso ver você bancar o imbecil.

— Se não se comportar, eu mesmo vou te jogar no fogo.

— Vai te foder. Você me ama.

Com alguma sorte, Farouq vai cair nas brasas e queimar até morrer como uma grande mariposa preta. Não vou dizer a Farouq que, com ou sem Zafar, nada vai me impedir de manter a minha palavra.

Trocamos mais alguns insultos, mas seu coração não está realmente ali, ele se afasta e me esgueiro para mais perto de Somraj e Elli, que avançam devagar em direção à masjid. Ela olha em volta com uma espécie de avidez, como uma criança, estou alguns passos atrás, fazendo força para ouvir.

— ... nunca saiu da Amrika — é Elli falando. — Ele não acreditaria neste lugar. Estes tapetes, parece que se você se sentar num deles ele vai levantar voo.

— Eles são de boa qualidade.

— Ora, por favor! — ela diz rindo. — Se eu dissesse que queria um tapete mágico, acredito que você me levaria para procurar um.

— Mas é claro, é meu dever.

— Seu dever?

— Você é uma estrangeira na minha cidade. Eu sou seu anfitrião.

— É só dever?

— Também é um prazer. (Dito sem o menor sorriso.)

— Isso é um pouco mais amistoso — diz ela, e suas palavras seguintes se perdem, mas ela está rindo. O barulho aumenta, próxima coisa que ouço é: — Depois que nos casamos, eu vim aqui com a minha mulher, ela escolheu um tapete para a casa.

Elli pergunta: — Você sente falta dela?

Não ouvi a resposta, se é que ele deu alguma. É provável que não, porque depois de um pouco ela diz: — Desculpe, eu não quis ser indiscreta.

Agora ele se vira e lhe dá um sorriso. Um daqueles raros sorrisos dele.

— Não, não, de modo algum. Eu estava ouvindo a música.

— Tem certeza? Não o aborreci?

— Não, não — diz ele. — Definitivamente você não me aborreceu. Ouça, são muitas músicas ao mesmo tempo.

De todos os lados soam cânticos e lamentos para Imam Hussein. De cada porta parece jorrar uma canção diferente, é como andar por entre densas nuvens de música. Marsiyas se chamam esses lamentos, há dúzias deles. Alguns são em híndi, outros em árabe e persa, mas, seja qual for a língua, você percebe o mesmo sentido. Pelo menos eu percebo. É como se todas as coisas boas do mundo estivessem morrendo e o povo estivesse vendo mas não se importando. Os lamentos são desafiadores, nunca vão se render aos poderes do mal. Para mim, que não sou nem muçulmano, nem hindu, nem isayi, esta é uma música que também poderia confortar Isa miyañ morrendo na cruz ou ir com Sri Rama pra o exílio fora de Ayodhya. Pra mim é tudo a mesma coisa, o que eu gosto é do desafio, gosto demais. Somraj também gosta, mas por razões diferentes, a cabeça dele vira de um lado para outro, como se os sons fossem borboletas e seus ouvidos fossem redes.

Estamos perto da grande masjid e o marsiya lá de dentro chega a todo vapor pelos grandes alto-falantes.

Sozinho no campo de batalha,
Oh Hussein, que eu nunca me esqueça de Hussein!
Sem qualquer medo, o zibh-e-Azeem de Aba Abdillah
Ya Hussein! Ya Hussein! Ya Hussein!

— Você ouve todo o tempo — diz Elli. — Como você distingue os sons?

— Eu não distingo — responde Somraj. — Eu tento ouvir todos juntos, todos ao mesmo tempo. Quando as canções se chocam, como você disse, algumas vezes disso sai uma nova música, algo inteiramente novo.

— Como com as vidas — diz ela.

O fogo queima num grande pátio fora da masjid. Telões de tevê por todos os lados mostram tudo àqueles que como eu não podem ver diretamente. As brasas são dispostas num grande buraco quadrado com alguns centímetros de profundidade, cercadas por uma plataforma na qual estão os caras com grandes foles de couro deixando-as mais quentes ainda. Todas as vezes que os homens enchem os foles, centelhas voam para os lados, as brasas brilham com ódio. Vermelho ardente elas já estão, e precisam ficar mais quentes ainda. Os foles gemem, jatos de ar tornam as brasas brancas de fúria. Há muito tempo perdi o rastro de Somraj e Elli. Agora tenho que ser esperto, estou indo fazer aquela coisa de andar no fogo e ninguém vai me proibir. É vantagem minha eu ficar perto do chão, as pessoas não estão acostumadas a falar na altura do joelho. A multidão está cheia de rapazes usando faixas pretas na cabeça, eles estão fazendo filas que se movem devagar para a frente, convergindo, se unindo, como riachos se tornando um rio, avançando para a plataforma na qual os degraus conduzem ao fogo.

No chão encontro um lenço preto que alguém deixou cair e com alguma dificuldade amarro-o com uma das mãos em volta da minha cabeça. Não tenho camisa preta pra usar, na verdade nada além da minha kakadu. Juntei-me a uma fila de camaradas que começaram a se mover em direção ao inferno. Suas pernas são como árvores à minha frente e atrás de mim, seus pés estão molhados onde eles os mergulharam em água e deixam pegadas úmidas nas pedras, eu não soube como fazer aquilo e por isso coloco minhas mãos e pés nas marcas molhadas, esperando absorver alguma umidade. Os outros cantam alto as palavras do lamento.

noite chega agora para cobrir o horizonte escuro,
o negro estandarte do Povo do Manto
desliza do ombro do tempo que sempre gira,
implacável coração, deixe seu suspiro de dor chamuscar o céu!
língua, é tempo de prantear, olho, é tempo de lamentar!

Estamos chegando perto dos degraus e os homens ao meu redor se encolhem à medida que sentem rajadas de calor vindas do fogo, ainda assim se movem resolutos para a frente, eu com eles, subindo os degraus. Ninguém me parou, nem disse nada. É como se minha mente estivesse separada e flutuando lá em cima, vejo a mim mesmo subindo a escada de quatro, minhas mãos nas tábuas de madeira, borrifos de calor atingem meu rosto, atrás do último degrau há uma saliência de madeira, depois a parede de tijolos do buraco, daí em diante é o fogo. Posso agora ouvi-lo, ele não estala nem ruge, sibila como alguma cobra gigante atiçada e enraivecida, se eu tivesse alguém pra quem rezar eu o faria, mas eu não tenho, então comecei baixinho a cantar uma outra canção:

sou um animal arisco e livre
um coração puro jamais terei
mas desse jeito eu não morrerei
do próprio fogo um amigo farei

O homem à minha frente dá um passo para o fogo. Pequenas nuvens de fumaça esguicham de debaixo de seus pés enquanto ele corre, onde ele pisou as brasas ficam escuras por um instante. Uma voz na minha cabeça diz: "Você vai atravessar", e aí meu medo acaba, sou tomado por uma certeza de que vou fazer isso e viver, vou atravessar correndo como o homem fez, mais rápido do que ele, vou viver.

— Ei, quem é este? — um yar-yilaqi grandão está me olhando de cima. Uma faixa preta está em sua cabeça, sua camisa preta está desabotoada, alguma coisa dourada brilha nos pelos do seu peito.

— Estou atravessando o fogo — resmungo.

— Não, não está. Tirem ele daqui.

Daí sou mandado de volta escadas abaixo e para o meio da multidão. Dois pés aparecem debaixo do meu nariz, os dedos apontando direto pra mim. É Farouq. — Ha, ha, divertindo-se, Animal? O que você consegue ver?

— Nada. Eu teria feito o caminho do fogo. Eles não me deixaram.

— É, eu sei — ele debocha. — Quer me ver fazer?

— Eu vou rir muito se você pegar fogo — retruquei. Amargamente desapontado estou por ter sido impedido. Eu teria conseguido.

Sem uma palavra o puto acena para um de seus cupinchas e de repente sou erguido do chão para o ar.

— Se eu queimar, você queima — diz ele com uma risada estranha, como se estivesse bêbado, logo estou trepado nos ombros dele, que são exatamente o último lugar onde eu esperaria estar.

— Reza pra eu não te deixar cair — diz ele lá de baixo.

Passou pela minha cabeça que Farouq não está brincando, ele planeja pra mim um fim terrível. Ou então ele vai tropeçar e oh, a vida curta e medonha do le pauvre [coitado] do Animal acaba numa cremação pública. Agora de novo estou apavorado.

Bem acima das cabeças da multidão, o calor do fogo arde em meu rosto. Um pouco além avisto Somraj e Elli. Dois fulanos estão olhando pra ela de um jeito não muito confortável, mas Zafar está ali ao lado deles com Nisha, e as carrancas se transformam em sorrisos brilhantes. Nisha olha em volta, nossos olhares se encontram. Absolutamente perplexa ela está, de me ver olhando para ela dos ombros de um andador no fogo. Ela dá um puxão em seu pai e aponta, então eu acenei.

Todos acenam de volta, menos Elli. Os olhos de Elli estão fixos no buraco de carvão sendo reavivado pelos homens dos foles, estranhos redemoinhos brincam sob o brilho vermelho do fogo, seu pai em seu buraco do inferno, ele enfrentou aquele perigo em silêncio todos os dias por amor a ela.

Somraj está falando em seu ouvido, acho que está contando a ela a história de Hussein, mas é tanto o zunzum do lugar, o som do próprio fogo e acima de tudo as ondas dos cantos *Ya Hussein! Ya Hussein! Ya Hussein!* que ela não consegue ouvir direito. Então, Olhos, chega à minha cabeça com absoluta certeza o que ela está pensando. É num tipo diferente de fogo, o que Somraj respirou, que percorreu os pulmões dele e levou embora seu fôlego de cantor. Como deve ter sido aquele inferno? *Oh! Quem falará agora para os órfãos?* Ela ouviu tantas histórias daquela noite, tantos relatos daquela enorme matança de inocentes. *Quem agora falará para os pobres?* Qual deve ter sido o terror de acordar na morte da noite, cego pelo gás corrosivo *quem protegerá esses infelizes* fugindo noite adentro, engolindo fumaças que corroeram e queimaram suas entranhas *onde encontrarão eles refúgio* fazendo com que você respirasse terra seca porque seus pulmões se tinham encharcado de fluido. *Ya Hussein! Ya Hussein! Ya Hussein!* Aquela noite tinha sido fria, uma noite de estrelas brilhantes *ouçam quanta dor os céus produziram* e por toda a cidade casamentos aconteciam porque os astrólogos tinham decretado um dia auspicioso *estranhas bodas para Hussein, o filho de Ali* de algum modo eles não viram o laço dado pelo destino *pois eles vestiram a noiva e o noivo* os fios de milhares de vidas se haviam unido não em roupas de casamento, mas em mortalhas, e ceifado todas ao mesmo tempo. *Ya Hussein! Ya Hussein! Ya Hussein!* Elli sente horror, também o fracasso de sua imaginação. *Que música era tocada nessas bodas?* Ela não consegue imaginar os gritos dos moribundos, daqueles que perderam suas famílias na debandada do povo em pânico *os gritos atormentados pela sede de homens e mulheres* cujos filhos tiveram as mãos arrancadas das suas. Uma mulher havia que, sabendo que estava morrendo *em vez de lâmpadas festivas, a própria casa era o archote* embrulhou seu filho recém-nascido em seu xale e deixou-o à soleira de uma porta esperando que fosse encontrado *as cores usadas em suas bodas eram manchas de sangue* por alguém que o amaria. *Ya Hussein! Ya Hussein! Ya Hussein!* Elli está pensando que essa mulher talvez fosse afortunada por não ter visto a fornalha que derreteu a espinha de seu filho, as marteladas que arrancaram dele sua humanidade. Ela quer devolver a esse garoto o dom de andar ereto *o presente da noiva foi a cabeça ceifada do noivo* mas enquanto pensa isso, ela olha para Somraj e percebe que há algo que ela deseja com a mesma intensidade *em que país pode uma noiva esperar tal presente* para o homem triste e gentil de pé ao lado dela *por Deus eu juro, nunca outro desejarei desposar* ela estenderia a mão e seguraria a dele se não temesse que ele ficasse constrangido, talvez ofendido, não, *não até que eu esteja abrigada e no túmulo* ela ansiava por devolver a Somraj o dom de sua voz *Ya Hussein! Ya Hussein! Ya Hussein!*

Os balcões de mármore que circundam o pátio do fogo estão cheios de mulheres em vestidos escuros. Nesta noite, a maioria delas afastou seus véus, seus rostos estão iluminados por baixo, o brilho avermelha suavemente suas faces *observando com olhos não vendados*. Enquanto oscilo em direção ao fogo em meu estranho corcel bípede, os homens à nossa frente colocam seus pés nos degraus de madeira *enquanto o septuagésimo primeiro ultrapassou para morrer*. Um arrepio de excitação ou pavor passa através do meu corpo, o som do canto se eleva.

Ya Hussein! Ya Hussein! Ya Hussein!

As mulheres yar-yilaqi vestidas de negro erguem os braços e os trazem de volta a seu peito *atravessado pelas lanças de seus inimigos*. Há mulheres velhas lá em cima, e jovens bonitas *pisoteado pelos cascos dos cavalos* tento imaginar Ma Franci em sua roupa preta de freira entre elas, ela se encaixaria, lamentando Sanjo e os mortos do mundo, com uma dor tão pura quanto aquelas mulheres pranteando seu Imam perdido *Oh Hussein! Jamais haverei de esquecer Hussein!* Como todos os seus braços sobem no mesmo instante e todos caem, tum! *Ya Hussein!* tum! *Ya Hussein!* tum! *Ya Hussein!*

Estamos tão perto do fogo que minha testa está queimando. Só mais uns poucos passos até onde os degraus levam à plataforma. Estou empoleirado no alto dos ombros de Farouq. *Espadas bêbadas, ocupadas na matança*. À nossa frente homens, e meninos também, aqueles com fitas pretas na cabeça e alguns sem, estão subindo até a extremidade abrasadora do fogo. *Cadáveres estavam espalhados pelo deserto*. Há homens nas laterais, mantendo uma boa distância da extremidade do buraco, prontos para ajudar aqueles que o atravessam. *Pássaros selvagens pairavam dia e noite nas alturas*. Um pouco adiante um homem pisa nas brasas, que dançam com um calor cintilante. Em quatro longas passadas ele atravessa. *Ya Hussein! Ya Hussein! Ya Hussein!* O segundo vai, e o terceiro, e o seguinte. *Deles é o Paraíso, eles foram para o Paraíso*. Mãos que ajudam os puxam para a segurança do outro lado. Não resta ninguém à nossa frente. *Eles se consumiram em Deus*. Sinto Farouq respirar fundo e aumentar a pressão em minhas pernas. *Ya Hussein! Ya Hussein! Ya Hussein!* Quando ele avança, abro minha boca para dizer que ele não me deixe cair, mas em vez disso estou gritando com o resto

> *agora Shimr Maloon faça o que fizer*
> *a abençoada cabeça beijada por Al Mustafá*
> *atormentada pela sede como se nela estivesse o deserto*
> *agora jaz na areia do deserto*
> *Ya Hussein! Ya Hussein! Ya Hussein!*

A coisa mais estranha me acontece. Quando o calor ruge ao nosso redor, sinto que estou flutuando acima da areia de um deserto sufocante que tremula com o calor *ele que era uma luz brilhante foi assassinado* minha boca está em fogo com uma sede abrasadora e meus olhos queimam e as passagens de meu nariz queimam por onde passa o calor ardente *assassinado em Karbala e jaz sem sepultura* e por todos os lados há aglomerações e comoção, gente caindo morta e em algum lugar ao longe estão as bandeiras do inimigo, balançando com ódio de tudo o que é bom, e sou impotente e incapaz de impedir a coisa terrível que aconteceu que é o assassinato da bondade e da inocência e a vitória do mal e em algum lugar da minha cabeça há um barulho de rugido como um grande vento, atiçando as chamas, uma voz na minha cabeça está dizendo l'injustice remportera la victoire [a injustiça sairá vitoriosa] e percebo que atravessamos e que estive sonhando o sonho do fim do mundo de Ma Franci, ou melhor, o de Sanjo.

Ya Hussein! Ya Hussein! Ya Hussein!

Estamos dando voltas. Estamos voltando em círculos. Vamos atravessar de novo. Começo a ficar tonto *eu, Muhtasham, o mendigo à sua porta*. De novo ele vem, o calor, a ferida rubra, o fogo está fluindo, as cores se movem nas brasas. Minha cabeça faz espirais, sinto que começo a escorregar das costas de Farouq, deslizando estou *de pé, vazio, mãos vazias, às portas da desesperança* caindo e nada existe agora entre mim e o fogo.

Deixem-me morrer, vou pensando enquanto caio, vou ser feliz. Tudo na minha vida é tragado por esse desejo de esquecimento. O próprio fogo ao saltar na minha direção perdeu sua ferocidade, parece uma tênue luz do sol. Daí então sei que estou deitado num sofá dentro da masjid, Farouq e outros se debruçam sobre mim.

— Ele voltou — diz alguém.

— Idiotinha — Farouq diz. — Escolheu bem a hora, não foi? Estou no meio do caminho e você se desprende do meu pescoço.

— O que aconteceu? Você me deixou cair?

— Você desmaiou — diz esse outro camarada yar-yilaqi. — Você teve sorte, se não tivéssemos dançado e te segurado, você teria queimado.

— Vocês me seguraram? Vocês dançaram?

— Agradeça em outra hora — diz Farouq.

— Você queimou os pés?

— Não.

— Que merda de vergonha!

— Eu devia ter deixado você morrer — diz ele.

Fita quinze

Um grande livro de animais da biblioteca Nisha pegou emprestado uma vez e me mostrou, esse livro tinha figuras dentro, de todos os animais da Índia, ursos e macacos, lobos, cervos de todos os tipos, rinoceronte, tigre, leão, búfalo, diga lá. Tinha serpente, naja, píton, lagarto chupador de sangue, poupa, águia, gavião e corvo, tinha gavial indiano, peixe mahseer, hiena e chacal e dhole, que é um cachorro selvagem de orelhas redondas, mas em todo o livro, em todas as suas centenas de páginas e imagens, não havia animal como eu. Nisha disse: "É porque você é único. Orgulhe-se disso." Mas eu só me senti triste.

Por que mencionar isso agora? Porque duas noites depois da andada no fogo estou em cima da mangueira, mais alto do que o telhado de Elli. No céu a Ursa Menor está pendurada pela cauda, alguns vultos que esvoaçam devem ser morcegos. Nenhum problema agora com essa árvore, que tanto me resistiu da primeira vez que trepei nela. Agora conheço seus caminhos como se fossem escadas, este nó, aquele coto de galho, torcida aqui, desvio aqui, parada ali, folhas pretas acima de mim, a lua cheia esta noite ainda não nasceu. Veja, encontrei um nome para o animal que sou, sou o macaco de orelha de morcego que só trepa nas coisas na escuridão da noite.

Elli e Somraj estão sentados na varanda, seus rostos estão iluminados pelo brilho de um lampião a óleo. Minhas orelhas de morcego estão voltadas para a frente a fim de ouvir o que está sendo dito. Ela está falando sobre o seu casamento. Parece que ela conheceu o marido quando estudava medicina e ele, direito. Eles se encontraram muitas vezes antes de se apaixonarem, na casas de amigos, em manifestações contra a guerra no Iraque, que os amrikans chamavam de tempestade no deserto. Muita coisa da conversa dela, que é uma mistura inglis-híndi, eu não entendo. Há algumas coisas que mesmo um dom pra línguas não consegue explicar. O que significa "alunos em estado de caneta vinham apoiar direitos alegres"?[1] Parece que aqueles dois eram dois idiotas idealistas que pensavam que, com direito e medicina de mãos dadas, poderiam mudar o mundo.

— Ele parecia tão excitante — diz ela. — Ele tinha ido à Colômbia e comido formigas fritas e bebido uma coisa que ele disse que era como um canhão explodindo o crânio em pedaços.

— Aqui nós temos o daru,[2] que é assim — diz Somraj —, mas não a aconselho a provar.

— Eu era ingênua — ela diz. — Não percebi que as pessoas mudam com mais facilidade do que os mundos.

As sombras no rosto dele mudam, então ele deve estar sorrindo. O quê? Mais sorrisos? E aqui está ele bebendo uísque com Elli e nem mesmo desaprovando. Não consigo imaginá-lo agindo assim com qualquer outra mulher. Talvez seja porque ela é estrangeira. Mas Somraj realmente parece gostar dela. A gente pode ver pelo jeito com que ele se inclina pra frente quando ela fala, pode-se dizer que ele quer ouvir. Ele quer saber tudo a respeito dela.

Depois de ter se casado, ela diz, trabalhava longos dias num hospital, o marido se esforçava para dar certo como advogado. Eles chegavam em casa cansados e desabavam na frente da tevê. Esquecidos seus projetos elevados, tornavam-se o tipo de gente que antes desprezavam.

— Quero dizer — ela fala, seu entusiasmo crescendo —, o tipo de gente para quem o mundo não passa de uma caixa de ilusões dançantes, cujas ideias sobre o que é importante só vão até os limites de seu próprio egoísmo.

Somraj concorda com a cabeça. Bem, há um monte assim em Khaufpur.

[1] No original, em inglês: "students at pen state came out to support gay rights", a frase se presta à confusão com: "students at Penn State came out to support gay rights", que traduzido seria "alunos da Universidade da Pensilvânia manifestavam-se em favor dos direitos dos gays", gerando um intraduzível trocadilho por homofonia. (N. da T.)

[2] daru: bebida alcoólica destilada a frio.

— Estávamos indo para um lugar onde eu não queria estar. Eu podia prever fins de semana jogando golfe e jantares com esposas de colegas de escritório, todo o odioso bláblábla da classe média. Eu não queria ter nada a ver com aquilo. Senti que estava perdendo a minha vida. Se o casamento tivesse sido melhor sob outros aspectos, eu poderia ter feito mais esforços para salvá-lo. Envergonho-me de dizer que não fiz.

Mariposas esvoaçam ao redor do lampião que está entre os dois. Ele está silencioso, pensativo, inclinado para a frente como uma estátua. O que sabe ele sobre casamento, o dele durou apenas três anos antes que fosse interrompido por aquela noite.

— Foi então que pensei em vir para Khaufpur. Eu abriria uma clínica. Eu entraria em contato com o mundo real. Era uma ideia absolutamente irracional e eu tinha certeza de que ele a odiaria. Em vez disso, ele me elogiou por ser nobre. Quando comecei a ter aulas de híndi, ele disse que aquele era um belo sonho.

— Fico contente por você ter tido esse sonho.

Ora, por favor, sr. Somraj, não vamos vê-lo cair na pieguice. A qualquer momento eles vão se dar as mãos e depois disso quem sabe o que mais? Com certeza é por isso que estou aqui, esperando pra ver o que eles vão fazer, jamespondear tornou-se a minha profissão. Eles vão se beijar? Talvez até *fazer*?

— Eu gostaria que você me deixasse tratá-lo — diz Elli depois de um silêncio. — Ouço você tossindo à noite.

— Você sabe que não posso fazer isso — ele diz. — Como posso me valer da sua ajuda enquanto outros não a podem aceitar?

— Então os faça vir, argumente com Zafar.

— Tenha paciência conosco, Elli — diz Somraj. — Um dia os pacientes virão.

— Foi o que disse Zahreel Khan — ela retruca. — Nele eu não acreditei, mas de algum jeito eu acredito quando ouço você dizer.

Mais uma vez se aproxima o momento pelo qual estou esperando. A noite mergulhou Khaufpur em sua escuridão característica, além da pequena nuvem do lampião, a luz é um profundo céu de estrelas. Somraj em sua vestimenta branca parece um fantasma sem cabeça, seu rosto e cabelos escuros desapareceram.

— Você sente o perfume das flores? — ele pergunta, dando fim àquele novo silêncio.

— O jasmim?

É como se os dois estivessem aliviados por mudar de assunto.

— Não são simples jasmins — diz Somraj —, são raat-ki-rani, que quer dizer rainha-da-noite, o mais poderoso de todos os jasmins.

— Bem, eles com certeza crescem depressa. Já subiram até a mangueira.

Eles olham na minha direção, eu quase morro de medo.

— Adoro o cheiro — diz Elli. — Ele me lembra os jasmins que minha mãe cultivava em nossa casa perto da floresta. Este cheiro é branco brilhante, assim como o patchuli cheira a vermelho intenso. Você já pensou nos cheiros dessa maneira?

— É intoxicante — diz Somraj. — Como uma voz de mulher cantando ao mesmo tempo alto e suavemente. Uma voz pura, embora as notas sejam granulosas, difusas, intensas.

Outra vez um silêncio, me parece que eles estão tagarelando só pra chegar àqueles momentos sem palavras onde talvez sejam pensadas coisas que a língua não ousa pronunciar.

— Eu já decidi que você vai cantar de novo — ela diz.

Bem, agora ela passou dos limites, tocando naquele assunto proibido que jamais deve ser mencionado.

— Infelizmente, acho que não.

Para minha surpresa, a voz de Somraj está tão gentil quanto antes.

— A respiração de um cantor não é um fôlego comum. Meu pai era capaz de inspirar e prender o ar por dois minutos e depois expirá-lo suavemente por mais outro minuto. No início eu não conseguia, aprendi devagar. Respirava fundo e então recitava uma poesia sem inspirar. Eu tinha que falar claro e devagar. Quando consegui fazer isso, recebi um poema maior, depois um maior.

Aconteceu pouco a pouco, meu pai se impacientava e dizia que era uma pena que a respiração não pudesse ser dissolvida em água e me ser dada num copo.

— Quem sabe o que pode ser feito? — exclama Elli. — Não vou deixar você desistir.

— A respiração é tudo — diz Somraj. — *Sa* pode ser cantado de tantas formas quantas temos de respirar. Para um cantor, a respiração não é apenas a vida do corpo mas também a da alma.

É este o momento! Ela se inclina para ele, o lampião delineia seu rosto em luz dourada, em seus pensamentos ouço uma espécie de confusão, tudo agora depende de Somraj, será que ele vê o efeito que está causando nessa mulher, será que reconheceu o efeito que ela faz nele? Com certeza, agora que o espaço escuro entre suas cabeças vai diminuir, eles vão ficar tão perto que não vão mais ter escolha. Depois disso, tudo poderia acontecer, um beijo, carícias, mais, roupas tiradas, ele nela na cama, ah, só consigo imaginar os braços claros dela na pele escura dele, mas o espaço não diminui, Somraj ainda está como uma estátua, ela recua na cadeira e eu, que estive imaginando todo tipo de coisas, são os meus nervos que se inquietam, aaaaai, que j'ai vachement envie de tringler [como estou morto de vontade de transar], como se diz em língua de gente.

É tarde quando eles param de falar. Somraj se levanta para sair, ela o acompanha até embaixo. Depois de alguns minutos ela volta de camisola. Ela subiu na cama, ajeitou com cuidado o mosquiteiro em volta, mas parece que está tendo dificuldades para dormir. Ela se agita e se revira e não consegue se aquietar.

Agora é a hora de minha criatura dolorida ter liberdade. Espio no escuro, que monstro implacável, nenhuma paz me dá, sempre pedindo, pedindo, em minha mão eu o sinto quente e estúpido, inchado como uma jaca. Meu abominável cacete quer ser apontado para Elli, o bruto acha que é algum tipo de mágica marcá-la como uma caça, quem é que manda aqui? Aponto a porra da coisa para o outro lado. Grandes mariposas voam pela árvore, estou pensando que vou abater uma delas por acidente, que jeito horrível de morrer.

Naquela mesma noite Zafar caiu doente. Tinha sido um grande risco aumentar o remédio dele. Risco pra ele, não pra mim. O pobre coitado tinha passado maus momentos. Nisha me contou que enquanto seu pai estava na casa de Elli, a boca de Zafar ficou seca, ele se queixou que insetos estavam subindo pelo seu corpo. Depois disso, seu coração começou a ficar embaralhado como os dedos de um tocador de tabla fazendo um solo rápido. Nem pensar que ele poderia dirigir sua moto. Quando Somraj voltou da casa de Elli, encontrou Zafar queimando de febre e delirando. Somraj quis chamar Elli, mas Nisha disse não. O coração de Zafar tinha voltado ao normal. Eles o puseram na cama, ela ficou sentada ao lado dele a maior parte da noite.

Todo o dia seguinte Zafar dorme, à noitinha está se sentindo um pouco melhor, nos conta um sonho que teve no qual estava voando sobre Khaufpur sentado na haste de uma planta e, quando estava acima das nuvens, apareceu um corvo e voou ao seu lado e perguntou se ele sabia as horas.

— Receio que não — diz Zafar, todo educado, como era irritante que ele demonstrasse maneiras tão perfeitas mesmo com um pássaro tão sem importância como um corvo.

— Você parece um tipo decente — comenta o comedor-de-merda-de-olho-de-vidro. — Vou lhe conceder três desejos.

Rápido como um raio Zafar despeja os mais profundos desejos de seu coração: — A Kompani deve voltar a Khaufpur, remover os venenos de sua fábrica e também limpar o solo e a água que contaminou, deve pagar bom tratamento médico para os milhares de pessoas cuja saúde arruinou, deve dar mais do que uma-xícara-de-chá-por-dia de compensação e também os patrões da Kompani devem vir a Khaufpur e enfrentar as acusações que lhes estão sendo feitas há tanto tempo e o processo contra eles deve ser concluído.

— Uóó — diz o corvo —, contei pelo menos sete desejos.

Diz Zafar: — Todos eles derivam de um desejo só, de que a simples e natural justiça prevaleça.

Então o corvo começa a grasnar às gargalhadas. — Que idiotice — ele cacareja — pensar que essa coisa de justiça é simples e natural. Por que você acha que os juízes lá no gabinete do Coletor usam peruquinhas ridículas e colarinhos engraçados? Se a justiça fosse simples qual a necessidade de fantasias? Por que eles cobram tanto? Se houvesse essa coisa de justiça natural, você não teria direito a ela, pudesse ou não pagar?

— Sem dúvida você está certo — diz Zafar —, mas um desejo por mais idiota que seja, ainda é um desejo, e esse é o meu primeiro.

Diz o corvo: — Conceder um desejo impossível é ainda mais idiota do que desejá-lo. Qual é o seu segundo desejo?

Zafar sem hesitar responde: — Meu povo é o mais pobre do planeta, aquele contra o qual lutamos é o mais rico. Nós nada temos, eles têm tudo. Do nosso lado há fome, do deles, ganância sem qualquer objetivo além de se tornarem mais gananciosos. Nosso povo é tão pobre que trinta e três mil deles juntos não conseguem pagar um advogado amrikan, a Kompani pode pagar trinta e três mil advogados. Então meu segundo desejo é que você volte ao meu primeiro desejo e torne o impossível possível.

— Impossível possível? — grasna o corvo. — Esse é mais idiota do que o primeiro. E o terceiro?

Zafar pensa sobre isso por muito tempo e depois diz: — Eu gostaria de ver o rosto do meu inimigo.

— Veja então — diz o pássaro.

Quando o corvo diz isso, Zafar olha para baixo e vê a si mesmo, uma pequena figura de pé sozinha à beira de um mar que se estica para a frente e para trás até o limite do mundo, que começa a piscar como um anúncio de néon. Acima do horizonte surge uma cidade de prédios altos. Ela vai crescendo, empurrando o oceano. Dela brotam enormes prédios como dentes no maxilar de um porco. Um prédio domina todos os outros, árido, sem janelas, feito de concreto cinzento. O ar ao redor de Zafar começa a latejar com pulsações de luz púrpura e verde, um fogo ardente uiva em suas entranhas. O fogo começa a consumi-lo, sua visão se turva, ele não consegue focalizar o prédio enorme.

O corvo diz: — Contemple a Kompani. Em seu telhado há soldados com armas. Tanques patrulham seus pés. Jatos sobrevoam deixando rastros entrecruzados e em suas fundações há casamatas cheias de bombas atômicas. De seu prédio a Kompani controla suas fábricas ao redor do mundo. Ele está recheado de papel-moeda, é a tesouraria da fortuna da Kompani. Um andar do prédio é reservado para os trinta e três mil advogados da Kompani. Outra é para médicos fazendo pesquisas para provar que os diversos acidentes da Kompani não causaram qualquer dano a ninguém. Num outro ainda engenheiros planejam projetos que são baratos para executar e gerir. Químicos num andar mais alto fazem experiências com venenos, misturando-os para ver qual deles mata com mais eficácia. Um andar é dedicado a coisas vivas esperando em gaiolas para serem mortas. Acima dos químicos há um andar para aqueles que vendem os venenos da Kompani com slogans como APERTEM AS MÃOS DO FUTURO e NINGUÉM É MAIS CUIDADOSO, acima deles há mil consultores de relações públicas, cujo trabalho é lidar com contestadores como Zafar que são cegos às virtudes da Kompani e publicam panfletos desabonadores dizendo NINGUÉM É MENOS CUIDADOSO. É o trabalho do pessoal de relações públicas dizer ao mundo o quanto a Kompani é boa e cuidadosa e responsável. No andar dos diretores, no alto do prédio, a Kompani dá uma festa para todos os seus amigos. Lá você vai encontrar generais e juízes, senadores, presidentes e primeiros-ministros, xeiques do petróleo, donos de jornais, estrelas de cinema, chefes de polícia, chefões da máfia, membros de obscuras famílias reais, etcetera, etcetera.

O corvo para a fim de tomar fôlego depois de seu enorme discurso. Suas asas esvoaçam junto ao rosto de Zafar e embaçam a luz. Zafar, vendo-se lá sozinho, começa a se desesperar, não importa por quanto tempo e o quanto ele trabalhe, como poderá ser bem-sucedido contra tal adversário? Diz ele: — Este não é o meu pedido, eu pedi para ver o rosto de meu inimigo.

— Terceira vez impossível — diz o corvo. — A Kompani não tem rosto.

Ele dá meia-volta e desaparece e Zafar começa a cair do céu. Enquanto cai ele vê a terra indiana se desenrolar debaixo dele com todas as suas florestas e campos e ouve sua própria voz gritando *agar firdaus bar roo-e zameen ast, hameen ast-o hameen ast-o hameen ast* e se lembra de que não é impotente, que ele possui o invencível, insuperável poder do zero. Contra esse dalle [nada], coisa nenhuma, nadinha, rien de tout [nada de nada], o tudo da Kompani não tem qualquer chance. No mesmo instante, os contornos da terra se dissolvem em desenhos tais como os que são tecidos em tapetes pelos yar-yilaqis e outros de Cabul ao Curdistão. Zafar, maravilhando-se diante das arrebatadoras cores e formas, pensa "Por deus, em quem eu não acredito, se eu conseguisse me lembrar de tudo isso, seria um mestre tapeceiro".

Afinal ele dorme, um sono profundo que dura mais de um dia. Acorda livre da dor, mas com a mente em turbilhão, e este pensamento correndo em círculos pela sua cabeça: "Estou cego como um morcego, louco como um chapeleiro, vermelho como um bife, quente como uma lebre, seco como um osso, meu intestino e minha bexiga se transformaram em pedra, meu coração bate sozinho".

— Faqri, seu puto, o que você botou naquelas pílulas?

Depois do sonho de Zafar, que todos ouviram com reverência, mas que na verdade é o mesmo velho mantra que ele vem regurgitando há anos embaralhado numa grande nasha[3] por drogas, não tive escolha senão parar com o remédio.

— Segredo profissional — Faqri me informa.

— Não me venha com essa.

Segredo profissional é uma grande piada em Khaufpur. Foi o que a Kompani disse depois daquela noite, quando os médicos pediram informações a respeito dos venenos que devastavam a cidade. — O que há naquelas pílulas?

Ele está pensando em me dizer, mas sem pressa, então eu, para encorajá-lo, me inclino pra frente e enfio os dentes em sua perna.

— Porra! — ele diz, pulando pra trás. — Você é uma bosta dum selvagem, isso sim.

— O que há nelas?

Ele está esfregando a perna, parece que sente dor.

[3] nasha: intoxicação, barato, onda, viagem.

— Tenho que fazer de novo?

— Puta merda, não.

— Então o que você botou dentro?

— Datura.[4]

— Datura? — Não tenho certeza de ter ouvido direito.

— Isso — ele diz. — Eu tinha um pouco em estoque. Uso em meus remédios, você sabe que tipo de lugar Khaufpur é pra asma... — ele hesita, vendo minha expressão. — Capital mundial de pulmões fodidos.

— Seu ordinário.

— Estão funcionando, não estão? — diz Faqri.

— Funcionando? Seu idiota, eu disse pra deixar ele doente, não pra matar.

— Depende da dose — diz Faqri teimando. — Mas eu tenho uma sugestão. Pare de dar as pílulas a Zafar, tome-as você mesmo, porque está me parecendo que o problema real é o seu famoso caralho.

Porra de Faqri, o desgraçado tem razão, o dia inteiro não pensei em outra coisa que não fosse sexo, é tudo o que eu quero, eu quero foder. Todo mundo faz isso, por que não eu? O mundo inteiro fode por aí dia e noite, por que eu sou o único deixado de fora? Por que eu também não posso ter prazer, minha coisa dói com a necessidade, quero dizer, a necessidade da coisa de verdade, cuspir na palma da sua mão não é a mesma coisa. Dói quando os outros insinuam, nunca eles me dizem na cara, que eu deveria encarar os fatos, nenhuma mulher vai me desejar. Olhos, admita, até você pensou isso. Por que eu não poderia ser desejado, até mesmo amado? Nisha me ama, tá bom, não como eu gostaria, mas isso vai ser quando minhas costas ficarem retas. É por isso que, mesmo ele estando doente, eu odeio Zafar, ele poderia ter qualquer mulher, mas ele vai ficar com a única garota que me trata como normal, o que por deus eu sou, um dia vou provar isso enfiando essa coisa minha numa mulher viva. Vou penetrá-la e abri-la até que o meu pau bata no coração dela

[4] datura: datura (*Datura stramonium*), figueira-do-diabo ou orelha-de-macaco, planta altamente venenosa.

e ela grite meu nome, "Animal! Animal! Animal!", e vou sorver a doçura da vida pelos seus lábios.

Desde que salvou minha vida Farouq tem agido como se fosse meu melhor amigo. Por sugestão dele, tenho que comer com ele, beber chai com ele, perambular pela cidade com ele. Devemos esquecer as discussões do passado e ser camaradas, que pensamento terrível! No feriado de Holi, menos de uma semana depois da andada no fogo, estou no apartamento dele perto da Porta Ajmeri, onde vive a maioria dos yar-yilaqis. É o único lugar em Khaufpur onde você sempre vai encontrar camelos estacionados na rua. Farouq me diz: —Animal, Khã, hoje é seu aniversário.

Bem, não é. Eu não sei em que dia nasci, mas deve cair pouco antes do aniversário daquela noite. Quando eu era pequeno e me preocupava com coisas como aniversários, não havia ninguém para me desejar felicidades, então eu fingia que as procissões com tochas e cânticos eram em minha homenagem, e também a queima da figura do chefão da Kompani era a minha festa, porque ele era o monstro que matou meus pais.

— De qualquer jeito é o seu aniversário — insiste Farouq quando eu disse tudo isso. Ele dá um risinho estranho. — Tem que ser, amigo Animal, porque eu tenho um presente para você.

— Como é? — estou perplexo, mas também intrigado, em geral os únicos presentes que recebo são os que eu mesmo roubei.

— É surpresa. Uma coisa de que você vai gostar muito.

É claro que estou desconfiado. Não acho que exista alguma coisa que Farouq possa me dar de que eu vou gostar muito.

Ele está me olhando de cima a baixo.

— Você não tem nada pra vestir além dessa bermuda nojenta?

— O que você tem com isso?

Diz ele: — Tô com a ideia de te levar num lugar especial.

— Onde?

— Para um tratamento especial. Muito especial, confie em mim.

O sorriso estranho se estica como uma máscara no rosto dele.

— Confiar em você? O que é que eu sou, biruta? — estou tentando dar a impressão de que pouco estou ligando, mas a verdade é que ele conseguiu me fazer pensar: — Que tratamento?

— Se eu contar não será surpresa — diz ele. — Precisa ser uma surpresa. Aí está o segredo.

— Quando você me contar, não vai ser surpresa?

— Não, não — diz Farouq. — Estragaria tudo. Vamos esquecer o assunto.

— Tudo bem. — Nem pensar em mostrar meu desapontamento.

— Pena. Você teria gostado — diz o salaud [cretino]. — É uma coisa que você sempre quis. Quando você souber o que era, vai se dar uns tabefes.

A isso eu não dei resposta, então nos sentamos em silêncio, ouvindo os gritos daqueles que brincavam de Holi pelas ruas. Depois de algum tempo, Farouq diz: — Lembra-se de quando você quase morreu e eu te salvei do fogo?

— Não vou esquecer nunca, porque você nunca vai deixar.

— Não seja assim. Fiquei pensando em você, levando uma vida difícil e tudo, sem chance de arrumar uma garota, sem chance de uma namorada.

— E cuidar da sua vida? — digo a ele, mas ele só dá de ombros.

— Não finja que não está sempre pensando nisso.

O filho da mãe deu uma dentro. É primavera, quando as bolas ficam pesadas e a pica implora por atenção como um soldado bêbado batendo continência pra toda mulher que vê. Nesta estação, quando toda coisa de macho quer meter na pombinha mais próxima. Somraj está de olho comprido em Elli, Zafar com ou sem pílulas está dando seu jeito, e eu sou o único que não estou me dando bem.

— Eu me encontro com montes de garotas, posso socar uma pombinha quando bem entender.

Que mentira sem-vergonha! Tenho visto um monte de Elli e Nisha, se bem que sem elas saberem, quero fazer aquilo com Nisha mas faria com Elli, pra ser honesto faria com qualquer uma.

— Que besteira! — diz Farouq. — Você nunca fodeu.

— Claro que fodi. Aos montes. Provavelmente mais do que você.

— Tudo bem — diz ele —, e eu aqui achando que você fosse um tocador de flauta.

Ele fica me encarando. O risinho idiota está de volta. Então ele diz: — Animal, yaar, vamos tomar uns bhang.

— Muito bem — eu digo, aliviado com a mudança de assunto —, finalmente uma boa ideia.

Farouq foi buscar a bicicleta, eu trepei na garupa e chacoalhamos até a loja do governo no Mercado Novo, onde vendem balas de cânhamo, quatro por dez rúpias. É Holi e as ruas estão perdidas em nuvens de cor. Todas as barracas no mercado exibem cestas com pigmentos amarelos, rosas, vermelhos e azuis. Esguichos de pó vêm até nós de todas as direções. Somos atingidos por cascatas de arco-íris.

Farouq grita por cima do ombro: — Ei, Animal, mais tarde podemos ir perturbar as garotas.

Preciso explicar, Olhos, que Holi é um dia em que os homens afirmam ter permissão pra fazer tudo o que quiserem, ser abusados, molhar uma garota até a blusa dela ficar colada no corpo, passar a mão pela ponta das tetas, ela não tem o direito de responder. Esta é uma das razões pelas quais um monte de garotas fica dentro de casa na Holi, com as portas trancadas, pelo menos é assim que acontece aqui em Khaufpur. Não posso falar de como isso funciona em Bombaim ou Nova York.

Bamboleamos de volta à casa dele, completamente listrados de azul e púrpura e verde. As balas de cânhamo são como pequenas bolotas de ração de vaca, nós as mergulhamos em leite, pomos açúcar e também, porque é Khaufpur, uma pitada de sal. Logo logo estou flutuando vinte metros acima da minha própria cabeça. Ah! Como eu voo! O bhang ruge cada vez mais, de tão poderoso que é, deve ter vindo de sementes cuspidas por uma cobra. Olhos, se você alguma vez beber esse troço tome cuidado que isso pode dar um nó no seu fígado, em volta das suas sobrancelhas e soldar seus dedos dos pés nas suas órbitas. Talvez sensações eróticas venham junto com o bhang, porque não consigo parar de pensar em sexo, lembrando de coisas que vi das árvores, frangipani e mangueira, meu monstro começa a se agitar, inchando ele está, levantando seu focinho rombudo pra farejar o ar, ponha a culpa na estação, seja o que for, este meu falo impertinente está começando a ficar solidamente acordado.

Lá do passado esquecido vem uma voz: — Ouf! Baap Re! Não aponta essa coisa pra mim!

É Farouq, olhando de olhos esbugalhados pra minha kakadu.

Irmão, nessa nasha não tem espaço pra constrangimento.

— Você está é com inveja — eu digo, sufocando de rir. — Você morreria pra ter um como o meu.

— Como posso ter inveja de alguém que nunca teve uma garota?

— Claro que tive — minha voz soa como se eu estivesse chegando de um país distante.

— Mentira tipo Kompani — diz ele, querendo dizer que uma inverdade infinitamente repetida não se torna verdade. Depois de algum tempo, que pode ter sido curto ou longo, não se tendo como saber, ele pergunta: — Então, que casa você prefere?

— Casa? — Nessa nasha, cada palavra zune com uma centena de significados.

— Daquele tipo. — Cada significado tem uma centena de nuanças. — Laxmi Talkies.

Ah! Ele quer dizer les sordides maisons de passe [as sórdidas casas de tolerância] das quais há algumas perto daquele cinema.

— Você nunca foi. Está mentindo, seu vagabundo de merda — diz Farouq. — Vamos, vamos pra lá. Ao Laxmi Talkies. Agora mesmo. Vamos botar você na cama com uma puta gostosa de peitões que nem potes de mel.

— Você não falaria desse jeito se Zafar estivesse aqui.

— Bem, Zafar não está aqui — diz Farouq. — Vamos, eu pago pra você.

— Por quê?

— Pela diversão. Vamos, é sua grande chance de fazer.

— Posso fazer a qualquer hora.

— Mentira tipo Kompani — ele ri. — Vamos. Sua primeira vez. Você está se sentindo bem. Vamos.

— O que você vai ganhar com isso?

— Prazer de fazer um amigo feliz.

Daí ele declara que essa é a grande surpresa que ele estava planejando o tempo todo. Esta noite, esta noite mesmo, vou realizar o desejo do meu coração, vou trepar.

Depois disso as coisas ficam um pouco nubladas. Em algum momento, Farouq e eu vamos por uma longa trilha de bicicleta através daquela barafunda de Holi, pelos jatos de água colorida e rajadas de pós. Ele pedalando, eu me balançando na garupa, nós rodeamos os muros da cidade velha, disparamos para a frente e para trás pela Porta Pir, onde está escrita a mensagem que Abdul Saliq grita, dizendo pra gente de alma suja se mandar e morrer. Tomamos chai na loja do RTI e ficamos olhando o mundo passar.

Anoitece, o povo está nas ruas, nos caixotes de frutas e barracas de roupas lampiões brilhantes estão acesos. O mercado está atulhado de luzes e cores e meios pedaços de conversas entreouvidos que, reunidos, se combinam em revelações de grandes verdades. Mas a verdade verdadeira é que a nasha aumentou. Esta nasha não é bebedeira, ela amplifica as coisas, mostra suas verdadeiras naturezas. Só de olhar para as pessoas andando eu conheço suas almas. Lá vem um cujo rosto é uma história de atos egoístas, dinheiro ele amontoou, vidas esmagou, nenhuma compaixão ou piedade há ali, só um ar hipócrita de dono da verdade acumulado na papada, que é como os perversos encobrem seus crimes. Lá vem uma mulher que afoga homens em seus olhos e, quando ela se olha no espelho, eles ainda estão lá, olhando de volta pra ela. Essa escória andante acredita que ninguém o ama, então, em troca, ele negligencia a mulher curvada a seu lado. E quem é esse queixudo cheio de pose, rindo de mim do alto da sua arrogância e de seu barrigão, sorte dele, o pinto não é maior do que uma cenoura pobre. Rostos amáveis existem também, na multidão, mas tantos têm aquele olhar comum entre os khaufpuris, cansaço, doença, futilidade, seus rostos oscilam e se dissolvem como piscinas de nuvens. Sob meus olhos flutua uma garota cujos cabelos caem sobre um dos olhos, outra deliciosa como uma bandeja de doces.

— Wah wah — começa a voz do meu companheiro esquecido —, com ela eu não me importaria.

Olho em volta, perplexo. Falando do quê?

Farouq está sentado por perto, com um olhar malicioso do tamanho da Porta Pir estampado no rosto. Examinando suas entranhas, encontro uma coisa que não espero, é medo. O quê? Meu torturador brincalhão, com medo? Meu ódio habitual contra Farouq é substituído por um terno desprezo. Que babaca! Desmascarado por sua própria bravata de bebedor de bhang. Começamos a fazer a brincadeira suja de examinar e avaliar todas as mulheres que passam, independente de idade ou respeitabilidade.

Uma matrona roliça que precisava usar pelo menos dois sáris para dar a volta em seus enormes quadris?

— Nem pensar, yaar.

Dona de casa recatada com criança pequena?

— Essa vai.

E por aí afora:

— Não serve.

— Com certeza.

— De jeito nenhum.

Eu meio que me lembro de Farouq botando na minha mão um outro copo de bhang, e também de beber como se toda a sede do mundo estivesse na minha boca. Cuspo no leite materno do tempo, que, desconfio, está passando. Como saber?

Ouvindo uma batida no meu cérebro, abro uma porta que leva para um quarto no qual há uma mesa comprida de madeira escura polida como vidro. Sobre ela o pote do Khã se equilibra sobre seu próprio reflexo invertido.

— Estive à espera de um bom momento — diz ele — pra te lembrar da tua promessa. Senhores e senhoras, cumprimentem nosso bom amigo Animal.

Ao longo de toda a mesa há outros potes nos quais há pequenas formas boiando em líquido, não consigo distinguir seus traços.

— Tarde, tarde — dizem em coro, com pequenas vozes que soam como sinos.

— Animal, conheça os outros diretores do Conselho.

— Conselho de quê?

Todas as crianças nos frascos têm deformidades terríveis. Uma delas tem um único e enorme olho esgazeado no meio da testa, outra tem três braços, numa terceira faltam o nariz e a boca.

— Kompani, é claro — diz meu amigo, como se eu fosse um idiota ao perguntar.

Bem, esta é uma novidade chocante. — Então você é o mal-intencionado, ganancioso...

— Não, seu idiota — grita meu camarada de duas cabeças. — Todo mundo nesta terra tem no corpo uma contribuição dos venenos da Kompani. Mas de todas as vítimas da Kompani você é a mais jovem. Nós não nascidos pagamos o preço mais alto. Ter morrido é o que menos importa, nós nem mesmo tivemos uma merda de sopro de vida. É por isso que, Animal miyañ, somos o Conselho de diretores das ações dos veneno-wallah.

Estou pensando que isso é uma sequência de eventos muito estranha que ninguém tinha previsto e como a vida é mais estranha do que as histórias e até mesmo essas criaturinhas em seus frascos redondos de pescoços compridos encontraram algum objetivo na rede de coisas.

— Não só nós nunca vivemos, mas enquanto estivermos presos nesta situação nunca vamos morrer. Você percebe o nosso problema. Depois de algum tempo percebemos que a Kompani também nunca morre, então criamos o Conselho.

— E qual é exatamente a sua função?

— Desfazer tudo o que a Kompani faz. Em vez de abrir espaço para novas fábricas, plantar grama e árvores sobre as antigas, em vez de inventar novos venenos, fazer remédios para curar os males já antes provocados, removê-los da terra e da água e do ar...

Nisso comecei a rir. Eu disse: — Vocês estão se iludindo se pensam que podem um dia mudar a Kompani. Eles são grandes e poderosos demais, não vão morrer, vão continuar a existir por toda a eternidade.

Nos potes, alguma transformação está acontecendo. Ao redor das pequenas formas daquelas jovens vítimas da Kompani, a suave luz de luas e estrelas começa a brilhar e símbolos de justiça aparecem. Enquanto observo-os crescer e se transformar em seres brilhantes de uma beleza tão terrível, desejo cair de cara no chão porque com certeza eles devem ser anjos.

— Liberte-nos — diz meu amigo — e então, Animal, você pode descansar sua mente perturbada, porque mesmo a eternidade não dura para sempre.

De volta a esta vida num pequeno quarto, luz do sol se insinuando sob minhas pálpebras, estou deitado num catre estreito. Enroscada em mim está uma garota, nua como no dia em que saiu do útero de sua mãe. A pele escura de suas costas e bunda é uma visão chocante, parece estar rachada, como se ela tivesse sido chicoteada, ou alguma besta a tivesse arranhado com suas garras, mas então vejo que são grossas riscas de cor. Seu corpo mostra curiosas marcas, listras de laranja abraçam as curvas de suas costelas. Quem é ela? Não tenho ideia. Examinar a mim mesmo revela mais mistérios. Primeiro de tudo, eu também estou nu. Manchado estou com as cores de Holi, minha kakadu sumiu, e meu cacete-dos-cacetes, deitado grosso e mole entre mim e a garota, está todo coberto de pontos de pó azul brilhante. Que diabos aconteceu?

Sem conseguir me lembrar, me arrasto até a janela. Lá fora, a aurora avança sobre Khaufpur. É uma manhã de ar brilhante e fresco. O alto das casas mal oculta o sol e ao longe pombos circundam os minaretes da Taj-ul-masjid. Na esquina da ruela ali embaixo, posso decifrar um letreiro:

L
A
X
M
I

T
A
L
K
I
E

Meu deus, então Farouq cumpriu a promessa. É um bordel.

— Então — diz uma voz sonolenta. — Sua excelência acordou.

Os olhos da garota estão abertos. Inclinados eles são num rosto borrado com desenhos de folhas verdes, parece que ela está espiando de dentro de uma selva.

— Diga bom dia, Animal. Como vai sua cabeça? Lembra de ontem à noite?

Cheio de aflição estou. Muitas vezes pensei em vir a esses lugares, mas nunca ousei. A garota está me encarando.

— Como é que você sabe meu nome?

— Fingindo que não me conhece? Me comeu com os olhos muitas vezes, você.

Então me ocorre que essa é Anjali, a garota simpática que mexia comigo nos meus dias de rua. Difícil é reconhecê-la debaixo de todas as cores que mudaram sua aparência. Completamente diferente ela está.

— Qual é? Perdeu a memória? Não se lembra de chegar gritando pra abrir caminho para o senhor das bestas, você ia nos mostrar uma coisa que nunca tínhamos visto antes?

— Não.

— Você ia ter todas as garotas da casa. Lembra de ter dito isso, depois que seu amigo foi embora?

— Onde está o meu amigo? Você disse que ele foi embora?

Estamos os dois nus, cobertos de cor, esta é uma situação muito estranha.

— Logo depois de deixar você aqui. Não o culpe. Nunca vi ninguém tão chapado como você estava. Você se lembra de como estava vestido?

Ah, está tudo voltando agora, aquela nasha enorme, o mundo explodindo em pontos de luz conectados por formas coloridas, no beco dos funileiros que sai lá da Porta Pir estou com Farouq. Apesar do fato de que é noite e ainda por cima noite de Holi, os funileiros estão fazendo suas coisas, trabalhando o metal, derramando-o em suas formas, branco, quente e tão brilhante que dói no olho. Farouq por alguma razão está de óculos escuros e pergunta se eu os quero emprestados. Boa ideia, agora é mais fácil olhar para as fornalhas, tantas cores há na chama, é como se elas também estivessem festejando Holi. Daí então Farouq enrolou uma cobra em meu pescoço. Bem, eu sei que ele é um homem desesperado, mas isso é demais, pulo pra trás berrando de pavor, o desgraçado só ri. — Seu imbecil, isto é uma gravata.

Bem, nunca antes eu tinha visto uma dependurada antes, como eu ia saber que elas eram tão compridas e que tinham aquela forma, como uma serpente com um capuz em forma de leque, como a cobra que engrinalda Shiva? Farouq, prendendo o riso, amarra aquilo em volta do meu pescoço. — Wah, um artista de fillum você parece — diz ele, dando um passo para trás a admirar. — Shah Rukh Khan, abra espaço, chegou Animal Khan.

Não me lembro de mais nada.

— Você entrou rugindo — diz Anjali —, algumas garotas ficaram apavoradas, outras riram. Você pediu bebida, mas quando ela chegou você a cuspiu no chão e disse que não ia tocar numa daru tão ruim. Alguns queriam botar você pra fora, mas madame disse não, você tinha pagado, ou pelo menos seu amigo tinha. Então perguntaram que garota você queria, você disse: "Minha velha e querida amiga Anjali." Um desgraçado difícil, você. Madame perguntou seu nome, você disse "Animal" numa voz altiva. Então eu disse: "Sempre contando vantagem, os homens. O que o senhor vai fazer, sr. Animal, me morder?" "Fala comigo desse jeito e vou mesmo", você disse, daí eu te puxei pela gravata e te trouxe aqui pra cima como um cachorro, os outros todos ficaram por lá berrando. Você realmente não se lembra de nada disso?

Eu não lembro mas uma enorme pergunta arde na minha cabeça.

— Desculpe perguntar, Anjali, mas depois que viemos aqui pra cima, o que aconteceu exatamente?

— O que aconteceu? Você esqueceu aquilo também?

— Por favor, me diz.

Com certeza não podia ser. Que destino cruel e malicioso poderia me dar minha primeira foda e depois apagar completamente a memória?

— Nós... fizemos alguma coisa?

— Na noite passada — diz —, você não parava de falar. Você falou dos velhos tempos, de quando nos conhecemos, de todos os seus amigos. Oh, não se preocupe, foi interessante, eu gostei, nós rimos juntos. Daí você ficou todo tristonho, disse que você era o único animal que nunca encontraria uma companheira porque só existe um como você, não existe fêmea como você. Eu disse não me surpreende, você já viu com que cara está, você parecia um arco-íris selvagem, então daí eu tive essa ideia, achei algumas cores de Holi, nós nos pintamos.

Recostada aqui na cama ela parece bem feliz em conversar, eu tomo consciência de seus seios nus, pendurados perto do meu rosto.

— Então não fizemos nada?

— Querido, não me olhe como se a culpa fosse minha.

— Bem, fizemos ou não fizemos?

— Você dormiu.

Vendo minha expressão desanimada, ela diz: — Ah-ha, então você gostaria de ter feito. Eu bem que pensei se o seu amigo não tava nos gozando.

O que posso dizer? É claro que eu queria aquela coisa que venho desejando há tanto tempo, e também eu já tinha estado apaixonado por essa garota. Quase bonita ela é, seu rosto é todo marcado, o que em Khaufpur chamamos de naqsheen katora,[5] tigela decorada, mas seu sorriso é sem dúvida amável, e também é claro que ela está nua, nunca eu tinha estado tão perto de uma mulher nua.

Acho que talvez ela tenha adivinhado o que se passa na minha cabeça, porque um olhar maroto aparece no seu rosto, ela diz: "Ora, ora, então agora afinal de contas você gostaria de fazer? Hoje é outro preço, vejamos o seu dinheiro. Dá."

— Não tenho.

Ela estoura de rir. — Estou te gozando. Seu amigo pagou, ainda está valendo. Acho que poderia botar você pra fora se eu quisesse, mas sabe de uma coisa, Animal, eu sempre gostei de você, eu costumava pensar como seria se eu fizesse com você. E isso foi mesmo antes que eu visse essa coisa que você está exibindo aí.

— Por favor, estou tão constrangido — murmurei.

Isso faz com que ela caia na gargalhada. — Wah, ouçam este cavalheiro. Vem pra um lugar como este e quer mostrar suas maneiras lukhnawi.[6] Vamos, você quer ou não quer?

— Claro que quero.

— Bem, o que está esperando? Ai, céus! — De repente ela entende. — Você nunca fez! Sua primeira vez. — Ela está rindo pra mim.

— Deixa pra lá — eu digo, com a cabeça cheia de dor. Nu, coberto de cores como estou, vamos tentar recuperar qualquer dignidade que alguém como eu possa ter.

— Não fique assim — ela diz. — Vou te mostrar o que fazer. Veja, você pode me tocar se quiser. Aqui, assim. E eu posso tocar em você também. Veja, se deitarmos desse jeito, se eu ficar assim e você ficar...

Bem, eu gostaria de tocar nela. Estico uma das mãos mas no último instante eu hesito. Ela pega a minha mão e a aperta no seu peito que está quente e duro, o mamilo cutuca minha palma.

— Segura mais — ela oferece o outro. — Você quer beijar eles? Ou lamber? Você gostaria de chupar eles? Pode morder também, se for de leve.

[5] naqsheen katora: alguém cujo rosto tem marcas de varíola.
[6] lukhnawi: de Lucknow, cidade famosa por sua linguagem educada e amável.

— Eu só queria tocar. Pra ver como é.

Tirei afinal a mão do seu peito. Não fiz mais nenhum movimento, depois de um tempo ela começou a acariciar minhas costas.

— Tão forte, bonita a metade de cima de você, um peito tão bom, ombros fortes. Um rosto tão bonito. E esta coisa sua... — ela chegou lá e pegou meu monstro pesado em sua mão — se pelo menos o resto de você combinasse, você poderia se casar com uma princesa.

Então ela começou a fazer coisas que, Olhos, não quero contar, nem há uma razão pela qual eu devesse. Vamos dizer só que nessa hora, quando afinal eu podia ter meu desejo, gozar daquele prazer com o qual sonhei por tanto tempo, você sabe o quê, minha grande, orgulhosa, incontrolável pica não acordou. Profundamente adormecida, ou então encolhida de medo.

— Não se preocupe — a garota diz. — Você e eu, meu bem, nossa vida é uma tragédia. Vem cá.

Ela me dá um abraço, disso eu gosto muito. Nós dois animais da cor do arco-íris deitados enroscados juntos no amanhecer daquele pequeno quarto.

— Anjali, você realmente gostava de mim? Antes?

— Gostava, sim.

— Mas por quê?

A cama é estreita, nossos corpos se tocam. Minha mão está do outro lado dela, eu a deixo escorregar até onde sua cintura se estreita e acima da curva alta de seu quadril.

— Estávamos os dois na merda — diz Anjali —, mas você estava sempre rindo. Então eu ria também.

Ela parece tão triste, me ocorre que ela é pouco mais velha do que eu.

— Anjali, como você veio parar nesta vida?

A história dela é igual a tantas que você já ouviu. Ela tinha ido para os campos perto da sua aldeia para cortar grama. Chegou uma mulher, acompanhada de dois homens. Eles a levaram para Lucknow e a puseram numa kotha.[7]

[7] khota: espécie de "escola de cortesã"; a cidade de Lucknow é famosa na Índia por suas khotas, originalmente centros de aprendizado de cultura e boas maneiras. (N. da T.)

— Foi onde aprendi a profissão. De lá fui trazida para cá. Não tenho como escapar, é a minha vida agora.

— Você fala como se detestasse.

— O que há para detestar? É tão automático quanto um namastê. Tirar a roupa, fechar os olhos, depois disso, o que posso dizer?, o tempo passa.

— Você quer largar isso? Saia daqui. Vem, vamos juntos.

— Não é tão fácil. Eu não tenho dinheiro.

— Você não precisa de dinheiro — eu disse a ela. — Posso te mostrar como viver sem dinheiro.

— Sonhando, você está — ela diz com um suspiro amargo. — Madame pagou dinheiro por mim. Acha que ela vai me deixar ir embora assim sem mais nem menos? Uma garota tentou fugir, os cafetões a pegaram, bateram nela, depois jogaram ácido em seu rosto.

— Não se preocupe. Eu tenho amigos que podem cuidar desses desgraçados — eu digo.

— Você está maluco. Melhor nem pensar nessas coisas.

Ficamos deitados em silêncio por algum tempo, cada um com seus próprios pensamentos. Depois ela diz: — Desculpe por não poder fazer nada por você.

— Há uma coisa que eu gostaria.

Sussurro e ela parece perplexa.

— Só isso?

— Juro. Mais nada.

Então ela se deita de novo e faz o que pedi. Agora esta é a terceira mulher nua que já vi, esta tem um corpo como uma garrafa de Coca-Cola, e pernas marrons roliças. Quando espionei Elli e Nisha, tudo o que vi de verdade foram sombras escuras, nunca eu dei uma boa olhada. Agora pelo menos estou vendo de perto, só uns poucos centímetros, em todos os detalhes, essa coisa misteriosa, essa graça sedutora com a qual sonhei, pela qual ansiei, em nome da qual me desgracei e me comportei como um idiota.

Escuro é aquilo, as partes de fora parecem os lábios inchados de uma grande concha de molusco, dentro deles parece mais um lírio, duas pétalas concêntricas cujas extremidades são quase pretas, tingidas de púrpura como a flor de uma parreira. Essas extremidades são também um pouco embabadadas, não se unem embaixo, na ponta elas se juntam numa pequena crista que lembra uma mulher com a cabeça coberta por um véu. Aí está, a coisa mais poderosa do mundo pela qual todos os homens ficam loucos, mais preciosa do que ouro porque por sua posse homens ricos perdem fortunas, mais doce do que o poder porque seu desejo faz líderes de países arriscarem seus empregos, mais poderosa do que a honra porque transforma homens respeitáveis em idiotas. O que é essa coisa? Parece errado chamar isso de coisa, do nada a palavra graça surge na minha cabeça.

— Pode tocar se quiser — ela diz, mas eu não quero, eu só quero olhar.

Então seus dedos abrem as pétalas para me deixar ver, uma caverna rosada e brilhante é revelada. Como a pele é delicada, de tanta suavidade, entremeada de minúsculas veias, como você encontra em folhas ou pétalas, na verdade isso lembra mais uma flor e me faz pensar no hibisco, na base de cujas pétalas há um tubo cheio de líquido, você colhe uma flor e chupa, é bom como mel. Ela me mostra como a gruta rosada leva a um túnel cuja boca antes estava escondida, este é o caminho que leva ao útero, onde começa a vida, onde eu comecei, onde todos nós começamos. Tento imaginar o útero e chego à conclusão de que é um espaço vazio, o que significa que existe o nada na própria fonte da criação. Não admira que por alguns esta graça é adorada com incenso e flores e orações. Eu disse que isso era a coisa mais poderosa de todo o mundo, eu estava errado, isso é mais poderoso do que o mundo porque contém o mundo todo e também o céu e o inferno juntos, em suas profundezas está a totalidade do passado e também tudo o que será. Estou pensando em le pouvoir et la gloire [o poder e a glória] de que Ma Franci está sempre falando, o poder desta graça faz as bombas nucleares parecerem bombinhas de artifício, a glória é que isso tem seu lar entre as coxas desta criança, coxas machucadas pelos quadris de homens bêbados, nenhum dos quais, posso apostar, jamais compreendeu o que está profanando.

— Agora já vi, obrigado.

Com isso, procurei minha kakadu e comecei a me preparar para ir embora.

Diz Anjali: — Você é uma pessoa muito estranha, Animal. Me dá algum dinheiro.

Mas eu digo não e ela diz: — Animal, você é um desgraçado sem coração.

Fita dezesseis

Ah, a volta para casa daquele dia e noite de bhang, a cidade está cheia de ventos coloridos, cheiros cantam em minhas narinas, meus quatro pés se apoiam com leveza na terra. Quando me aproximo de nossa casa Jara vem correndo e lá está Ma.

— Por onde você andou? Estávamos preocupadas, a cachorra e eu.

— Nunca se preocupe — eu digo, alegre. — Veja, eu trouxe comida.

Eu tinha encontrado dinheiro no meu bolso e comprado ishtoo[1] e kulcha[2] num café: — Hoje vamos fazer uma festa.

Que alegria, estou dizendo a mim mesmo que é uma coisa boa meu zob [pinto] não ter ficado duro como normalmente fica, deve querer dizer que eu não quis que ficasse. Eu tinha vencido, dominado aquela coisa indomável, que se encolheu como um cachorro rabugento durante todo o tempo que fiquei com a menina, não sou mais governado por uma porra de uma quéquette [piroca], é assim que estou celebrando. Esse estado idiota de coisas dura até a noite, quando o resto de bhang se vai. Ouvindo os escorpiões, sem conseguir dormir, imagino a garota ao meu lado. Meu monstro não quer mais se abster. A maldição da luxúria voltou pior do que nunca. Não me dá paz agora a pica desgraçada, o tempo todo pedindo mão, isso cega é o que dizem, nesse caso não tenho direito de estar vendo a luz deste mundo, ah, lembrar disso me enche de vergonha, Olhos, não me diga que você nunca se tocou, se você sentiu vergonha, imagine mil vezes pior.

[1] ishtoo: ensopado.

[2] kulcha: pão achatado, mais grosso do que um chapati, não tão grosso quanto um naan.

Da alegria sai uma rua direta para o desespero. Xingando em silêncio na minha cama de capim, por que me deixo ser dominado pela coisa no meio das minhas pernas? Ela é minha dona? Fiz um juramento de obedecê-la? Ela vai me matar se eu disser não? Profundo e amargo ódio de mim eu sinto, me detestando por todas as coisas horrorosas que fiz. Afirmando amar Nisha, mas espionando-a e indo para a cama com uma prostituta. Elli é minha amiga, mas em segredo eu me vanglorio de ter visto sua graça? Sonho que estou rolando por infindáveis escadas até que chego ao fim de um poço profundo com a boca muito longe de mim e fora do meu alcance. Dias e noites são a mesma coisa lá, mas uma noite a lua brilha, um corvo desce voando para enfiar seu bico em minhas entranhas.

Dia seguinte, quando encontro gente, fantasio que me olham de um jeito estranho, como se soubessem meus segredos sujos. Convenço-me de que Farouq contou tudo, Nisha parece desatenta, como se não tivesse tempo pra mim. Eu me odeio e odeio minha vida miserável. E também Farouq é insuportável. Ele está em cima de mim para que eu conte o que aconteceu na casa das putains. Nada, eu digo, ou, se aconteceu, não foi nada do que você está pensando. Então Farouq está frustrado comigo e um filho da mãe ainda mais nojento do que antes. Uma coisa divertida, ele me faz jurar: — Animal yaar, nunca conte a Zafar e deus me livre a Nisha onde você esteve. Ia pegar mal pra você.

E pra você, seu desgraçado hipócrita, e pra você.

Próxima vez na clínica, Elli rindo, pergunta se estou ansioso para ver a Amrika.

— Isto chegou hoje! — ela segura um envelope. Dentro há uma carta do hospital na Amrika. Ela lê em voz alta. Eles acreditam que talvez possam ajudar.

Iau! Iau! Acho que podem me ouvir em toda Khaufpur.

— Espere, não se anime demais — diz ela. — Talvez é a palavra. Ainda temos um longo caminho até chegar à verdadeira cirurgia, não sabemos exatamente o que vai ser preciso, quantos procedimentos, nem quanto tempo vai demorar, nem quanto tempo você vai precisar ficar lá, e também ainda temos que conseguir o dinheiro.

Toda sorrisos ela está: — É um bom começo.

Bom começo? Meu cérebro já está disparando com todas as coisas que vou fazer quando puder andar ereto. — Quanto dinheiro?

— Melhor você não saber.

— Eu gostaria de ver.

Ela me entrega a carta, números em inglis são iguais em khaufpuri. Há um monte de zeros. Daí então fico desanimado, porque ninguém em Khaufpur tem esse tipo de dinheiro, a própria Elli doutora não tem.

— Olhe, dinheiro pode ser conseguido — ela diz. — Há muitas maneiras. Logo eu vou voltar para a Amrika e você vai comigo. Tenha esperança.

Pergunto quando nós vamos para a Amrika, ela diz que depende de uma porção de coisas como o fim desse maldito boicote.

— Não se preocupe com as dificuldades, só pense em como sua vida vai ficar melhor.

Ela diz que depois da cirurgia minhas costas vão ficar retas, eu vou ficar ereto, mas vai levar tempo para elas ficarem fortes. Vou precisar de apoio para andar, um par de muletas, ou bengalas.

— É fácil — ela diz —, você pode se balançar por aí bem depressa.

Ela sabe disso porque na cidade dela havia um hospital para feridos na guerra do Vietnã e muitos deles usavam bengalas. Então ela pergunta o que eu gostaria de ver na Amrika, mas eu digo não sei porque não tenho ideia do que existe lá. Bem, ela diz, se déssemos um passeio poderíamos visitar Nova York, onde há um monte de coisas para se ver, perto de onde ela mora há um museu com um monte de ossos de dinossauros, eu sei o que são dinossauros? Ora, porra, claro que sei, pra que mais Chunaram rouba o sinal de tevê? Já vi muitos programas sobre eles, são animais enormes que viveram nos tempos de antes dos humanos, o mais estranho de tudo era um cuja cabeça ficava presa num pescoço comprido tão longe do resto dele que ele tinha que ter dois cérebros, um ficava acima da bunda. Então Elli sorri e diz que eu tenho um bom cérebro, se eu tivesse nascido na Amrika eu poderia ter ido para a faculdade.

— Quem sabe até Harvard — ela diz. — Acho que você poderia ter sido um intelectual.

Então perguntei o que é um deles, parece que é alguém que pensa um bocado sobre coisas em que não precisa pensar. Nós, o povo do Quebra-Nozes, podemos olhar pra nós mesmos como nada, mas somos tão espertos quanto qualquer um. Somos tão espertos quanto os amrikans, diz Elli, mas eles têm todo o dinheiro daí eles têm boas vidas e a nossa é pouco mais que merda. Se eu tivesse nascido na Amrika, Elli diz, eu nunca teria que andar de quatro por todos esses anos. É, logo eu vou andar como um ser humano, vou ter pensamentos espertos, maravilhar as pessoas e nunca mais vou fazer coisas que me envergonhem.

— Vai se foder — diz o presidente do Conselho dos veneno-wallah de seu pote no canto. — De pé ou não, você vai continuar brincando com aquela coisa dia e noite, afinal de contas, que outro prazer você tem na vida?

— Do que é feito o mundo, música ou promessas?

Esta é a pergunta que coloquei para a companhia reunida na loja de Chunaram.

— Que tipo de porra de pergunta é essa? — pergunta o proprietário, que sabe muito bem que o mundo é feito de uma coisa só, e para provar isso ele arrancou o dedo.

— Ouça, para pandit Somraj ele é feito de música, Elli doutora diz que ele é feito de promessas. Podem esses mundos andar juntos?

— Ora, ora! Vejam aonde isso vai chegar.

— Zafar bhai, o que acha?

Zafar, que não está muito contente por eu ter trazido esse assunto à tona, responde que comparar música a promessas é tão absurdo quanto comparar um abutre a uma batata, batatas não têm asas e abutres não crescem debaixo da terra. Diz ele: — Você está fazendo uma equação de duas coisas que nada têm em comum.

— Zafar bhai, o que é uma equação?

— Um modo de mostrar como duas coisas diferentes podem ser a mesma coisa.

— Então daí eu aceito esse desafio abutre-batata. É fácil. Um ovo de abutre é do mesmo tamanho que uma batata.

Zafar ri e diz que minha resposta é engenhosa, mas como é que eu sei?

Isso não posso admitir. Até uns poucos anos atrás havia uma porção de abutres em Khaufpur, eles costumavam voar baixo e pousar nos montes de lixo que eu também saqueava, um dia encontrei um ovo que eu primeiro achei que era uma batata, até que peguei. Lavado e fervido, o gosto foi bom. Hoje não sobraram abutres e se isso é porque filhos da mãe esfomeados como eu comeram todos os seus ovos eu não sei.

— Saalé — diz Farouq, ainda bem injuriado comigo —, não comece a ter ideias sobre sua posição, que é bem baixa na vida.

— Mas diga, Zafar bhai — é Chunaram —, o povo está pasmo. Elli doutora, pandit Somraj. Nós todos vemos que eles agora se dão muito bem. Então por que continuar esse boicote? Não deveríamos todos nós nos beneficiar da amizade dela?

— Pandit Somraj só está sendo gentil com uma vizinha, mais nada — diz Zafar, que sabe muito bem que o povo desconfia que Somraj esteja recebendo em segredo tratamento da Elli doutora.

— Desculpe, Zafar bhai, até esse garoto estúpido percebeu que alguma coisa está acontecendo, é mais do que gentileza.

— Seu bosta de apóstolo de merda — gritei. — Eu aqui tentando ter uma discussão filosófica e tudo o que você sabe fazer é fofoca!

Estão todos se contorcendo de rir, então saí daquele lugar de babacas.

— Zafar irmão, me explique. — Eu o alcancei algum tempo depois. — O primeiro segredo da música, muitas vezes ouvi pandit-ji dizer, é que as notas em si mesmas não são nada, seu único significado é quando são comparadas à nota-chefe, o *sa*. “Não ouça as notas”, diz pandit-ji, “ouça suas flutuações para além de *sa*. É isso que dá origem à rasa, ou emoção. Se você compreender isso, você entendeu a música”.

— Sei, e daí?

— Daí fiquei pensando nessa coisa de flutuação. As coisas não podem flutuar sem se mover. Mais longe, mais perto, é uma questão de medida. Então as notas de música são medidas. E também, veja, você não pode saber o que é uma coisa se você não sabe o que ela não é. O que faz uma coisa ser ela mesma é que ela sempre mantém sua diferença das outras coisas. A nota *dha* fica sempre à mesma distância de *sa*, isso não é um tipo de promessa?

Zafar resmunga: — Se manda, Animal, eu gostaria que Elli nunca tivesse dito que você era um intelectual.

Crio coragem para perguntar a Somraj o que acha da minha ideia de que notas musicais são promessas. Ele ouve com seriedade, depois diz que há uma coisa da qual me esqueci. A natureza da promessa é que ela vem sem garantia. Depois ele diz que vai me contar o maior segredo da música. Diz Somraj: — As notas da escala são todas na verdade uma nota, que é *sa*. O trabalho do cantor é cantar *sa*, nada mais, apenas *sa*, mas *sa* é dobrada e torcida por este mundo e pelo que há nele, por mágoa ou amor ou saudade, essas coisas chegam e introduzem desejos no *sa*, dobrando-o e deformando-o, mandando-o mais para o alto ou mais para baixo, e o resultado é o que chamamos música. O trabalho do cantor é expressar a emoção mantendo-se ao mesmo tempo fiel a *sa* que é em si mesma eterna e imutável. E como na nossa música não há diferença entre o cantor e a canção, a promessa é feita pelo cantor e não pelas notas. Ragas são viagens através da condição humana, escalas que expressam determinados sentimentos, e a promessa do cantor é comunicar essa emoção. Mas pode acontecer que o cantor se afaste da escala, fazendo a plateia se encolher, então a promessa é quebrada.

Depois ele disse que, por ser toda música uma coisa, é que há música em todas as coisas.

— Zafar bhai, ouça mais uma ideia.

— O que é agora? Estou realmente ocupado.

— Você vai gostar dessa, ela explica tudo.

Daí expliquei que, se Somraj está certo, então é óbvio como um mundo feito de tal música é também um mundo de promessas feitas por autorriquixás e ferreiros, abelhas, chuva e locomotivas, porque a bicicleta guinchante de Gangu que pedala pelo Quebra-Nozes vendendo leite não seria ouvida se ele não mantivesse sua promessa de ser um leiteiro, não haveria estouros de escapamentos de caminhão se os motoristas e seus assistentes que se penduram nas cabines com seus pés para fora das janelas não estivessem todos cumprindo suas promessas e fazendo seu trabalho, talvez haja até algum tipo de música para ser obtida de abutres e batatas, se houver é certo que Somraj já pensou nisso, e todos esses sons estão flutuando ao redor de algum grande *sa* que cantarola constantemente na cabeça de Somraj, através do qual ele sintoniza o universo.

— Zafar, por que você está chorando?

— Alguma coisa no meu olho — diz Zafar, sobre cujas faces correm lágrimas.

— Animal, faça-me um favor, não exponha essas teorias para Nisha, não acho que ela vá compreender. Ela não está muito contente com seu pai sendo amigo de Elli.

Mas é pensar sobre chuva que elucida meu mistério, porque não haveria música de gotas caindo se as nuvens todos os anos não mantivessem sua promessa de explodir lá em cima, e me lembro de Elli dizendo que as marés são a lua e o mar mantendo suas próprias promessas, e é isso. Uma promessa envolve uma coisa que não pode ser medida, que é confiança, e não posso falar pela chuva e pelo mar e pela lua, mas posso perguntar por que as pessoas mantêm suas promessas e talvez a resposta no final seja amor.

À meia-noite Elli é acordada pela campainha da porta, alguém está lá fora com o dedo colado no botão. Ela enrola um xale no corpo, corre para baixo.

De todas as pessoas que ela não esperava ver, é Nisha de camisola, parecendo apavorada.

— Por favor, venha. Meu pai, ele está muito doente.

— Achei que você estivesse me boicotando.

Diz Nisha, que está aterrorizada: — Não há ninguém mais. Ele muitas vezes tem pesadelos, ele grita, fica sem ar, mas eu nunca o vi tão mal.

— Volte para perto dele — diz a médica. — Vou pegar minha maleta.

Um minuto depois, ela está ao lado da cama na qual está deitado Somraj. Ele está recostado num travesseiro, seu corpo nu da cintura para cima, coberto de suor, sua respiração é superficial, meio que apitando, uma espuma rosada brota dos cantos de sua boca. Ela ausculta seu peito, toma o pulso e também a temperatura.

— Eu sinto muito mesmo — diz Nisha, que a esta altura está aos prantos. — Eu não tenho o direito. Eu não a chamei nem mesmo quando Zafar estava doente. Tanta gente poderia ter sido ajudada por você, nós a impedimos. Isso é egoísta, estou morta de vergonha.

Somraj abre os olhos, quer falar, mas a médica põe um dedo em seus lábios.

— Fique quieto — diz a ele. A Nisha ela diz: — Você não tem com que se preocupar. Vamos apenas cuidar do seu pai.

Somraj fecha os olhos, mas Nisha mantém os dela fixos em Elli, que está preparando uma seringa. Quando a agulha desliza para fora de seu braço, Somraj dá um profundo suspiro.

— Agora ele está relaxado — diz sua filha, mas Elli sabe que ele tinha começado a relaxar mesmo antes que ela desse a injeção.

— Pensei que ele fosse morrer, Elli.

E foi a primeira vez que Nisha chamou Elli pelo nome. Somraj está queimando, o suor brota de sua testa.

Nisha apanha um pano, enxuga o rosto dele. Ele abre os olhos outra vez e diz a Elli: — Você é uma pessoa boa, eu tentei fazer da minha filha uma pessoa decente.

— Ela é uma pessoa decente — diz Elli, que não tem qualquer razão para acreditar nisso.

— Pssst, pai — diz Nisha, totalmente constrangida. Ela se inclina sobre ele e beija-lhe a testa.

Depois de algum tempo ele dorme, mas então começa a chorar numa voz cheia de medo.

— Ele tem esses pesadelos — diz Nisha. — Sempre a mesma coisa. Ele não fala a respeito, mas acho que devem ser muito horríveis.

— Como você sabe que é sempre o mesmo sonho? — Elli pergunta.

— Porque ele grita alto. E são as mesmas coisas todas as vezes.

— Que tipo de coisas?

— Espere — diz Nisha —, você mesma vai ouvir.

As duas mulheres se sentaram ao lado da cama e esperaram. Nisha trouxe um pouco de chá. Não era do jeito que Elli em geral tomava, esse chá estava leitoso, uma coisa espumosa na qual ela sentiu gosto de gengibre e cardamomo.

— Só deus sabe o que você deve pensar de mim — Nisha disse.

— Acho que você é uma boa menina, que ama o pai e se preocupa com o povo desta cidade. Animal me contou muita coisa sobre o bom trabalho que você faz. Por exemplo, como você o tirou das ruas. Então, não se preocupe.

— O que eu vou dizer a Zafar, e aos outros? Nós não deixamos que as pessoas se consultassem com você.

— Você vai dizer que o boicote deve acabar.

Nisha só concorda com a cabeça. Depois de algum tempo, ela pergunta timidamente: — Elli, você me contaria alguma coisa sobre a sua vida? Sobre a Amrika?

— O que posso contar? O que você gostaria de saber?

— Como é crescer lá? Ser jovem lá. Aqui, acho que não temos muita liberdade.

— Não tenho certeza de que liberdade seja a palavra certa.

— Quero dizer — falou a menina — liberdade de se apaixonar por quem você escolher. Não se preocupar com o que as pessoas pensam, com o que vão dizer se ele é da casta errada, ou da religião errada.

É claro, Elli pensou, Zafar é muçulmano e ela é hindu. Mas se alguém desaprovava o romance dos dois não era com certeza Somraj. Na verdade, ele era um homem surpreendente. Ela disse: — Meu primeiro grande amor foi quando eu estava no secundário. Eu devia ter uns 15 anos. Ele era um garoto italiano chamado Paulo, mas nós todos o chamávamos de Paul.

— Conte-me sobre Paulo.

— Bem — ela disse —, eu o conheci porque nós dois íamos para a escola muito cedo. Eu o ajudava a arrumar as cadeiras no refeitório antes do início das aulas. No começo era só para ter o que fazer.

— Mas você descobriu que gostava dele? Não consigo imaginar como ele era.

— Era um bom rapaz, não era feio. Nós fomos amigos durante quase o ano inteiro. A coisa estranha era que ele não estava na mesma turma que eu, então eu só o via antes das aulas.

— Então como ele se tornou o seu grande amor?

— Nós tivemos uma aula de dança, logo antes do Dia dos Namorados, e ele me convidou para dançar com ele. Era a última dança da noite, ele provavelmente levou a noite inteira criando coragem para me convidar.

A lembrança fez com que ela quisesse rir, mas o rosto de Nisha estava sério.

— Era uma música lenta. A gente tem que botar os braços em volta um do outro. Não acho que ele tivesse tido coragem no princípio. Mas devagarinho, devagarinho, fomos chegando mais perto, mais perto, até que no final da música, wah, nossos peitos estavam encostados. Eu me lembro de me sentir realmente atraída por ele e acho que ele sentia o mesmo por mim, porque o coração dele batia como um grande tambor.

— Ele tentou beijá-la?

Elli riu. — Não, ele nunca tentou, mas sabe do que mais? No Dia dos Namorados fiz um cartão para ele, escrito dentro "Gosto de você". Deixei no armário dele e é claro que eu não disse de quem era. Mais tarde naquele dia eu encontrei um bilhete enfiado dentro de um dos meus livros que dizia: "Também gosto de você." Então, pronto, era oficial.

— Mas se você fez um cartão, por que você não o assinou?

Então Elli se viu explicando que o Dia dos Namorados era um dia inteiramente dedicado ao romance, quando as pessoas, se tivessem sorte, recebiam cartões dizendo que eram amadas ou, se o remetente não quisesse se arriscar demais, "gostadas", mas os cartões tinham que ser anônimos.

— Mas então como é que as pessoas sabem quem as ama?

— Não sabem. Adivinham. É uma delícia tentar ver se acerta.

— E se adivinharem errado?

— Bem, não são muitas as garotas com tanta sorte a ponto de ter montes de admiradores. Eu com certeza não tinha. Então você tem uma ideia de quem mandou. Mas se você começar a fazer insinuações para a pessoa errada, então acho que pode acabar um pouco constrangida.

— Isso me parece um sistema estranho — disse Nisha. — Aqui nós temos uma coisa meio parecida, chamada raakhee, quando uma garota amarra uma pulseira ao redor do pulso de um menino. Ela é feita de linha colorida e coisas que brilham, tipo uma espécie de flor.

— Você amarrou uma no pulso de Zafar?

— Ah, não! — ela disse, com uma pequena careta. — Se você gosta de alguém desse jeito, nunca vai amarrar uma raakhee nele, porque é como dizer "Você é meu irmão". Uma irmã amarra raakhees nos pulsos de seus irmãos para lembrá-los de seu dever de protegê-la e a toda a sua família.

— Não é a mesma coisa que um marido também prometeria?

— É claro — disse Nisha. — Mas, se uma mulher não tem ninguém para protegê-la, então ela pode amarrar uma raakhee no pulso de um homem, e isso faz dele seu irmão.

— Em quem você amarra raakhees?

— Ninguém — disse Nisha. — Primeiro porque posso cuidar de mim mesma. Segundo, não há ninguém. Uma vez tentei amarrar uma no pulso do Animal, mas ele fugiu correndo.

Ora, é mesmo?, pensou Elli, divertida. Imagino por quê. Com seu cabelo comprido solto caindo nas costas, Nisha parecia encantadora. Elli, me contando todo esse episódio mais tarde, disse que foi capaz de ver por que meu coração estava partido.

Não muitas horas depois, quando Elli abre as portas, a rua está cheia de gente. Tossindo, mancando, gente doente numa fila se estendendo quase até onde o olho alcança. Na frente está Zafar. Quando ela o vê, ele se adianta, timidamente diz: — Nós cometemos uma injustiça. Sinto muito. Desculpe. Esta gente — com um gesto da mão ele indica a multidão — gostaria de sua ajuda.

Agora vem um tempo de paz. É a idade de ouro da minha história. Todos estão felizes. Todas as nossas discussões acabaram. O povo vem dia e noite à clínica de Elli, tão ocupada ela está nesses dias que mal a vemos, exceto pandit Somraj, que vai lá algumas noites e então ouvimos música no piano. Eu costumava me sentar com ela, hoje em dia me vejo sem ter o que fazer. Algumas vezes me sento com Nisha e Zafar, até que eles sobem as escadas. Ainda estou esfarelando o remédio de Zafar em sua comida, às vezes no chá, mas desde o sonho do corvo estou dando doses menores. Zafar ainda se queixa de dores de estômago, mas não tanto quanto antes, e nesses dias sinto pouca vontade de subir nas árvores. Minha vida já mudou. Para dizer a verdade, não estou tão contente com isso, e também eu não sou o único que está infeliz.

— Animal, eu sou uma pessoa má?

— Depende — respondo, não muito claro porque minha boca está cheia de manga.

— Depende, é mesmo? — diz Nisha. — Depende de quê, Animal sahib, do queixo de quem o suco pinga?

— Quer lamber?

Tão volúveis são as emoções, você nunca imaginaria que este é o mesmo Animal que estava há tão pouco tempo mergulhado em desespero por causa da tirania do cacete. Minha visita a Anjali parece uma história antiga, não tem mais o poder de me envergonhar. Além disso, não fiz nada, o que há pra me arrepender?

— Não enche.

— Você e eu, meu bem, é uma questão de tempo — digo a ela, mordendo o caroço.

Comecei há pouco tempo com essa gozação divertida, é pra ter certeza de que ela percebe que sou um candidato, um desses dias vou estar andando ereto. Só pra mostrar como sou informal, atirei a semente chupada no jardim, chupei meus dedos devagar, um a um, com um leve estalo no final de cada um.

— Estou me sentindo uma pessoa má — diz ela, ignorando minhas tentativas de paquera.

— A única coisa má em você é que está embriagada de Zafar e não consegue ver as virtudes do seu humilde servidor, ou seja, eu mesmo que estou pronto para morrer por você, então pense de novo por favor, é comigo que você deve se casar.

— Animal, você alguma vez ouviu outra pessoa? Falar, falar, falar, é tudo o que você faz. Como você resmunga. Honestamente, se falar é o que torna alguém humano, ninguém é mais humano do que você.

Bem, isto é uma sacanagem, mas eu adoro Nisha e me contento em lhe dar um olhar de reprovação como os de Jara, só grandes olhos. Isso faz o efeito desejado, nunca ela consegue me encarar por muito tempo. Ela suspira: — Seu idiota, estou tentando te dizer uma coisa importante. Acabei de ir à loja de Ghanshyam tirar uma foto.

Olhos, esse Ghanshyam tem uma loja na rua Iltutmish, com fotos nas vitrines de gente com penteados de vinte anos atrás. Ficaram amareladas, essas fotos, e há cocô de mosca pelos cantos, mas as pessoas vão lá para tirar fotos de seus bebês e, ai meu deus, para fotos de casamento.

— Você não vai se casar!

Ela cai na gargalhada. — Não, bobo, vou tirar um passaporte.

— Passaporte? — em tempos de surpresa, Olhos, talvez você faça isso também, eu me transformo num papagaio: — Um passaporte? Pra que você precisa de um passaporte?

— Vou para a Amrika — ela diz, não rindo mais.

— Amrika? Por que você vai pra Amrika?

— Elli vai, ela está indo com meu pai. Eles vão me levar para conhecer a família de Elli.

— Elli e seu pai? Mas por quê? — mal consigo respirar, é como se uma pedra pesada esmagasse meu peito.

— Meu pai e Elli, eles vão se casar.

— Animal, você não vai falar? Por favor, diga alguma coisa. Você foi o primeiro a suspeitar disso. Por que está parecendo tão perturbado?

Perturbado? Olhos, estou arrasado. Como posso dizer a Nisha que era eu quem deveria ir pra Amrika com Elli? Ela ia me levar por causa das minhas costas, de algum jeito nós conseguiríamos dinheiro para a cirurgia. Ela ia me mostrar Nova York, museu de dinossauro, etcetera. Agora ela vai com Somraj e Nisha, e o que vai acontecer comigo?

— Nisha, isso é notícia muito boa.

— É? — ela pergunta. — Eu gostaria de não me sentir tão miserável.

— Por que miserável? Você também vai.

— Eu nunca esperei que ele se apaixonasse — ela pronuncia a palavra "apaixonasse" como se tivesse gosto de estrume.

— Ele me dizia, desde que eu era pequena, que nunca se casaria de novo.

— Vinte anos é muito tempo para ficar sozinho.

— Eu sei, eu sei — diz Nisha com a cabeça entre as mãos. — É errado me sentir desse jeito. Eu deveria estar feliz por eles.

Então a história aparece. Depois que Somraj e Elli descobriram que estavam apaixonados, Elli pediu a ele e Nisha que fossem com ela conhecer sua família. Passagens foram compradas para os três viajarem de avião para a Amrika.

— Quando vai ser isso?

Nisha me disse que eles iam esperar até a grande audiência, quando a Kompani teria que se apresentar ao tribunal, então dentro de um mês eles viajariam.

— A audiência, é quando? — Vou contar os dias.

— Faltam cerca de três semanas. Elli conseguiu que um velho médico conhecido dela fique aqui em seu lugar enquanto viajamos.

— O que Zafar diz disso?

É estranho, mesmo que eu tenha ciúmes de Zafar, e também quase o tenha matado com as pílulas de Faqri, nas horas de crise sinto que é pra ele que devemos apelar. Zafar vai ver o que é certo, ele vai nos dizer o que é melhor fazer.

— Ah, Zafar está adorando — diz Nisha com amargura. — Ele diz que nosso caso contra a Kompani vai ser reforçado porque Elli vai relatar a verdade a respeito das doenças do povo, isso vai nos ajudar quando os levarmos ao tribunal.

Então Zafar avaliou isso, como faz com qualquer coisa, em relação ao bem que isso vai fazer à causa. Que homem altruísta, uma obstinação como essa é rara, e Zafar a irradia.

— Você está ansiosa para conhecer a Amrika?

— Eu não quero ir. Sabe por que eles vão me levar? Meu pai se sente culpado, e também Elli quer que eu goste dela. Ela diz que o pai dela vai me levar pra pescar.

Isso é uma punhalada, quando Elli me falou sobre me levar pra Amrika, ela me disse a mesma coisa sobre ir pescar.

— Você deve ir, Nisha. Ninguém pode ver o futuro. Isso pode ser a melhor coisa.

— Eu perguntei se ela realmente amava meu pai. Sabe o que ela disse?

— Bem, como posso saber?

— Ela disse: "Ele tem a alma mais pura do que qualquer um que eu conheça."

— Então isso é bom. Por que te perturba?

— Não sei. Sou egoísta. Isso quer dizer que minha infância acabou. —Pobre Nisha, limpando os olhos com um pano de prato. — Desde que consigo me lembrar, sempre fomos meu pai e eu, e eu tomei conta dele e da casa. Agora esse tempo acabou.

— Um novo tempo está começando, querida, ele vai trazer um novo tipo de felicidade.

Um estranho olhar ela me dá.

— Animal, você não deveria andar por aí usando só bermuda. Quantas vezes eu já te disse? Deixa eu te comprar umas roupas decentes.

— Não vou me separar da minha kakadu.

Ela suspira: — Esta novidade ainda é segredo. Não conte a ninguém. Ninguém mesmo.

— Pela minha vida.

Bem, estou me sentindo mal e traído, mas mantenho minha promessa a Nisha. Só contei pra duas pessoas, Ma e o presidente do Conselho, também conhecido como meu amiguinho de duas cabeças. Sua opinião prova que ele também é um puto egoísta e que nesta vida o que todo mundo quer é se dar bem.

— Isto é bom — diz ele —, quando Elli doutora estiver na Amrika, isso vai te dar uma chance de nos tirar daqui.

Alguns dias depois ele me informa que contou aos outros membros do Conselho, eles votaram uma moção aprovando a união entre Somraj e Elli.

Somraj e Elli, Elli e Somraj. O que mais queria dizer essa novidade? Olhos, vou engolir velhas amarguras relembradas, ser um mestre de cerimônias da imaginação. Quando é anunciada, a novidade significa comemorações. Uma festa. Não só uma festa, uma grande festa. Isso significa uma grande tenda na rua debaixo da mangueira, é sim, uma shamiana colorida igual à que foi armada na cerimônia de inauguração da clínica de Elli. Isso significa drinques, comidas, barfis[3] em papel prateado, fornecidas por Ram Nekchalan, que afir-

[3] barfis: balas de leite, com textura de caramelo.

ma ter contratado um doceiro de Agra. Isso significa um banquete de biryani e kheer[4] com montes de creme e passas. Todos estão lá. Músicos vieram de longe para celebrar o noivado de seu grande herói. Elli me pediu que garantisse a presença de Ma Franci, então a festa foi animada pelo seu ton ton lariton e loucos etceteras.

— Je connais tes oeuvres, ton amour [Eu conheço o teu trabalho, teu amor] — ela diz a Zafar, sorrindo bênçãos pra ele, pegando o rosto dele nas mãos. — Ta foi, ton fidèle service, ta constance [Tua fé, teu serviço fiel, tua constância].

— Ma, é Somraj quem vai se casar. Não é Zafar.

Como tenho esperanças de que isso continue a ser verdade. A música e o recital de poesias continuam até tarde da noite, cada um dos poetas da cidade tentando superar o próximo.

— Chalo dildar chalo, chand ke paar chalo. Somraj-ji, vamos todos para o lago. Agora mesmo, yaar. Vocês precisam levar um barco. Vejam, há lua, é uma noite feita para o amor.

Amor, que charada. Tem disso demais no mundo. Todos estão apaixonados. Elli por Somraj, Somraj por Elli, Nisha por Zafar, Zafar por Nisha. Todos menos eu. Este mundo não finge mais ser feito de coisas como música e promessas, mas anuncia sua verdadeira natureza, que é o amor.

A felicidade desejada em todos os lados é infinita e sempre crescente. Assim giramos e giramos, tentamos transformar um momento de prazer em eternidade, mas, por que não?, vamos tirar dele o máximo, porque nunca dura muito. Há sempre alguma coisa para estragá-lo.

[4] kheer: um tipo de pudim de leite.

Fita dezessete

Os advogados da Kompani chegam a Khaufpur sem aviso prévio.

Vê-as-horas é quem os vê primeiro. Quatro amrikans, saindo do gabinete do Coletor e entrando num carro.

— Eles se encontram com gente importante — nos diz Vê-as-horas. — O líder é um camarada grande, vestido de um jeito estranho.

Bem, ninguém sabe o que pode ser isso, mas logo começam a circular notícias preocupantes. Nessa mesma tarde os amrikans vão se encontrar com Zahreel Khan, amanhã com o primeiro-ministro.

Diz Zafar para a gangue reunida na loja de Chunaram: — A grande audiência vai acontecer em menos de duas semanas. Eles vieram a Khaufpur para fazer um acordo. Tem que ser.

— Que tipo de acordo, Zafar bhai? — pergunta alguém.

— Que tipo? Com políticos só há um tipo. Fora dos tribunais, dentro do bolso. Que mais?

— Mas eles não podem parar a ação, podem?

— As acusações podem ser retiradas, se for feito um acordo.

Bem, o povo está horrorizado: — Não! Como eles podem fazer isso conosco?

— Depois de termos esperado tanto, eles deveriam deixar a justiça seguir o seu curso.

— O que podemos fazer?

Como sempre, todos os olhos estão em Zafar. Adeus todas as dúvidas e indecisões, este é Zafar, o Grande, líder de guerra e lenda.

— Os políticos vão nos trair, mas nós vamos destruir seus planos. Vamos levar milhares para protestar bem na frente da casa do primeiro-ministro.

Estas poucas palavras são todo o plano que os khaufpuris viriam a chamar de passeata do primeiro-ministro.

Dia seguinte a *Gazeta de Khaufpur* ostenta uma grande manchete ACORDO NO AR? Os advogados amrikans, diz o jornal, vão se encontrar com o primeiro-ministro e o ministro do Combate ao Veneno. O redator especula que um acordo pode ser feito entre a Kompani e o governo. Isso acontece imediatamente antes da crucial e por muito tempo esperada audiência e como resultado é provável que as acusações contra a Kompani e seus diretores sejam retiradas. "Há alguma coisa no ar", escreve a *Gazeta*. "Não é só o cheiro da fábrica. Este é o fedor de um mal pior. Retirar as acusações que relatam as mortes de milhares de nossos companheiros cidadãos, sem qualquer tentativa para determinar quem foi responsável, sem recorrer à lei para uma justa compensação, é contrário à democracia e aos direitos do povo. Se esse acordo for levado adiante, isso provará que o cheiro em nossas narinas é a justiça apodrecendo em Khaufpur."

A ira da cidade se inflama como um enorme incêndio. No mesmo dia em que o artigo da *Gazeta* é publicado, pequenas gráficas no Pé e em Jyotinagar fazem serão imprimindo cartazes. NÃO OS DEIXAREMOS ENTERRAR A JUSTIÇA e também VIDA ENVENENADA É MORTE EM VIDA e ainda NÃO SE VENDAM. Nisha quer um que diga MORRE A LEI NASCE O INFERNO, mas Zafar diz que o processo ainda está vivo, dizer que a lei está morta é aceitar de antemão que a Kompani venceu.

— E se venceu? — pergunta Nisha. — Então será tarde demais. Devemos mostrar aos políticos quais serão as consequências.

— O que você acha, Elli? — pergunta Zafar.

Elli tem estado quieta, quase chorando, desde que os advogados chegaram, quando a alegria de seus planos foi de repente submersa pela antiga e interminável corrente imunda da política de Khaufpur.

— Não sei o que pensar — ela responde.

O cheiro de tinta nos atinge enquanto corremos daqui pra lá colando os cartazes onde quer que encontremos espaço, na Porta Pir, no tribunal. Manhã seguinte, muros por toda a cidade ostentam suas mensagens.

Na noite anterior à passeata, novos slogans surgem ao lado dos velhos. Foram impressos por outros grupos, mas Nisha deve ter falado com eles. Em letras vermelhas escorridas, o muro grita SE A LEI MORRER, O INFERNO REINARÁ.

São quatro advogados. Bhoora os vê na manhã seguinte saindo do hotel, que é um palácio branco na colina acima do lago. Jehan-nabz é o nome desse lugar, que quer dizer o pulso do mundo, mas nós khaufpuris sempre nos referimos a ele como Jehannum. Esse é o seu apelido há cem anos ou mais, desde os tempos de Ghaalizali Khan, o Pequeno Nawab, como era conhecido por duas razões, primeiro, porque era baixo, segundo, porque adorava sodomia, que praticava com o mesmo entusiasmo com ambos os sexos, inclusive com as mulheres de seus amigos, que eram convocadas ao palácio e recebiam da realeza dez centímetros bunda adentro. Assim o lugar mereceu o nome de Jehannum, ou Inferno, Jehannum não fica longe da casa do primeiro-ministro. Com toda certeza é exatamente onde estão esses quatro advogados.

— Seu chefe — conta Bhoora — é um homem de cabelos brancos forte como um búfalo.

Diz Zafar: — Alguém tem que segui-los por onde forem.

É claro que todos querem vigiá-los, mas no fim Farouq vai na moto de Zafar até a casa do primeiro-ministro, enquanto me mandam observar o hotel.

Vou para o Jehannum com Bhoora, que está de bom humor e me dá um beedi. Ele para onde todos os carros estão estacionados, perto do grande portão do hotel. Um alto-falante berra "Auto!" quando um carro é pedido, quem estiver no primeiro lugar da fila vai fazendo estrondos até a entrada, que é de mármore com fontes e portas de vidro. Todo mundo na cidade ouviu falar do Jehannum, mas quase ninguém esteve lá dentro. Ficar lá custa mais por uma noite do que alguém no Quebra-Nozes ganha em cem dias de trabalho. Bhoora conhece o porteiro que está de serviço, ele desaparece por algum tempo, volta para dizer que os quartos dos advogados ficam do lado do jardim, perto da piscina.

— Você sabe quanto custam esses quartos? Uma noite, seis mil e quinhentos! Baba, que desperdício! Por duas semanas aí dentro você pode comprar um auto novinho em folha!

— O que eles iam fazer com autos?

— É, não é qualquer auto — diz Bhoora obcecado. — GL-diesel, ar condicionado, quatro marchas, ignição elétrica, compressão de 18 a 1, como são idiotas esses advogados.

Com isso, ele adormece.

É fim de tarde quando os amrikans voltam, passando por nós sem um olhar. O porteiro, que usa um turbante elegante que você não vê em lugar nenhum de Khaufpur, corre para abrir a porta do carro. Vizinho de Bhoora ele é, vive em Jyotinagar, onde a água é envenenada e muitos estão doentes, como ele pode mostrar tanto respeito por Kompani-wallahs? Dos primeiros dois que saem do carro não há muito pra dizer, velhos eles são, de cabelo grisalho curto. O terceiro é jovem e alto, um belo saalaa de cabelos louros encaracolados. Olho pra eles com absoluta fascinação. A gente pode dizer que são desgraçados do mal, esses servos da Kompani. Por último vem o búfalo, ufa, ele tem dificuldades pra sair do carro, de tão pesado que é. Agora posso ver por que Vê-as-horas disse que ele se veste de um jeito estranho. Seu casaco preto revela um forro vermelho brilhante, mas são suas botas que deslumbram. De pele de cobra elas são, como se suas pernas estivessem sendo engolidas por duas pítons.

— Que botas! — diz Bhoora, acordado por uma cotovelada. — Eu morreria feliz naquelas botas.

Ele voltou a cochilar, deixando-me a meditar como é que no mesmo mundo há pessoas como os advogados e criaturas como eu.

Há música subindo da colina, vozes e gente rindo. Morro de vontade de estar lá. Depois de nenhum sinal dos advogados por umas duas horas, deduzo que eles não vão sair de novo. Que mal em rastejar até lá pra dar uma olhada?

Cutuco Bhoora, o pobre coitado acorda num sobressalto. — Ei, qual é? Eles estão saindo?

— Recado pra Zafar bhai. Vou descer a rua por alguns minutos. Se eles se mexerem, você vai atrás deles, depois volta e me pega. Vou estar debaixo da grande tamarineira, perto do portão ao lado do lago.

Três portões tem a casa do primeiro-ministro, duas grandes entradas onde há soldados de luvas brancas segurando revólveres. A terceira fica do lado que dá para o lago. Perto dela há uma área com árvores e grama, onde as pessoas estão reunidas, o lugar fervilha como uma feira. O sol acaba de escorregar atrás das colinas, o céu é um lago de fogos refletidos no lago de água lá embaixo. Este é o nosso famoso mar interior do qual dizem *taal to Khaufpur taal, aur sub talaiyya*, ao lado do lago Khaufpur, todos os outros não passam de poças. Na grama debaixo das árvores, tremeluzem lampiões como pirilampos. É onde estão as mulheres, centenas delas, seus cartazes por enquanto no chão, o zunzum de suas vozes eu ouvia lá no Jehannum. Entre a multidão, vendedores ambulantes oferecem melancia, nozes, pastéis. Tenho duas rúpias no meu bolso, vou achar um pouco de kachambar, ah vou, abóbora salpicada com pimenta e suco de limão, faz a língua se sentar nas patas traseiras e implorar por mais. O chá chega em grandes urnas, empurrado colina acima em carroças puxadas por bicicletas que parecem corcovear com o peso. É coisa de Chunaram. O saalaa de nove dedos pretendia cobrar uma rúpia o copo, mas se queixa pra mim que Zafar ordenou que ele servisse de graça.

— Ótimo, vou tomar duas — digo eu, que não deveria estar lá.

Daí então, uma música alta começa. É *Hillélé Jhakjor Duniya*, Olhos, que é sempre cantada em nossas passeatas khaufpuri, as crianças nas favelas a aprendem no colo das mães. A música vem de uma caminhonete com amplificadores, tão alta que dói nos meus ouvidos, e também nunca eu gostei dessa música porque ela fala de marchar, ereto e alto, em direção à liberdade. Vou lhe mostrar um ou dois versos para que você possa ver o tipo que coisa que leva lágrimas aos olhos de Zafar.

janata ké chalé paltaniya, hillélé jhakjor duniya
o exército do povo está em marcha

a terra vibra, montanhas se agitam,
o abalo encrespa rios e lagos
altas ondas percorrem o oceano
o mundo inteiro treme quando o povo marcha

Do lado de fora do portão principal da casa do primeiro-ministro está o general Zafar, escoltado por seus ajudantes, brigadeira Nisha e cabo Farouq. Está com tudo o nosso herói, liderando os cantos, bramindo pelo megafone, fazendo a terra tremer com o poder do nada.

ÁSIA, ÁFRICA, AMRIKA ESTREMECEM,
TRONOS E REIS SÃO DERRUBADOS, COROAS DE RAINHAS
INCRUSTADAS DE JOIAS, PEDRAS ROLAM NA POEIRA
QUANDO O POVO ACORDA

Polícia está chegando, usando capacetes de metal e carregando cassetetes. Eles se alinham do lado de fora dos portões da casa do primeiro-ministro. Alguém grita "o carro do primeiro-ministro está chegando!" Debaixo das árvores o povo se agita, a multidão vai ficando de pé, ela se ergue ondulando sob uma floresta de cartazes desfraldados.

POLÍTICOS SE ABALAM, KOMPANI ESTREMECE
LEIS DESRESPEITADAS COMEÇAM A VACILAR
E O PRIMEIRO-MINISTRO, CORRUPTO SUJO, TREME QUANDO
O POVO ACORDA

Dois guardas de pé perto de mim, seus lábios se movem em silêncio. Como o resto de nós, eles murmuram as palavras costumeiras, um chega a marcar o tempo com seu bastão.

— Vejam esses putos, como conseguiram essas merdas de barrigas — diz um homem na multidão, mas tão divertido estou porque a polícia está cantando, que respondo: — Deixa eles pra lá, por mais filhos da mãe que sejam, eles são também filhos de gente do povo.

Um novo grito diz que o carro do primeiro-ministro está chegando. Como sempre não consigo ver nada, daí subi no teto da caminhonete do amplificador, a canção troveja do alto-falante direto pra minha cabeça. Quando o carro do primeiro-ministro passa, sua bandeira é a única coisa que se agita, o passageiro tem um olhar de fodam-se. Conheço esse olhar, já vi o primeiro-ministro bem de perto, Faqri e eu resolvemos ir à casa dele depois de ouvirmos que ele dava comida de graça para gente de sua cidade natal, Sitapur. Não sabíamos onde ficava Sitapur, mas ninguém nos questionou quando dissemos que éramos de lá. Carneiro ao caril e galinha assada quente, direto do tandoor.[1] O primeiro-ministro aparecia às vezes e nos fazia perguntas sobre a vida na cidade natal, daí inventávamos qualquer coisa que lhe fosse agradável de ouvir. Esse feliz estado de coisas durou até que o primeiro-ministro voltou a Sitapur, onde algum idiota o acusou de quebrar uma promessa feita a seu irmão. O primeiro-ministro pegou o fulano pelo braço, arrastou-o até o templo da aldeia e clamou aos deuses que aquela alegação era falsa, e também na mesma hora jurou desistir do álcool e nunca mais tocar em carne, então depois disso Faqri e eu paramos de ir.

Os pandus tinham formado duas filas, uma espécie de túnel pelo qual se movia o carro. No último minuto os grandes portões se abriram, primeiro-ministro para dentro, guardas de volta à fila em frente ao portão fechado depressa. Uma segunda fila de policiais se forma na frente da primeira.

— Venha para fora — Zafar grita, e a multidão recita: — Pra fora! Pra fora! Pra fora!

O primeiro-ministro não tem a menor intenção de vir pra fora. Ele está lá dentro e é isso aí. Luzes se acendem por toda parte. Patrão em casa. Os criados estarão circulando, há jantar a ser servido. Daí o que estará ele fazendo agora? Aceitando uma xícara de chá de sua amada esposa, dando tapinhas nas cabeças

[1] tandoor: forno cilíndrico de argila, típico da Índia e do Paquistão, no qual a comida é assada sobre um leito de carvão cuja temperatura chega a 480°C.

das crianças, perguntando como vai o dever de casa, ou se há alguma coisa que valha a pena ver na televisão esta noite?

Com um estalo e um zumbido, o megafone atira a voz de Zafar sobre a multidão, a música do amplificador na caminhonete está berrando ao mesmo tempo, então os comentários de Zafar se chocam com a música.

— VENHA PARA FORA, PRIMEIRO-MINISTRO, NÓS QUEREMOS OUVI-LO.

— VENHA PARA FORA, NÃO SE VENDA — grita a multidão.

Zafar anda para a frente, fica bem defronte à fila de guardas.

— VENHA PARA FORA, PRIMEIRO-MINISTRO, FALE COM O SEU POVO!

O humor da multidão mudou, não é mais festivo, uma penumbra púrpura paira sobre nós, só umas poucas luzes brilham nas águas negras do lago.

De repente a música se interrompe e há apenas a voz de Zafar repetindo seu chamado outra e outra vez.

— VENHA PARA FORA, PRIMEIRO-MINISTRO, ESTAMOS À SUA ESPERA!

Gritos de medo sobem da multidão, grandes morcegos descem da escuridão e esvoaçam em círculos e formas complexas acima de nossas cabeças, os fantasmas daquela noite estão conosco, é o que está dizendo o povo.

— VAMOS FICAR AQUI ATÉ O SENHOR SAIR!

Caminhonetes escuras estão formando filas, guardas pulam de dentro delas, escudos de vime eles carregam, e rifles. Entre eles, eu juro, está meu velho inimigo Latrinão-inspetor. Esses novos tiras começam na mesma hora a abrir caminho em direção ao lugar onde está Zafar. A multidão, percebendo sua intenção, se fecha mais compacta ao redor dele.

Naquele momento um homem vem lá de dentro, fala com urgência pelo portão ao chefe dos guardas, que está de pé de braços esticados, agarrando os portões como se ele sozinho estivesse impedindo que a multidão os pusesse abaixo. A mensagem é passada a Zafar.

— PRIMEIRO-MINISTRO, O SENHOR NÃO PODE SE ENCONTRAR APENAS COM NOSSOS LÍDERES, O SENHOR DEVE SE DEFRONTAR COM TODOS NÓS.

O emissário volta para dentro.

— PRIMEIRO-MINISTRO, SE O SENHOR NÃO VIER AO NOSSO ENCONTRO, NÓS IREMOS AO SEU.

Os tiras iniciam um novo avanço em direção a Zafar & Cia. Eles agarram um homem e o arrastam esperneando, a multidão enraivecida o puxa de volta. Agora o humor é péssimo. Pedras e pedaços de tijolos começam a voar pelo ar, os policiais são obrigados a levantar os escudos contra essa chuva pesada. A pequena vitória é saudada por vivas irônicos. Sem aviso, a caminhonete do amplificador começa a andar. Tenho que descer da melhor maneira que posso, o motorista se inclina pra me xingar enquanto escorrego pelo para-brisa.

Nesse mesmo instante avistei Latrinão-inspetor com um grupo de tiras tentando se mover furtivamente para trás da multidão. Um diabo malcriado toma conta de mim, quero desesperadamente vingança por todos os socos e insultos do Latrinão. Tateei o chão em busca de uma pedra de bom tamanho. Eis uma do tamanho de uma goiaba, dura ela é, com pontas afiadas. Sentando para libertar os ombros, atirei-a com toda a minha força nas costas do Latrinão, ela acerta em cheio o filho da mãe, faz ele girar, ele está no chão berrando de dor. Beleza! Seus homens olham pra ver de onde veio a pedra, mas eu me escondi atrás de uma árvore. Três deles começam a vir na minha direção, comida de cachorro eu seria com certeza, mas naquele momento uma nova comoção se manifesta. O primeiro-ministro apareceu num balcão com um megafone nas mãos. O povo agora começa a pedir silêncio para ouvir o que ele tem a dizer.

— NÃO VOU ADMITIR AMEAÇAS — estronda o primeiro-ministro, o megafone faz com que sua boca pareça cuspir navalhas. Um enorme grito de raiva recebe essas palavras. — NENHUMA DECISÃO SERÁ TOMADA QUE NÃO SEJA A FAVOR DE SEUS MELHORES INTERESSES.

— QUEM DECIDE QUAIS SÃO OS NOSSOS MELHORES INTERESSES? — responde a voz metálica de Zafar.

— VOCÊS NÃO TÊM POR QUE SE PREOCUPAR. ISTO É UMA PROMESSA.

— HA HA HA! — faz o megafone de Zafar. — PESSOAL, DIGAM AO PRIMEIRO-MINISTRO O QUE PENSAMOS DE SUAS PROMESSAS.

— É, para que servem as suas promessas? — pergunta o povo.

— Foi há três ou quatro anos que você nos prometeu água limpa?

— O que você fez do conselho de poluição, 50 lakhs[2] por mês, não é?

— Gostou de comer a amiga da tua mulher?

— Teu pai era tão ruim que engravidou a empregada.

Outras vieram, e mais outras.

— Quanto a Kompani te pagou?

— Ganhou na loteria há pouco tempo?

— Como vai o caso dos transportes? — numa alusão a um golpe que envolve o tio bandido de Farouq.

Assim os enraivecidos khaufpuris desencavaram vinte anos de ressentimentos e fofocas e escândalos para jogar na cara do primeiro-ministro e a raiva da multidão se transformou em risadas zombeteiras. Sinceramente, no jogo dos golpes os políticos fazem com que nós, artistas da rua, pareçamos amadores.

— É TUDO O QUE TENHO A DIZER. VOLTEM PARA SUAS CASAS.

Seguindo seu próprio conselho, o primeiro-ministro desaparece. No mesmo instante a polícia avança, há gritos na multidão, golpes de bastões pesados em costas magras, mas o povo está num clima amargo. Eles se afastam para abrir espaço e logo os tiras são atingidos por pedras. Vejo um apertar o olho e desmaiar.

BANG! FATAAK! BANG! É o som dos tiros.

Impressionante como desaparecem rápido milhares de pessoas. O gramado atrás da árvore está vazio, mas os vaga-lumes ainda piscam, lampiões deixados pela multidão foram chutados na confusão, queimam aqui e ali sobre a grama. Uma brisa soprando do lago pega essas chamas e as faz dançar.

[2] lahk: unidade de medida hindu, equivalente a cem mil. 50 lahks equivalem a 5 milhões.

Um pequeno grupo de manifestantes cercado por tiras se afasta da casa do primeiro-ministro. Entre eles descubro Zafar e Nisha. Há um tumulto. A polícia pegou Zafar e está caindo em cima dele com seus bastões.

— Nisha — estou gritando, galopando pra lá, porque ela está ali, agarrando os tiras, tentando afastá-los de Zafar. Uma motocicleta ronca no meio da confusão. Nossos amigos arrancam Zafar dos tiras, ele está montando na moto, com Nisha atrás dele.

— Nisha!

— Animal — grita Zafar —, já de volta pra porra do seu trabalho, fica lá até eu chamar.

Nada de Bhoora no portão do Jehannum, meia hora até que ele apareça com notícias de que há grande confusão na cidade, tumultos no Jyotinagar e no Quebra-Nozes. Estou cheio de medo por Ma. Muitas vezes as pessoas a levam pra casa e contam que a encontraram perambulando. Quem ou o que ela pode encontrar naqueles becos escuros, se ela se perder com a cabeça cheia de visões e cauchemars [pesadelos] numa noite como essa? Digo a Bhoora: — Irmão, vai, descobre se Ma está bem. Cuida para que tenha a cachorra com ela e pede aos vizinhos que cuidem dela, eu tenho que ficar aqui.

Sem Bhoora não há auto para me enroscar dentro, não posso ficar no portão, então decido que vou rastejar pelo jardim do hotel e procurar um esconderijo. Preciso ter cuidado, as coisas estão se acalmando, mas ainda há gente por aí, os porteiros ficam de plantão a noite toda e também com certeza vai ter um vigia rondando.

Cheiros intensos e deliciosos sobem da terra molhada do Jehannum. O quê? Andou chovendo? Ainda faltam algumas semanas para a estação das chuvas, esta é a estação mais seca do ano. Idiota! Nos antros dos ricos, a chuva cai diariamente por uma mangueira. Escuridão, árvores. Que espíritos assombram aqui, que emoções ainda carregam o ar, a raiva daqueles desonrados pelo Chhoté Nawab? Depois de rastejar por algum tempo entre arbustos, apreciando os perfumes de rosas, jasmins e outras flores cujos nomes não sei, vejo-me numa moita olhando para a piscina que tem luz debaixo d'água, criando uma forma azul brilhante na grama. Adiante há varandas, que devem pertencer às suítes dos advogados amrikans. É um lugar tão bom quanto qualquer outro pra me esconder, ainda posso ver a entrada do hotel e serei capaz de observar carros entrando e saindo. Deito-me nos arbustos, pensando na manifestação e no que está acontecendo na cidade.

Alguns metros adiante há uma árvore com luzes coloridas presas em seus galhos, muito bonita ela é, debaixo há mesas compridas cobertas com toalhas brancas e sobre as toalhas há pratos de comida. Esses pratos ainda não foram levados embora porque mais adiante há ainda um ou dois hóspedes em poltronas de vime, com garçons indo e vindo trazendo bebidas. O aroma é perturbador. Juro que sinto cheiro de kebabs. A passeata e tudo aquilo desaparece em segundo plano. Com tanta fome estou, minha boca está cheia d'água. Tento pensar em outra coisa. De dentro do hotel vem o som de um piano como o de Elli. Ai, baba, há kebabs, e também galinha saída de um tandoor. Bem, não há muita gente por ali, e também cheio de sombras, muito grande o brilho da piscina faz tudo em volta parecer escuro. Vou ter que dar uma corrida até a comida. Tem que ser feito. Sem outra escolha. Espero a hora e me arrasto, perto do chão. Minha pele escura e nua se mistura à noite do Jehannum, minha bermuda kakadu está escura porque imunda. Ninguém vê. As pessoas veem o que estão procurando, ninguém está procurando por mim, mas o que estou procurando está ali em abundância, samosas crocantes com molho picante, bhajias[3] e kebabs de todos os tipos. Eu me instalo debaixo da mesa, puxo um canto da toalha até que fico bem escondido. Sem perda de tempo estou devorando como um cão.

O piano parou. De repente ouço vozes por perto, me encolho ainda mais debaixo da mesa. Momento seguinte os pelos do meu pescoço se arrepiam.

[3] bhajias: bolinho frito, com massa de farinha de grão-de-bico e cebolas, recheado com batatas e frutas secas.

Uma daquelas vozes é conhecida. Com cuidado, ah, com muito cuidado, ergo o canto da toalha, espio e ai meu deus, o que vejo me enche de medo. Há poucos metros dali está o mais jovem dos advogados amrikans, o bonitão. Andando ao lado dele está Elli. Os dois estão mergulhados numa conversa, como duas pessoas que se conhecem bem. Não é só bem, é muito bem. O advogado se inclina e toca o braço dela, isso é uma coisa que você só pode fazer se tiver intimidade com o outro. Ela não protesta nem o impede. É horrível. Somraj, seu pobre filho da mãe. Este homem é um Kompani-wallah, ele trabalha para a Kompani, mesmo assim ela o deixa pegar nela. O que quer dizer isto? Uma sensação ruim percorre o meu corpo. Toda a falação dela sobre odiar a Kompani é mentira. Ela veio pela Kompani. Zafar tinha razão.

Estou enroscado debaixo da mesa enquanto eles passam andando. Elli pegou o braço desse advogado com as duas mãos e está olhando pra ele. Eles falam em inglis mas eu reconheço o tom familiar de sua voz. Em resposta ele se inclinou e beijou-a no rosto. Então ele põe as mãos nos ombros dela e diz: — Você fez um excelente trabalho, Elli, você pode voltar para casa agora.

Ah, vocês, sua gente idiota, com seus karnails[4] e jarnails[5] e paltaniyas, seus ingênuos crédulos ignorantes babacas, surdos vocês são e cegos ao seu destino, a terra está tremendo sim, ah, se está, é o abismo se abrindo debaixo dos seus pés. Vocês foram traídos, eu fui traído. Quando ouço o advogado dizer aquilo e o vejo beijar Elli em quem confiei, começo a tremer, estou tremendo tanto que acho que a toalha vai com certeza escorregar da mesa. Não é raiva o que sinto, e sim terror. Eu sabia que o mundo era mau, mas nunca entendi até que ponto era tão fodidamente mau. Agora ele mostra sua verdadeira face de horror. Eu quero urrar. Ela nunca pretendeu fazer nada daquilo. Toda aquela conversa sobre andar de novo, tudo só mentiras.

[4] karnail: corruptela de coronel.

[5] jarnail: corruptela de general.

Imploro uma corrida num auto e me dirijo para a casa de Somraj. Dinheiro não tenho, mas o auto-wallah não discute, sem que eu diga qualquer coisa ele sabe que é importante. Minha notícia é tão grande, tenho que ir pra lá agora mesmo, se eles estiverem dormindo tenho que esmurrar a porta e jogar pedras nas janelas. Com que dor eu entro pelo portão do jardim e sinto o perfume do frangipani! A casa tem luzes acesas, então estão acordados. Mas agora uma coisa estranha acontece. Descubro que não posso entrar, não quero entrar e não sei exatamente por quê. Há uma confusão de vozes na minha cabeça, que parece ter se dividido em duas cabeças, uma gritando com a outra. Imbecil!, grita a primeira. Se você contar o que viu é o fim de Elli, ela vai ter que sair de Khaufpur, e daí andar nas duas pernas? Pare com essa bakwaas,[6] diz a outra cabeça, você não perdeu nada, ela nunca falou a verdade, então isso nunca existiu. Você não pode ficar quieto sobre isso, você não pode ficar do lado dela. Ela é uma estrangeira, ela daqui a pouco vai embora e a sua vida é aqui em Khaufpur com as pessoas que você conhece. Espera!, grita a primeira voz, você também tem segredos sórdidos, você pode guardar os dela. Seus segredos não podem de jeito nenhum ser comparados ao dela, retruca a outra, espionar mulheres nuas é uma coisa, trair uma cidade inteira é outra. Olha, diz a primeira cabeça, simplesmente não diga nada e ninguém será ferido. Todo mundo está feliz. Diga que problema há nisso. O problema, diz a segunda cabeça, é que você tem que viver com você mesmo. Exatamente, grita a primeira, é uma questão de interesse próprio. Você já não tem problemas que cheguem? Se a vida já te ensinou uma lição, foi a de cuidar do número um.

Infinito é o caminho para casa, há luar no chão, salpicado por toda parte, tornando estranhos os caminhos costumeiros, há brilhos nas sarjetas, lavando pequenas coisas não amadas, transformando-as em objetos preciosos. Na esquina do Pé de Galinha, onde o gulli vai dar na rua principal, um pedaço de papel brilhante de um pacote de fumo está ali há pelo menos cinco dias,

[6] bakwaas: bobagem.

na própria rua principal, quando você atravessa para a Parada Kali, aquela pilha de garrafas são diamantes, na parede as letras O INFERNO REINARÁ parecem pretas à luz da lua, ali perto há um anel de borracha arrebentado, um pneu estourado de caminhão no qual nasceram ervas. Como eu conheço bem a zameen[7] dessa cidade, seu solo, de uma altitude de sessenta centímetros, esta é minha terra natal, coisas jogadas fora são os tesouros da minha cidade, este muro é sua história e também onde sua história acabou sem aviso prévio quando ninguém esperava por isso, numa noite de lua, alquimia exatamente igual a esta. Pelos portões enferrujados eu passo, pela ASSASSINA KOMPANI e caveira, a lua brilha em meus braços e mãos à medida que eles seguem adiante antes do meu rosto, eu sou uma besta prateada lançando uma sombra quadrúpede no muro da fábrica.

Estou indo para casa e normalmente eu iria cortar pela linha do trem para o final mais próximo do Quebra-Nozes e então pelo Beco Paraíso, mas há um caminho mais curto. Nesta noite, talvez porque esteja pensando em Elli, eu me viro para o norte pelos trilhos e sigo meu caminho ao longo do muro até o buraco por onde eu a levei à fábrica. Olhando em volta, vejo folhas atingidas pela lua. Dentro, então, o cheiro dos produtos químicos se ergue para me encontrar, abro devagar caminho pela vegetação alta e seca, batendo de vez em quando com o punho no chão para avisar às cobras que estou por lá. De cobras não há sinal, mas depois de avançar a custo uns cem metros por entre a mata densa chego a uma das zonas mortas. De repente há rosnados ásperos, de um dos guardas ele é, enlouquecido pela lua e de olhar feroz, mas eu sei como lidar com cães. Dou um passo para a frente e digo "Irmão cão ou cadela irmã, não sei qual dos dois, pare de dar tamaasha,[8] estou na mesma merda que você, então vá te foder e encontra outra pessoa pra perturbar". A criatura se vira e desaparece por entre os arbustos. Ali por perto está a khana venenosa com sua pilha de rochas de veneno e seus degraus pra lugar nenhum. Levado por um

[7] zameen: terra em hindu.

[8] tamaasha: espetáculo, vivas, escândalo.

impulso, não sei por que, encontro uma escada e começo a subir. No mesmo instante toda a estrutura desaparece, leva um segundo pra que eu perceba que uma nuvem encobriu a lua.

Lá na plataforma mais alta, onde o cano mortal começa sua subida solitária para o céu, estou sentado com meu braço em volta de sua chaminé escurecida, a cidade está mapeada lá embaixo por um milhão de pontos de luz. Junte os pontos mais brilhantes e você terá as linhas das ruas principais. Bem acima do lago há um grupo de luzes, é Jehannum, pouco acima, algumas luzes menores, onde há poucas horas houve a manifestação. Ao meu redor a fábrica é uma região de escuridão, um vulto preto delineado pela claridade mortiça das favelas. Agora uma coisa estranha acontece. Num instante, todas as luzes da cidade se apagam, entre elas aparecem pálidas formas brilhantes, triângulos, quadrados, retângulos, na Chowk cintilam os minaretes e a cúpula da mesquita, é como se meus olhos me pregassem peças, então percebo que a lua se escondeu de novo.

Há uma batalha acontecendo entre a terra e o céu, guerra está sendo travada entre a luz dos seres humanos e a luz da lua, estou pensando em Somraj, porque seu nome significa senhor do soma e soma é a lua e também o sol dourado. Somraj, o que acontecerá com você? Este animal, com seu olho interior, vê você esmagado sob pesados golpes. Minhas notícias o destruirão. Acho que você vai morrer, Somraj, porque a morte tem estado em sua mente por muito tempo. Aquele seu sonho, o que continua voltando, que não vai abandoná-lo, Nisha me contou, são suas lembranças daquela noite, mas no sonho todas as coisas daquele momento estão acontecendo de novo e de novo. Você está numa rua em que as luzes são reduzidas a alfinetadas por uma espessa nuvem de gás. Nessa luz indistinta de querosene, figuras mortas cambaleiam. O filho de Nafisubi Ali está de pé na esquina, chorando pela mãe. O choro do menino aumenta até que em sua cabeça se torna uma raga, uma raga tão medonha que nenhum instrumento a não ser a garganta humana consegue cantar. Essa raga enche você de medo e desespero. Sua boca se abre e não emite som. Mortos às centenas se alastram pelas ruas, eles se apoiam semi-inclinados nas portas, suas bocas estão abertas e eles estão cantando, de suas gargantas poreja a raga da morte em rajadas verdes, ela rodopia ao redor deles e voa até o seu rosto, naquela névoa ardente e verde seu mundo está perdido.

Meus braços estão em volta da chaminé, agora fria, pela qual brotaram os venenos para matar uma cidade. A chaminé está resmungando. Trinta metros acima da minha cabeça o vento sopra em sua boca, a chaminé da morte geme como uma flauta gigante. Encosto a orelha em sua superfície áspera e escuto. Dentro há vozes e é como se gritassem. São os mortos da noite, em minha cabeça são esses lamentos que fazem os pelos de meu pescoço se eriçarem. Tenho o poder de compreender essas coisas, sei no mesmo instante o que é isso, são os mortos sob a terra, são seus ossos e cinzas urrando enraivecidos contra seus assassinos. Os mortos gritam para mim que a boa terra foi profanada com sangue. Em grandes coágulos jaz o sangue, pela chuva ele não será lavado. O sangue clama por justiça. Uma vez tendo provado sangue, a terra anseia por mais, agora os assassinos devem ser assassinados. Esta é a velha e verdadeira lei, é o preço que precisa ser pago, o preço cobrado pelos espíritos furiosos sob a terra. Dai-nos justiça, grita o sangue. Ele promete anos de desgraça, anos de doença, se eu não me vingar. Ele me avisa que úlceras devorarão minha carne com feridas brancas cheias de pus. Coisas virão me assombrar, pesadelos do inferno, mandados por meus pais assassinados, pavorosos demônios noturnos, inomináveis horrores da noite. Se eu não me vingar, eles virão me buscar. Chicotadas, como ferroadas de escorpiões, esfolarão minha pele e me arrancarão da sociedade humana. Nunca mais eu compartilharei comida ou bebida com seres humanos. Serei um proscrito. Para mim não haverá santuário, nem alívio, nem fim do sofrimento. Ninguém me dará abrigo. Acabarei sem amigos, desprezado por todos e então, torturado por dores infindáveis, morrerei. Assim é a canção do sangue. Os mortos se levantam nos solos da fábrica, eles estão chegando, olhando como fizeram naquela noite, com olhos pingando sangue eles estão chegando, estão chegando para me buscar.

Há tempos para temer e tempos em que você avança um pouco mais. Este dia teve tudo demais, lesões corporais e excitação e traição e emoção e confusão, eu também tive porra de coisas demais, digo aos mortos, que porra vocês pensam que são pra me ameaçar com essas merdas dessas acusações babacas. Se vocês tivessem poder, teriam se vingado há muito tempo, vocês são tão impotentes quanto nós os vivos, tudo o que vocês podem fazer é gemer em canos vazios, vocês nada podem fazer contra as pessoas que tiraram as suas vidas, elas engordarão e nós morreremos e elas construirão fábricas sobre nossas sepulturas e usarão nossas cinzas como cimento. Outra coisa, eu grito, descendo. Vocês podem berrar os palavrões que quiserem, mas eu já perdi meu lugar no mundo humano, montes de gente já me desprezam, mas vocês estão mortos e eu estou vivo.

— Vem um fiapo de felpa, numa lufada de brisa. E então canta, e então canta.

Muito antes de chegar em casa, ouço a voz fina de Ma arranhando o céu. Passa de meia-noite. Estou com medo, o barulho na minha cabeça está ficando mais alto.

Deslizo para dentro da cortina de plástico para encontrar Ma sentada no chão cantarolando sozinha. — Ouça os bem-aventurados saindo do mar fora do mar, um, três, veja, são quatro, quantos mais, quantos mais? Olá, Animal.

— Ma — eu digo —, estou com problemas.

— Veja o mar jorrando para fora de seus limites, ouça-o rugindo, quase roncando, fecha a porta fecha a porta, ha ha ha não tem porta.

Não é uma boa hora pra ficar ouvindo essa merda estranha.

— Ma, volte de seja lá onde você estiver. É importante.

Ela ouve com atenção enquanto despejo minha história.

— Ma, o que eu devo fazer?

— Seja um anjo e apanhe meu nome. Estava comigo há um instante, devo ter deixado em algum lugar.

— Seu nome.

— É, meu bem, acho que eu o perdi.

— Onde você o teve pela última vez?

— Bem, eu estava lendo, perto do lampião ali.

— Vou dar uma olhada. — Fiz uma cena de procurar por todo lado, erguendo coisas, olhando em cantos. — Oh, veja, aqui está, está no seu livro. Você deve tê-lo usado para marcar a página.

— Tem certeza? — ela diz, encarando-me com olhos leitosos. — Não estou vendo.

— Está aqui. — Eu tinha apanhado uma folha do chão e soprado na direção dela. — Seu nome é Ma Franci.

— Isto não é o meu nome, isto é uma folha — ela diz, zangada. — O que você fez com o meu nome? Você pegou?

— O que eu iria fazer com o seu nome?

— Bem, você precisa de um nome, não precisa?

— Meu nome é Animal.

— Oh, veja, está tudo bem — grita Ma. — Aqui está ele. Estava guardando meu lugar no livro de Sanjo.

Dormir é impossível, falar com Ma não adianta. Ela me informa que há um grupo de anjos operando no Quebra-Nozes, eles parecem planejar algo grande. — Está tudo acertado — ela diz. — Isa está a caminho.

Que mundo é esse em que você precisa pedir conselho aos insanos?

A cachorra, como se sentisse minha agitação, vem para o pé da escada e geme, mas ela não consegue subir. Da escuridão vem a voz de Ma cantando.

Qui vient là frappant de la sorte
Qui vient là frappant comme ça.
Ouvrez donc j'ai posé sur un plat
De bons gâteaux qu'ici j'apporte.
Toc! Toc! Ouvrez-nous la porte
Toc! Toc! Faisons grand gala
[Quem vem lá batendo sem tato
Quem vem lá batendo assim.
Abra então coloquei num prato

Uns bons doces pra lhe ofertar.

Toc! Toc! Abra a porta agora

Toc! Toc! Vamos todos nos regalar]

Depois de algum tempo, ela diz:. — Animal, você está acordado. Aliya não está bem, eu disse a Huriya para levá-la à doutora, mas é claro que a velhota doida não entendeu uma palavra, você precisa fazer com que ela vá amanhã.

Amanhã, amanhã, quero cancelar amanhã.

Acima da minha cabeça há buracos no teto, por eles vejo a luz uma bola prateada e penso em todas as pessoas neste mundo que também estão olhando para a lua e me pergunto o que estarão pensando.

Fita dezoito

Acordei para o tremor de terra. Tudo vibra como quando um trem passa a um quilômetro de distância, você pode senti-lo sob suas mãos e pés mas não sabe exatamente o que está acontecendo. Se encostar o ouvido no chão você pode ouvir também, uma espécie de rosnado. Só que hoje não é um trem e não é a marcha do exército de pobres e não sou eu, se você for louco o bastante para encostar o ouvido no chão hoje você vai se arrepender porque a terra está tremendo não de medo mas por causa do calor intenso e abrasador. Começou o Nautapa.

Olhos, Nautapa são nove dias de calor tão intenso que frita qualquer parte sua que toque o solo. Sabe como o ar parece tremer sobre o chão quente? Pois é, durante os nove dias, o ar dança com tanta violência que você não consegue enxergar direito, é como olhar através de água corrente, mas água é o que não existe. Bang, desapareceu. Estar ao ar livre no Nautapa é como respirar dentro de um forno de barro. Dizem que quando esses nove dias chegam as chuvas estão logo ali na esquina, o que é mais do que o suficiente, porque suportar esse mal não pode durar mais tempo. As coisas racham, murcham, começam a acabar. O ar é sugado do céu e puxado pra fora dos pulmões das pessoas.

Nessa primeira manhã do Nautapa fui à casa de Huriya e Hanif descobrir que Ma tinha razão. Aliya está tossindo, sua testa está virtualmente pegando fogo.

— Será que Elli doutora pode vir? — os velhos ansiosos querem saber.

O que posso dizer? Não posso contar a eles que não quero encarar Elli, a Traidora, além do mais ela vai estar ocupada. Ninguém além de mim sabe a verdade a respeito dela então as coisas vão estar como sempre, a clínica vai estar cheia de gente esperando pra ser atendida.

— Aliya vai ter que ir lá — eu disse. — Eu vou levá-la.

Não sei como vou fazer isso. Autos, que precisam de clientes que pagam, não se dão ao trabalho de vir até aquela parte do Quebra-Nozes, de qualquer maneira não há dinheiro pra pagar um deles. Eu poderia ir ao Pé de Galinha e procurar Bhoora, mas ele poderia não estar lá e também isso levaria muito tempo. Vizinhos que poderiam ter levado Aliya numa bicicleta não estão em casa. Há uma bicicleta enferrujada defronte a uma das portas ali perto, mas mesmo que funcione não terá utilidade para Huriya, e Hanif é cego. Quanto a mim, apesar da minha gabolice, este Animal não consegue nem montar nem empurrar uma bicicleta.

— Eu consigo ir andando — diz Aliya.

Mas lá fora está insuportável, mais de um quilômetro até o cruzamento da ferrovia e a estrada depois da fábrica, mas não há outro plano, então partimos.

Quando pisamos do lado de fora, o calor ataca.

— Apoie-se em mim — digo a ela —, paramos se você ficar cansada.

— Não posso segurar a sua mão — ela diz. — Você cai.

— Verdade. Então só segura aqui.

Ui! O chão queima como metal quente. Estou querendo dançar, fugir de sombra em sombra, mas a pobre criança está ofegando, sua boca está escancarada e sua mão no meu pescoço é uma chama, quente e irritada como quando minhas costas começaram a se torcer.

— Ouça, Aliya, vou te contar uma história que ouvi de Ma. Houve uma vez um homem chamado Jacotin, que tinha um nariz enorme. Ele era um camarada solitário e vivia absolutamente sozinho.

— Ele não era casado? — pergunta Aliya, corajosa ela é.

— Não, ele nunca arranjou uma mulher. Ele era meio simples, você sabe.

— Como você.

Ela está mancando. A terra morde nossos pés com dentes de fogo.

— Eu? Que besteira. Não há nada de simples em mim. Quanto mais velho esse Jacotin ficava, mais solitário se tornava.

— Vovó diz que você é um pouco débil.

— O que ela sabe? Ele conseguia ouvir música, o Jacotin, que ninguém mais conseguia ouvir. Ele a chamava de música dos anjos.

— É, ela sabe. Porque você fala com gente que não existe.

— Era uma música suave ao lado da qual qualquer música humana parecia sem graça.

— Animal, estou completamente tonta.

— Aliya, ouça — estou morto de medo por ela. — Vou ser um cavalo e você vai montar nas minhas costas.

Paramos à sombra de um muro e procuramos por um apoio que ela pudesse escalar pra subir nos meus ombros.

— Aliya, passe os braços pelo meu pescoço, segure firme no meu cabelo.

Assim, com seu corpinho em chamas nas minhas costas, comecei de novo, pensando que não vai demorar muito até encontrarmos alguém que vai ajudar.

A questão agora é contar os passos. Quando você é um humano você pode contar esquerdo direito esquerdo direito, mas, com quatro pés, esquerdo pulo direito pulo, não é tão simples. Nos cem passos seguintes vou pensar em água. Não há água. Cem é demais, deixe por vinte de cada vez, pense em capim macio. O capim na fábrica está agora alto e seco, a grama em Jehannum noite passada cheirava a terra, o tipo de chuva que vem pelas mangueiras dos homens ricos. Noite passada, como eu queria que a noite passada nunca tivesse acontecido. Como é que vou dar a notícia? Não tenho coragem para enfrentar Somraj, então eu deveria contar a Nisha, mas não quero perturbá-la, então tenho que falar com Zafar, porque ele vai saber o que fazer.

Por deus, como queima cada passo! Aliya choraminga, tenho medo que ela escorregue e caia. Pelo menos os trilhos estão vazios. Não posso levantar direito a cabeça para ver a que distância está a estrada, os dedos dela estão enroscados em meus cabelos, posso desequilibrá-la. Ela está tão encostada que posso sentir seu coração batendo. Está disparado. Farouq me disse uma vez que o coração é feito pra bater um determinado número de vezes, o número é diferente para cada um, mas o coração faz as contas, quando já cumpriu sua tarefa, ele para, nenhuma batida extra ele vai dar. Ele disse que era melhor fazer o coração bater devagar, desse jeito o tempo de vida pode ser esticado e eu disse que alguns deveriam se perguntar por que alguém iria querer esticar uma vida como a minha? Enquanto isso, o coraçãozinho de Aliya está encurtando a vida dela e eu nunca vou chegar à estrada.

Quanto tempo levou eu não sei, mas chega um momento em que ouço vozes e começo a pedir ajuda, gente chega correndo. Alguns homens tiram Aliya das minhas costas e a carregam enquanto eu sigo atrás com minhas bolhas.

Quando chegamos à clínica, estou acabado. Miriam Joseph dá uma olhada em Aliya e corre para Elli, que está furiosa comigo.

— Você deveria ter telefonado, ela poderia ter morrido — diz Elli zangada.

Não posso olhar para ela, que deve nesse momento estar representando, porque de que outro modo poderia ter nos traído tanto? Não digo nada, nada tenho a dizer. De que adianta dizer que não há telefone no Quebra-Nozes? Sem uma palavra me viro e atravesso a rua para a casa de Nisha onde posso banhar minhas mãos e pés em água fria.

Anoitece antes que Somraj traga notícias. Aliya estava tão mal que Elli disse que ela precisava ir para o hospital. Isso é claro aterrorizou Aliya. Como todos os khaufpuris, ela acredita que se for pro hospital nunca mais vai sair de lá, então Elli a deixou em seu próprio quarto o dia todo, com gelo e ventiladores e remédios pra levar embora a febre. Ao cair da noite a temperatura de Aliya tinha baixado. Elli levou-a para casa no auto de Bhoora e mandou que ele a levasse à clínica, com sua avó Huriya, todas as manhãs sem falta durante os próximos sete dias. Ela tinha mandado um recado pra mim, que fosse lá para que minhas mãos e pés fossem examinados.

— É muito tarde. — Nem porra de pensar que eu ia lá.

— Elli está esperando — diz Somraj.

— Senhor, preciso ir pra casa ou Ma não vai comer esta noite.

— Não seja bobo — Nisha diz —, como é que você vai pra casa desse jeito?

Digo a ela que estou me sentindo muito melhor. Minhas mãos e pés são bem duros, qualquer outra época que não fosse Nautapa não teria havido problema.

Nisha diz: — Não, você precisa ir ver Elli. Depois da nossa reunião Zafar vai levar você em casa. Vou mandar comida pra Ma.

Bem, existe dizer não pra Nisha? Para deixá-la calma, prometo ir até Elli, mas o que realmente faço é sentar do lado de fora da casa de Somraj e ouvir as vozes lá de dentro.

— Sem violência — Zafar diz. — Nisso eu insisto, não pode haver violência.

Estou sentado ouvindo escondido do lado de fora da casa de Somraj, e também ao mesmo tempo me preocupando porque um dia inteiro se passou desde que peguei Elli beijando o advogado. É mais difícil falar agora porque vou ter que explicar por que não abri a boca logo de saída. Talvez eu conte a Zafar quando ele me levar pra casa. Agora mesmo ele está ocupado falando. Posso ouvir sua voz. Ele está dizendo aos outros o que descobriu com a ajuda de seus espiões.

"Foram só tiros para o ar, senhor", foi o que o chefe de polícia disse ao primeiro-ministro, que estava lívido, o tiroteio foi um grande constrangimento. Ele já tinha feito uma declaração, desculpas, resposta a provocações, ainda bem nenhum ferido, moderação necessária por toda parte, investigação, ação apropriada. Zafar diz que ele e outros só escaparam da prisão porque com os amrikans na cidade e um acordo a ser firmado, a última coisa que o primeiro-ministro quer é mais protestos e também jarnaliss fazendo perguntas. Problemas ele não pode evitar. Uma multidão atirando pedras tinha atacado a delegacia de Narayan Ganj. Somraj e o comitê mandaram gente para as bidonvilles para acalmar as coisas.

— Quando começar — repete Zafar —, não pode haver violência.

— Não posso garantir — diz alguém. — Há fúria lá fora.

Uma voz de mulher. É Nisha: — Como o povo não estaria furioso? Vinte anos de espera. Pra quê? Para essa traição?

Zafar diz: — Amigos, é assim. Se permitirmos que a raiva nos domine, se infringirmos a lei, nós nos colocamos na mesma posição que a Kompani. Ouçam, nós sofremos a injustiça e a Kompani a cometeu. Nós somos aqueles que pedem justiça, não vamos nós mesmos infringir a lei. Amigos, a imprensa de Khaufpur, ou parte dela, pode estar do nosso lado, mas no mundo a Kompani é poderosa. A Kompani tem exércitos de lobistas, agências de relações públicas, editorialistas contratados. Precisamos ser impecáveis, ou então deixaremos que seja fácil para eles afirmar "essa gente é extremista", daí é um passo para "esses khaufpuris são terroristas"...

Ele relata então como a Kompani na Amrika encenou um ataque simulado em uma de suas próprias fábricas: — Foi um treinamento. Polícia, FBI, bombeiros, tudo foi envolvido. A Kompani convidou os jornais para assistir e disse, vejam, é assim que lidamos com terroristas. Vocês são capazes de adivinhar quem eram esses "terroristas"? Na história contada pela Kompani eram contestadores de Khaufpur. Na fantasia da Kompani, os khaufpuris fizeram reféns e pediram café, depois executaram um dos reféns porque o café não era do seu gosto.

— O que havia de errado? — alguém pergunta.

— Pouco cardamomo, talvez — diz outro alguém.

De um jeito tipicamente khaufpuri começa uma discussão sobre quanto cardamomo ou cravo deve ser usado no café, e se juntar uns poucos grãos de sal intensifica o sabor.

— Não estava suficientemente quente — diz Zafar.

Silêncio, um momento de incredulidade, depois uma gargalhada nasce na sala. Diz Zafar: — Amigos, por um momento pensem no que estava realmente acontecendo aqui. Era terror? O dicionário diz que terror é medo extremo, pavor violento, e também o que causa isso. Naquela noite nosso povo conheceu o terror além do que qualquer dicionário consegue definir. Quem o causou? Nosso povo continua a sentir medo extremo, pavor violento, porque não sabe que horrores podem ainda emergir em seu corpo. Quem se recusa a fornecer informações médicas? Nosso povo quer justiça num tribunal. Quem zomba da justiça recusando-se a comparecer à corte? Terroristas são aqueles que causam terror, que põem em risco vidas inocentes, que não respeitam a lei. Os únicos terroristas neste caso são aqueles que dirigem a Kompani.

— É um mundo estranho — diz alguém — esse onde uma Kompani faz atos de terror e depois nos chama, a nós, as vítimas, de terroristas.

— Os desgraçados deveriam ser executados — diz outro. Mais vozes destilam raiva.

— Sem violência — diz Zafar. — Nem agora, nem nunca. Ouçam, pode ser que nunca vençamos a luta contra a Kompani. Talvez nunca consigamos justiça. Mas mesmo que esses malditos escapem da punição, eles continuarão a ser igualmente derramadores de sangue, igualmente cruéis, em seus corações eles mesmos sabem disso. Aconteça o que acontecer, eles são seres arruinados, suas almas já estão mortas.

Salve, Santo Zafar! Que porra de herói. Campeão dos bons e corretos, ele chega até a poupar nosso inimigo. Nem pensar em concordar com isso. Olhos, eu já disse que admiro a Kompani, mas pensando no que aquela gente fez, como eles medonhamente tiraram a vida de meus pais e me deixaram sozinho neste mundo, fico cheio de tanto ódio que acho que minha pele vai explodir. Perversos eles são além de quaisquer limites, então eu não vi pessoalmente a prova noite passada nos jardins de Jehannum? Um animal não está sujeito às leis dos homens, eu vou furar suas órbitas, vou arrancar suas línguas com alicates em brasa, vou cagar em suas bocas. O sangue sacode meu coração, estou atordoado de raiva. Então isso de repente desaparece, deixando-me sem energia, o corpo é como uma pele de cabra cheia de mágoa. Nisha está falando.

— Zafar, meu amor, quando mágoa e dor se transformam em raiva, quando o ódio é tão inútil quanto nossas lágrimas, quando os que têm poder se tornam cegos, surdos e mudos perante nós e o mundo nos esqueceu, o que devemos então fazer? Você nos diz para deixar de lado a raiva, engolir nossa amargura e ter paciência, na esperança de que um dia a justiça vencerá? Já esperamos vinte anos. E quando o governo que deveria nos proteger manipula a lei contra nós, para que serve então a lei? Devemos continuar a obedecê-la, enquanto nossos oponentes a distorcem do jeito que preferem? Não é mais a raiva, Zafar, mas o desespero que sussurra, se a lei é inútil, que importa se agimos fora dela? O que restou?

Depois disso há um longo silêncio. Ninguém diz nada. Ninguém consegue falar. Afinal vem a voz de Zafar, soando exausta.

— Nada restou.

— E então?

— O que mais? Lutamos. Continuamos. Não desistimos.

— O povo desiste — diz Nisha. — Ele desiste quando não restou nada para dar.

Uma batalha particular ainda está sendo travada entre eles, algo que deve ter começado muito antes do dia de hoje.

— Sempre há algo que restou para ser dado — diz Zafar.

— Zafar, meu amor, nada restou.

Então Zafar diz uma coisa bonita. *Jahaañ jaan hai, jahaan hai.* Enquanto tivermos vida, temos o mundo. Essas palavras enviam emoções ao longo de minhas costas deformadas, elas me fazem querer chorar.

— Wah wah — digo, antes que eu possa me controlar.

— Quem está aí? Quem está aí fora?

Daí sou levado pra dentro da sala. A sala de música está cheia de gente. Nisha, de pé, encara Zafar, que está sentado ao lado de seu pai, olhando para os dedos de seus próprios pés.

— Você está pedindo às pessoas para darem suas vidas? — Nisha pergunta. — Diga isso aqui, abertamente, em público. Zafar, você daria a sua vida?

Há um silêncio sobrenatural quase tão longo quanto o primeiro, então o idiota diz calmamente: — Você já sabe a resposta. Sim, eu daria.

Quando Zafar diz isso, Nisha sai da sala. Ninguém mais se move ou diz uma palavra. Vou atrás dela, digo a eles. Ela está na cozinha, onde ela e eu em geral comemos. Nisha está de costas pra mim, ela apanhou uma faca e está enfiando-a numa cebola, cortando-a em fatias.

— Nisha?

— Ah, é você? — Ela parece desapontada, como se esperasse que fosse outra pessoa.

— O que está havendo? O que era aquilo tudo? Nisha, não chore.

— É a cebola.

Parte meu coração vê-la em lágrimas. — Algo de bom vai sair disso.

— Como o quê? — Sua boca esta cheia da poeira de suas esperanças.

Confrontado com a aridez de seu desespero, compreendo de repente o que Zafar quis dizer, lá na sala de música. — Nisha, a vingança é motivo para arruinar a sua vida? E quanto a Ratnagiri, crianças, aquela casinha à beira-mar?

Ela se virou de frente para mim. — Animal, você acha que eu gosto de ser uma khaufpuri? Pois bem, eu não gosto. Não sou heroica o bastante para lutar pelas causas de outras pessoas. Não sou como Elli, que veio aqui por sua livre e espontânea vontade. Estou presa nisso porque nasci aqui. Essa luta, ela vai continuar e continuar e continuar. Vai sobreviver a todos nós. Se nossos filhos crescerem aqui, ela vai continuar a manchar suas vidas.

— Então vamos sair de Khaufpur. Todos nós. Por que devemos ficar, só porque nascemos aqui? Vamos para Ratnagiri. Vamos embora e vamos esquecer este lugar horrível.

— Agora é você quem está sonhando.

— Por quê? A Kompani tem tudo do lado dela, até nossos próprios políticos. Nós khaufpuris estamos fodidos. Por que dar nossa vida inteira por uma causa perdida?

Outra vez Nisha está chorando, dessa vez não há cebola pra culpar.

— Estou perdido — eu digo. — Por favor me conte por que você é tão infeliz.

Ela levanta a bainha de sua saia para encostá-la nos olhos.

— Para mim, não haverá Ratnagiri, nem crianças.

— Pare com isso. Por que está dizendo essas coisas?

— Animal, se eu contar a você, você não pode contar a ninguém, ninguém fora desta casa sabe disso ainda, você promete?

— Eu juro.

— Zafar vai começar uma greve de fome. Um jejum até a morte.

— Greve de fome? — ao ouvir isso comecei a rir. — Greve de fome! Querida, seque suas lágrimas. Ele está blefando, isso é fingimento, todo político corrupto e podre jejua até a morte pelo menos uma vez em sua carreira, é compulsório, de algum jeito o nobre desgraçado é sempre persuadido a parar a tempo. Não se preocupe, Nisha. Zafar não é louco. Ele vai parar depois de alguns dias, quando tiver conseguido o que quer.

— Você sabe que Zafar não é assim — ela diz. — Ele deu sua palavra. Ele prometeu não parar, não até vencermos.

Agora compreendo o terror dela. Zafar não mente e quando é que nós, le peuple de l'abîme [o povo do abismo], já vencemos alguma coisa? Comida de vermes ele vai ser, se esse é realmente o seu plano.

— Você pode impedi-lo — digo a ela. — Você talvez seja a única que possa.

— Ele diz que não devo tentar, mas como posso? Ele nem sempre passa bem. Todas aquelas dores de estômago que ele tem tido. Aquelas câimbras ruins, e pesadelos. Ele não melhora e os políticos não vão desistir. A Kompani vai oferecer dinheiro demais para que eles resistam. Animal, estou com medo de perdê-lo.

Minha querida cobre o rosto com as mãos, ela realmente acredita que o filho da mãe é doido o bastante pra fazer aquilo e, quanto às dores de estômago, me encolhi num silêncio culpado. O que posso dizer? Nunca antes eu percebera quantos segredos eu tinha para ela. Ela enxuga os olhos: — Graças a deus Elli vai estar com ele.

— É, graças a deus.

Em minha cabeça uma voz sussurra: fale agora e você vai privar Zafar de sua médica. O próprio Zafar iria querer que você falasse, diz outra voz, se ele quiser se matar por que você deveria se preocupar? Diz uma terceira: se você não falar, vai estar pregando uma boa peça em Zafar, e também isso pode beneficiar suas costas. Cale-se, digo a mim mesmo, porque na verdade não posso culpar esses pensamentos em minhas vozes, assim que eu descobrir o que é melhor pra mim farei o que farei.

— Sinto muito — digo em voz alta. — Sou um desgraçado miserável.

— Sente por que, Animal querido? — pergunta Nisha, sorrindo para mim no meio de suas lágrimas — Você não fez nada errado.

Fita dezenove

O jejum começa num pequeno ajuntamento de jarnaliss e fotografiss na calçada oposta à corte de Khaufpur, onde, em alguns dias, deve acontecer a audiência. Zafar faz um discurso para as câmeras. Blá justiça blá. A ele se reunirão nesse jejum até a morte duas mulheres das favelas perto da fábrica. Uma delas eu conheço, Devika, costumava me dar doces quando eu era menor. A outra é de um lugar chamado colônia Lua Azul, seu filho está doente de beber a água envenenada. Para minha surpresa um quarto jejuador dá um passo à frente. É Farouq. Por uma vez meu arquiinimigo parece sério, até respeitável. Ele está todo de branco de kurta pajama, em volta de sua cabeça há uma faixa de pano preto como a que ele usou pra andar no fogo. Zafar está vestido do mesmo jeito, só que seu turbante é vermelho.

O tribunal fica na cidade velha atrás da Chowk, perto do lago. É um grande prédio de pedra amarela, em suas balaustradas de ferro preto foi pendurada uma faixa que diz jejum até a morte pela justiça. Em frente há uma pequena praça poeirenta. Debaixo da sombra irregular de quatro tamarineiras uma tenda foi erguida, é lá que Zafar e sua equipe vão passar fome. Acampadas em volta da tenda numa confusão de sáris brilhantes e burcas pretas estão centenas de mulheres, são sempre as mulheres que dão apoio, de lugares como o Quebra-Nozes e Jyotinagar, as mesmas mulheres que estiveram na manifestação do primeiro-ministro. SEM ACORDO, dizem seus cartazes.

Quando os jarnaliss se cansam e se mandam, os quatro jejuadores esgueiraram-se pela rua entre os caminhões tô-pouco-me-lixando e os autos, correndo como doidos e, como quatro sábios, sentaram-se dentro da tenda. Elli, a Traidora, está à espera com Nisha, cujo rosto é um armário cheio de mágoa.

— Insisto para que não façam isto. — Elli está dizendo aos quatro, que ouvem com educação mas sem expressão. — Se vocês insistirem em ir em frente, então precisam beber muita água, pelo menos dois litros por dia, mais eletrólitos. Vão precisar disso neste calor.

— Eletro-quê? — pergunta Devika

— Ah, só um nome extravagante para um pouco de açúcar e uma pitada de sal. E também um pouco de suco de limão não faria mal. Virei aqui com frequência e várias vezes por dia colherei amostras de urina e checarei sua pressão sanguínea.

Nisha acrescenta: — Se a doutora sahiba encontrar sinais de perigo ela dirá a vocês para parar e vocês vão ter que ouvi-la.

Normalmente, ela diria Elli, mas agora é doutora sahiba. Quem Nisha está tentando convencer, de tão desesperada que deve estar?

— Muito bem, deixem-me explicar o que vai acontecer com vocês — diz Elli traidora. — Nos primeiros dias o seu corpo vai atacar músculos e fígado em busca de seus estoques de energia fácil. Ela se chama glicogênio. Vocês vão perder peso depressa. Com o glicogênio esgotado o corpo começa a se alimentar de músculo. Isso inclui o músculo do coração. Quando os músculos são esgotados, o corpo queima cetonas produzidas por gorduras decompostas. Isso também produz um monte de toxinas. Quando a gordura é consumida, o corpo entra em colapso. Nada foi deixado como alimento a não ser os órgãos vitais, mas danos severos começam bem antes disso. Com este calor, eu calculo que vocês têm no máximo vinte dias antes que as coisas comecem a ficar realmente perigosas.

— Temos cinco dias até a audiência.

Este é Zafar, ele está dizendo isso porque nossos inimigos terão que assinar seu acordo antes da audiência, que cai na manhã do sexto dia.

— Cinco dias vocês vão conseguir — diz Elli, e todos podem ouvir o alívio em sua voz. — Vocês ficarão desconfortáveis, mas bebam bastante água e estarão bem.

Os quatro se entreolharam, então Zafar faz um gesto pra mim. Eu me arrasto pra perto e ele me sussurra: — Animal, leve Nisha pra algum lugar.

— Pra onde? — sussurro de volta, perplexo com o sigilo.

— Qualquer lugar — ele diz. — Só tire ela daqui por alguns momentos.

Então eu vou de quatro até onde Nisha está, as suspeitas pousando como um enxame de moscas em seu rosto.

— Nisha, vem comigo um instante.

— O quê? Por quê?

— Tenho que te mostrar uma coisa.

— O quê?

— Bem, não é mostrar, exatamente — eu digo, tentando pensar em alguma coisa em que ela possa acreditar. — Zafar quer que a gente faça esse favor.

— Que favor? — ela pergunta, franzindo as sobrancelhas.

— Ele precisa de meias.

— Meias? Você ficou doido?

— Ele está com medo que seus pés inchem, então ele precisa que a gente compre algumas meias.

Ela me encara como se eu tivesse enlouquecido: — Então depois nós vamos.

Encolho os ombros para Zafar, que recebe o gesto com um olhar de resignação.

— Bem, então acho que está na hora de dizer a vocês todos — ele indica as garrafas de água estocadas nos fundos da tenda. — Não vamos precisar delas. Há pouco tempo, precisamos pressionar ao máximo, decidimos jejuar sem água.

— Não!

Nisha está de joelhos diante de Zafar, ela tem os braços em volta dele e está dizendo: — Não! Você não vai fazer isto.

Ele pega as mãos dela, sussurra alguma coisa em seu ouvido e de repente ela definha. Tão estranho ver isso. É ela quem é a durona, quem o mantém forte quando ele sofre com aquele tremendo desespero, mas agora ela está de joelhos, implorando, e nenhum de nós sabe o que fazer.

Zafar diz: — Temos que fazer desse jeito porque não há tempo.

Entre os amigos e simpatizantes há silêncio, então Elli diz o que todos estão pensando: — Zafar, com este calor, isso é suicídio. Sem água vocês vão durar talvez três dias.

— Cinco dias é tudo o que precisamos — diz Santo Zafar.

— Eu imploro — ela diz —, não faça isso.

Oh, Traidora, quanta hipocrisia! Que te importa o que acontece com ele? Eu deveria falar aqui e agora mesmo e dizer a toda essa gente a verdade sobre você e aquele advogado amrikan. Fico em silêncio. Durante dois dias estive lutando com a minha consciência, não consigo decidir o que fazer. Se esse egoísmo você acha difícil de compreender, imagine se você fosse quadrúpede e tivesse uma chance de ser humano? Com Elli indo embora, vai-se também a minha chance, mas agora essa mesma Elli desleal parece estar prestes a começar a se debulhar, a boca está torcida, os olhos muito juntos tremem como asas de mariposa.

É Nisha quem recupera um lampejo de seu velho eu: — Seu estúpido — ela diz. — Você quer morrer?

Com isso ela anda pra fora da tenda, deixando-nos lá para fazer companhia aos jejuadores.

Bem-vindo seja ao buraco do inferno. O sol naquele primeiro dia do jejum é como a boca de uma fornalha, vertendo miséria derretida sobre a cidade. O calor do Nautapa é paralisante. Por volta de meio-dia são quarenta e cinco graus. Em todos os lugares só há dois assuntos de conversa. Um é o calor, o segundo é a greve de fome. Às cinco da tarde, Elli volta para examinar os jejuadores. Depois de poucas horas seus olhos estão como lixas, piscando em busca da umidade que já abandonou os seus corpos.

Nenhum bom senso há em Zafar, sentado de pernas cruzadas e lendo jornais que lhe trouxeram, olhando por cima dos óculos quando fala com as pessoas, fazendo ligações num celular, levando adiante seu trabalho diário.

— Vocês estão com tanta sede agora que não percebem a fome — Elli diz aos quatro —, mas logo vão perder toda a sensação de fome e mesmo de sede. Isso não é bom sinal.

Ela lhes conta o que sabe a respeito de greves de fome, a lenta decomposição do corpo: — Na Irlanda, prisioneiros duraram sessenta dias só com água antes de morrer, mas a cegueira e também danos irreversíveis ocorreram muito antes desse ponto. Jejuns entre os prisioneiros turcos confirmaram essas fatídicas estatísticas. Esses foram os que beberam água. Praticamente não há dados sobre jejum sem água, mas, nesse calor extremo, o corpo vai ressecar e começar a entrar em colapso dentro de dois ou três dias.

Vezes seguidas Elli tenta fazer os quatro verem o quanto é suicida a sua decisão: — Vocês estão agora na mesma situação de pessoas que se perdem num deserto sem comida ou água, com a diferença de que vocês se colocaram nesta situação, vocês estão criando seu próprio deserto.

— O que é Khaufpur além de um deserto? — replica uma das mulheres, alguém diz "wah wah". Todos dentro da tenda concordam com a cabeça. Posso ver a expressão de Elli, sei o que se passa na sua cabeça, que eles vão aprender logo como é difícil sobreviver apoiado em retórica. Apesar de viver entre nós e falar a nossa língua, o que ela sabe sobre nós khaufpuris é praticamente nada.

Todos em Khaufpur estão falando de Zafar. Que herói, cacete! Não é como se ele fosse desconhecido antes, mas agora qualquer puto é seu melhor amigo. Zafar bhai, que dá tudo aos pobres. Esse velho grito tem agora um novo tom porque se alguém não o impedir, o louco desgraçado está a ponto de dar a sua vida. Farouq, Devika e Luazul são os novos santos e suas imagens são coladas em paredes por toda a cidade ao lado da de Zafar. Quatro mártires a caminho.

De repente qualquer sacana é um perito em jejum. Bem, muitos são, é claro, ainda que não por escolha. — É a lua cheia — diz Ramprasad, o vendedor de frutas. — Ela leva os fluidos pro cérebro e perturba os pensamentos. É por isso que as pessoas enlouquecem. A melhor maneira de lidar com a lua é jejuar sem água. Veja, isso diminui o fluido no corpo todo e o líquido do cérebro desce para o corpo e assim o efeito enlouquecedor da lua é removido.

— Pobre infeliz, você não sabe nada.

— Qual é, Animal? Você é perito em medicina?

Não sou, mas é tempo de revelar uma inesperada e estarrecedora descoberta, que é que eu pareço ter sido infectado com essa doença chamada consciência. Vendo o tormento de Nisha descubro que não estou adorando que Zafar morra, mas detesto admitir isso, há uma parte de mim que admira o miserável. Ele sempre foi bom pra mim e o lugar simplesmente não seria o mesmo sem ele.

O jejum de Zafar já dura três dias e Elli traidora continua dizendo que se ele não parar logo ele vai morrer. Seu corpo começou a se autodevorar e o sangue lateja em sua cabeça. Ele está tendo sérios ataques de câimbras, que Faqri diz que podem ser efeitos tardios da datura. Desde ontem eles estão diminuindo, o que significa que Faqri pode ter razão. Farouq está se revelando um durão: — Hoje melhor do que ontem — ele me diz com uma careta quando vou vê-lo, seus lábios estão rachados e sua respiração é como vento numa árvore espinhosa. Ele e os outros jejuadores contam piadas entre si e se entregam ao velho passatempo khaufpuri do insulto. Uma multidão de khaufpuris está com eles cantando *Hillélé* e coisas do tipo e animando seus espíritos com brincadeiras. É sexta-feira, quarto dia do Nautapa, quarenta e oito graus. À tarde, Devika, a do Quebra-Nozes, entra em colapso e é levada às pressas pro grande hospital. A mulher da Lua Azul é convencida a parar pela sua família. Zafar e Farouq vão em frente. Estão exaustos e no final da tarde os dois dormem. Nisha, que está com medo e agitada, aproveita a chance. Enquanto os dois dormem ela traz um pano molhado e limpa os seus rostos, depois deixa umas poucas gotas de água caírem em seus lábios. O que Farouq fez, não sei, mas Zafar acorda no mesmo instante. Ele está muito zangado, ele abriu a boca pra gritar com Nisha, mas só sai uma espécie de grasnido. O que ela pensa que está fazendo? Nisha, à beira das lágrimas, responde que ele e Farouq deveriam acabar com aquele tormento.

— Você está se comportando como uma criança — ele diz. Seus lábios estão muito rachados, sua língua está inchada dentro da boca. O som de sua voz sai como se ele tivesse bebido daru, sua aparência também é disso, olhos vermelhos e cabelos arrepiados. Até seus óculos estão empoeirados e ele não tem mais vontade de limpá-los na camisa como faz habitualmente. Ele não lê mais jornais. — O que aconteceu com você? — ele pergunta a Nisha. — Eles costumavam brincar dizendo que a coluna vertebral de Zafar se chamava Nisha. Agora isto?

— Eu sou forte — diz ela — e com toda a minha força estou implorando, desista disso. Você não pode lutar se estiver morto.

— Por que falar de morte? — pergunta Zafar.— Fale de vitória.

— Você acha que está sendo forte — ela diz —, mas não está. Desistir da vida é só isso, é desistir. É se render. Esses Kompani-wallahs não estão impressionados. Estão rindo de você. Você está dando a eles a sua vida de presente.

Quando ela diz isso, estou olhando pro rosto de Zafar e me parece que um grande cansaço aparece nele. Ele sabe que ela tem razão. Occorre-me então que ele está fazendo isso porque está cansado de lutar e que este é o único jeito que ele tem de parar com honra. Nós não o apoiamos direito, nós não apreciamos seus anos de luta por nós, agora ele está cansado, quer que tudo isso chegue ao fim, acabando desse jeito não seria sem honra. Mas eu superestimei Zafar. O homem é, afinal de contas, um santo, ele já está se desculpando por perder a paciência com Nisha, mas agora é a vez dela ficar furiosa. Ela grita com ele: — Não espere que eu fique aqui e assista você morrer! Não fico! Me recuso!

— Então você deve ir — diz o herói, mas eu juro que se houvesse uma gota de líquido no seu corpo ela estaria rolando do seu olho.

— Por favor não volte aqui até que esteja tudo acabado.

— Até que esteja tudo acabado? O que quer dizer isso? — diz Nisha, abalada com aquilo.

— Quer dizer que você é minha vida — diz Zafar numa frase que, sendo o veadinho infeliz que é, é o mais perto que vai chegar de dizer eu te amo. As mulheres sentadas por perto soltam oohs e ahs, mas muitas choramingam.

— Se eu sou a sua vida — diz ela—, então você está matando nós dois.

— Você abala minha determinação — diz Zafar. — Por favor saia agora.

Em seu rosto há uma expressão como se ele estivesse sendo torturado. Nisha se levanta e sai andando, como se seu coração e entranhas estivessem sendo arrastados pelo chão atrás dela.

Sábado, quinto dia do Nautapa, quarenta e sete graus. Não há mais cantos em volta da tenda. Zafar e Farouq estão deitados em seus colchões, por longos períodos agora eles não falam. Seu quarto dia sem comida ou água. As pessoas sussurram que eles estão afundando. A crise não pode estar longe. Quando a doutora sahiba mandar que parem, o que eles farão? A opinião é que eles vão continuar até o medonho fim. As pessoas realmente acreditam nisso, um sinal seguro é que muitos camaradas, tanto hindus quanto muçulmanos, chegam hesitantes à tenda para pedir suas bênçãos. Estar na presença de santos é uma grande coisa. Uma delegação dos anciãos do Quebra-Nozes chega e implora que parem. Através de seus lábios destruídos, eles recusam. Febre de sede, ardência de fome, esses dois estão se cremando na pira de sua causa perdida.

Na hora do almoço estou na casa de Somraj, almoçando e embrulhando alguns chapatis e picles pra levar para Ma. Desde que esse drama começou não tenho passado muito tempo com Ma, o que eu deveria fazer porque a cada dia ela fica mais maluca. Duas, três vezes agora, os vizinhos a encontraram gritando pelas ruelas e a levaram para casa. Eles não sabem o que ela grita, mas eu sei, porque ela me conta à noite: — Animal, estou tentando avisar as pessoas, mas elas não ouvem. O inferno está chegando, ele vai se abrir debaixo dos nossos pés, você já pode sentir o calor. Le camp des saints et la ville bien-aimée. Un feu descendra du ciel, et les dévorera. O campo dos santos e a cidade bem-amada. Um fogo descerá do céu e os devorará. Então ela confirmou que anjos se moveram por toda parte, eles estão tomando a cidade, preparando alguma revelação. Logo não haverá mais gente.

Nisha vem para mim com os olhos vermelhos de chorar, ela se ajoelha na minha frente pra poder me olhar nos olhos: — Animal, você precisa levar um recado meu para Zafar. Você vai fazer isso?

— É claro.

Nada eu detestaria mais, mas como dizer?

— Estive pensando muito sobre o que eu deveria dizer. Mas no fim o que há além disso? Eu te amo. Com todo o meu coração e toda a minha alma.

Ó, perverso por dizer isso, mas o fogo que queima Zafar não é nada perto das chamas que me engolfam. — Sei, sei — eu digo. — É claro que vou dizer a ele.

— Diga que eu o respeito e o admiro e o apoio e quero ser sua mais forte aliada — ela balbucia. — Como posso ficar aqui sozinha? Veja.

Ela me mostra um barrete, cuidadosamente bordado com seda azul e vermelha: — Eu tinha feito isso para ele, para o nosso casamento.

— É bonito. — Deus, como isso dói.

— Diga a ele que se ele se for, estará me levando com ele.

— Vou dizer a ele — murmuro.

— A ideia dele não estar mais aqui — ela diz, agora falando mais para si mesma do que para mim — me deixa desesperada. A Kompani não vale a pena que se cuspa nela, não vale a pena morrer por ela. Se houvesse uma única pessoa boa naquela Kompani, uma só que pudesse se comover com um sacrifício desses, então poderia valer a pena. Mas eles vão comemorar quando chegar a notícia.

— Pare com essa conversa, Nisha — digo a ela. — Ninguém tá indo porra nenhuma. Ninguém tá indo embora.

Essa conversa dela indo com ele está me assombrando. — Nem em um milhão de anos ele vai fazer isso. Pense nisso, nem mesmo Zafar é tão boboca de acreditar que morrer seria a melhor opção.

Mas não estou muito certo disso, nem um pouco, porque Zafar é um herói, um santo, e sua morte iria causar tanto tumulto que nenhum político poderia ignorar. Do jeito que Nisha está falando, eu o quero vivo agora, quero muito.

Um rival que está vivo pode cometer erros, quem sabe, ela poderia se cansar da santidade, mas um que está morto e eterno, nem pensar.

— Animal, depois de Zafar, você é meu melhor amigo. Dê o meu recado a ele.

Zafar diz que a fome acabou e que ele tem sentido uma espécie de paz, mas ele não parece muito em paz porque quando eu dei o recado ele começou a bater sua língua inchada pra mim.

— Animal, você está sempre dizendo que não tem que pensar, você é um camarada de uma puta sorte, porque pensar está virando minha cabeça do avesso, acho que minha cabeça vai explodir com tanto pensamento escroto crescendo dentro dela.

Não é costume dele dizer palavrões, daí estou um pouco perplexo.

— Que lugar é essa Khaufpur — ele diz — onde até o céu é defeituoso e quando a chuva chega é só um empréstimo em cima de débitos muito atrasados.

Ele continua a divagar desse jeito, bem, você sabe o que dizem, a língua não tem osso daí ela pode se torcer e se virar pra todo tipo de coisas.

— Khaufpur é a única cidade envenenada? Não é. Há outras e cada uma delas tem seu próprio Zafar. Vai haver um Zafar na Cidade do México e outros em Hanói e Manila e Halabja e há os Zafars de Minamata e Seveso, de São Paulo e Toulouse e fico pensando se todos esses infelizes exaustos estão tão fodidos quanto eu.

— O que devo dizer a Nisha?

— Nisha? — grasna ele, como se tivesse dificuldade de se lembrar quem é ela.

— Sua namorada.

— Então onde ela está?

Ele começa a olhar em volta. Seus olhos estão afundados na cabeça. Tão secos e inflamados estão que, enquanto giram, fico esperando que estalem.

— Ela está em casa chorando porque você disse a ela para não vir aqui.

— Por que eu faria isso? — pergunta ele, me encarando como se eu estivesse mentindo. Não, pior, como se eu fosse o culpado de tudo isso.

— Ela tentou botar um pouco d'água na sua boca.

— Água? Por favor... — sua voz se resseca, por um instante acho que ele está pedindo água, mas é provável que ele estivesse me implorando para não mencioná-la porque num instante ele começa de novo, seguindo alguma linha de pensamento lá dele. — Eu nunca andei no fogo porque me recuso a me curvar para deus. Recusar-se a se curvar não é a mesma coisa que não acreditar. Olhe para a miséria do mundo e você tem que acreditar que alguma coisa muito malévola está agindo aqui. Não posso honrar essa coisa má.

Ele olha para Farouq que está deitado dormindo ali perto, com um lençol dobrado sobre ele, quase como um cadáver em sua mortalha.

— Farouq pode andar pelo fogo porque sua mente é calma — Zafar sussurra. — Mas agora mesmo o fogo está dentro de mim e vou te dizer, Animal, essa porra está me queimando todo.

Acho que Zafar não ouve essas palavras que rastejam pra fora de sua boca. É como se ele fosse esse velho cadáver ressequido, pronunciando palavras que o mastigaram por dentro, começando por seus músculos e ossos e acabando com sua alma. Agora elas são como besouros, pulando de sua boca para o chão. Eu nunca teria esperado por isso, mas me dói ver meu velho rival nesse estado. Isso dói pra caralho, por um momento cheguei a sentir orgulho do homem. Ele está falando como um fraco, mas ele não é fraco. Se ele fosse fraco, eu lhe daria uma bebida e ele viveria. É sua força que o está matando. Uma vez dentro da fábrica eu encontrei um pedaço de pele com pelos esticada sobre ossos, era um cachorro morto, tão velho que não fedia mais. Eu o cutuquei com um graveto e um lagarto correu pra fora de um buraco em suas costelas. Seu interior estava cheio de bolinhas brancas, que deviam ter sido ovos de lagarto e havia montes de besouros pretos. Assim estará Zafar em mais um ou dois dias.

Estou exatamente pensando que notícias posso dar a Nisha quando, de repente, chegam vivas de fora da tenda. O povo está aplaudindo. E então Elli está aqui, ela está dizendo a Zafar e Farouq que eles podem parar com a greve de fome, eles podem beber água, podem comer uma laranja, podem chupar uma tâmara, podem se alegrar, levantar e dançar porque o acordo foi adiado. Ela tinha acabado de receber um telefonema de alguém que ela conhece. O acordo não vai acontecer. Não há como ele ser assinado antes de segunda-feira, que é o dia da audiência. Nós vencemos.

Uma comemoração khaufpuri é um vale-tudo, é pura festa, são muitas festas ao mesmo tempo. O povo tem tão poucas boas notícias na vida que quando tem alguma fica enlouquecido. Alguém trouxe gulal,[1] pó colorido, as coisas que se jogam em Holi, outros acendem bombinhas, trouxinhas de fatakas[2] vermelhas, elas fazem piruetas na poeira como peixes explodindo. Gente feliz gira pela praça, todos estão dizendo "Vencemos, conseguimos, a Kompani está de joelhos". Ao nosso redor os khaufpuris dançam e gritam. Alguns se abraçam. A tenda está cheia de gente rindo e fazendo sinais de vitória e há uma longa fila para apertar as mãos de Zafar e Farouq. No meio de todo esse regozijo estou pensando, quem foi que venceu mesmo? Como foi que Elli, que está mancomunada com os advogados, trouxe essa notícia numa hora dessas?

Através da multidão excitada consigo avistar o rosto pálido de Elli, ela é a única pessoa além de mim que não está sorrindo.

Os escorpiões piraram, ou talvez seja Ma. Sou acordado pela louca rindo sozinha e desço pela escada para encontrar Ma com um escorpião com cara de poucos amigos na palma de sua mão. Parece estar lhe dando instruções. Congelo pra não alarmar a criatura. Esses vermelhos são do tipo perigoso. Uma picada de um deles e você vira história. Não é disso que se precisa agora. Mal dormi. Toda a noite estive lutando com minha recém-descoberta consciência. Decidi que preciso avisar Zafar, irmão não seja feito de idiota pelas notícias de Elli, Elli é uma fraude.

[1] gulal: pó colorido extraído de flores e ervas secas usado na celebração da festa da primavera.

[2] fatakas: fogos de artifício, série de bombinhas presas num barbante.

— Você consegue sentir o calor? — Ma pergunta, me dando um sorriso doce. — O inferno está se abrindo sob esta cidade. As pedras na parede estão queimando, isso está expulsando os escorpiões, coitadinhos, seu tempo chegou, logo a terra vai queimar, e mais as árvores e todas as coisas verdes, os abismos estão se abrindo, fumaça vai cobrir o sol e a lua, como um escorpião ela vai picar, com tanta dor que os homens vão implorar para morrer.

— Sei, sei — digo a ela —, por favor ponha essa criatura no chão.

— Honestamente, Animal, você não ouviu uma palavra do que eu disse? A noite em que esta cidade vai estar cheia de anjos e gente morta está chegando, não diga que eu não te avisei.

Ela me estende a mão, o escorpião ainda sobre ela está dobrando a cauda:
— Pegue, cuidado para não machucá-lo, ele não é lindo? O nome dele é François.

Com muito, muito cuidado, pego François e o abaixo até o chão. Dezenas de batidas do coração sacodem meu corpo antes que suas perninhas comecem a se mover e ele me conceda o dom da vida. São só sete da manhã, o calor já sobe em espiral até o insuportável.

Domingo, sexto dia do Nautapa, cinquenta e um graus. Vou à casa de Somraj esperando encontrar Zafar lá, agora não há mais razão para sua greve de fome. Somraj parece doente. Há marcas escuras sob seus olhos como se ele não tivesse dormido. Zafar e Farouq ainda estão na tenda, ele me informa, o jejum continua.

— Mas e as notícias de Elli? Ontem à noite, o povo estava dançando.

Somraj disse que não houve confirmação das notícias. Os políticos estão mortos de medo que Zafar e Farouq morram, a história deve ter sido um truque para fazê-los parar o jejum. Amanhã pela manhã é a audiência, diz Somraj. De um jeito ou de outro, amanhã saberemos.

A multidão do lado de fora da tenda aumentou, ela enche o pequeno parque e está silenciosa. A novidade circulou, nossos heróis precisam resistir mais um dia. Todos sabem que se amanhã chegar e Zafar e Farouq não pedirem trégua, no final do dia eles vão com certeza morrer. Sinistro é o silêncio de tanta gente, você quase pode ouvi-los respirar. Farouq e Zafar estão deitados sobre tapetes com os olhos fechados, umas poucas pessoas estão silenciosamente sentadas perto. Um desses na tenda é um homem chamado Ramlal que me conhece, ele é o marido de Devika, uma das primeiras jejuadoras, então pergunto se algo novo aconteceu.

— O quê? Você não sabe? Khaufpur toda já sabe.

— Acabo de vir de casa.

Ramlal está prestes a falar quando Zafar se mexe e murmura: — Quem chegou?

— Zafar? Zafar bhai, sou eu, Animal. Tenho uma coisa pra te dizer.

— Animal? que bom que você veio — ele diz através de lábios muito inchados, escurecidos eles estão, caindo aos pedaços, mal podem falar. — Também tenho uma coisa pra te dizer.

— O que é, companheiro?

— Chega perto, não consigo falar direito.

Ontem ele estava mal, hoje está pior. Seus olhos são tempestades vermelhas. Sua respiração chocalha como dados.

— Como está se sentindo?

— Eu parei de suar. Não consigo mijar. Estou queimando.

— É Nautapa.

— Não, estou queimando por dentro. Como uma fornalha.

O pobre tenta lamber os lábios mas eles não se umedecem: — Deixe estar. Chegue mais perto, não quero que ninguém ouça.

Então me agacho bem ao lado dele e ele pega minha mão. Quase pulo para trás, sua pele está tão quente. É como quando eu estava carregando Aliya.

Ele diz: — Você gosta de Nisha, eu sei.

— É claro, todos nós gostamos.

— É, mas pra você... pra você é especial, né?

— O que você quer dizer?

— Sem tempo pra discutir — ele diz. — Mal posso falar, então só escute.

Concordo com a cabeça e ele diz: — O que estamos fazendo pode dar errado. Se alguma coisa acontecer, cuide dela. Cuide que ela fique bem.

Esse pedido e o pessimismo dele me pegam desprevenido: — Zafar, seu puto idiota, pare com isso agora mesmo, você não precisa mais fazer isso.

Na mesma hora em que digo isso percebo que minha notícia é capaz de torná-lo ainda mais decidido.

— Ela confia em você — ele diz, ignorando minha observação. — Ela sente um carinho especial por você. Você precisa tomar conta dela.

— Eu? Como é que eu posso tomar conta de alguém?

— Porque você se preocupa com ela.

Mais uma vez sua língua não consegue umedecer sua boca. Ver isso é doloroso.

— Isso é o principal, Animal, que você se preocupe, mas tem isso também, você é esperto, você é talentoso. Você é o cara mais brilhante que eu conheço.

— Vamos, não tente falar macio comigo — digo eu. Nunca imaginei que ele pensasse essas coisas de mim.

— Se alguma coisa desagradável acontecer — diz ele, fechando os olhos — se acontecer, ela vai precisar de alguém em quem possa confiar, que possa levantar seus ânimos. Você tem um senso de humor meio perverso. Você pode ajudá-la a passar por isso.

Não consigo acreditar que ele esteja falando assim: — Ela te ama, babaca. Se você morrer, o que eu vou fazer? Contar piadas pra ela ficar alegrinha?

— Eu te invejo — ele diz. — A seriedade é uma maldição. Eu gostaria de ter rido mais. Ter sido mais como você.

— Chega! — digo asperamente, vendo-o começar a deslizar para algum lugar escuro.— Nunca pensei que fosse ouvir você dizendo coisas desse tipo. Você é nosso herói, você é nosso líder, nós precisamos de você. Agora volte e lute.

Ele diz com carinho: — Filho da mãe, você finge que é um animal, e nisso você se parece com um, você fica com o nariz no chão e o rabo pra cima.

— Seu maluco de porra. Quem disse que estou fingindo?

Seus olhos se abrem, um pequeno sorriso repuxa sua boca: — Viu? É um cínico. Você compreendeu uma coisa que vale a pena, meu amigo, no fim o único jeito de lidar com a tragédia é rir dela.

Sua língua seca raspa o sorriso: — Como eu queria um pouco de água. Eu precisei dizer a eles, não bebam na minha frente. Isso me deixa louco.

— Quem bebeu na sua frente?

— Uma amiga. Ontem. Eu a vi bebendo de uma garrafa. Ela não sabia que eu estava olhando. A garrafa estava gelada.

Ele fecha os olhos, engole, você quase pode ouvir sua garganta rachando. Pobre infeliz, cada palavra acaba com ele: — Eu estava imaginando, não, eu estava ansiando pela sensação de água fria passando pela garganta. A imagem daquela garrafa não vai me abandonar, só fica pior. Noite passada todos os meus sonhos eram sobre água, acordei com tanta sede...

Ele cai pra trás, a fala longa deixou-o exausto.

De repente eu me envergonho até o fundo da alma pelo que fiz a Zafar: — Zafar irmão, me perdoe. Eu vim te dizer uma coisa, mas primeiro preciso dizer outra coisa.

— Vá em frente.

— Eu tive ciúmes de você.

— Eu sei.

— Como pode saber?

— Nisha me contou — ele diz.

— Você não sabe. Não como era grande. Era como o seu fogo, me queimando por dentro. Sabe do que mais? Eu pensei em todas as maneiras de separar vocês. Moça hindu, rapaz muçulmano? Cheguei a pensar em fomentar tensões comunitárias para que seu casamento se tornasse impossível.

— E daí o que houve? — ele pergunta, alguma coisa como um brilho voltando ao seu olhar.

— Inútil. É Khaufpur, né?

Tantas vezes os políticos tentaram criar tensões entre as comunidades em Khaufpur. Sempre os khaufpuris disseram: nós sofremos juntos, não seremos divididos.

— Filho da mãe.

Ele ainda está segurando minha mão e a aperta.

— Zafar irmão, tenho outra coisa pra te contar. É ruim. Muito ruim.

— Conte-me, irmão.

— Zafar bhai, tenho medo de ter envenenado você.

Confessar é como vomitar, você não consegue parar até estar vazio. Então conto a ele sobre as pílulas, como Faqri tinha me garantido que eram pra um objetivo, que era diminuir a vontade sexual por Nisha. E também eu não devia saber que elas continham datura.

— Datura? — diz ele. — Porra de datura. Não admira eu me sentir tão mal.

Então eu confesso trepar na árvore, uma vez, pra espionar ele e Nisha. Ele não precisa saber sobre as outras vezes, só uma, você pode ser executado não importa quantos assassinatos tenha cometido. Estou esperando que ele fique lívido, mas ele fica deitado em seu tapete me olhando com seus olhos vermelhos.

— Você não vai se zangar?

Ele suspira: — Animal, irmão, estou cansado demais pra me zangar.

Então ele faz um esforço e bate de leve na minha cabeça: — Então toda essa confusão, caos, essa raiva agitada contra o mundo, tem tudo acontecido aqui?

— De qualquer jeito, não precisa ficar com raiva — eu digo — porque eu não vi nada. Vocês não fizeram nada desse tipo.

Um grunhido estranho escapa dele e seu peito está palpitando. Estou pensando ih, merda, o choque disso está matando ele, mas acontece que ele está rindo. É uma espécie de riso ressecado, alguma coisa entre tosse, soluço e ronco.

— Animal, você é demais. Por deus em quem me recuso a acreditar, tudo tem limite, mas você passa de todos eles.

— Nada que eu tenha visto, de qualquer jeito.

— É, eu sei disso. Essas coisas podem esperar até o casamento.

— O quê? Nem um beijo?

— Desgraçado.

— Bem — diz ele, levantando-se num cotovelo —, pelo menos isso prova uma coisa, que você vai tomar conta de Nisha. Posso confiar em você para manter sua honra a salvo.

— Não brinca, yaar. Estou com vergonha demais.

— Decididamente, você é o homem certo.

— Eu não sou um homem.

— Bem, meu irmão — diz ele —, definitivamente o animal certo.

Alguém sugere que eu não deveria fazer Zafar falar mais, mas Zafar diz pra não se preocuparem: — Ver velhos amigos alegra o coração, e esse desgraçado, com seu descaramento e seu sorriso torto, me faz rir, e por deus em quem não acredito me sinto melhor com isso.

Então é a hora de lhe dar a notícia verdadeira. Eu me abaixo até o seu ouvido e sussurro: — Zafar, a coisa que eu vim te dizer é ruim. Tenho prova de que Elli doutora está trabalhando pra Kompani.

Daí começo a contar a ele sobre o que vi em Jehannum, como me escondi debaixo da mesa e peguei Elli com o advogado estrangeiro, como ele disse que ela tinha feito um bom trabalho e podia ir pra casa, e então como ele a beijou. Zafar ouve tudo isso sem expressão. Quando acabei, ele diz: — Animal, você fez bem em me dizer, mas eu já sabia. Noite passada, Elli contou a Somraj. Estou com medo de que isso seja ruim pra ela. Tente cuidar para que ela também fique bem.

Depois dessas palavras surpreendentes, ele diz: — Irmão, estou queimando. Peça a eles para conseguir gelo. Mói o gelo dentro de um pano e põe na minha pele. Por favor faça o mesmo por Farouq.

Fita vinte

— Sem acordo! Sem acordo!

Segunda manifestação em uma semana, aqui estamos de novo, os paltaniyas do Apokalis, o fantástico exército do povo. Nesse dia, que é o sétimo do Nautapa, o calor é o pior que já houve. Não são dez da manhã mas os degraus do lado de fora do tribunal estão como barras de metal quente. Chegamos todos muito excitados porque o acordo da Kompani ainda não foi assinado e a audiência está quase começando. Zafar e Farouq lá estão, tão fracos que as pessoas têm que ficar de pé ao lado deles para equilibrá-los. Zafar olha fixo, com olhos que já parecem mortos. "Senta, não fica em pé", diz alguém. Zafar diz que vai esperar até eles entrarem. Daí ele vai se sentar. Dez minutos se passam antes que o tribunal abra as portas e a audiência comece, mas, quando chega a hora marcada, do juiz nem sinal. Estamos acostumados com seus atrasos, mas o povo está dizendo que a excelência deveria ter feito um esforço, ele deve saber que alguns ali estão semimortos de jejum e ainda se recusam a tocar em água. Depois de vinte minutos, um oficial da corte aparece e murmura algumas palavras.

— O que está havendo? O que está acontecendo?

A novidade se espalha como fogo em capim seco: — A audiência foi adiada. Eles adiaram a audiência.

— SEM ACORDO! SEM ACORDO! SEM ACORDO!

O refrão recomeça. O povo está furioso. O juiz, parece, foi transferido, ele já saiu de Khaufpur para assumir algum outro tribunal, eles se esqueceram de nos avisar.

Grita alguém: — Os amrikans estão chegando.

Com uma escolta de polícia armada, os quatro advogados chegam ao tribunal.

Será que eles vão realmente fingir surpresa? O quê? A audiência foi adiada, bem, eu nunca, quem imaginaria? Os guardas, conhecendo o humor e a qualidade da multidão, não estão muito animados para que os advogados saiam do carro e, quando eles saem, ficam ansiosos para empurrá-los de volta pra dentro, mas é tarde demais. Eles são cercados por uma gangue de jarnaliss da *Gazeta de Khaufpur*, do *Doordrishti*, etc, gritando perguntas:

— Por que a audiência foi adiada?

Assinaram um acordo?

— Estamos aqui para oferecer uma generosa ajuda humanitária ao povo de Khaufpur — diz o búfalo.

— As acusações contra a Kompani foram retiradas?

— SEM ACORDO! SEM ACORDO!

Som de uma multidão cada vez mais enfurecida.

— SEM ACORDO! SEM ACORDO!

— Vocês vão limpar a fábrica?

— Onde estão os seus clientes? Onde estão os executivos acusados?

— Temos a certeza de que todos os problemas importantes serão resolvidos.

— SEM ACORDO! SEM ACORDO! SEM ACORDO!

— De quanto será a indenização?

— O que vocês combinaram com o governo?

Vocês sabiam que a audiência seria cancelada?

— SEM ACORDO! SEM ACORDO! SEM ACORDO!

— Repita, tem barulho demais aqui.

Ouçam, oh paltaniyas, aprendam a sabedoria. Vocês podem se esganiçar e gritar o quanto quiserem. Vocês podem berrar nas porras de ouvidos deles, continuarão a não ser ouvidos.

— Quando será assinado o acordo? Dias? Semanas? Meses?

— Nada será cedo o bastante para mim — diz o búfalo. — Estou com saudades de casa. Eu tenho dois galgos italianos. Eles dormem na minha cama.

Uma velha sai mancando da multidão, é Gargi, cujas costas são quase tão curvadas quanto as minhas: — Sr. advogado, nós vivíamos à sombra da sua fábrica, vocês nos disseram que estavam fazendo remédios para os campos. Vocês estavam fazendo venenos para matar insetos, mas foi a nós que vocês mataram. Eu gostaria de perguntar, isso fez muita diferença, pra você?

Daí o búfalo pergunta o que ela estava dizendo e um jarnalis ali perto diz: — Não sei como traduzir isso.

Então Gargi diz que se a Kompani tivesse alguma dignidade ela deveria comparecer ao tribunal e deveria pagar uma indenização justa e adequada por todos os erros que cometeu.

— O que ela está dizendo agora? — o advogado pergunta.

— Senhor — diz o jarnalis —, ela está pedindo dinheiro.

O búfalo procura em seu casaco forrado de vermelho, tira a carteira: — Compre alguma coisa bonita para você — ele diz.

A velha Gargi está lá de pé com cinquenta rúpias na sua mão.

— Sr. Musisin, como o senhor justifica o que fez? — pergunta uma voz que vem de uma criatura que não é deste mundo. É Zafar, escorado por dois amigos. Seu rosto está encovado, ele não bebeu uma gota de água.

O advogado sabe quem é Zafar. O sorriso em seu rosto se alarga.

— Ei, Zafar — ele diz. — Quando você chega à minha idade e tem dois galgos italianos e já leu tantos livros quantos eu li, e tem tantos amigos entre advogados e juízes, e tiver ganho tantas causas, você não precisa perder tempo se justificando.

— Ele não vai me deixar vê-lo. Você tem que ir, Animal. Diga a ele que o amo, se ele morrer eu vou morrer também. Lembre-o de todas as razões que ele tem para viver.

— Ele não pode morrer.

Zafar é invencível, intocável, imortal.

— Animal, estou com medo. Elli diz que ele está debilitado pelos problemas de estômago. Ele a proibiu, para a própria segurança dela, de cuidar dele.

Uma enorme pedra cai no meu estômago. Eu fiz isso, se ele morrer será culpa minha. Vou até ele e digo, Zafar pare com essa porra imbecil, beba algum leite, tome um pouco de kheer. Enquanto isso eu rezo: — Deuses do destino, ou seja o que for, se vocês existem sabem que Zafar é um homem marcado, um dia algum matador da Kompani vai com certeza tirar-lhe a vida. Por favor, eu cometi um erro estúpido, não façam de mim a porra do assassino dele.

Bhoora Khan volta de mãos vazias da casa de Aliya. Embora Aliya ainda esteja ardendo em febre, os velhos dizem que não podem mais levá-la até Elli.

— Quem disse que não podem? — Bhoora argumentou com eles. — Zafar irmão iria querer que Aliya recebesse tratamento.

— Todos dizem que Zafar irmão está morrendo. Não podemos ir.

Daí então eu sei que desta vez as pessoas não vão voltar. O sonho de Elli acabou e o meu também.

Sete dias sem água. Até Zafar sabe que acabou. Ele tem que desistir agora ou vai morrer. Seu corpo está falhando, ele está tão fraco que não consegue mais ficar de pé. Sua visão está enevoada. Ele sussurra: — Animal, é você?

Botei minha boca bem ao lado do ouvido dele: — Fala, irmão, estou aqui.

Naquele momento eu o amo incondicionalmente e sei que ele vai partir meu coração se ele se for, e também eu sinto o amor de Nisha dentro de mim como uma torrente.

— Eu estou bem — ele mente, sua respiração está áspera. — Quem não se sentiria fraco depois de uma semana sem água? Há uma estufa no meu peito. Estou queimando por dentro. Quando lavo meu rosto, fico tentado a tomar um gole. Quando vejo alguém bebendo água meu coração sussurra vamos tomar só um pouquinho. Mas então eu penso, se eu beber o que vai acontecer com a nossa luta?

— Como está Farouq? — pergunto, vendo meu arquiinimigo deitado ali no tapete. Sinto pena até dele.

— Farouq tem o Lá de Cima — ele diz. — Ele tira forças disso. Eu, eu não peço a deus para ajudar, mas eu tiro forças de meus amigos. Como você, Animal, seu desgraçado.

Ele consegue um sorriso fraquinho: — Você é mesmo um idiota infeliz, você nunca pensou que datura fosse um afrodisíaco?

— O quê? Você ficou com vontade?

— Qual é? — diz ele. — E eu não sou humano?

Ele deita, alguém põe uma almofada debaixo de sua cabeça. Eles estão lá à espera com garrafas geladas, tentando-o a quebrar seu juramento e salvar sua vida, mas nem assim ele vai beber.

— Animal, pede a Somraj para vir me visitar. Cuide-se bem, camarada. O melhor que puder, tome conta de Nisha.

— Nós vamos vencer — digo a ele. Estou quase chorando. — Tenho certeza de que vamos vencer. Ouve, seu desgraçado, ouve, seu puto de homem querido, nós vamos vencer.

Estou sorrindo pra ele entre minhas lágrimas, e tentando manter em minha mente a visão de um mundo no qual o poder do nada varreu a Kompani e todo o mal e as coisas cruéis não existem mais. Vamos, seu poder do nada, se já houve uma hora pra você se mostrar essa hora é agora. Tudo o que tinha, esse homem deu. Nada mais ele tem pra dar, a não ser a vida. E em breve nada mais existirá de Zafar. Nunca o poder dele foi maior do que neste momento. O Nautapa arde em seu corpo, seu hálito é como chamas. Um sopro de Zafar poderia incendiar o mundo.

Quanto tempo fico sentado ali, ao lado do homem que se vai? Uma hora talvez, duas, o tempo não tem significado. Minha cabeça está cheia de pensamentos que giram como os pombos, sempre voltando para o mesmo poleiro. No rosto de Zafar há uma expressão que está cheia de paz, como se ele tivesse resolvido todas as suas batalhas.

O que é esta coisa chamada morrer? Dizer adeus, abandonar, uma a uma, lembranças e sensações, a última vez que a gente pensa em cravos, ou gengibre, ou seda verde, ou o pássaro branco etawa. Todas as coisas que fazem a vida, deixá-las ir uma a uma, até que só existe aqui e agora, as cores da parede da tenda, aquela névoa de luz, vozes... abandonar tudo isso também.

— Zafar, meu irmão, uma vez ouvi você dizer uma coisa bonita. Você disse *jahaañ jaan hai, jahaan hai*. Nós temos o mundo enquanto ainda temos vida.

— Romântico pra caralho.

Essas são as últimas palavras que o ouço dizer.

Uma grande barulheira começa lá fora: — A fábrica — vozes estão gritando. — Estão espancando gente! Precisamos ir todos para lá.

Nos portões da fábrica há um grande alvoroço. Gente de Jyotinagar, do outro lado da estrada, está reunida aqui, pedindo para entrar. Uns quarenta guardas estão de costas para os portões. O metal enferrujado começa a oscilar. As pessoas subiram no muro e vêm por trás. Estão trepando nos portões, agarrando-se nas barras e sacudindo-as, tentando botá-las abaixo. Os portões estão balançando. Vigias vêm correndo lá de dentro, mas eles são idiotas da aldeia que a Kompani contratou, aqueles que ficam sentados bebendo chá dia e noite, eles não querem se envolver. A polícia está gritando para que eles ataquem os invasores, que os arranquem dos portões, batam neles, mas os vigias ficam ali e observam. Mais e mais contestadores aparecem a cada minuto, figuras esguias correndo pelos becos, gritando, agitando os braços. Eu também vou pra mais perto, abrindo caminho por entre joelhos e coxas, tentando evitar que me pisem nos dedos. Raiva estou sentindo, e também tristeza. Acabei de deixar Zafar, nunca vou me esquecer da sua morte ou a maneira como aconteceu. Quero despedaçar a maldita Kompani, se eu pudesse atacar aquele advogado búfalo eu arrancaria sua língua cancerosa com uma mordida e apertaria sua garganta até que galgos pulassem de seus olhos e ele sentisse dentes enlouquecidos rasgando o seu coração. Nesse momento de ódio olho para cima e há plácidas nuvens deslizando pelo céu. Aquilo me abala. Fora de nós mesmos nada se importa.

Zafar e Farouq estão lá longe na cidade velha, eles deram seu último suspiro, se essa notícia chegar à multidão, só deus sabe qual será o resultado. Uma das mulheres está gritando com o chefe dos tiras. Ele está com medo, posso ver, embora não possa ouvir o que está sendo dito. Ela para, se levanta de novo com um chinelo na mão. O tira não faz nada, seus homens estão apavorados, agora a fúria do povo foi solta e quem sabe onde vai parar, é um temporal destruindo tudo em seu caminho, é uma avalanche desabando uma montanha, é uma enchente que sobe velozmente sem aviso prévio, é um incêndio criado por raio numa encosta onde tudo está seco, à espera da faísca. Nessas coisas que estou dizendo eu não acreditava antes, agora acredito, o poder do nada está desencadeado, como Zafar temia ele já está fora de controle, vai destruir o que tocar porque é alimentado não só pela raiva mas pelo desespero. O tira que foi atacado leva bronca dos outros. Os portões balançam com violência, um já saiu das dobradiças e está pendurado, os homens em cima dele redobram os esforços, outros sobem pra aumentar o peso. Parados, os vigias continuam a observar, muitos deles jogaram fora seus bastões, não vale a pena arriscar a vida para defender aquele lugar de horror, aquela terra de cobras. Os policiais estão tentando sair dali, ou serão esmagados quando o portão cair. Outra dobradiça cede e devagar sucumbe o portal de acesso à fábrica e vai ao chão numa nuvem de poeira, a polícia fugiu, alguns guardas também estão sentados no chão com seus bastões ao lado. A multidão ondula em direção ao deserto atrás dos portões, mas agora que estão do lado de dentro as pessoas não sabem o que fazer. Há um espaço aberto que dá para um dos lados da aleia de pequenas mangueiras que leva à guarita e ali a multidão se reúne. Muitos se sentam, não há líderes para lhes dizer o que deveria acontecer a seguir, é algo que eles fizeram por si mesmos. Alguém tem que assumir o comando, mas não há ninguém.

— O que devemos fazer agora — perguntam as pessoas.

— Derrubar este lugar — berra alguém.

— Queimar tudo — brada outro, então começo a gritar: — Amigos, não queimem nada por aqui, ou os produtos químicos vão se incendiar, vai ser aquela noite toda outra vez.

A mensagem se espalha pela multidão, que agora é formada por centenas, com outros chegando. — Não queimem nada. Não acendam fósforos.

A multidão que não para de crescer está cheia de energia, quer fazer alguma coisa, mas ninguém chega a um acordo. As mulheres, possuídas pelo poder do nada, começam seus cantos: — Somos chamas e não flores. Com nossas vassouras, bateremos a Kompani, varreremos todos para fora de Khaufpur. Para fora da Índia nós os varreremos. Para fora de toda a existência.

É claro que isso não pode durar. Caminhonetes escuras se aproximam do portão despedaçado, muitas caminhonetes, talvez vinte. Dela pulam policiais usando capacetes, carregando escudos e cassetetes compridos. Eles formam filas, depois entram na fábrica. A multidão, que ficou em silêncio, observando, recomeça agora seus cantos de desafio, mais alto do que antes toda a multidão está cantando. Nesses momentos, o povo se deixa levar e diz coisas que de outro modo nunca pronunciaria. Estão gritando, venham, façam o trabalho sujo da Kompani, batam em nós, tirem nossas vidas, que importância tem ela se já perdemos tudo mesmo? A polícia avança, sem parar ou fazer perguntas, seus longos cassetetes começam a bater. Então há tumulto, gritos de homens e mulheres sendo feridos, uivos de ódio do mais profundo da multidão, que recua pra fora da zona de espancamento. Um general da polícia se adianta, megafone na mão. Sua voz soa arranhando quando ele grita: — Voltem para casa, não façam bobagens, as pessoas que organizaram isto são extremistas hindus, eles vieram de fora para semear ódio e dividir a sua comunidade.

Apesar do medo, uma grande gargalhada explode.

— Vá embora — vozes gritam. — Não há muçulmanos ou hindus aqui, só há seres humanos.

E também um animal. Estou perdido no meio de pernas, daí abro caminho até um lado da multidão, então posso ver os portões caídos, a polícia arrastando gente pra fora, atirando-os em caminhões.

— Deixem-nos em paz — gritam as vozes. — Vão lamber o rabo do seu patrão, o primeiro-ministro, que lambe o rabo do Peterson.

— Vão embora! Fora!

Então os cantos recomeçam, chamas e não flores, o canto de varrer com vassouras, o canto do exército do povo.

Mesmo agora, o horror daquele dia mal começou. Mais caminhões da polícia estão chegando. De um deles pula meu velho inimigo o inspetor Latrinão, que eu atingi com uma pedra na manifestação do primeiro-ministro, aquele desgraçado gordo está entrando no local da fábrica com sua gangue de capangas. Eles não hesitam, vão direto para a multidão e daí estão agarrando as pessoas, homem, mulher, pouco importa, por qualquer parte do corpo que conseguem alcançar, braço, cabelo, orelha, e arrastando-as pra fora chutando e protestando.

— Peçam ajuda — o povo grita. — Digam que venham todos.

Latrinão, esse putain, é metido a machão, ele tem prazer em infligir dor. Ele adora o seu poder de ferir. Em outros tempos, eu tive medo dele, fugi, na manifestação do primeiro-ministro eu me escondi atrás de uma árvore, mas hoje é o dia em que Zafar morreu. Estou ardendo com uma puta raiva. Latrinão agarrou com violência um homem de Jyotinagar, está batendo nele com o punho: — Desgraçado, cadê sua permissão pra entrar neste lugar?

— Senhor, eu vim com os outros — diz aquele companheiro, que é magro e fraco, com todas as mazelas de Khaufpur escritas em seu rosto.

— Desgraçado — diz Latrinão —, como é que você ousa falar comigo? Onde... está... a sua... permissão. Em cada uma dessas pausas, o punho caiu sobre a cabeça do homem.

— Nós não precisamos da sua permissão — uma mulher grita.

É Nisha. Toda de branco ela está, a cor que usa uma viúva. A notícia está confirmada então, Zafar está morto. Latrinão continua a espancar o homem. Nisha agarra o braço dele, tenta arrancá-lo dali. Latrinão balança o cotovelo. Ela cai no chão, segurando o rosto. Sangue está saindo de sua boca. Ele machucou Nisha, eu vou matar esse desgraçado e comer o seu coração.

Latrinão nunca vê sua morte se aproximar, eu vim correndo por trás, ele não me enxerga porque fico a pouca distancia do chão. Peguei o porco pelas pernas e puxei-o para o chão. Com um grito, Latrinão cai. Lutando ele está para ficar de pé outra vez, mas estou com ele preso. Em vão ele bate na minha cabeça. Sou mais forte, muito mais forte do que ele. Meus ombros e braços são poderosos, musculosos como os de um lutador, eu já te contei, e agora eles vão acabar com a vida do infeliz. Minhas mãos apertam sua garganta. Com que horror os olhos dele se esbugalham!

— Acabaram as torturas pra você, seu filho da mãe — berro no ouvido dele e daí pego a orelha com meus dentes, mordo até o sangue escorrer entre meus lábios, ele está urrando. Eu não vou parar, deixo a orelha cair, isso é só o começo, vou destroçar a sua garganta e arrancar os seus olhos, mas mãos fortes estão me puxando dali, golpes estão caindo, golpes de bastões pesados, em minha cabeça, minhas costas, meus ombros, nada em mim existe que não esteja apanhando. De muito longe, parece, ouço a voz de Nisha gritando: — Deixem ele em paz, ele só estava tentando me salvar. Pai, ajude-o.

Enquanto os golpes caem, eu penso, Nisha querida, não adianta nada chamar o pai, nem a mãe, o filho nem o espírito santo, porque nem cristão eu sou, nem hindu, nem muçulmano, nem brâmane nem sufi nem santo, nem homem eu sou nem animal. Eu não sei o que está apanhando aqui. Se eles me matarem, o que vai morrer?

Os golpes param. Estou deitado no chão, minha boca está cheia de sangue, que espero seja do Latrinão. Alguma coisa viscosa eu cuspi no chão, então vejo Somraj, que não acredita em ação direta ou violenta, que acredita que a lei vai florescer em justiça, andar e se colocar na frente do Latrinão-inspetor.

— Você é uma desgraça — Somraj diz, e dá uma bofetada em Latrinão.

Os bastões se enevoam ao redor de Somraj, eles vêm descendo de todos os lados, eu o vejo cair, sua kurta branca imaculada ficando vermelha, muitos deles estão de pé em volta dele com os bastões batendo. Assim meu sonho se torna real, aquele em que bastões caíam sobre Somraj e depois corvos voavam para cima de seu corpo sem vida. O pensamento me vem, não é o seu corpo que está morrendo, é o seu coração. No chão, ouvindo o golpe dos bastões da polícia espancando Somraj, não sei o que vai acontecer conosco. Talvez eles vão nos matar aqui e agora, ou nos arrastar para suas celas para acabar conosco. Tantos morrem nas celas. Como será morrer? Pode ser pior do que esta vida horrível? Não estou com medo, só curioso. Então acontece algo que ninguém tinha previsto.

De lugar nenhum uma onda de gente enraivecida se eleva sobre a polícia e varre todos eles dali. Milhares vieram, eles souberam da luta na fábrica e do empenho do povo de Jyotinagar, e eles vieram do Quebra-Nozes e da Lua Azul e de mais longe, de Phuta Magbara e da colônia Mira, de Khabbarkhana e do Campo Qazi, até da Chowk, as pessoas largaram o que estavam fazendo e correram em nosso socorro e a maldita polícia se foi. Enquanto correm para seus caminhões, os guardas são obrigados a se agachar debaixo dos escudos, porque a estrada está coberta de gente que quer o seu sangue, nunca eu vi tanta fúria. Um homem, ele é maltrapilho, magro, suas costelas são como sulcos arados na carne, nenhuma força ele pode ter para carregar ou levantar peso, mas tão cheio de raiva está seu corpo fraco que ele arrancou uma pedra do calçamento e a arremessou sobre os pandus. Agora é a vez deles caírem, é o seu sangue que mancha a terra. Deixem-nos sangrar, putos, eles não têm peito pra essa luta. Uma coisa é quando o povo está desarmado, indefeso, mas esses recém--chegados estão armados, o desespero de vinte anos transformou-se em ódio, em algumas mãos vejo facas e espadas cintilando. É quando sei que isso não vai terminar aqui. O dia ainda não acabou.

Gente do Pé nos encontra e limpa o nosso sangue e nos leva de volta à casa de Somraj. Quanto tempo ficamos na fábrica eu não sei, devem ter sido horas, porque o sol está se pondo, está abaixo da cumeeira dos telhados, o céu está riscado de vermelho como se ele também usasse ataduras empapadas de sangue. Somraj pandit está muito ferido, mas se recusa a ir deitar, sua filha está zangada com ele, é agora que sei que ela não tem notícias da cidade velha.

— Animal — ela diz. — Você esteve lá. Como está Zafar? Diga-me, ele está vivo? Diga-me que ele está bem.

Não sei o que dizer a ela. O dia acabou, a hora em que eles poderiam ter salvo suas vidas se foi, a tenda se tornou uma mortalha para Zafar e Farouq. Eles se foram, exatamente quando mais necessários, porque o poder do nada foi desencadeado e precisa ser direcionado ou só vai resultar em destruição e morte. Eles se foram. Eu gostaria que ela ouvisse essa notícia de outro que não fosse eu.

— Você não foi vê-lo?

— Zafar me proibiu — ela diz simplesmente. — Tenho que respeitar a vontade dele. Além disso, eu disse a ele que não iria lá, que não poderia suportar vê-lo morrer.

Ah, não, Nisha, eu tenho o dom e eu sei a verdade, você tinha esperanças de que Zafar se aguentaria, não desistiria até que a visse. Então você não foi e continuou a não ir, esperando esticar um pouco mais a vida dele.

— Vá agora — eu digo. — Depressa. Consiga um auto.

Mas é tarde demais e penso que as ruas não são seguras. Tumultos distantes podem ser ouvidos, sirenes da polícia também. Logo o exército será chamado, ele estava lá naquela noite, quando os políticos o fizeram pegar milhares de corpos e atirá-los no rio Chameli.

— Se Zafar morrer, eu tomarei conta de você, Nisha. Eu me casarei com você.

— Por favor não fale assim. Ele não vai morrer.

— Eu te amo, Nisha, sempre amei. Você é tudo pra mim.

— Pobre Animal leal, eu nunca poderei me casar com você.

Ela começa a soluçar e vou botar meus braços em torno dela. Ela aceita o abraço, mas então diz: — Animal, você precisa ir ver Ma. Não sabemos o que pode acontecer esta noite.

Na rua do lado de fora da clínica cruzo com Elli, pálida como um fantasma ela está: — Meu deus — ela diz —, o que aconteceu com você? Venha para dentro.

Bem, imagino que minha aparência deva ser bem ruim, há galos em toda a minha cabeça, um olho está quase fechado e também minha bermuda está manchada de sangue. A dor desses machucados é nada comparada à dor em meu coração. Sobre Zafar e Farouq não quero pensar. No lugar da raiva há uma espécie de entorpecimento, um palácio de desolação é minha alma, não o tipo de palácio em que eu escolheria viver, esse mundo não parece um bom lugar pra se estar, mas vou à clínica de Elli uma última vez porque ela precisa saber o que penso dela.

— Animal — ela pergunta, levando-me até o seu consultório —, você está muito ferido?

— Não é nada.

— O que aconteceu? — ela pergunta, de novo toda interessada.

Esse entorpecimento que sinto é como vulcões na tevê, por fora eles são escuros e mortos, mas por dentro lagos vermelhos fervilham. Não consigo ser educado com Elli.

— E você não sabe de porra nenhuma? Seus amigos cancelaram a audiência.

— Ouvi dizer.

Ela suspira: — Corre por toda a cidade que eu sou uma traidora. As pessoas acham que eu menti para elas, Hanif e Huriya pararam de trazer Aliya à clínica. Tudo simplesmente desmoronou.

— Elli — eu digo —, não sei que jogo você está jogando, nem por que Somraj e Zafar querem proteger você, mas é comigo, Animal, que você está lidando agora. Eu vi você no jardim do Jehannum, beijando o advogado da Kompani e ele disse que você tinha feito um bom trabalho e podia ir pra casa. Então imagino que você vai logo se mandar e se esquecer de nós khaufpuris e das promessas que você fez sobre consertar minhas costas e se casar com pandit Somraj, tudo tanta mentira...

— Não — ela grita. — Não. Mentiras, não.

Com isso o ódio vermelho golpeia a minha garganta: — Débil mental eu sou, Elli, de acreditar que poderia um dia andar ereto, mas envenenar as esperanças de um homem como Somraj, como você foi capaz disso? Eu o vi hoje sendo espancado, toda a vida abandonou os olhos dele. Ninguém mais vai poder te dizer isso, Elli doutora, então ouça de mim. Você diz que o mundo é feito de promessas, mas você não é melhor do que os políticos que mentem em todas as palavras que dizem, ou o seu patrão, o próprio Kompani imundo, maldito seja o dia em que te conheci e também eu posso te dizer isso, não importa quanta gente doente exista aqui, nós estamos muito melhor sem você, então corre, se manda de volta para a Amrika, terra de gente como você.

— Pare, por favor.

Ela está chorando: — Como você pode pensar essas coisas de mim?

— O que eu deveria pensar? Zafar e Farouq estão mortos.

— Mortos? Meu deus, não! — e ela volta a mergulhar numa tristeza enorme, que representação, eu não imaginava que fosse possível.

— Por tudo isso podemos agradecer aos seus amigos.

Ela grita: — Eles não são meus amigos! Eu odeio aquela Kompani. Odeio esses merdas. Odeio todos eles mais do que você.

— Qual é? E você vai me dizer também que o homem advogado amrikan não beijou você no jardim do Jehannum?

— Como você pode saber disso?

— Você é casada com aquele homem — eu digo, ignorando a pergunta dela. — Não me pergunte como eu sei, é o meu dom, minhas vozes me dizem o que há na sua cabeça. Você é casada com aquele homem e mesmo assim você fez tudo pra Somraj se apaixonar por você. Você não sabe como ele sofreu? Torturá-lo deixa você feliz?

— Eu não fiz nada de que me envergonhe.

— Alguma vez você disse uma verdade ou uma palavra sincera para algum de nós?

A raiva está tomando conta e agora está na voz dela também.

— Belo amigo você é, Animal. Se as vozes na sua cabeça sabem de tudo, deveriam saber que sou é divorciada daquele homem. Ele me enganou e me traiu como fez com todos nós. Nunca o perdoarei.

— Ah, então como você deixou que ele te beijasse? Por que ele disse que você tinha feito um trabalho tão bom que podia ir pra casa na Amrika? Eu estava lá, não estava? Eu, mister Jamespond. Eu fui mandado pra Jehannum pra ficar de olho nos advogados.

— Mas você me viu e imediatamente concluiu o pior?

Posso sentir os olhos dela como lâmpadas quentes no meu rosto.

— O que mais pensar?

— E quanto ao trabalho que fiz aqui? E quanto a nós sermos amigos? Por que você não veio me perguntar o que havia?

— Fiquei enojado.

— Pois ouça isto então — diz Elli. — Eu não trabalho para a Kompani. Meu marido trabalha. Eu briguei com ele por isso, é uma das razões pelas quais me divorciei dele e vim para cá. Mas eu fui idiota. Você não pode consertar os erros dos outros. Eu não vou me desculpar por nada, mas vamos deixar uma coisa clara. Aqueles quatro homens não são meus amigos. Eu os odeio como se fossem veneno. Para mim, eles são as piores pessoas no mundo. Eu estava trabalhando no que amava, conheci um homem que amei. Eles vieram para cá, eles foderam com tudo isso. Só deus sabe o que vou fazer agora.

— Você vai voltar para a Amrika como o advogado amrikan te disse.

— Vou porra nenhuma. Eu não vou desistir. Não vou ser vencida por aqueles desgraçados. Animal, eu não o culpo por pensar o pior, no seu lugar é provável que eu fizesse a mesma coisa. Mas agora você vai ouvir o meu lado.

Daí Elli me fala do choque que levou quando os advogados amrikans chegaram à cidade. Aquelas eram pessoas que a conheciam, que poderiam desfazer todo o seu trabalho. Quando Vê-as-horas descreveu o fulano alto com o casaco forrado de vermelho, ela soube exatamente quem era. Ela tinha estado na casa dele, comido pizza ao lado da piscina, feito compras com a mulher dele. Mel Musisi, é um desgraçado sem coração, mas o choque maior foi quando ela viu o quarto advogado na tevê local. Era seu marido, Frank. Todo o dia seguinte Elli viveu com medo do telefone, com certeza naquela noite ele telefonou, pediu para vê-la. Ela se recusou, então ele lhe deu o telefone do hotel e o número do quarto. Na noite da manifestação do primeiro-ministro, Elli despediu-se dos outros sentindo-se como um Judas. Postou-se no telhado e olhou para a colina onde ficava a casa do primeiro-ministro. Mesmo a distância, ela podia ouvir a multidão, os cantos. Então o rifle atirou, estampidos duros e secos, ecoando pela cidade. Ela correu para baixo e ligou a tevê, mas só estava passando um filme antigo, *Badnaami Ka Dilaasa*. O consolo da infâmia. Elli desejou que aquilo não fosse um augúrio.

Meia hora de ansiedade se passou antes que Somraj descesse de um auto, sua kurta cor de neve ao luar. Ele segurou seu braço e levou-a para o jardim. Num impulso ela segurou seu rosto nas mãos e beijou-o na boca.

— Pssst — disse Somraj.

— Eu não disse nada.

— Nisha? Ela está aqui? Zafar?

— Eles voltaram.

Ela tocou com os dedos o rosto dele, seus lábios.

— Por favor, aqui não — diz Somraj afastando as mãos dela.

— Diga-me o que aconteceu. Por que a polícia atirou?

— Para assustar. Jogando duro. Os políticos querem esse acordo.

— Mas o tribunal está prestes a intimar a Kompani.

Mencionar a Kompani fez com que ela se sentisse enojada.

— Se eles assinarem um acordo, o processo estará acabado — ele diz. — Nossa única esperança é que eles não cheguem a um acordo antes da audiência. Quando tivermos uma sentença, ficará ruim para eles.

É por isso que Musisin e os outros estão aqui, ela conclui, quase ao mesmo tempo ele faz eco a esse pensamento: — É a primeira vez que mandam advogados.

— Com certeza o governo tem simpatia pelos interesses do povo — ela tenta, desejando acreditar nisso.

Somraj sacode a cabeça: — Neste país gente decente não entra para a política.

— Então o que podemos fazer?

— Nada.

— Nada? Como o poder do nada de Zafar?

— Zafar é Zafar e com nada eu quero dizer nada, mas talvez ele tenha razão. Há uma força que vem de não se ter nada porque você nada tem a perder. O que é isso? Talvez coragem, ou ingenuidade, ou desespero, isso surge onde não há ajuda nem esperança. Veja como você veio até nós. De lugar nenhum e do nada, surgiu uma clínica.

E agora Somraj conta a ela o que naquela hora ninguém mais sabe, o plano de Zafar para um jejum até a morte.

Elli não consegue mais esconder sua infelicidade. Somraj, embaraçado e gentil como sempre, lhe estende os braços e a traz para perto dele. Se há um momento para compartilhar seu segredo é agora, mas ela não tem coragem.

O que posso fazer?, ela está pensando. O que posso fazer que seja capaz de pelo menos uma mínima diferença? Nada se apresenta. Elli fecha os olhos e pensa em nada.

Passa das onze quando ela sai da clínica. Ela usa uma burca para se disfarçar. Ainda assim, vai pelo lado escuro da ruela.

Elli anda até a rua larga que leva à Chowk. É tarde, mas o lugar ainda está cheio de gente. Ninguém a percebe. Num canto sossegado ela tira a burca e a guarda numa bolsa. Depois chama um auto.

O hotel Jehan-nabz é limpo e suavemente iluminado. No jardim há mesas de jantar e garçons com turbantes que parecem rosas retirando os pratos. Elli confere seu reflexo num estojo de espadas e revólveres que pertenceu ao Chhoté Nawab. Os poucos meses sob o sol de Khaufpur bronzearam sua pele. O recepcionista é discreto e eficiente: — É claro, imediatamente, madame — sorri ele, logo depois avisando: — O cavalheiro vai chegar agora mesmo.

Quase um ano desde que viu Frank pela última vez. Ela se pergunta se ele mudou, seria estranho tratá-lo como um estranho. Mas Frank parece tão familiar quanto antes.

— Elli! — ele segura as mãos dela. — Você está ótima.

— Você também.

Ele está elegante, completamente à vontade. Nunca irritado, sempre encantador. Ela se lembra do quanto ficava orgulhosa quando ele a introduzia numa sala cheia de estranhos, anunciando: "Ei, todo mundo, esta é a minha mulher", e como ela sentia ciúmes quando as outras mulheres flertavam com ele.

— Tudo bem se eu te der um beijo? Um beijo casto?

Ela oferece o rosto, tentando esconder o tumulto interior. O que posso oferecer a ele, ela está pensando, para conseguir que ele faça o que eu quero?

— Dois uísques Jack Daniels, copos cheios até a borda — diz ele ao garçom que flutua por ali.

— Frank, há algum lugar onde possamos conversar em particular?

— Há o meu quarto — ele diz com um sorriso.

— Não tão particular. Talvez possamos passear pelo jardim.

Quando estão lá fora, ele a pega pelo braço, ela não sabe bem como reagir. A mão segurando seu cotovelo é o velho Frank possessivo. Ele ainda pensa nela como sua mulher.

Se seu ex-marido percebe seu constrangimento, não demonstra.

— Lá em casa é final de primavera — ele diz. — Você deveria ver as flores. Estão por toda parte. Pouco antes de vir para cá, fui andar pelos bosques com os seus amigos. Vimos todas aquelas coisas cujos nomes você costumava me dizer. Deixe-me ver, língua-de-vaca, é amarela, certo? Sanguinária, cachimbo-de-índio, aquela coisinha pequena que parece um dente de cachorro, *Dicentra culinária...*

— *Cuccularia* — ela diz, com uma gargalhada genuína. — Como estão meus pais?

— Martha está numa grande viagem. Seu pai vai bem. Ele me pediu para dizer que está ansioso pela sua visita.

— Isso é bom, também estou.

Frank hesita: — Parece que você vai levar alguns amigos.

Ai, ui, ela busca ajuda em seu copo, mas a bebida está indo direto para a sua cabeça. Eles chegaram a um conjunto de cadeiras de vime no meio do grande gramado do hotel. Atrás deles está o brilho azul da piscina e perto dela uma árvore com lâmpadas coloridas penduradas.

— Seu pai me disse que você está pensando em se casar com um hindu. É verdade?

— Conversamos a respeito.

— Você está falando sério?

A voz dele agora é um rio de preocupação, como se ela fosse uma criança prestes a fazer alguma coisa idiota. O mesmo velho Frank, tão sensato, absolutamente sem imaginação e aventura.

— Ele é um cantor — ela diz, como se isso explicasse tudo.

— Um cantor? Onde ele canta, numa banda?

— Ele canta música clássica.

Como ela pode começar a descrever Somraj?

— Música clássica indiana — ela acrescenta, para impedi-lo de fazer comentários a respeito de ópera ou Pavarotti.

— Você o ama?

Essa pergunta a magoa. Não me pergunte isso, ela pensa, ou vou chorar.

— Chega de perguntas — ela diz, tentando sorrir. — Não estou sob juramento aqui.

— A testemunha vai responder — diz ele em seu jeito levemente implicante.

— A resposta é que você não pensa em se casar com alguém se não houver amor. Pelo menos eu não.

— Ai! — ele diz, fazendo uma careta. Era assim que ele sempre terminava suas discussões, fazendo uma cara engraçada, fazendo-a rir.

— Você me amava — ele está indo direto para o território que ela quer evitar. — Você sabe que eu a quero de volta.

— Tenho certeza de que você está melhor sem mim.

Frank começa a se queixar de sua vida na Pensilvânia, tanto trabalho, só trabalho nesses dias, nenhum tempo pra se divertir.

Ele está rondando, ela percebe de repente. Ele está se perguntando por que eu estou aqui.

— Frank — ela diz. — Eu vim falar com você a respeito de uma coisa importante.

Ela começa a contar a ele sobre o povo que encontrou em Khaufpur. Sobre Hanif Ali, cego há vinte anos pelos gases daquela noite, sobre a mulher que deixava pingar seu leite envenenado no chão. Ela fala de mim, o garoto estranho e meio louco que anda de quatro e acredita que é um animal. Ela descreve as coisas pavorosas que vê todos os dias e conta como a recusa da Kompani em dividir seu conhecimento a respeito dos venenos está prejudicando as pessoas.

— Elli, isso é horrível, mas você sabe que gente como eu não tem controle sobre esse tipo de decisão. Tudo o que posso fazer é o meu trabalho.

— Por que eu tenho que ser a sua consciência? — ela exclama. — Faça disso o seu trabalho. Você não vê que se esconder atrás de segredos comerciais é absolutamente cruel? Há gente no nosso país que sabe exatamente o que esses gases fazem aos pulmões, aos olhos, ao útero. Frank, eu vejo mocinhas que menstruam três vezes por mês e outras que têm uma regra a cada cinco meses. Ninguém sabe como tratá-las.

— Quando eu voltar pra lá posso bater em algumas portas.

— Se eles negam informações que podem salvar vidas, isso é assassinato.

— Peraí, Elli — ele diz —, acalme-se agora, eu gostaria de ajudá-la se pudesse. Eu faria muitas coisas por você. Mas não adianta nada fingir que eu posso fazer coisas que não posso.

— Você pode tentar — ela diz. — Pelo menos consiga que a Kompani limpe a fábrica. Seus venenos estão nos poços, estão no sangue das pessoas, estão no leite da mãe. Frank, se você for à minha clínica, posso mostrar a você. Espécimes, quero dizer. Fetos, crianças que nunca nasceram. Você não iria gostar de ver aquelas coisas, nem em seus pesadelos.

— Você tem razão, eu não iria.

Ele fica em silêncio por um instante, depois pergunta de que modo exatamente está a água afetando a saúde das pessoas? Que doenças estão surgindo? Ela já viu as provas com seus próprios olhos? Como ela pode ter certeza de que a culpa é dos produtos químicos na fábrica?

Furiosamente, Elli cita nomes de produtos químicos, doenças, gente, sua pequena esperança murcha depressa. Frank está aqui para cumprir as ordens da Kompani. Então outra vez ele pelo menos está ouvindo e diz que a ama. Suponha, apenas suponha, que ela possa conseguir emocionar Frank, comovê-lo. Tudo o que os khaufpuris precisam é de sete dias.

— Elli, sinto muito — Frank diz. — Eu, honestamente, gostaria de poder ajudá-la.

Eles estão se aproximando da árvore, perto da qual há uma longa mesa cheia de comida.

— Você está com fome? Não consigo comer nenhuma dessas coisas. Vivo de omelete e batatas fritas.

Ela diz: — Frank, eu suplico. Estou implorando a você. Você precisa impedir esse acordo.

Ela agarra o braço dele: — Por favor, me ouça, se você tivesse passado algum tempo entre essas pessoas, você entenderia.

Ele para, avaliando-a: — Elli, você é incrível — ele diz. — Cheia de paixão, arrebatada, adorável.

Ele estende os braços, infeliz ela suporta o toque das mãos dele em seus ombros.

— Eu a admiro — ele diz. — Sempre admirei. Não, admirar não é uma palavra suficientemente forte. Elli, você sabe o que sinto por você.

— Então faça isso — ela diz. — Faça isso por mim. Por favor, faça.

— Não posso. O acordo não pode ser impedido.

— Então o adie. Dê a este povo sua chance de justiça. Adie até depois da audiência.

— Você quer mesmo muito isso, não é? — ele diz. — Há uma coisa que eu quero exatamente do mesmo jeito. Você é capaz de adivinhar o que é?

Ela sacode a cabeça, não ousando pensar.

— É ouvir você dizer que está voltando para casa.

Ele está olhando para ela, agora ele põe as mãos em seus ombros: — Elli, você fez um excelente trabalho aqui. Volte para casa agora. Entregue o seu trabalho aos médicos locais e volte para casa.

— Você sabe que não posso fazer isso — ela diz — Eu não poderia nem se quisesse, e eu não quero.

— Agora você está falando como eu — diz Frank. — Não há jeito de você poder fazer o que eu quero, não há jeito de eu poder fazer o que você quer.

Ele inclina a cabeça e a beija no rosto. — Parece que nós deveríamos fazer um acordo.

— Que acordo?

Ele pensa um pouco: — E se eu descobrir um jeito de adiar o acordo, de botá-lo para depois da data que você mencionou? Você voltará para casa?

— Você pode mesmo fazer isso? Como? — É impossível, ela pensou, ele não está sendo sincero, ele é um advogado. Se ele fizesse isso, Zafar e Farouq não precisariam continuar com seu jejum e os khaufpuris teriam a sua vez perante um juiz simpatizante. — Você estaria fazendo um bem tão grande ao povo desta cidade.

— Não estou fazendo isso por eles, estou fazendo isso por você. E, se eu fizer isso, você tem que voltar para a América. Prometa.

A tristeza a submerge por dentro, como se o grande lago sob as colinas tivesse explodido suas barreiras e mandado suas águas subirem rápidas e quietas para afogá-la.

— Eu prometo.

Fita vinte e um

Ouve-se um estrondo na porta da clínica. Do lado de fora está o auto de Bhoora, luz acesa, máquina rodando.

— Vem — ele grita quando vê Elli —, não há tempo, você tem que vir agora mesmo.

— O que está havendo? — eu pergunto.

Ele diz que veio pra levar Elli doutora pro Quebra-Nozes. Aliya está mal, sua febre está pior, os velhos temem pela vida dela.

— Deixa eu ir também — eu digo, com medo por Aliya mas também por Ma Franci.

— Depressa, madame — diz Bhoora. — Não se preocupe com a sua clínica. Somraj pandit deu ordens para que não se toque nela.

Sem outra palavra ela entra e Bhoora acelera a máquina. Então estamos sacolejando pela noite de Khaufpur, com o estreito facho de luz do auto abrindo caminho. A estrada do lado de fora da fábrica está esburacada, pedaços foram arrancados dela, grandes pedras e pedaços de concreto estão pelo chão, multidões perambulam por ali, dentro e fora da fábrica, de polícia não há sinal, mas uma equipe de tevê está do lado de fora dos portões, que ainda estão no chão, da escuridão lá de dentro chegam sons de canto.

Há um pequeno grupo de vizinhos reunidos do lado de fora da casa de Huriya e Hanif, de dentro chegam os ruídos de choro.

Encontramos o velho com sua neta deitada no colo. O rosto de Aliya parece estranho. Ela tem ruge nas faces, seus olhos estão contornados com kohl, sua boca está lambuzada de batom. Ela está usando um extravagante vestido novo.

Os dedos do velho Hanif se movem sobre o rosto dela, como se ele estivesse tentando memorizar seus detalhes.

Huriya está soluçando: — Salva ela, doutora sahiba — ela diz. — Deus a abençoe, eu não acredito no que estão dizendo de você. Salva esta criança. Ela é tudo o que nos importa nesta vida.

Elli ergue suavemente os dedos do velho do rosto da criança.

— Por que vocês a vestiram assim?

— O anjo da morte está aqui nesta cidade. Quando ele vier buscar Aliya, ele vai vê-la com boa aparência, saudável. A morte vai achar que cometeu um erro, não vai levá-la e aí vai embora.

Ele vira os olhos para a doutora que ele não pode ver: — Não vai?

A doutora de joelhos, inclinada sobre a criança, ouvindo seu coração, levanta-se mas não responde.

— Non, Elli, non! — gritei em français para que os velhos não compreendam, possa a angústia na minha voz não me entregar: — Pas possible! Fais quelque chose, je t'implore!

Olhos, eu não vou traduzir, não há uma língua no mundo capaz de descrever o que há na minha alma. Ah, minha pobre amiga, por que eu nunca levei você pra pescar? Volte e você vai andar todos os dias nas minhas costas, minhas costelas você pode chutar o quanto quiser. Pobre criança, tão de repente você se foi que seus avós ainda estão suplicando a Elli que salve a sua vida. Ah, meus queridos velhos, um ruge de uma rúpia, um batom da esquina, o anjo da morte não se compra por tão pouco.

Agora o puto velho está chorando também, eu não posso olhar. Há algo tão cruel em olhos que não podem ver, mas ainda assim podem derramar lágrimas. Minha própria respiração chega aos soluços, aos arrancos como se os pulmões a recusassem, e por que eu deveria viver? Não há mais amor, nem esperança, é a morte de tudo o que é bom. Se foi Zafar, se foi Farouq, duro demais para aguentar é este sofrimento, e também estou com dor porque apanhei, mas pior é a agonia que agora enche meu corpo, quer escoar pelos meus olhos, pela minha boca. Oh, deus, se você realmente existe, como pode ser perverso, como pode nos odiar pra nos torturar tanto, enquanto nos jardins de Jehannum os homens maus estão comendo bem e bebendo vinho, a eles você salva enquanto os pobres vão para os cachorros, você está no céu com tanta fome que precisa tirar o nosso melhor, nosso bem mais precioso, você já tem os meus amigos, tire o seu anjo negro desta criança, poupe a vida dela, e eu, Animal, que não sirvo a ninguém, serei seu escravo.

Diz afinal Elli doutora na língua dos humanos: — C'est plus à moi.

Não está mais nas minhas mãos. A criança que eu amei se foi.

Um grito agudo e estranho chega de longe.

— Deus misericordioso! — diz a velha senhora, Huriya, e Hanif ergue seus olhos cegos para o som.

— Zafar bhai está morto!

Outra vez aquela voz se ouve, outras respondem em nome do deus em quem Zafar se recusou a acreditar. Então afinal a notícia se espalhou. Como cães uivando, primeiro uma, depois outra e mais outras, vozes de longe se lamentam, o som sinistro paira por sobre o Quebra-Nozes, de todos os lados parece chegar o eco.

— Farouq bhaiya está morto! Deus nos salve! Nosso Zafar bhai morreu!

Uma voz dentro de mim diz: — Animal, isto é o fim de seus dias despreocupados.

Outra adverte: — Não deixe que eles te vejam chorar.

Corro para fora, nunca nenhum khaufpuri me ouviu uivar. As estrelas insensíveis brilham como facas sobre a cidade.

— Zafar bhai está morto! Farouq bhaiya está morto!

— Bhoora, depressa, precisamos ir até Ma, e depois você precisa nos levar de volta até Nisha.

— Vem — ele diz. — Ma está sozinha, vamos.

Digo a Elli dez minutos, nós voltaremos, então é a ruela se estreitando até uma estrada de ferro imunda, nós cruzando os trilhos, Bhoora sabe bem o caminho, tantas vezes ele me trouxe, finalmente estamos aos pulos por um chão áspero com ervas daninhas brotando brancas ao farol do auto. Há luz tremeluzindo dentro da torre, delineando sua abertura. Então ela está lá. Os estranhos gritos ainda ecoam sobre Khaufpur, turbilhonando pela noite onde nuvens são acesas por uma meia lua. Como uma lágrima, dizem que a lua estava naquela noite, e está de novo nesta noite de lágrimas. Pobre Aliya, ninguém sentirá a sua falta como eu.

A cachorra vem correndo ao meu encontro. Ela pulou e lambeu meu rosto. Só isso, que já aconteceu mil vezes antes, me faz querer chorar. Animais são leais. Dentro, encontro Ma sentada ao lado do lampião a óleo, em sua mão está o livro de Sanjo, mas ela não está olhando para as páginas. De cor ela sabe esse livro. Você pode fazê-lo em pedaços, ou queimá-lo, e ainda assim ela vai se lembrar de cada linha, de cada palavra. Ela me olha e diz: — Chegou, Animal, meu querido, esta é a noite de Qayamat, o fim de todas as coisas.

— Ma, não saia hoje à noite. Hoje à noite você fica aqui, fica quieta. Fique com a cachorra perto de você. Não bote um pé pra fora hoje à noite.

Ela ri para mim, é um riso horrível de mulher velha que chupa e gorgoleja por falta de dentes, uma bruxa ela parece, uma haadal,[1] um espírito maligno da noite, seu cabelo está emaranhado como as raízes de uma árvore, inacreditavelmente velho é o seu rosto, o lampião cria sombras em cada linha, em cada ruga, como se ela na verdade estivesse por aqui desde a aurora dos tempos.

— Eu não devo ir lá fora hoje à noite? Esta é a minha noite, é a noite pela qual estive esperando por tantos anos. Hoje à noite, Animal, sou eu que sou perigosa. O mundo que se cuide.

Bem, não tenho ideia do que ela quer dizer com isso, mas não gosto do som do que ouço.

— Ma, Zafar bhai morreu, o lugar todo vai enlouquecer. Não há segurança pra você lá fora.

[1] haadal: entidade folclórica hindu, bruxa cujos pés são voltados para trás.

Estou pensando que talvez em sua fúria as pessoas possam se voltar contra os estrangeiros. Ma é bem conhecida no Quebra-Nozes, mas quem sabe aonde sua loucura a pode levar?

— Eu não quero segurança — diz ela com aquele cacarejo louco. — Que me importa se eu morrer. Nesta noite de todas as noites, morrer será uma bênção. Animal, os anjos estão aqui, milhares e milhares deles, eles vieram para dar fim a este mundo pecador e doloroso, hoje à noite ele se desfará em chamas, ele queimará e se atrofiará em cinzas e se tornará pó. Quem irá pranteá-lo? Você? Hoje à noite, para esta cidade, você sabe quem veio.

— Não sei.

Em minha miséria penso que talvez algum grande político tenha vindo de Délhi, ou alguma estrela de fillum. Não poderia ser um ninguém, poderia?

— Diga-me, Ma, quem veio? Foi o presidente da Índia?

Ela deixa sair estrondos de riso como os carrilhões tocados por Jacotin do nàs superbe [nariz sublime]: — Você é tão bobo, Animal. Tenta de novo.

— Jacotin, avec son nàs superbe [Jacotin, com seu nariz sublime] — digo eu, me sentindo como se uivasse.

— Bem faz você de falar a língua dos anjos nesta noite, Animal, eles estão vindo em busca de almas, talvez a minha, e a sua também.

Me faz estremecer o jeito como ela começa a dizer esta noite, do mesmo jeito que sempre dissemos aquela noite.

— Isa veio — diz ela — e Sanjo. Calculo que já estejam aqui. Por muito tempo esperei para ver seus rostos, com toda certeza vou encontrá-los. E você sabe por que eles estão aqui, mon pauvre petit [meu pobrezinho]? Porque esta noite os mortos vão sair da terra, como grandes cogumelos os seus crânios vão sair do solo. Seus ossos também virão à tona, com um som de tique-taque como um trem cruzando a passagem de nível, e então todos os ossos vão se reunir e vão andar de novo. Hoje à noite, ouça minhas palavras, esta cidade vai ficar cheia de mortos.

— E aqueles que foram queimados?

— Chuva vai cair, suas cinzas vão se colar e então as pessoas das quais elas vieram vão reaparecer aos poucos. Deus fez Adão do pó, cinzas não serão problema para Ele. Animal, por que você acha que isto está acontecendo aqui em Khaufpur? É porque há milhares sobre milhares de mortos aqui, prontos e à espera. Deus quer que a Ressurreição tenha um bom começo.

Lá de fora Bhoora chama: — Depressa, Animal, eu também preciso chegar em casa.

— Ma — digo a ela. — Ma, eu gosto muito de você. Não vá lá fora sem mim. Fique aqui, eu volto logo.

— Aonde você vai? — ela pergunta, seus modos de repente normais de novo. — Você é mesmo uma criança, você não comeu nada, já está saindo de novo. Olhe para você, coberto de machucados. E esse olho roxo, você andou brincando de kabbadi de novo. Venha, filho, coma. Há um pouco de arroz, um pouco de daal.

— Fique aqui, Jara — ordeno à cachorra. Juro que, se ela pudesse, teria concordado com a cabeça.

Então estou de volta ao auto de Bhoora e nós nos fomos.

Elli parece exausta, cheia do desespero desse dia terrível. Ela sobe ao meu lado, fecha os olhos e não fala enquanto sacolejamos pra fora do Quebra-Nozes e de volta à Parada Kali. Outra surpresa. As ruas estão vazias, as multidões de antes desapareceram, mas os uivos sobrenaturais pairam ainda sobre Khaufpur, nesta noite alguma coisa profunda e perigosa está rosnando, o som do povo atrás das portas fechadas tramando vingança. Duas vezes em trezentos metros, na estrada depois da fábrica, somos parados por soldados nervosos e armados. Elli eles olham com suspeita, mas Bhoora lhes diz que ela é uma médica numa missão piedosa. Então eles nos avisam que há um toque de recolher, precisamos sair imediatamente das ruas. O rosnado cresce, e pela primeira vez na minha vida vejo um tanque, um enorme revólver se projeta de sua cabeça como o chifre num besouro-rinoceronte. Quando chegamos ao Pé, Elli vai para sua clínica sem dizer uma palavra. Quase antes que eu possa descer, Bhoora já virou o auto, direto pra casa. Eu, eu fui direto pra casa de Somraj porque Nisha com certeza precisa de mim.

Nisha não chora, mas também não diz uma palavra. Senta-se no pequeno jardim onde o laguinho agora está seco, o Nautapa aspirou sua água e o peixe está vivendo numa banheira de plástico. Em nada seu olhar está fixo. Ela sabe, é claro. Tem que. Ela ouviu o lamento.

— Nisha, posso trazer alguma coisa pra você? Chá?

— Não obrigada.

— Posso me sentar com você?

— Se você quiser — ela diz.

— Eu gostaria.

— Então venha e sente-se.

Então nos sentamos, sem falar, eu não sei como ela está tão calma. Talvez porque gritar, rezar, implorar ajuda, sejam coisas que as pessoas fazem quando ainda há alguma esperança, mas desista da esperança e nada sobra além de vento na relva.

Nosso longo silêncio é quebrado afinal pelo som de um canto. As palavras eu não compreendo, mas o significado percebo que é de uma tristeza tão grande, talvez seja melhor não compreender.

Nisha se agita.

— Bem — diz ela —, há o jantar a ser feito.

— Vou ajudá-la.

Num fiapo de voz, ela diz: — Somos só você e eu agora.

Então, me dando um olhar desolado, ela exclama: — Ai, Animal, por que Zafar me deixou?

— Ele era um herói — eu digo, sendo sincero. — Ele era bom demais para este mundo horrível.

Ela sacode a cabeça: — Eles estão pranteando Zafar, mas eu era a mais íntima dele, e eu não consigo chorar. Eu era praticamente sua noiva. Veja! — ela me mostra os pulsos, que estão arranhados e machucados.

— Quebrei meus braceletes como faria uma esposa. Eu fui vê-lo. Fui com meu pai, mas a tenda estava vazia. Zafar e Farouq tinham ido embora. Pessoas disseram que a polícia e uma ambulância tinham ido, seus corpos foram levados para o hospital.

— Você foi ao hospital?

— Fui, mas eles não estavam lá. O hospital negou que eles tivessem ido. Então aí nós pensamos que eles tinham sido levados para um hospital militar, ou talvez para a prisão, começamos a ter esperanças de que eles ainda estivessem vivos.

— Você perguntou à polícia?

— Havia tumultos. Papai disse que não era seguro ficar na rua. Nós voltamos.

— Seu pai, ele está bem?

Ela me deu um olhar: — O que é bem? É como se ele fosse feito de madeira. Isso é estar bem? Acho que não. Papai está cheio de culpa. Ele diz que tudo isso poderia ter sido impedido se Elli tivesse tido uma chance para se explicar. Ela quis dizer a ele, há muito tempo, ele diz, mas não teve coragem. Ela foi a Jehannum para implorar ao seu ex, ela estava tentando salvar as vidas de Zafar e Farouq.

— Mas por que eu ainda sinto como se ela nos tivesse traído?

— Acho que é difícil confiar em alguém — ela responde —, se esse alguém andou guardando segredos da gente. Algum lugar no fundo da gente sempre sabe. Você nunca consegue ser realmente íntimo de uma pessoa assim.

Sento-me encarando a banheira, em sua água verde as costas do peixinho dourado resgatado podem ser percebidas entre talos de ervas. Deus me perdoe, quantos segredos eu guardei desta moça?

— Nisha — eu digo, segurando a mão dela —, Zafar me pediu para cuidar de você.

— Obrigada, mas eu não quero ninguém tomando conta de mim.

— Você não pode sofrer sozinha.

— Você acha que estou sofrendo? Eu estava. Durante dias fiquei chorando. Todas as lágrimas que havia em mim eu chorei. De tristeza não sobrou nada, só uma coisa pior.

— Eu vou ajudar você. Deixe-me ficar aqui.

— O que eu sinto é raiva. Tanta raiva que minha cabeça vai explodir.

— Eu também estou com raiva. A cidade inteira está com raiva.

— Mas eu quero rasgar coisas e arrebentá-las e amassá-las — diz a mais gentil das garotas. — Estou com tanta raiva de Zafar por ele ter feito isso, estou com tanta raiva de mim por não tê-lo impedido. Ah, eu quero pegar uma faca e arrancar o meu útero e atirá-lo na rua para os cachorros comerem. Pra que ele vai servir agora?

— Esses sentimentos é que não servem pra nada, irmã.

— Vou te dizer o que não serve pra nada — ela grita. — A preciosa justiça do meu pai não serve pra nada, nosso governo não serve pra nada, apelos à humanidade não servem pra nada, porque essas pessoas não são humanas, elas são animais.

— Nisha — eu digo, ignorando seu insulto aos animais —, vou dedicar minha vida inteira a fazer você feliz.

— Como você pode falar de felicidade numa hora dessas?

Ainda estou segurando a mão dela.

— Nisha, você mesma disse agora que somos só você e eu. Ainda podemos ir pra Ratnagiri.

— Não!

Mas as palavras já estão pulando da minha boca: — Casa comigo, Nisha. Eu nunca vou deixar você. Bebês, nós teremos. Eu vou estudar, vou arrumar um emprego.

— Pare com isso, Animal, pare! Eu já disse antes, eu nunca vou me casar com você.

A raiva daquele dia está nos invadindo, posso sentir a mão dela tremendo. Eu não deveria dizer o que está na minha cabeça, eu deveria engolir aquilo, me desculpar, mas eu já fui longe demais, e também a dor já está lá há muito tempo, eu não vou ficar calado.

— Porque eu sou um animal, é esta a verdadeira razão, não é? É por isso que você nunca vai se casar comigo?

Ela arrancou sua mão da minha: — Você enlouqueceu? Como você ousa falar desse jeito?

— Porque é verdade. Se eu fosse humano talvez eu pudesse ser seu amante. Sem chance disso agora!

— Animal, por favor!

— Eu nunca passei de uma porra de um animal!

Ela me olha com olhos enlouquecidos: — Se você é um animal então se manda e vai ser um! Sai daqui e vai viver na selva e ver o quanto de animal você tem. Só me deixa em paz!

Então eu fui embora, correndo pra fora daquela casa, para a rua e para a noite. Atrás de mim posso ouvir, ou talvez eu imagine, Nisha chamando "Animal, desculpe, volte". Mas não posso voltar, nunca mais, porque é claro que ela não suporta a ideia de se casar com uma criatura como eu, que anda de quatro e é primo-irmão de uma hiena. Como você conheceu o seu marido? Bem, ele estava revirando as latas de lixo na cidade velha. Minha cabeça está cheia de gritos porque eu não sei o que fazer, eu não quero mais viver. Com grandes soluços, me vejo do outro lado da rua e me sento com as costas no tronco da mangueira de Elli. De que adianta viver? Tudo o que gosto se foi, varrido num dia e numa noite. Tão depressa muda o mundo. Zafar, Farouq, Aliya, tudo desaparecido. Vozes guinchando na minha cabeça preveem desgraças. Ma, no auge do êxtase da loucura, vai estar em algum lugar nas ruas em busca de Isa. Talvez ela esteja nos cemitérios, tentando despertar os mortos, dizendo a eles saiam, chegou a hora. Ou talvez ela esteja no ghat fúnebre, onde os aghori[2] sadhus[3] se sentam com olhos como poças de sangue, bebendo em crânios e comendo a carne assada de seres humanos, pois hoje à noite é esta noite, a noite de Qayamat que Ma chama de Apokalis, uma palavra na qual há o nome de Kali, que também é chamada de Ma. É, Ma é Kali Ma, por que eu nunca pensei nisso?

[2] aghori: ascetas devotados a Shiva, tipicamente nus, cuja meditação é a morte.

[3] sadhu: asceta hindu que renunciou ao mundo.

Coroada de ossos ela percorrerá as ruas de Khaufpur apregoando o fim do mundo, em largas passadas chegará à fábrica para acordar os famintos e desesperados espíritos que lá vivem, então os soldados vão atirar nela. Idiotas, eles não podem matar Ma. Ma é do princípio dos tempos. Ma vai desamarrar suas tripas e pendurar no próprio cinto suas cabeças cortadas. Ela vai beber o seu sangue e sua língua ficará pendurada sobre seu peito e quando Isa chegar ela vai saudá-lo com beijos de sangue e chamará suas bestas para fora do abismo e elas desencadearão o inferno na terra. Então as vozes gritam comigo. Mas eu também estou na rua. Talvez os soldados atirem em mim. Tenho uma ideia. Vou atirar pedras nos soldados, vou desafiar suas armas e ficar na frente de seus tanques, e vou gritar para eles, venham seus desgraçados, façam o pior que puderem, prometo nunca me levantar dos mortos. Já tive demais desse mundo de merda. Não só isso, mas também se Isa vier e me implorar pra me erguer, se ele prometer emendar pessoalmente meus ossos com cola e remodelar meu corpo com suas próprias mãos, se ele jurar me fazer ereto e alto, ainda assim eu direi a ele pra se foder porque este mundo é cruel demais, é duro demais e dele eu não quero mais. Deixe eles me matarem. Que me importa? Melhor que eu morra, porque a esperança torturante perecerá também. Como viver, quando Elli está indo embora e minhas costas nunca ficarão retas e até Nisha que eu amei acima de todas as coisas se afastou de mim? Num só dia tudo o que gosto foi perdido, vou jogar fora minha vida inútil. Para quem vou dar meu zippo? Procuro no bolso lateral da minha bermuda kakadu, meus dedos encontram uma coisa dura, é a caixa de golis de Faqri. Daí eu a abro e conto. Treze golis há ali, como bolotas pretas de bosta de bode, vai dar. Uma a uma eu mastigo as golis, depois de cada uma eu me pergunto, você quer morrer? A resposta vem, quero, como mais uma. Mais uma é mastigada, e mais uma. Elas são amargas, mas não são ruins. Treze golis eu mastiguei, minha boca como uma nuvem negra engolfando treze pequenas luas pretas, uma engolida final e pronto.

Quatro pés eu tenho meu cérebro é uma lebre meus olhos são sacos de lã um golfo é onde estava meu palato sarjetas salobras são minhas bochechas uma urgência e um rugido há em minha cabeça de cima e de baixo vozes chamam inferno queima em minhas entranhas por que eu nunca percebi antes que o mundo está cheio de seres loucos? Esses demônios correndo pela estrada carregando tições ardentes, eu nunca antes botei os olhos nessas criaturas. Elas se juntaram do lado de fora da porta da clínica de Elli e dizem com vozes altas para Elli sair.

— Clínica da Kompani, fogo nela!

Que interessante! Então os demônios também se opõem à Kompani. Quem teria pensado que eles se importariam com nossos assuntos khaufpuris? Olhos resplandecendo como ovos estão se esvaindo de seus rostos. Agora eles apanharam uma picareta e estão cortando as portas.

Por favor saia e faça como lhe é pedido — diz um ser que é todo dentes peludos. — Nós queremos destruir este lugar.

De repente uma porta desapareceu, em seu lugar há um retângulo escuro que emoldura Elli, cujas roupas de dormir brilham à luz lacrimosa da lua.

Como todo o resto do mundo, Elli doutora está com raiva. Um punho de fogo ela é, e ela grita para os demônios irem embora e a deixarem em paz.

— Para onde devemos ir, madame?

— Sem queimar este lugar não podemos sair.

— Quebrem uma janela, ponham fogo.

Há um som como um pedaço de música sendo estilhaçado, é toda uma raga em dois segundos. Somraj sai voando da escuridão como uma mariposa branca gigante, um som tão lindo ele vai querer apanhar e guardar num pote.

— Matem a cadela!

— Não vai haver morte aqui — diz Somraj, colocando-se entre Elli e os demônios.

— Fique de fora, pandit-ji.

— Não. Vocês não vão tocar nela.

— Bhai sahib e bhaiya morreram por causa dos amigos dela.

— Aquela gente não é amiga dela, bhaiya e bhai sahib eram amigos dela.

O pandit está parecendo meio borrado, como se ele estivesse em duas mentes.

Ele põe os braços em volta dos ombros de uma também borrada Elli e a leva para o outro lado da rua. Os demônios e suas tochas desaparecem pela porta da clínica.

Olho para cima e vejo a meia lua pendurada na mangueira, me espiando por entre as folhas.

— Estou vendo você, Animal — diz a lua.

— Estou vendo você, lua — diz o animal. — Você está me jamespondeando?

— Você está sonhando — diz a lua. — Você precisa acordar.

— Eu prefiro sonhar.

— Há uma coisa que você deve fazer.

— Que coisa é essa, ó lua?

— Acorde e descubra — ela diz e se desintegra em pedaços brilhantes movendo folhas da mangueira. As janelas da clínica reluzem em laranja. Ocorre-me que meu amiguinho, o Khã-no-pote, está lá dentro e a coisa que devo fazer é salvá-lo.

O consultório de Elli está aceso. Chamas serpenteiam como cobras no canto, cuspindo sementes de fogo nas paredes.

— Ah, não se apresse — diz o Khã-no-pote. — Todo o tempo do mundo pra mim.

— Onde você está? — Ela deve tê-lo trancado em algum lugar.

— Aqui seu puto sonado.

— Onde?

— No armário.

Eu me movo pra frente e de repente estou deslizando, há líquido no chão, o cheiro é de daru forte, está me dominando, enche meus olhos de água, quero vomitar, minhas mãos se cortam em alguma coisa afiada, estou escorregando e deslizando em poças que queimam como ódio cru, dou de cara com alguma coisa fria e viscosa. É o ciclope. Seu único olho me encara. Ele tem cheiro de picles rançoso.

— Deixa ele — diz o Khã-no-pote. — Oito nós éramos, membros do Conselho das ações dos veneno-wallah. Sete frascos foram esmagados e nossos amigos estão por terra, a qualquer instante esse troço vai pegar fogo e baduuf!

— Eu vou salvá-los.

— Não, não — ele diz. — Queimando eles serão libertados. Meu medo é que as chamas não alcancem este armário.

— Então vou salvar você.

— Shabaash, Animal, esmaga o meu pote também. Depressa, não há tempo.

Mas eu não dei atenção aos desejos do filho da mãe. Eu enfiei seu pote debaixo do meu braço e depois é fora dali, tão depressa quanto três pés podem voar, ignorando seus berros eu ganho a rua, fora minha mente tecendo teias de aranha, a lua lá em cima constantemente mudando de forma e a cabeça do lobo corroendo minhas entranhas, as coisas parecem normais.

— Ei — ele está gritando. — Aonde você está me levando?

— Você vai queimar, eu juro, mas primeiro precisamos ter uma conversa.

— Isso lá é hora pra conversar? Você não sabe que hoje é essa a noite?

— Cala a boca, ou vou ser obrigado a não te fazer mal.

Essa ameaça é muito terrível pra ele, daí suas duas cabeças engolem fluido e fervilham em silêncio. Estou fora do Pé num raio, oculto em sombras. Vários tipos de rugidos podem ser ouvidos, gritos vindos de diversos lugares, incêndios queimam, do lado da cidade velha chegam altos bangs como tiros de revólver. Preciso evitar a estrada principal, então vou pegar o atalho menor para casa. Muitos caminhos há dentro da fábrica e pego um do lado do Pé onde uma pequena árvore se inclina para o muro. Como subir? Colocar Khã na forquilha da árvore. Subir. Mover Khã mais pro alto. Trepar. Colocar Khã no muro. Puxar corpo pro muro. Tudo enquanto fico murmurando: — Só um pouquinho, vamos chegar em casa e ter uma conversa e então estou carregando meu zippo, eu juro que vou queimar você.

— Você vai se arrepender disso — ele rosna.

A luz clara da lua cai no pote e eu vejo com horror o que estou carregando. O pote escorrega das minhas mãos e cai, arrebenta, líquido esguicha pra fora.

Jazendo no chão de dentro da fábrica está a coisa que estava ali dentro, uma relíquia apodrecida daquela noite.

Fugindo daquele lugar maldito por entre capins lambidos pela lua e arbustos que mordem, sou carregado por um medo maior do que de cobras ou cães ou homens com varas. A coisa da qual estou fugindo é mais mortal do que qualquer uma dessas e mais fétida do que aquela pobre criatura apodrecendo em útero químico. Estou correndo de mim mesmo. Estou correndo das coisas que fiz. Penso em Zafar, cuja morte meus venenos apressaram, seco como um peixe defumado ele acabou, e mesmo assim, bem no final, como ele foi gentil, as lágrimas que ele não conseguiu verter estão fazendo de meus olhos lentes aguadas através das quais o mundo afunda e se arqueia em formas desconhecidas.

Há seres no capim também, esvoaçando a meu lado e zombando. Os rostos dos mortos nadam ao meu redor, caçoando, este é aquele Animal que nos amaldiçoou, nos insultou, nos censurou por sermos sopros impotentes de vento, meras lufadas passageiras. Bem, é nossa vez, é bom ver você sofrer, Animal, mancando por aí com espinhos nas patas e pesadelos revividos, veja, aqui está a khana venenosa, você não esperava vê-la, não é? Você está perdido em sua própria selva. Venha, suba, faça isso, e tente só dominá-la acima de nós desta vez, suba até o topo e vá se pendurar na lua. Vá em frente, pule do topo e agarre-se na lua. Ela vai estar fria como gelo. Ali, ponha as patas em volta do topo, agarre-se. O quê? Está com medo de cair? De que suas costas se quebrem, de que você morra? Que diferença, filho? Suas costas já estão quebradas e você está morrendo. Sinta a datura te queimando inteiro, o Nautapa não é nada comparado com esse calor que te come por dentro.

Eu fiz bem em comer as pílulas, eu mereço morrer, eu deveria ter feito isso mais cedo, dado um fim a mim mesmo, todas essas coisas poderiam ter sido evitadas, é, é bom estar morrendo porque afinal estarei livre de mim mesmo, mágoa, dor, horror, desespero, autoaversão chegarão a um fim, e haja ressurreição ou reencarnação, sejam quais forem os planos que anjos, demônios ou deuses possam ter guardados, eu nunca voltarei.

Afinal aí está o muro outra vez do lado mais distante, e estou passando por um buraco nos tijolos e à frente está o trilho da estrada de ferro e do outro lado os telhados baixos do Quebra-Nozes, quando entro em suas ruelas sinto algo acontecendo, o ronco de uma multidão, vozes altas em discussão. Que horas são? De nada adianta consultar a lua, ela escorregou para o outro lado do céu. Horas devem ter passado. O fogo nas minhas entranhas está ficando pior, mas alguma clareza voltou. Ele não vai durar muito, pois não engoli treze golis do Faqri? Vou morrer, primeiro tenho que dizer adeus a Jara e Ma.

— J'entends la voix d'une multitude d'anges et des autres êtres vivants, et leur nombre était des myriades de myriades et des milliers de milliers.

Assim grita a velha. Ela ouve a voz de uma horda de anjos e outros seres vivos, somando milhões e milhões, eles estão implorando a deus, e todas as criaturas do ar, sobre a terra e debaixo dela, no mar, estão gritando. Há um cheiro forte no ar, meus olhos começam a arder. Por que Ma está cozinhando tão tarde da noite? Por que ela está fritando pimentas? Chegando mais perto da torre, começo a tossir, as pimentas estão me entrando pelos olhos, minha garganta, cada respiração é como fogo, incendiando a fogueira de datura nas minhas entranhas. Ela continua a gritar: "Je regardai, et voici, parut un cheval blanc" [Eu olhei e pronto, apareceu um cavalo branco]. O que você está fazendo sua velha idiota, berrando sobre cavalos brancos e coroas de vitória? Você sabe o que vem depois, é o cavalo vermelho cujo cavaleiro tem uma espada para fazer com quc os homens parem de se empanturrar com as carnes uns dos outros, depois um cavalo preto, montado por um que carrega balanças de justiça. Não só meus olhos e entranhas estão em fogo. Há calor nas minhas costas, o solo ao meu redor é uma aglomeração de sombras retorcidas.

Canta a voz da louca: "Parut un cheval d'une couleur pâle. Celui qui le montait se nommait la mort, et l'Hadès le suivait, pour exterminer les hommes par l'épée, par la famine, par la peste, et par les bêtes sauvages de la terre." É um cavalo claro, sobre ele a morte com o inferno logo atrás, vieram eles para que os homens possam ser exterminados pela morte, fome e pragas, seus corpos devorados pelas feras selvagens da terra. Meus olhos estão pingando, é difícil mantê-los abertos, parece que há fumaça escapando, vozes estão gritando "Corram, corram para salvar suas vidas! A fábrica está pegando fogo!" Olho para trás, há um brilho no céu, nuvens de fumaça sobem no ar. "Corram, corram", gritam as vozes, "o gás chegou". "Corram! Salvem-se!" "Aquela noite voltou!" Agora sei por que o chão se ergue, a luz fraca da porta da nossa torre deixa ver a terra viva com cobras e outras pequenas criaturas, precipitando-se desesperadas para fugir das chamas.

Lá dentro com a cachorra está Ma vestida de freira, apertado em seu peito está o livro de Sanjo, mas ela não está lendo, ela que sabe de cor todas as palavras. Vendo-me ela exclama em voz alta: — Vem, Animal, temos trabalho a fazer.

Meus olhos queimam tanto que quase não consigo vê-la: — Ma, você precisa correr.

Mal consigo falar: — Depressa, pra se salvar.

— Não há salvação — diz ela. — É o Apokalis.

Ela se move para a porta e se curva para sair: — Vamos, o povo precisa da nossa ajuda.

Infelizmente, sabendo o que deve estar acontecendo nas vielas do Quebra-Nozes, não consigo me mover. Nunca me esquecerei desse momento, cheio de pavor estou, é como se meus quatro pés tivessem criado raízes. Ma está parada na soleira da porta, esperando por mim, espirais de fumaça entram na nossa torre.

— Vem, Animal.

Ainda não me mexo. Ma sorri e me diz: — Adeus, minha criança querida. Eu sempre te amei e sempre te amarei, é, até depois do fim do próprio tempo. Nos encontraremos no paraíso.

— Espera! — eu grito, mas ela se virou e se foi.

Jara me dá um olhar de censura, depois segue Ma, olhando para trás sobre o ombro como se para dizer adeus então, porque nunca mais nesta vida nos veremos de novo. E eu, que estou de qualquer jeito perdido, que já perdi amigos, amor e esperança, observo os dois últimos seres que amo saírem para aquela nuvem de morte e não tenho coragem de ir com eles. Coragem não tenho, mas tenho vergonha. Vergonha me faz dar alguns passos à frente, então a fumaça venenosa está no meu rosto, quero vomitar, lágrimas descem sobre meu rosto. Ma e Jara são vultos indistintos em direção à névoa mais densa, da qual agora cada vez menos figuras emergem.

Então estou empurrando pessoas tomadas pelo pânico em becos onde tão espessa é a neblina que as luzes estão reduzidas a alfinetadas. Na minha cabeça há o pesadelo de pandit Somraj que todas as noites em seus sonhos vê os filhos de Nafisubi Ali chorando debaixo de uma luz de rua enquanto numa luz marrom vultos moribundos passam tropeçando.

Correndo estou, correndo, não sei onde, só pra me agarrar a mais uma hora, eu não quero desistir nem mesmo destes últimos momentos ardentes. Oh, senhor, como é doce, como é tentadora a vida.

Fita vinte e dois

O cinza da manhã chega de surpresa, meus olhos mal podem se abrir, há um gosto ruim na minha boca, meus pulmões doem, mas a datura queima em meu estômago, que agora vocifera fora de controle, torcendo e deformando o mundo, difícil de aceitar o que vejo, cenas rurais, árvores, campos passando depressa, perplexo por estar vivo estou num caminhão cheio de gente amontoada, seus olhos em carne viva e inchados, ali um homem vomita pelo lado, o ar apressado manda gotas voando uma chuva fétida chega agredindo meu rosto, meu próprio estômago me declarou guerra, fazendo-se em pedaços, rasgando-me por dentro, ar ficou arroxeado sol subiu numa bola de luz laranja e púrpura, violento, inchado e estranho.

— Deixem-me sair, aonde estão me levando?

— Fica quieto, irmão, eles estão te levando para o hospital em Diwanabad.

— Não!

Minhas tripas estão numa dor medonha, mas estou cheio de repulsa pela vida humana e pela sociedade, não quero mais disso.

Há uma linha de floresta nas colinas.

— Me deixem descer.

— O que você vai fazer aqui? Não há nada aqui.

— Fodam-se, me deixem descer.

O chão são formas tecidas debaixo dos meus pés, me pregando peças está essa terra, quente como brasas ardentes, as colinas dançam, na penumbra voam pássaros pretos com rabos bifurcados. Com algum pedaço de minha mente me lembro que este é o oitavo dia do Nautapa, então vergonha me bate, e também desespero. Todos a quem amei se foram, perdidos para mim pra sempre, distante está aquela cidade de desgraça, suas ruas e becos eu conhecia tão bem, um lugar distante e desesperançado, não vou voltar, não vou, nunca vou voltar, se estou morrendo me deixem morrer aqui ao ar livre como um bicho, ou então me deixem viver aqui, longe de gente, nunca mais quero olhar para um rosto humano. Chutei minha bermuda. Vou viver como um animal, sozinho e livre como deve ser um animal, nenhum dono terei, nenhum trabalho, nenhum dever além de sobreviver.

— Sobreviver, você vai? — fala a datura, sentada enroscada em minhas tripas. — Você comeu treze das minhas golis escuras. Oh, Animal, agora você há de ver o que tem que ver.

As chamas sobem à minha garganta mas não conseguem sair, cheio de nada sou nada cheio de chamas, em meus ouvidos a datura canta uma canção:

vós sois um animal arisco e livre
no mundo todo ninguém como vós
na forja do fogo vossas costas se dobraram
meu amargo fogo será vosso fim

— Vas te faire foutre!

Sem esperança, sem amigos, sozinho, doente posso estar, mas não serei intimidado: — Foda-se — estou tentando dizer, mas minha voz é um grilo vibrante que pula da minha língua e se perde.

É fim de tarde quando entro nas primeiras árvores, espinhos, capins secos, varetas estalando sob meus pés, howra hoora gritos de pássaros, gargalhando verdes passam assim as árvores, ah, vou descobrir minha verdadeira estátua, morto ou vivo, animal voltando a seu verdadeiro lar, quatro patas eu tenho meus olhos são estrelas meu nariz são cobras e lambem suas narinas, sonho sonhos sem lábios, o sol lá em cima é como uma boca arfando chamas, a pele das minhas costas está fritando, um bastão de fogo é minha garganta, cada respiração é uma golfada de chamas de um comedor de fogo, Farouq você achou que era tão bacana de andar por cima de uma cama de brasas, tente um passeio pelas minhas tripas. Nu, deito de bruços bebo de um poço e mordo o sol filho da puta, me sinto como meu próprio pai que nunca conheci.

No fundo de mim vozes falam não fazendo sentido

parece a estação de semear tão rarefeito flutua, coisas grandes por ali, grandes, deixe onde está, ça fait un peu boui-boui [parece um esconde-esconde], *este é o nosso reino*

Sombria está a floresta, mas sob suas árvores não há alívio. Estou em busca de outras coisas vivas, nenhuma eu vejo, colorida como as costas de um picanço é a floresta, marrons e castanhos, capins secos, espinhos secos, troncos secos, suas folhas sofrem com o jorro violento do calor, não só em mim há agonia mas no mundo. Onde estão vocês, animais? Deixem que eu me apresente. Paro e ouço, nada há ali além da agitação das folhas. Este solo é estranho para mim, desaparecidos os papéis de beedis, cascas de laranja, plásticos, aqui há capins torcidos, varetas em montes e pilhas misturadas a folhas velhas no chão da floresta, formas que se enrolam e espiralam como cordões de uma escada são sementes. Eis um besouro alado, estou em busca de sinais deixados por casco, pata, barriga de cobra, nada consigo encontrar. Meu nariz só distingue o cheiro da terra ressecada, meus únicos companheiros vivos são esses silenciosos sofredores enraizados no pó à espera de chuva.

— Silenciosos, você diz? — gargalha a datura. — Então espera a noite, ó, Animal. Deixe vir a noite, você há de ouvir o que tem que ouvir.

— O quê? Você ainda está aqui? — A náusea se contorce em minhas entranhas como uma cobra. — Não acho que você vai me matar. Sou mais forte do que você, vou te derrotar.

A datura dá uma tal bofetada de dor que começo a cambalear minhas pernas e braços abrem espaço estou mordendo o chão amargo.

— Eu ainda não comecei — diz a datura.

Vem a noite e com ela a lua, presa em emaranhados de galhos acima da minha cabeça.

— Devemos mostrar a ele? — pergunta uma voz conhecida.

— Sim, mostrem — diz outra.

— Será um desperdício — diz a primeira. — Um grande idiota ele é.

Uma lágrima cai do olho da lua e aterrissa num galho. Linhas de luz se espalham em todas as direções, correndo de árvore em árvore, até que todas as árvores da floresta tenham extremidades prateadas, suas vozes não são nada do que eu já tenha ouvido, como profundas flautas cheias de água.

— Mostrem o animal, mostrem a ele o que ele é realmente.

Uma luz aparece no chão da floresta, seu brilho se espalha até cobrir tudo à minha volta.

— Ha ha ha, tanta coisa pra sequestrar, sobre o que você gostaria de conversar? — sussurra o ex-do-pote. — Datura e luar, não é um bom coquetel. E isso é só o começo. Você é capaz de imaginar o que vem por aí?

— Minha própria morte.

Ondas de náusea empurram tripas lá dentro ânsias de vômito garganta abre boca escancara, pra cima vem nada.

— Então, Khã — diz ele —, vamos falar. O que devemos discutir? Morte e vida? Isso e aquilo?

A náusea me lava todo horrores e dores na minha barriga criam turbilhões pra cima vem nada: — Não me atormente, Khã, treze luas negras eu engoli e eu vou morrer.

— Você vai morrer, meu caro?

— Acho que vou, Khã.

Minha boca se abre uma cobra desliza pra fora de minha garganta seu corpo enche minhas tripas sua cauda bamboleia do meu cu todos os músculos do meu corpo fazem força para expeli-la, pra cima vem nada.

— É isso mesmo. É hora do zippo — diz meu companheiro, com sua primeira cabeça. — Clique, prrr, depressa, faça logo o que é preciso.

Acrescenta a segunda: — E faça como lhe é pedido.

Uma datura cresce em minhas tripas empurra pra fora folhas e flores pra fora da minha boca e pra fora do meu nariz.

— Não tenho o meu zippo, Khã, eu perdi.

Minha língua se sacode peluda como o rabo de um cão.

— Então estale os dedos — diz ele. — Não faz diferença.

Um estalo no polegar, um vuuuf de chama azul, um raio violeta. Meu amiguinho de duas cabeças não existe mais.

— Vocês são uns desgraçados bonitos — digo aos dois anjos altos que brilham ali ao luar.

— E nós não sabemos? — eles riem e me lançam olhares amistosos. — Livres, finalmente, graças a você, Animal.

Árvores se contorcem na escuridão eu pergunto vocês estão sofrendo, sou eu quem está morrendo. Nós não estamos sofrendo, nós estamos dançando. O quê? Dançando com alegria? Não precisamos de alegria gritam as flautas profundas das árvores, estamos precisando de água e você também está ó animal. Encontre água se quiser viver. Onde posso encontrar água neste morro seco? Desça, suba, você escolhe. Meus pés estão em carne viva cheios de bolhas, não posso ir adiante. Então se deite aqui e vamos enrolar nossas raízes em volta de seus ossos. Preciso de meus ossos, amigas. Deite aqui, morra aqui, não somos suas amigas, logo você não vai precisar de seus ossos.

és um animal arisco e livre
hás de ver o que tens que ver
que ta chair devienne sèche [que tua carne resseque]
da tua carne vamos nos fartar

Acima da minha cabeça um macaco está sentado num galho, comendo uma fruta ele está, cuspindo sementes na terra, o pelo escorrega do seu rosto, revelando o crânio por trás, sua carne pinga em gotas peludas brilhantes, todo ossos é o macaco, um a um os ossos caem e ficam brilhando ao luar, terra abre uma boca marrom bota pra fora uma língua verde ela se torna uma árvore devora os ossos do macaco, árvore fica alta, frutos brilhantes aparecem entre suas folhas, um macaco se senta num galho comendo a lua.

Agora é fúria, dei um pulo e berrei para as árvores: — Guardem suas visões baratas não estou impressionado putain con [puta babaca], com quem você acha que está lidando eu não sou só um animal qualquer eu sou O ANIMAL tenha alguma porra de respeito ou vou trepar aí e tocar uma punheta em cima de você, você não me mete medo.

— E também você não nos mete medo — dizem as árvores, juntando galho com galho elas estão, dançando num anel, cada árvore pulando para a outra mais depressa do que o olho consegue acompanhar, seres feios egoístas demoníacos elas se tornaram, elas chegam embaixo e me recolhem com garras de espinhos. A noite inteira não consigo dormir de medo das árvores, que vão me devorar se eu dormir, gramas empurram agulhas afiadas em minhas mãos e pés, enroscada nas minhas tripas a datura rola sobre suas costas às gargalhadas.

O sol se apressa em fumaças quentes de vermelho e verde, gargarejando em minha garganta há um novo fogo de sede, a língua é uma assassina, amarga como o coração de um faisão. De língua de fora escalo a floresta, girando em círculos, da agonia sem água não há escapatória, para ela não há fim. Penso em Zafar que envenenei, estranhos sonhos lhe dei, e também dor, ainda assim mesmo morrendo ele perdoou, se eu encontrar o seu fantasma ele pode não ser tão gentil, espírito de Zafar, eu direi, eu também escolhi esta morte. A dor em minhas tripas tem uma aresta conhecida, inflamada em intensos azuis e laranjas, conheço essa besta que paralisa por dentro, é minha velha inimiga fome, aos poucos seu vulto clareia, com sede estou e também com tanta fome que poderia comer qualquer coisa, arranco grama, mastigo casca de árvore, grãos, desencavo raízes e também coisas moles e as roo cheias de terra. Arranquei pétalas de flores e masquei-as.

Caçador faminto rasteja de quatro pelo chão da floresta, varetas secas evita, não faz sons. Avistei comida, um lagarto ao sol numa pedra, suas perninhas bombeiam seu corpo gordo pra cima e pra baixo, ele tem bochechas roliças, uma cauda fina e carnuda, encontro uma pedra, atiro, toc, lagarto fora da pedra voando, só o atingi nas costelas, está deitado ofegando sua boca aberta, um talhe do lado, meu agora, mas o lagarto fugiu machucado em pânico, eu em cima dele como Jara em cima de um coelho, ele se contorce debaixo da minha mão. Como matá-lo? Posso sentir seu coração pular, olho do lagarto está brilhando, só arrancar sua cabeça com uma mordida desgraçado, você não é feito pra raízes, pense como um tigre, deixe a ânsia vermelha fechar seus olhos, escancare a boca prepare pra matar.

— Não me coma — grita o lagarto. — Vou te dizer uma coisa muito importante.

— Desculpe, estou faminto demais para poupar sua vida.

— Meu gosto não vai ser bom. Se você acha a datura ruim, espere até provar meus venenos, rapaz, você vai desejar nunca ter nascido.

— Eu já desejo isso.

— Nada se compara ao que vai desejar se me comer — diz a criatura com uma expressão triste no olho, como se tivesse perdido a esperança de se salvar.

— Vai então — eu digo, soltando-a. — Desculpe ter machucado você.

— Uma costela quebrada tem conserto — diz o lagarto —, mas a sua natureza você não pode mudar. Você é humano, se você fosse um animal você teria me comido.

Noite chega, comida ou água não encontrei, a lua está mais fina como se ela também passasse fome, é uma noite de ar parado em que uma chouette [coruja] está piando, uuu uuu, encosto meu rosto na casca peluda de uma árvore e ouço seus pensamentos vagarosos, subo, mão sobre mão, pelos galhos e me sento ali, Animal sozinho em seu reino. Dor me vem, toda a minha raiva e medo esvazio em secos soluços de tosse. Chamo minhas amigas criaturas: — Irmãos e irmãs, o lagarto está errado, sou um de vocês, vim viver com vocês. Apareçam.

Ninguém vem, mas há um sussurro, é o lagarto cuja vida poupei, ele diz: — Ei, Animal, logo você vai ser um saco velho enrugado, vou rastejar para dentro de sua carcaça seca e pôr meus ovos em volta do seu coração.

A voz leva você para onde ela quer, não para onde você quer ir. Ela lhe diz que não há engano, o que você vê você deve ver, você escolheu. A voz me diz coisas que eu não poderia saber, mostra-me coisas que não quero ver. Se eu pudesse abrir uma janela e correr, eu iria, mas não há como escapar, a janela abre pra dentro, para as visões e para a beleza inacessível. As árvores estão encastoadas em Shiva, eu vomito arcos-íris, quando cago, crio a terra. A voz dentro de mim diz para entrar num templo você precisa trazer apenas você, é por isso, Animal, que está certo, você tinha que passar fome.

— Aonde devo ir, para onde devo olhar?

A voz dentro de mim diz para qualquer lugar que você se vire, esse é o caminho.

Uma bola de fogo sobe entre meus olhos, sua gêmea cospe chamas em minhas entranhas, é o calor da morte que chega, vozes na minha cabeça conversam, discutem, mais além há aquela outra voz, que soa bem no fundo, embora pareça vir de fora e de todo lugar. Estou escalando uma floresta que fica mais verde à medida que subo mais alto. De água não há sinal, embora eu a sinta por toda parte, posso ouvir as árvores mamando por tubos gulosos e também gorgolejos nas entranhas de criaturas invisíveis. Por que elas me evitam?

— Apareçam — eu grito. — Apareçam e me digam, eu sou um homem?

— O QUE É UM HOMEM? — a voz ruge bem no meu ouvido como um trovão, ela me achata.

Despedaçado estou, partes de mim se quebram e flutuam para longe. Meus pensamentos vagos giram e se tornam a lua. O brilho em meu olho é meu olho se transformando no sol, minha respiração é um vento quente, cavalgando-o está um minúsculo deus embriagado pelo seu próprio poder cujo corpo está coberto de feridas, da minha cintura saem lufadas de ar, para fora da minha cabeça desliza o universo.

— Quem é você? — perguntei eu, que estou deitado cabeça comprimida na terra ouvindo um milhão de coisas, batidas de pés de formigas, minhocas mastigando areia, pernas de lacraias vibrando como tambores numa parada, meu estômago se revira, pra cima vem nada.

Agora se abro os olhos há árvores e capins secos e plantas sedentas e sol, mas se os fecho criaturas de todas as formas e cores flutuam e rodopiam. Os animais de sonho chegam perto, um a um se aproximam, não parecem amistosos, mas mesmo antes que meus olhos se abram o mundo está mudando, nunca até agora eu tinha visto árvores vestidas de penas, por que nasce grama nas costas das minhas mãos? Sob meus quatro pés, enquanto ando, a terra cria forma. Não sei para que lado ir, não preciso saber, porque ao virar minha cabeça de um lado para o outro as sete direções criam vida e para qualquer lado que eu me vire é o lado certo e ando na sua direção.

— Fodam-se então! — eu grito. — Vou viver sozinho!

Agora tudo isso acontece na primeira hora do terceiro dia, quero dizer a primeira hora do amanhecer, enquanto estou berrando assim o sol está tentando nascer. Depois disso perdi qualquer noção de tempo, vozes e criaturas se foram, tudo o que me lembro é estar sozinho, nu, em busca de água naquela selva escaldante. Fraco estou, mal posso me arrastar pra frente.

— Pare de se mexer e você morre — diz arrastada uma nova voz na minha cabeça, como se estivesse se lixando. Difícil é continuar me mexendo, há um instante o mundo estava em chamas, no seguinte comecei a tremer, enregelado ao resplendor do sol.

— Não é o mundo, é você quem está afogueado — essa voz me informa. Então, enquanto o mundo rodopia num naufrágio de cores e formas, todas se reuniram, todas as minhas vozes, velhas, conhecidas e novas, num coro cheio de ódio.

teu tormento jamais cessará
pois é tua alma que doente está
tu n'est pas animal mais bête [tu não és animal e sim besta]
teus crimes não serão esquecidos
e todos os teus amigos traídos
virão teu triste espectro amaldiçoar

Um homem e uma mulher vestidos como khaufpuris surgem por entre as árvores, eles se aproximam, sorriem gentilmente e dizem: — Pobre criança, você teve uma vida horrível. Maldito seja o dia que a Kompani nos deixou mortos na estrada afogados em nosso próprio sangue, nós somos os seus pais, nós viemos levá-lo para casa.

Encontro Nisha chorando sentada numa pedra e ela diz: — Animal, procurei você por toda parte, é você que amo afinal e não Zafar morto e desaparecido, você terá seus desejos pois são os meus também, então faz o que quiser, vai em frente, Animal, me fode, enfia teu pau grande em mim.

Elli chega pra mim e diz: — Animal, sobe numa dessas árvores e eu vou me despir pra você ver minha boceta e olhar enquanto me masturbo e quando você gozar eu vou esticar as suas costas e transformar você num humano.

Farouq surge na minha frente me trazendo um terno e uma gravata, diz ele: — Sinto muito por todas as coisas más que fiz meu camarada ano que vem vou me deitar nas brasas quentes pra você poder andar sobre meu corpo e não deixar que suas patas se queimem.

Zafar está ali ao meu lado, andando por entre as árvores, carregando o mundo nas costas, ele me sorri e diz: — Deixe-me carregar você também, Animal, seus pés estão feridos, aliás eu perdoo tudo o que você fez, porque você fez tudo por amor.

O búfalo diz: — Aqui estou longe dos meus dois galgos italianos para te oferecer um importante emprego na Kompani com montes de salários e também você pode dirigir o meu carro.

A noite traz pandit Somraj andando na minha direção por entre as árvores. Ele está segurando dois pássaros, um em cada mão, apertando-os para fazê-los cantar, diz ele: — Não há música neste mundo que você não possa aprender.

Com a noite vem Ma, carregando um cadáver, sua cabeça ela arrancou mordendo, está com a boca cheia de suas entranhas: — Você está com fome, Animal, está com sede?

— Fodam-se! Todos vocês! Deixem-me em paz!

A lua nasce. Com sua luz rejeito todos os deuses inclusive deus, todas as divindades, avatares, deidades. Cuspo no sangue materno dos homens santos, babas, shadhus, gurus, rishis, sufis, profetas, padres, soberanos do céu e da terra, cuspo nas bocas de presidentes, ministros, primeiros-ministros, políticos, governadores, magistrados, generais, coronéis, policiais, kompanis, advogados, jarnaliss, desgraçados de carteiras recheadas, donos de paus maiores do que o meu, menores também, xingo todos os mercadores, chai-wallahs, vendedores de tecido, fruta e legumes, vendedores ambulantes de pílulas, mágicos, cafetões, médicos, prestidigitadores trapaceiros, mendigos, donos de ursos bailarinos, jejuadores, khaufpuris, não khaufpuris, os vivos, os mortos.

Sou uma pequena criatura afogueada, enregelada, nua e sozinha num vasto mundo, num deserto onde não há comida ou água nem uma única alma amiga. Mas não estou com medo. Se este meu eu não pertencer a este mundo, serei meu próprio mundo, serei um mundo completo em mim mesmo. Minhas costas serão montanhas com picos de gelo, meu rabo, o monte Meru, meus olhos serão o sol e a lua, os gases em meus intestinos, os quatro ventos, meu corpo será a terra, vermes, suas coisas vivas, mas por que parar aí? Serei minha própria Via-Láctea, cometas sairão zumbindo de meu nariz, quando eu me sacudir pérolas de suor se desprenderão e se tornarão galáxias, o que sou além de um universo completo em miniatura tropeçando por aí dentro desse outro maior, mal percebe essa árvore que a coisinha esquisita tropeçando nas suas raízes, arranhando sua casca, enfiando as garras em seus galhos, é todo um cosmos.

Eu, o universo que uma vez se chamou Animal, sento-me na árvore e vigio as selvas enluaradas de meu reino.

— Agora estou mesmo sozinho.

Ah, como é estranha a sensação dessa coisa, tão curiosa ao tato, eu me esqueci como ela cresce na mão, incha até encher meu punho. Fecho os dedos em volta do seu caule, miro nas estrelas, bombeio como uma espingarda para encher a noite de galáxias vivas.

Fita vinte e três

Naquela noite eu morri. Arrastei-me pra debaixo daquela árvore a fim de encontrar um lugar para acabar. Febre me transformava em torresmo, eu estava seco como uma laranja chupada, encarquilhada, o lagarto esperava.

eis aqui o sol
gato no urinol

Da morte não lembro nada.

Minha primeira consciência da vida após a morte é luz se insinuando por entre enormes rochas. Estou num lugar em que lajes gigantes brotam da terra e se apoiam umas nas outras. A febre se foi, fome e sede não existem mais, corpo sente luz como uma estaca. Sei o que aconteceu. Morri e sou agora um fantasma. Isto é céu ou é inferno? Não há fogo aqui, na sombra das rochas é fresco. Lá no alto, muito acima da minha cabeça, andorinhas fazem ninho. Tão fraco estou, recém-nascido para esta nova vida, mal consigo rastejar até a entrada.

O mundo lá fora mudou. Foi-se o calor abrasador do Nautapa. Um ar fresco vem pela floresta, cada folha em cada árvore é clara e nítida numa nuvem de luz verde. Depois do vale, árvores em outra encosta agitam-se numa tempestade invisível. Estou deitado de lado, olhando o céu, que é escuro, sobre mim grandes pássaros circulam. Não comi todas as batatas, é isso o que vem à minha cabeça, junto com o pensamento de que os pássaros estão descendo, logo suas asas vão eliminar a luz. A voz de Zafar diz: "Que equação engenhosa." Procuro por Zafar mas tudo está escuro. Mais tarde percebo que ainda estou deitado na entrada da caverna, meu rosto está molhado. Há um som de rugido e pressa. É água. Chuva cai lá fora no mundo suavizando as formas da floresta, os contornos das árvores nas encostas, tudo está envolto em chuva cinzenta que jorra e água goteja das rochas e corre em cascatas brancas ladeira abaixo, a água está nas minhas mãos, na minha face e nos meus olhos, limpando-os, está na minha boca, com gosto de grande milagre. De novo a voz de Zafar fala comigo: "Se há céu na terra, é isto." Então é assim que sei que estou no paraíso. Bebo e bebo e bebo até que meu estômago pesa como um melão.

Quase no final do meu primeiro dia no paraíso a chuva cede, um sol vermelho está pendurado a oeste, mandando longas sombras para dentro da caverna. Com olhos recém-despertos vejo o que antes não havia percebido, há arranhões nas rochas, e manchas de cor que não são marcas naturais mas parecem pinturas feitas por um dedo de criança. Há animais de todo tipo, leopardos e cervo e cavalos e elefantes, há um tigre e um rinoceronte, no meio deles há pequenas figuras de duas pernas, só que algumas têm chifres outras têm caudas elas não são nem homens nem animais, ou então são as duas coisas, então sei que encontrei a minha espécie, e também esse lugar será meu lar permanente, encontrei-o afinal, este é o tempo profundo no qual não há diferença entre coisa alguma quando separação não existe quando todas as coisas estão juntas, unas e inteiras antes que os humanos se separassem e se tornassem espertos e fizessem cidades e kompanis e fábricas.

O tempo no paraíso é como no Quebra-Nozes, deixa de fazer sentido, sóis e luas migram para o céu e rolam pro oeste. Dias passam, ou talvez seja um só, ou anos, ou milhares de anos, eu sou imortal. Não há nada em mim que vá morrer. As lembranças do que me aconteceu na floresta quando eu ainda estava vivo são como pálidas formas bruxuleando na escuridão e me ocorre que o que eu pensava que fosse vida nada era além de escuridão. O tempo antes da floresta é um pesadelo que desbota de uma cidade de fedores e miséria, penso em milhares e milhares mortos nos últimos momentos de Khaufpur. Nossas vidas inteiras vivemos no escuro. Aqueles que lá estavam comigo estão agora no paraíso, onde não há Khaufpur, não há Índia, não há traço de chamas, o inferno não é visível daqui. Essas colinas, essas florestas, não têm fim. Esses pensamentos são como sonhos que se prendem a isso ou aquilo, a um pássaro que passa voando, ou a um talo de capim curvado sob gotas d'água. Tudo fala comigo. De um lugar minúsculo dentro da espiral de uma samambaia vem a voz, aquela voz velha que amo, "Agora Animal você está salvo, você e todo o povo do Apokalis, porque *ele* vai protegê-los, não mais passarão fome ou sede, nem precisarão fazer trabalhos pesados, nunca mais eles serão atormentados pelo sol ou por ventos ardentes, pois ele vai tomar conta deles e conduzi-los às fontes de água corrente, ele vai curar seus ferimentos e suas tosses e febres e ele vai limpar as lágrimas de seus olhos".

Toc. Alguma coisa caiu perto da minha cabeça. Lá em cima no arco desse templo de selva, com andorinhas disparando em círculos, uma colmeia está pendurada. No chão há um pedaço de favo. Agarrei-o, mordi-o, mel escorre por entre meus lábios para meu queixo, nunca nada teve gosto tão bom.

Mais reconfortado por esse alimento e pelas palavras de Ma eu durmo, em meus sonhos homens cegos barbados pranteiam não sei o quê. Daí então é sol entrando caverna adentro. Comi mais do favo de mel, depois rastejei para beber de uma piscina que se encheu entre as rochas. Nessa piscina pela primeira vez vejo meu eu paradisíaco. Meu novo rosto é pele repuxada sobre um crânio, enormes e negros são meus olhos, meu peito forte é uma grelha de costelas, e também há um grande desapontamento, no paraíso pensei que eu fosse ser ereto, Ma não prometeu isso? Mas por mais que me estique ainda estou dobrado. E também logo aprendo que no céu exatamente como no mundo terreno não há como se livrar de cagar, minhas tripas estão fracas e aguadas.

Começo a imaginar o que aconteceu a todos os outros que morreram, nenhum deles eu vi. Em algum lugar dessas selvas infinitas deve haver a cidade de deus e lá os pobres serão reunidos. Cantando em alegria eles estarão, como está dito no livro de Sanjo. Como mais mel, bebo água e tento cantar, mas embora na minha cabeça eu ouça música, de minha boca vem nada além de coaxos, como uma das rãs de Somraj.

Em algum momento ouvi folhas estalando, talvez um javali, ou um cervo. Então, que alegria, é Jara. Perplexo estou por vê-la, dou um grande grito, e ela tropeça resmungando. Então ela morreu naquela nuvem de veneno, com certeza Ma está com ela, as duas vieram ao meu encontro no céu. Jara chega ganindo até a beira das rochas. Ela é um fantasma de cão barulhento, porque agora ela está latindo, atraindo outros fantasmas. Logo eles também aparecem à minha frente. Escalando a encosta da colina por entre as árvores está a sombra de Farouq e atrás dele vem um fantasmagórico Zafar, magro e lento em seus pés etéreos. É claro, esses dois foram os primeiros a morrer. Estou fora da solidez de minha rocha no alto da ladeira, eles ainda não me viram, mas Jara levanta a cabeça e fareja. Então está ela saltando pra frente, colina acima.

Com todas as minhas forças exclamo: — Farouq, você estava errado! Há abelhas no paraíso!

— Zafar — chega a voz distante de Farouq. — Nós o encontramos.

Os dois começam a correr. Atrás deles, outras figuras estão surgindo por trás das árvores. Parece Chunaram, então ele também morreu, e também Bhoora, seguindo-os vem Ali Faqri e também alguns rapazes do Quebra-Nozes. Então Ma estava certa, a cidade inteira deve ter falecido.

Daí Jara está em mim, lambendo e ganindo, cauda é um borrão.

— Bem-vinda ao paraíso — eu digo enquanto a cachorra pula em cima de mim, lambendo meu rosto, ganindo, colocando as patas em meus ombros. — Por que demorou tanto?

O fantasma de Zafar chega e para sorrindo pra mim e Jara. Ele se ajoelha e põe os braços em volta de mim: — Por deus em quem me recuso a acreditar, encontramos você.

— Bem-vindo ao paraíso — eu digo —, há mel e água pra todos. O Apokalis e os maus tempos acabaram.

— Puto — diz o fantasma de Farouq, todo dentes de fora ele está. — Então você está vivo.

Tenho que ser honesto, ao som de sua língua áspera, grande alegria enche meu coração: — Isto é o céu — digo feliz — e estamos todos mortos.

— Seu rabo de sapateiro, eu tô parecendo morto pra você? — ele me dá um abraço apertado até meus ossos estalarem.

— Quem é que você tá chamando de rabo de sapateiro? Bordel de merde!

— Monte de bosta! Pilha de cocô!

— Espécie de peido!

Ha ha ha, estamos rolando na grama com os braços em volta um do outro, então ele olha pra mim e diz: — Em nome de deus em quem Zafar se recusa a acreditar, vá se vestir, ou vamos todos morrer de medo.

Ele segura uma coisa, é minha kakadu: — Encontrei numa vala. O motorista de caminhão que derrubou você, ele nos mostrou o lugar. Oito dias levamos procurando por essas matas.

Ele me levanta e diz, com uma ternura que nunca ouvi antes: — Seu puto de merda.

— Você é que é o puto — eu digo. — Não preciso de kakadu aqui. Estamos no paraíso, onde há água limpa e mel, delicioso de comer, tudo e todas as coisas na floresta falam com você, escute só, você também vai ouvir.

Agora todos eles já chegaram, esse meu discurso eles ouviram em silêncio, daí um depois do outro, meus amigos se ajoelham e me abraçam e sussurram seus cumprimentos afetuosos em meu ouvido.

— Pois Bhoora — diz Zafar, enquanto o bom auto-wallah, com os braços em volta do meu pescoço, me dá um beijo com as lágrimas rolando —, estou achando que este também é um dia de galinha.

— Que galinha?

É Chunaram: — Hoje é um dia de kebab. Na minha loja. Estão todos convidados.

Ele respira fundo: — Hoje, kebabs são de graça.

Diz Farouq pra mim com uma piscadela: — Vê como ele te ama?

Ali Faqri diz: — Deus seja louvado por você estar vivo. Abdul Saliq manda lembranças e também bom retorno a Khaufpur.

— Vocês não entendem? — digo a eles. — Khaufpur não existe mais. Não mais aquela miséria, aqui somos todos livres no paraíso.

— Animal, fique calmo — diz um de meus companheiros do Quebra-Nozes. — Logo vamos tirar você daqui.

Para Zafar ele observa: — Ele deve estar com febre.

— Pena que Elli doutora tenha partido — diz outro.

— Vamos levá-lo para a minha casa — diz Zafar. — Ele vai ficar comigo.

— O quê? Para onde vocês estão me levando? Não quero ir pra lugar nenhum.

Mas eles já estão me erguendo: — Tão leve ele está. Quase não tem peso.

Então eles estão se movendo de volta para as árvores. Choro, luto, digo: — Não me levem daqui, não até que seja pra cidade de deus.

— Animal irmão — diz Zafar com gentileza. Ele me segura por um ombro e posso ver seu rosto: — Tente entender. Você não morreu. Por um milagre você está vivo e nós estamos levando você pra casa.

— Aqui é minha casa agora, é o meu lar.

— Então voltaremos aqui outra vez quando você estiver melhor. Você está com febre, está morrendo de fome. Mais um dia aqui e você teria morrido.

Mas eu ainda não entendo as coisas. Por algum tempo vociferei sobre como morrer não tinha importância, que viver na escuridão e na pobreza era o problema real: — Zafar, isso é o paraíso pra nós. Deixamos pra trás o mundo de sofrimento.

— Infelizmente — ele diz —, temo que não.

No meio da descida da montanha, eles param para descansar.

— Animal, você está com fome? — pergunta Bhoora. — Temos comida.

De uma bolsa ele faz surgir um lanche leve de arroz, sopa de daal, picles.

— Foi Ma quem mandou? Onde está ela? Achei que ela estivesse com vocês.

Um olhar passa entre eles.

— Coma aos poucos — diz Zafar. — Primeiro tome um pouco de sopa. Aprendemos isso depois do nosso próprio jejum.

Zafar diz que quando as notícias da revolta na fábrica chegaram a ele e Farouq, eles decidiram parar o jejum: — Policiais chegaram, eles nos levaram para uma clínica particular onde o primeiro-ministro estava esperando. Ele nos disse que boatos estavam sendo espalhados de que tínhamos morrido, ele nos pediu para ajudarmos a acabar com os tumultos.

Zafar e Farouq concordaram com o pedido do primeiro-ministro com a condição de que ele jurasse pelos deuses do seu templo ouvir o que eles tinham a dizer e não tomar qualquer atitude nem fazer qualquer acordo sem o consentimento deles. Assim o primeiro-ministro prometeu. Eles foram levados por um jipe aos lugares onde o tumulto era pior, para se deixarem ver, mostrar que não estavam mortos, eles acalmaram o povo e o mandaram de volta para casa.

— E quanto a Nisha? — eu digo, começando afinal a duvidar. — Ela sabia que você estava morto.

— O primeiro lugar ao qual fomos foi o Pé de Galinha, para nos mostrarmos a Nisha e Somraj-ji. Foi quando ouvimos que você tinha fugido. Nisha nos implorou para encontrá-lo.

— Agora eu sei que você está mentindo. Nisha me odeia.

— Ela não odeia você, ela gosta de você mais do que de mim, eu acho, porque ela me disse: "Zafar, você traz ele de volta ou não volte aqui."

— Ela disse mesmo isso?

— Disse, e também me disse para te dar isso quando o encontrasse.

Meu coração falha. Ele me entrega um barrete bordado com seda azul e vermelha.

Por aquele presente, perdi minha imortalidade. Soube então que Zafar estava realmente vivo e do mesmo jeito eu. A vida caiu como um pesado manto sobre meus ombros e comecei a chorar de pena porque estava de volta à cidade da agonia.

Quando é hora de continuar, eles começam a me levantar outra vez.

— Não me carreguem. Nos meus próprios pés irei.

— Estive querendo perguntar — diz Farouq. — Por que você fugiu e subiu tudo isso até aqui?

Mas isso não quero contar.

Com a cachorra pulando em volta, nós descemos devagar pela floresta na qual tive minha morte, à luz do dia na companhia de amigos ela parece inofensiva. Os animais que antes estiveram ausentes agora preferem se mostrar. Farouq dá um grito quando vê galhos se dobrando ao peso de uma tropa de macacos. Pássaros nós vemos, cervo ao longe, algo como a cauda de um esquilo gigante pendurada numa árvore. Nuvens leves de chuva chegam perambulando por entre as árvores, perto de um lugar onde a água corre, jaz uma grande pele de cobra branca, perfeita das narinas à ponta da cauda. Diz Zafar baixinho: — *Hameen ast-o hameen ast-o hameen ast.*

Lá embaixo na estrada espera o auto de Bhoora, ele me ergue pra dentro: — Vem — diz ele. — Agora vamos pra casa.

Zafar e Farouq se espremem, um de cada lado.

— Esperem! E Jara?

— A cachorra está bem — diz Farouq com um sorriso. — Olhe só para trás pra ver que filho da mãe popular você é.

Logo atrás de nós há um porco-bhutt-bhutt cheio de gente e também, imagino, Jara.

— Bhoora irmão — diz Zafar —, vamos. De volta à minha casa.

— Não, não — eu digo. — Só me leve de volta pra casa. Ma deve estar preocupada.

Há um silêncio, então Zafar fala: — Você precisa de um médico, e Elli voltou pra Amrika. Vamos para a minha casa.

Olhos, alguém tinha mencionado Elli ter partido, mas só agora sei que ela voltou pra casa. "Então ela não vai voltar." Olhos, não estou nem pensando nas minhas costas, só é triste que as coisas precisassem acabar desse jeito: — Eu gostaria de ter dito adeus.

— Dispensável.

É Zafar. Alguma coisa errada no jeito que ele diz isso.

— Por que você está sorrindo, seu desgraçado?

— Estão consertando a clínica de Elli. Seu amigo Dayanand está lá, o capataz de pulmões azuis está lá fumando beedis um atrás do outro. Tudo estará pronto quando ela voltar.

— Ela vai voltar?

— Viu? Trazemos boas notícias.

— Zafar irmão, o que quer dizer essa alegria?

Diz Farouq: — Elli voltou pra Amrika, mas levou pandit-ji e Nisha com ela.

— Mas — digo eu — ela prometeu ao marido, o advogado, que voltaria pra ele. Ela mesma me contou isso.

Diz Zafar: — Ela prometeu voltar para a Amrika. Ela não prometeu voltar para ele. O que significa...

Mas eu sei o que isso significa. Isso significa que a música da promessa de Elli será ouvida alta e alegre em suas bodas. Então bato palmas.

— Parabéns, Farouq irmão, Zafar irmão, pra você parabéns duplo!

— Por que duplo? — rindo como se soubesse a resposta.

— Porque não vai ser um casamento, e sim dois. Você vai se casar com Nisha e eu estarei lá aplaudindo. Eu amo vocês dois. Eu juro, meu irmão, possa deus em quem você não acredita ser minha testemunha.

Com essas palavras, que eu não tinha ideia que sairiam da minha boca, uma grande paz preenche meu coração: — Zafar irmão, este presente que você me deu, por favor use-o em suas bodas.

Devolvi a ele o precioso barrete bordado.

— Então, no fim das contas, nós vencemos. O poder do nada se rebelou e destruiu nossos inimigos.

Diz Zafar: — Quando é que alguma coisa é simples assim?

O auto sacoleja pela estrada que leva ao sul para Khaufpur, atrás de nós as colinas definham. A zona rural está verde por conta de uma chuva recente.

Depois de algum tempo Farouq pergunta de novo por que eu fugi. Pelo jeito como ele pergunta, há outra interrogação por trás da primeira.

— Depois que a fábrica explodiu, fumaça venenosa chegou. Ma disse que seria como aquela noite toda outra vez.

— Não foi — responde Farouq. — Dessa vez o povo sabia o que fazer, todos saíram dali. Mesmo assim, três morreram.

— Três? Pensei que fossem ser milhares. Aquele incêndio foi o próprio inferno. Queimava minhas costas quando corri pra longe da fábrica.

— Três são três demais — diz Zafar. — Então você esteve na fábrica. Pensamos nisso.

Eles partilham um silêncio cujo significado não consigo desvendar.

Enquanto sacolejamos, Zafar e Farouq contam a história do que aconteceu nos dias que se seguiram ao incêndio.

Parece que depois que eles arrancaram a promessa do primeiro-ministro, a cidade voltou a um estado de tranquilidade. Na mesma hora os políticos puseram em suas cabeças que, desde que as coisas estavam de volta ao normal, eles deveriam afinal de contas continuar discretamente com o acordo. Isso teria que ser feito em segredo. Eles concluíram que, se fizessem a traição em silêncio e também demorassem a divulgá-la, seria tarde demais para impedi-la. Zafar e Farouq não corriam mais risco de morte, seria difícil fazer outra manifestação, e também dessa vez polícia e exército estavam a postos. Então uma reunião foi marcada, ela aconteceria não num prédio do governo, onde todos os tipos de olhos veriam, mas no lugar onde estavam os advogados amrikans, em outras palavras, Jehannum.

A manhã da reunião chegou. Acima e abaixo da estrada da cidade velha à colina acima do lago, policiais havia em quantidade. Jipes iam pra frente e pra trás. A não ser que fossem hóspedes, as pessoas eram retiradas de Jehannum. A polícia as parava no portão. Ninguém podia entrar. Se as pessoas perguntassem por que aquilo estava acontecendo, a resposta era que ameaças haviam sido feitas aos amrikans.

— Não estamos correndo riscos — dizia a polícia.

Cedo naquela manhã, uma mulher foi vista se encaminhando para a colina. Uma pobre mulher ela era, vestida da cabeça aos pés numa burca preta. Ninguém conseguia ver o seu rosto, ela devia ser jovem, porque era alta e andava com passos ágeis. Em suas mãos ela levava uma jhadoo, uma vassoura comum, usada para varrer o chão. Quando desafiada no portão, ela disse que ia para o trabalho de limpeza. Pouca atenção deram a ela porque logo mensagens chegaram para preparar a recepção de alguns chefões, que dentro de pouco tempo chegariam a Jehannum. Sem dúvida, os carros logo surgiram.

Não carros do governo, prestem atenção, o primeiro-ministro, Zahreel Khan e outros, todos chegaram em Ambassadors[1] todos brancos, um por um desapareceram lá dentro.

O que aconteceu depois, o mundo soube por esses mesmos camaradas. A vergonhosa reunião começou numa sala com uma grande mesa, os quatro amrikans estavam de um lado, os políticos do outro. Eles tinham começado a discutir e regatear, quando sem aviso seus olhos começaram a arder. Uma sensação ruim de queimação começou em seus narizes e gargantas, meio parecida com a fumaça de pimentas queimadas, atacou com violência a garganta, ressecou os pulmões, eles tossiam, mas tossir deixava-os dez vezes pior. Havia alguma coisa na sala, alguma coisa não convidada, um fogo invisível, quando perceberam já era tarde demais. Aqueles chefões políticos e advogados, eles entraram em pânico, eles andavam em círculos, nauseados, tudo o que faziam só tornava pior a dor e a queimação. Lágrimas escorriam de seus olhos, mal conseguiam enxergar. Um dos advogados tentava vomitar, os outros fugiram em pânico. Eles saíram correndo da sala, empurrando-se porta afora, cada um por si, o búfalo, parece, sendo grande demais pra correr, foi deixado pra trás enquanto os outros lutavam para salvar suas peles. Aqueles heróis da Kompani, aqueles políticos, eles se cagavam, pensavam que iam morrer, pensavam que tinham sido atacados pelo mesmo gás que escapou naquela noite, e todos os homens ali sabiam perfeitamente como eram horríveis as mortes dos que aspiravam os venenos da Kompani.

Digo eu: — Isso é justiça poética com rima perfeita.

Mas Zafar diz que essa justiça poética, com rima ou sem ela, não é igual à justiça de verdade, porém sendo o único tipo disponível para os khaufpuris era pelo menos melhor do que nada. Assim deve ter pensado aquela pessoa, aquela que entrou no hotel e com cuidado esvaziou uma garrafa de suco de bomba fedorenta no ar condicionado.

— Isso foi coisa sua? — pergunto a Zafar.

[1] Ambassador: carro Morris Oxford, feito na Índia sob licença.

— Não foi — ele diz. — Não sabíamos de nada disso até depois de acontecer. Estávamos ocupados procurando você.

O que tornou a coisa toda completa foi que alguém tinha avisado à imprensa, eles estavam esperando com suas câmeras quando aqueles palermas cambalearam pra fora do vestíbulo. Uma vez divulgado o segredo, o acordo estava morto. A Kompani dizia que havia sido vítima de terrorismo, o culpado deveria ser julgado e preso por anos, mas os jarnaliss preferiram outra versão. Eles disseram que uma bomba fedorenta, mesmo abominável, não podia se comparar ao terror que a Kompani havia causado ao povo de Khaufpur, e também como poderiam os chefes da Kompani pedir que alguém fosse julgado enquanto eles mesmos se recusavam a comparecer perante o tribunal de Khaufpur?

Nenhuma alma sabia quem tinha feito aquilo. Afinal a polícia se lembrou da mulher de burca. A equipe do hotel foi interrogada, mas ninguém sabia quem era ela. Um ou dois a tinham visto com sua vassoura. Ela não falou com ninguém. Logo depois do início da reunião essa mesma mulher saiu de lá e se foi colina abaixo. Ninguém prestou qualquer atenção nela, tudo o que aquelas testemunhas conseguiam dizer era que ela era alta, e também que se comportava como alguém que sabia o que estava fazendo.

A mulher misteriosa que acabou com o acordo da Kompani, essa heroína, pois isso era o que ela era no reino dos pobres, como é que tinha desaparecido tão completamente? Toda a cidade queria saber, e também muitos lá na Amrika. Espionagem-wallahs formigavam pelas bastis.

— Nunca eles vão encontrá-la — exclamo. — Vejam o Quebra-Nozes, como as casas se encostam umas nas outras, abertas por dentro e por fora umas para as outras, onde melhor pra esconder alguma coisa do que num labirinto sem portas? Tiras entram por aqui, ela foi por ali, polícia secreta chega lá, ela voltou pra cá, e que polícia-wallah, secreta, ou ultrassecreta, vai se atrever a puxar pro lado o véu de uma respeitável senhora hindu ou pedir a uma mulher muçulmana que dispa sua burca? Nunca eles vão encontrá-la, nem se procurarem por mil anos.

Comecei a rir: — Foi exatamente assim que Ma fugiu do padre Bernard.

— Não era Ma — diz Zafar bruscamente. — Animal, qualquer que seja o outro nome que venha à sua cabeça, não o diga.

Farouq diz: — Animal, há outra coisa que você não deve mencionar. A polícia está perguntando agora como o fogo na fábrica começou. Nem mesmo diga que você estava lá.

De seu bolso ele tira alguma coisa e a entrega a mim: — Achamos isso dentro da fábrica.

É meu velho zippo, carbonizado e negro, retorcido pelo fogo.

Estou olhando fixo pro meu zippo, me perguntando agora como ele pode ter caído dentro da fábrica, então fica claro: — Mas vocês estão pensando que eu comecei o incêndio? Eu não poderia, eu tinha perdido meu zippo, ele não estava comigo, eu juro. Sei disso com certeza, porque quando eu estava na floresta, quando eu queimei o Khã...

E foi aí que bateu dúvida, e também horror, porque pude me lembrar da datura fazendo das suas, rindo de mim.

— Não contamos a ninguém. Se você tiver algum juízo, também não vai contar.

— Vocês acharam que foi por isso que fugi.

Estou me lembrando daquele pequeno silêncio, depois que me perguntaram aquilo.

— Não achamos nada — diz Zafar. — Você perdeu isto, não era você, é tudo.

Quando o auto se aproxima dos limites da cidade há um desvio para a direita que leva ao Quebra-Nozes. Era aqui que eu imaginei que iríamos primeiro, mas quando chegamos ao local o auto passou direto.

— Por que este caminho? Vocês não vão me levar pra minha casa? Tenho que ver Ma.

— Esta noite pelo menos — diz Zafar — você vai ficar comigo.

— Mas por quê? Ma vai ficar preocupada.

— Vou explicar tudo depois que voltarmos. Você precisa tomar um banho, dormir, quando você acordar amanhã, aí conversaremos.

Então percebo que sempre que menciono Ma há essa pequena pausa e eles mudam de assunto.

— Zafar! Por favor me diga! Onde está Ma? O que aconteceu com ela?

Então surge afinal a narrativa que eu mesmo poderia ter feito se não tivesse preferido estar cego.

— Animal, Ma não saiu da basti. Ela esteve lá até o fim, ajudando outras pessoas a sair, cobrindo seus olhos. Ela não se protegeu contra o gás, e também as pessoas que a viram disseram que ela estava cantando, ela aspirou o gás para os pulmões.

— Mas ela está bem? — exclamo numa voz para meus próprios ouvidos, como uma criança.

Farouq sacode a cabeça: — Sinto muito, amigo.

Zafar diz: — O povo está dizendo que ela e Huriya Bi foram heroínas, santas, alguns falam em erigir uma estátua para elas. Onde elas foram buscar tanta coragem, nunca saberei.

— Então com Huriya são duas — digo eu com lágrimas chegando. — Quem é o três?

Mas já sei o que vão me dizer. Quando Ma foi pra basti ela foi direto à casa de Huriya avisá-los que se ficassem ali iriam morrer. Já o ar cheirava a pimentas queimadas, as pessoas tossiam. Huriya se recusou a deixar Ma ir sozinha, ela se despediu amorosamente de seu marido Hanif e sua pequena Aliya, depois foi com Ma. Muita gente presenciou isso, dúzias disseram como Ma e Huriya se moviam pela nuvem, avisando as pessoas para saírem. Então foram vistas pela última vez indo na direção da fábrica. Aqueles que ouviram, contaram que Ma falava em alto, claro e perfeito khaufpuri.

— O três é o velho Hanif, não é? Ele ficou com Aliya, ele não a deixaria.

Então tudo o que me restou foi me perguntar como toda a mágoa e dor do mundo podem transparecer através de dois olhos.

— Farouq — digo afinal —, você perguntou por que fui para a selva e eu não contei, mas vou contar agora mesmo, que isso vai te servir pra implicar comigo por todo o sempre.

Então entre a dupla desgraça de soluços e catarro escorrendo, tudo vem pra fora, como eu tentei confortar Nisha e fiz aquela desajeitada proposta de casamento que ela rejeitou, como eu tinha dito que era porque eu era um animal, como ela ficou zangada comigo.

— Melhor teria sido, amigos, que vocês não tivessem me encontrado, porque não acho que eu possa suportar continuar a ser um animal num mundo de seres humanos.

Fosse qual fosse a resposta que eu esperasse, não foi a que recebi, que foram dois pares de braços ao meu redor, enquanto Farouq numa orelha cochichava: "Animal, eu juro que nunca mais vou te sacanear", e na outra Zafar dizia: "Animal, meu irmão, você é um ser humano. Um total e completo ser humano."

— Por que vocês estão dizendo isso? — eu funguei.

Diz Zafar: — Bobo.

Com isso ele aperta seus lábios de encontro à minha cabeça e nós três estamos aos prantos.

É agora que chegamos à passagem de nível perto do começo do Quebra-Nozes, aquela onde a linha do trem corre até depois da fábrica, por onde carreguei Aliya nas costas. Nosso auto espera na barreira fechada. Estamos do lado esquerdo da estrada. À nossa direita um enorme caminhão chega e bloqueia o outro lado. O longo trem passa, 2652, Sampark Kranti Express. Quando ele passou vemos que atrás da barreira seguinte um monte de autos, porcos-bhutt-bhutt, ônibus, etc, também estão bloqueando a estrada. As duas barreiras se erguem, os dois lados se encaram, então todos se precipitam ao mesmo tempo até estarmos presos numa confusão de buzinas e palavrões.

Diz Zafar: — Bem-vindo ao lar.

Assim eu a recuperei, minha vida habitual, eu a tive de volta. Tudo igual, embora tudo diferente. Depois de ficar três dias com Zafar, voltei para a torre onde vivia com Ma. Tempo passou, os viajantes voltaram da Amrika, no devido tempo dancei em suas bodas. Todos vivem juntos agora na casa de pandit-ji, eu ainda almoço lá todos os dias.

Olhos, o que mais posso te contar? A vida continua. Vai demorar, assim me disseram, para ser designado um novo juiz para o caso, a audiência outra vez foi adiada, a Kompani ainda tenta descobrir modos de evitar comparecer, mas Zafar confia que no final vamos pegá-los. Ainda há doenças por toda Khaufpur, centenas vão todos os dias à clínica da Elli doutora. Abdul Saliq continua parado na Porta Pir dizendo aos pobres de espírito pra irem se foder e morrer, Farouq continua a ser um pé no saco, Chunaram tem vários golpes novos, Faqri faz bons negócios, a fábrica continua lá, escurecida pelo fogo ela está, mas a grama cresce de novo e a selva carbonizada vê nascer brotos verdes. Luas brincam de esconde-esconde nas chaminés da khana venenosa, continuam a vir os jarnaliss estrangeiros.

Três semanas atrás, um grande pacote chegou, coberto de selos amrikans azuis e brancos ele estava, endereçado a Animal, Jovem, a/c Elli na clínica. Dentro havia vários formulários, e também uma carta com boas novas pra mim, dinheiro foi conseguido, minha operação está agendada. Elli ficou maravilhada, um imenso abraço ela me deu e disse que em breve eu não vou me reconhecer. Zafar diz que vai me ajudar a tirar um passaporte, em alguns meses partirei pra Amrika. Elli e Nisha me acompanharão. Tudo o que tenho a fazer é assinar um papel.

Por muito tempo me sentei com esse papel debaixo da velha tamarineira que era a sala de estar de Ma. Pensei e pensei, pedi conselho em voz alta, minhas vozes nenhum tinham para oferecer, mas começaram seus zumbidos malucos, khekhe, barulhos insanos. Foi então que me lembrei da máquina de fitas na parede. Vou contar esta história, pensei, e desse jeito vou descobrir qual deveria ser o final. Vou saber o que fazer. Quando comecei a falar, quando ouvi a voz da falecida Aliya chamando, era como se ela e os outros que não estão mais aqui voltassem pra ficar comigo. Minhas pessoas queridas, heróis do meu coração. Olhos, não sou capaz de te dizer o quanto sinto falta delas, até eu morrer essa ferida nunca vai cicatrizar. Elas têm estado aqui a cada minuto deste relato. Ma está aqui comigo agora, sentada sorrindo ela está, me chamando de filho. Deixa eu limpar meus olhos de poeira e arco-íris. É, posso vê-la. "Nós nos encontraremos no paraíso", ela diz. Eu sei que um dia irei encontrá-la lá.

Olhos, eis o que estou pensando, e isso que estou falando pra máquina, eu não disse a ninguém além de você. Do dinheiro que ganhei de Zafar & Cia, que foram quatrocentas pratas por mês, por dia gasto só quatro. Numa lata dentro da parede do escorpião há mais de dez mil rúpias. Olhos, isso era pra minha operação, mas agora esse dinheiro, mais uma pequena persuasão dos amigos de Farouq, vai comprar a liberdade de Anjali e ela virá viver comigo. Veja, Olhos, calculo que se eu fizer essa operação, eu vou ficar ereto, é verdade, mas para andar vou precisar da ajuda de muletas, posso ter uma cadeira de rodas, mas até onde ela vai me levar pelas valas de Khaufpur? Agora posso correr e saltar e carregar crianças nas costas, posso subir em árvores difíceis, estive em montanhas, andei por selvas. A vida é tão ruim? Se eu for um humano ereto, serei um em milhões, nem mesmo um humano saudável serei. Fico quadrúpede, sou o um e único Animal. Que resposta você daria a Elli?

sou um animal arisco e livre
no mundo todo ninguém como eu

Olhos, acabei. Khuda hafez. Passe bem. Lembre-se de mim. Todas as coisas passam, mas os pobres permanecem. Nós somos o povo do Apokalis. Amanhã haverá mais de nós.

Glossário khaufpuri

(Algumas palavras comuns em híndi aqui relacionadas têm uma conotação típica de Khaufpur e possuem sentidos distintos em outras partes da Índia. *ñ* significa um anasalamento.)

aaj kahaañ chalogé? – para onde hoje?
aalaap – introdução lenta de uma escala de raga.
Aawaaz-e-Khaufpur – A voz de Khaufpur.
abba – pai.
achchha – tudo bem, ok.
aghori – ascetas devotados a Shiva, tipicamente nus, cuja meditação é a morte.
ajwain – planta aromática de sementes semelhantes ao cominho.
Ambassador – carro Morris Oxford, feito na Índia sob licença.
Amrika – América.
anaar – romã.
Ashara Mubarak – a véspera do 10º dia de Muharram.
baar sau chees – inversão sem sentido de *chaar sau bees* feita por Animal.
baba – termo hindu indicando afeto e respeito; pode ser usado para se referir ao pai ou ao avô.
bada batola – fanfarrão, linguarudo, contador de vantagens.
badmaash – tratante.
baingan bharta – berinjela assada na brasa, descascada, amassada e temperada.
baksheesh – gorjeta.
bakwaas – bobagem.
barfis – balas de leite, com textura de caramelo.

basti – literalmente é aldeia, mas em Khaufpur significa comunidade pobre.

beedi – cigarro de fumo de rolo.

bhai, bhaiya – irmão, muitas vezes usado como expressão de afeto, como em Zafar bhai.

bhajias – bolinho frito, com massa de farinha de grão-de-bico e cebolas, recheado com batatas e frutas secas.

bhang – bebida intoxicante preparada com folhas de maconha.

bhayaanak rasa – a emoção do pavor, terror.

bhel-puri – lanche popular nas ruas da Índia.

Bhimpalashri – raga da tarde, Bb->C Eb E G Bb C, C Bb A G F Eb D C.

bhonsdi-ka – nascida de um peido.

bilaval – raga cuja escala é quase idêntica à escala ocidental em Dó maior.

biryani – prato preparado com arroz e carne.

chaar sau bees – 420, refere-se ao item 420 do Código Penal Hindu, que trata de golpes.

cha-hussain – tolo ingênuo, vítima de zombarias.

chai – chá.

chai chappa chai – música do filme *HuTu Tu*, 1998.

channa – grão-de-bico.

chapati – pães achatados, assados.

daal – lentilhas.

dadi – avó.

daru – bebida alcoólica destilada a frio.

datura – datura (*Datura stramonium*), figueira-do-diabo ou orelha-de-macaco, planta altamente venenosa.

Deshkar – raga da escala C D G->E G G->A C, C Bb->A Bb->A G->E C A (série de notas musicais ascendentes).

dha pa ga – notas do sistema hindu, sa re ga ma pa dha ni sa.

dhaap – como o som sugere, um tapa dado com força.

dholak – tambor de dois lados que se carrega pendurado ao pescoço.

dhoti – roupa masculina tradicional do sul da Índia, semelhante ao sarongue, tecido largo enrolado em torno dos quadris e das pernas e amarrado na cintura.

djinns – gênios ou elementais que vivem nas árvores, nas pedras e nos astros.

faca Rampuri – faca automática com lâmina serrilhada, típica de gangsteres.

fataak! – onomatopaico para batida ou soco, como bang! ou paft!

fatakas – fogos de artifício, série de bombinhas presas num barbante.

fillim khatam – fim do filme.

fillim, fillum – filme, filmes.

firangi – estrangeira.

frangipani – *Plumeria rubra (indica)*, jasmim-manga, árvore de flores perfumadas, brancas ou cor-de-rosa.

Galla Mandi – mercado de legumes.

gaalis – palavrões.

garooli – palavra sem sentido criada por Animal para dizer cigarro.

ghat – degraus que levam a bancos de areia nos rios da Índia; nos ghat são cremados os corpos dos mortos.

ghee – um tipo de manteiga clarificada muito utilizada na culinária hindu, feita com leite de vaca ou búfalo e semelhante à manteiga-de-garrafa empregada no Nordeste do Brasil.

gherao – palavra hindu que significa "cerca", um tipo de protesto pacífico semelhante a um piquete.

ghurr-ghurr – olhar fixamente.

golis – balinha ou pílula redondas.

goonda – matador, cruel, valentão.

governo-waali – do governo.

guftagoo – conversa, falação.

gulab-baadi – mercado de flores.

gulab jamun – doce preparado com bolinhos de pão feitos com leite condensado e muito pouca farinha, mergulhados em calda de açúcar aromatizada com sementes de cardamomo e água de rosas ou açafrão.

gulal – pó colorido extraído de flores e ervas secas usado na celebração da festa da primavera.

gulli – beco estreito.

gulli danda – jogo infantil de bastões popular na Índia.

gutka – fumo de mascar perfumado e adoçado, especialidade de Khaufpur.

haadal – entidade folclórica hindu, bruxa cujos pés são voltados para trás.

haathi – elefante.

hindi mein samjhaum? – preciso falar em híndi? Em outras palavras, será que eu tenho que soletrar?

Holi – festa das cores da primavera.

imli – tamarindo.

inglis – inglês.

Isa – Jesus.

i*sayi* – cristão.

ishtoo – ensopado.

jaan – vida.

jaanvar – animal.

jahaañ jaan hai, jahaan hai – enquanto tivermos vida, temos o mundo.

jahaan – o mundo.

jarnail – corruptela de general.

jhadoo – vassoura.

ji – sufixo empregado para indicar respeito pelo interlocutor.

juloos – passeata de protesto.

jungli – selvagem.

kabbadi – jogo violento, em que os oponentes devem ser atirados ao chão.

kachambar – abóbora salpicada com pimenta e suco de limão.

Kali – deusa-mãe hindu, deusa negra da morte e da destruição.

kameez – túnica comprida, usada em geral sobre um *shalwar* (calça larga e leve amarrada nos tornozelos).

karnail – corruptela de coronel.

Khã – em Khaufpur você chama um amigo de Khã, como em outros lugares se diz amigo ou colega.

khaamush – em silêncio.

khaañsi – tosse.

khana – comida.

kheer – um tipo de pudim de leite.

khuda hafez – literalmente, Deus o proteja, em persa; usado como saudação de despedida.

kohl – pó escuro usado como sombra para as pálpebras, ao qual se atribuem propriedades de proteger quem o usa contra doenças e maus espíritos.

KLPD, Khadé Lund Pé Dhoka – abreviação de Kuala Lumpur Polícia Departamento, que por sua vez é um jeito de dizer Khadé Lund Pé Dhoka, ou decepção do pinto em pé.

kulcha – pão achatado, mais grosso do que um chapati, não tão grosso quanto um naan.

kulfi – um tipo de sorvete indiano.

kurta – túnica curta de musselina bordada, usada por homens e mulheres.

kurta pajama – roupa indiana tradicional masculina, composta de túnica longa sobre calça comprida, equivalente ao shalwar kameez feminino.

Kyon Khã – E então, amigo?

laal imli ka gataagat – pedaços de tamarindo.

lahk – unidade de medida hindu, equivalente a cem mil. 50 lahks equivalem a 5 milhões.

langur – macaco de rabo comprido, animal sagrado para os hindus.

lassi – bebida à base de iogurte.

lukhnawi – de Lucknow, cidade famosa por sua linguagem educada e amável.

lund-pasanda – a favorita do pinto.

lungi – espécie de camisão que chega à altura dos joelhos, usado em geral pelos homens muçulmanos.

Mala Sinha – atriz de cinema.

marsiya – cânticos e lamentos para Imam Hussein.

masjid – mesquita.

mela – feira, quermesse.

miyañ – termo de polidez significando cavalheiro, pessoa refinada.

Muharram – festa religiosa de luto pela morte de Iman Hussein.

musaafir – viajante.

naala – vala de esgoto a céu aberto.

naan – pão achatado, preparado sem fermento.

namaaz – as cinco orações diárias dos muçulmanos.

naqsheen katora – alguém cujo rosto tem marcas de varíola.

nasha – intoxicação, barato, onda, viagem.

Naya Adalat – a sede nova do tribunal, construída há duzentos anos.

neem – *nim* (*Azadirachta indica*), erva amarga e adstringente, usada em medicamentos.

ous raat – aquela noite.

paan – sobremesa digestiva hindu, uma espécie de pastel triangular recheado com folhas e sementes de betel, limão e especiarias.

pakora – prato da culinária hindu, muito condimentado, espécie de bolinhos feitos com carne, vegetais, ervas e especiarias, empanados e fritos.

pandit – mestre.

pandu – maneira insolente de se referir a um policial.

pau bhaji – purê de verduras, picante, servido com pão, lanche bastante popular na Índia, tanto quanto o cachorro-quente nos Estados Unidos ou a pizza na Itália.

paratha – massa folhada amanteigada recheada com legumes ou queijo.

porco-bhutt-bhutt – grande veículo de três rodas com capacidade para trinta pessoas, cujo nome se deve ao barulho que faz e à lataria frontal em feitio de focinho virado para cima sobre as rodas dianteiras.

raakhee – pulseira amarrada por uma menina ao redor do pulso de um menino quando o considera um irmão.

raal tapkana – literalmente, babar, mas aqui, em dialeto khaufpuri, amaldiçoar.

raat-ki-rani – rainha-da-noite, um tipo de jasmim.

raga – o conjunto de normas de como construir uma melodia na música clássica hindu; escala.

Rajshree – atriz do cinema indiano.

rasgulla – sobremesa feita com bolas de queijo cru mergulhadas em calda de açúcar.

romanchik – de arrepiar os cabelos.

roti – pão achatado, chapati.

sa re ga – na escala musical hindu, o equivalente a dó ré mi.

saala, saalé – termo empregado com a acepção de "tipo" ou "fulano"; literalmente, cunhado; quando usado de modo pejorativo significa maldito.

sadak chhaap – expressão pejorativa usada para designar garotos de rua.

Sadda miyañ ki tond – barriga de Sadda miyañ, uma pessoa muito vaidosa, expressão equivalente a "alguém que tem o rei na barriga".

sadhu – asceta hindu que renunciou ao mundo.

Sadhna – atriz de cinema.

sahib – título respeitoso, significando chefe ou patrão.

santoor – instrumento musical como a cítara ou o saltério.

Saraswati – deusa hindu da música e da literatura.

sardarji – também conhecido como sikh, é o seguidor de uma religião monoteísta fundada por Guru Nanak no século XV.

shabaash – bravo, muito bem.

shalwar – calça larga e leve amarrada no tornozelo.

shalwar kameez – túnica longa sobre calça comprida, usada com um lenço.

shamiana – tenda grande, em geral bastante decorada em cores brilhantes.

Shammi Kapoor – ator do cinema indiano.

Shatrugan – Shatrugan Sinha, famoso vilão do cinema hindu.

Shiva – deus hindu da dança e da música, é também o grande destruidor.

supari – pequenos pedaços de noz de betel adoçada, usados para refrescar o hálito.

taal – lago.

talaiyya – poça.

tamaasha – espetáculo, vivas, escândalo.

tandoor – forno cilíndrico de argila, típico da Índia e do Paquistão, no qual a comida é assada sobre um leito de carvão cuja temperatura chega a 480°C.

tapori – vadio, vagabundo.

tauba tauba tauba – oração a Alá significando "perdão".

Vilayat – Europa.

wah wah – uau, uau, bravo, bravíssimo.

wallah – sufixo utilizado para definir uma pessoa segundo sua atividade ou profissão.

Waqar e Wasim – Waqar Younis & Wasim Akram, arremessadores de críquete paquistaneses.

yaar – amigo, camarada, colega.

Yavanapuri – raga da manhã.

zabri – pau, gíria libanesa que Animal tirou sabe-se lá de onde.

zameen – terra em hindu.

zapaat – comprido e fino, como o nariz de Zafar, um narigão.

Este livro foi composto em Minion
e impresso pela Ediouro Gráfica sobre
papel pólen soft 80g para a Agir em maio de 2009.